U0097387

古典詩歌研究彙刊

第二輯

龔鵬程 主編

第17冊

明代性靈說研究（上）

王頌梅 著

國家圖書館出版品預行編目資料

明代性靈説研究（上）／王頌梅 著 -- 初版 -- 台北縣永和市：花木蘭文化出版社，2007〔民 96〕

序 2+ 目 2+300 面；17×24 公分

（古典詩歌研究彙刊 第二輯；第 17 冊）

ISBN-13：978-986-6831-24-9（全套：精裝）

ISBN-13：978-986-6831-41-6（精裝）

1. 明代文學 2. 文學評論

820.906 96016217

古典詩歌研究彙刊

第二輯 第十七冊 ISBN：978-986-6831-41-6

明代性靈説研究（上）

作　　者 王頌梅

主　　編 龔鵬程

出　　版 花木蘭文化出版社

發 行 所 花木蘭文化出版社

發 行 人 高小娟

聯絡地址 台北縣永和市中正路五九五號七樓之三

電話：02-2923-1455／傳真：02-2923-1452

電子信箱 sut81518@ms59.hinet.net

初　　版 2007 年 9 月

定　　價 第二輯 20 冊（精裝）新台幣 28,000 元

明代性靈説研究（上）

王頌梅 著

作者簡介

王頌梅，高雄市人，私立東吳大學中國文學博士。曾任私立崇右企專講師、國立屏東商專專任副教授，現任國立高雄師範大學中國文學系專任副教授，講授詩、詞、曲、專家詩、專家詞等課程。著有《李卓吾之文學理論及其實踐》、《明代性靈說研究》及單篇論文〈謝臻四溟詩話的特色〉、〈從兩組作品看杜甫的表現策略〉等。

提　　要

本文旨在以文學專題史的概念，對明代性靈說的背景、成因、沿革、消長及得失作一整體的敘述。然而性靈派為反對格調派而生，格調派又是順應時代的產物，故不得不對格調派與明代環境作全面性的瞭解。因此本文分「背景篇」和「理論篇」兩部分：背景篇四章，第一章敘述明太祖模擬秦漢的恐怖統治以及百年黑暗期的影響。第二章分析格調派與時代各方面的關係。第三章探討低階士人所形成的俗學、偽學及其干擾作用。第四章則從王學、蘇學、說明性靈理論的由來。理論篇共十一章；前四章為明代格調詩論概說。其次依序討論王守仁、王畿、唐順之、歸有光、徐渭、李贄、焦竑、湯顯祖、袁宗道、袁中道、袁宏道、鍾惺、譚元春、錢謙益等性靈派人物。論時代，可分中明、晚明、清初三期；論作者有思想家、文章家、戲曲家、談藝家兼詩人；論性質則有消極浪漫主義及浪漫主義之分。

本文參考文獻以第一手資料為主，研究方法主要運用「比較」的觀念，在性靈派中比較各家理論以見其斟酌損益、由簡而繁的發展軌跡。在哲學思想和文學理論之間，比較王學與性靈、程朱與格調聲氣相通、步步合拍的現象，在正統派和反對派之間，比較其理論核心和各議題不同的看法。在進行比較之餘，亦就能力所及，對異同現象給予合理的解釋，以增加瞭解和接受的程度。並且也希望經由這兩種方法建立一個大的間架，或使孤立的現象有所附麗，或使若干疑點得以澄清，這便是本文一點心願。

目錄

上冊

下　冊

前　言

自明代中葉至清代初期（約十三世紀末至十六世紀末），這三百年間是中國文學批評史上繼魏晉南北朝之後最興盛的時期。明代的理論簡單有力，清代的理論豐富深廣，二者雖各具時代特質，實則連成一氣，不曾中絕，因此本文先從明代講起。明代的文學理論明顯的分爲兩大派別，格調派居於正統立場，性靈派居於反對立場，二者處處扞格，墨守輸攻，滔滔而下，其中陣容之更迭，戰略之運用，不僅趣味橫生，也是批評史上很有價值的一章。

本文旨在以專史的眼光，對性靈派的背景、成因、沿革、消長、和得失做詳細的敘述。然而性靈派爲反對格調派而生，故不得不對格調派多所著墨；格調派又是順應時代的產物，故又不得不對明代環境做全面性的了解，以證明性靈理論的反時代性。因此本文結構分「背景篇」和「理論篇」兩部分；背景篇四章，第一章敘述明太祖摹擬秦漢的恐怖統治以及百年黑暗期的影響，第二章分析前後七子和時代的關係，第三章探討低級士人中俗學僞學的干擾作用，第四章則從王學、禪學、蘇學說明性靈理論的由來。理論篇共十一章，首列明代格調詩論概說，其次依序討論王守仁、王畿、唐順之、歸有光、徐清、李贄、焦竑、湯顯祖、袁崇道、袁宏道、袁中道、鍾惺、譚元春、錢謙益等性靈派人物。論時代可分中明、晚明、清初三期，論作者有思想家、文章家、戲曲家、談藝家兼詩人；論性質則有消極浪漫主義和積極浪漫主義之分。

本文參考文獻以第一手資料為主，包括以上諸家詩文集、詩話及評選之作，其次輔之以明清史料和民國以來之相關著作。研究方法主要運用「比較」的觀念，在性靈派中比較各家的理論以見其斟酌損益，由簡而繁的軌跡；在哲學思想和文學理論間，比較王學與性靈，程朱與格調聲氣相通，步步合拍的現象；在正統派和反對派之間，比較其理論核心和各專題不同的看法；在時代方面，以秦漢、魏晉、齊、梁與明初和中晚明參照。在進行比較之餘，亦就能力所及，對其異同現象給予合理的解釋，以增加了解和接受的程度。並且，也希望經由這兩種方法建立一個大的間架，使孤立的現象有所附麗，使若干疑點得以澄清，這便是本文一點小小的心願。

學生學殖尚淺，初次處理如此龐雜的資料，必有許多疏漏和不成熟的地方，尚祈老師、學長及各界先達不吝指正。在撰寫期間，承蒙金老師悉心指導，並於百忙之中，批閱底稿，多所教正，謹此向　老師致最深的敬意。另外，必須感謝家人的幫助鼓勵，以及許多朋友的關心，這些有形無形的支持，助我渡過最艱困的時期，心中不勝感激，在此一併致謝。

中華民國八十年六月

背　景　篇

前　言

要了解明代的文學，必須先了解明人所面臨的環境。明代二百七十六年（公元 1368～1643），大約以明武宗正德朝爲中點，略可分爲兩期，前期是嚴刑峻法下的清平時代，後期是頹廢放縱式的自由時代，前期似西漢，後期似魏晉，但是前期比西漢嚴苛，後期又比魏晉多了一份庸俗。嚴苛的政治打壓了文學的生機，庸俗的文化混淆了學術的眞僞；大抵而言，明人的讀書環境便是由這兩種力量的壓迫侵蝕，而顯得比其他朝代更惡劣一些。

第一章　明中葉前的黑暗時代

一、政治的「復古」

影響明代學術文化最深遠者，首推開國時的「復古」政策。明人選擇了距它一千五百年前的漢朝模式來立國，在「外儒內法」的統治下，「質樸無文」的作風既不同於唐、宋、清的雅正文明，也不同於元人的散漫混亂。

「復古」的本質是法家精神的抬頭。法家是極端功利主義者，輕視學術，鄙棄文藝，一味講求富國強兵的方法；以此立國，使得漢明兩朝忽視了精神文明的建設。雖然漢朝獨尊儒術，明代也以程朱取士，但這都是表面化、形式化的「外儒」手段；實際上漢朝的「外儒內法」、明朝的八股科舉，都是使臣民思想空洞簡單，以達到鉗制的目的。我們可以看見，春秋戰國諸子百家的繁榮景象，一入於漢便趨於沉寂；同樣的，唐詩宋詞文章義理一入於明也趨於黯淡蕭條。這兩個軍力強大工商發達的帝國，在文學界看來都是黑暗的時代。

明代之所以走上漢朝的路子，原因大略有二：一是時代背景相似，一是開國君主的出身相似。先就時代背景而言，在它們之前都經過一場亂世；所謂亂世，並不單指一場戰爭政變或短期的分裂，而是數百年來的社會階級、道德秩序全盤瓦解，亟待重整的局面。像秦漢之前的戰國末世，原來依血統而定的貴族階級潰散，禮樂規範蕩然無存，社會需要新的國法為上下共同遵守，因此學者們多有法治的傾向，這個時勢，促成法家思想的成熟。秦始皇正式啓用法家來治國，漢高祖劉邦接收了秦人的觀念和成果，到漢武帝時獨尊儒術，為它加了一件儒家的外衣，「外儒內法」的工作便告完成。前後歷時三百年，這個政策的本質是一貫的。

在明代之前，也有類似的狀況。元人入主中國後，以遊牧民族的方式將人民分為蒙古、色目、漢人、南人四等，社會上又依職業分為：一官、二吏、三僧、四道、五醫、六工、七獵、八民、九儒、十丐〔註1〕。唐宋以來的士大夫階級受到嚴重的破壞，漢人的禮教道德習俗摧殘殆盡，社會混亂失序，加上官吏貪污暴虐，胡天胡地，因此人心迫切望治，這時機又造成法家思想的抬頭。明太祖朱元璋所立的祖訓：「革前元姑息之政，治舊俗污染之徒」〔註2〕說明了治安與廉政是他唯一的目標。治亂世，用重典，唐宋式的寬緩作風不符合這個條件，講到「法」，還是秦漢那一套最道地、最有效，而且有個成功的例子在前面，於是明朝在實質上重複了秦漢的模式。

明太祖朱元璋和漢高祖劉邦的出身都是黑暗時代中的下層遊民，無知、貪婪、狡僞、好殺，他們不見得理解法家的學理，可是嚴刑峻法、急功近利的手段卻十分合他們的脾胃。這兩位開國之君如此相似，便註定了明代要蹈漢朝的覆轍。尤其明太祖在幕下謀士屢屢陳說比較下，無形中產生一種微妙的心理，彷彿覺得自己就是劉邦的化身，因此為人行事，無不刻意模仿。趙翼《廿二史箚記》「明祖行事多仿漢高」一條有過一番比對：

> 明祖以布衣起事，與漢高同，故幕下士多以漢高事陳說於前，明祖亦遂有一漢高在胸中，而行事多仿之。初起兵時，

〔註1〕鄭思肖〈大義略序〉，轉引自劉大杰《中國文學發達史》第二十二章第一小節。

〔註2〕轉引自趙翼《廿二史箚記》卷三十三「重懲貪吏」條。

問李善長平天下之策，善長曰：「漢高起布衣，豁達大度，知人善任，五年遂成帝業，公濠產，距沛不遠，法漢高所爲，天下不足定也？」〈孔克仁傳〉亦謂帝嘗以漢高自期，謂克仁曰：「秦政暴虐，漢高以寬大馭群雄，遂有天下，今群雄蜂起，皆不知修明法度，此其所以無成也。」是帝一起事，即以漢高爲法，今觀其初定都金陵，方四出征伐，而已建都城，宮闕極壯麗，即蕭何造未央宮之例也。徙江南富人十四萬戶於中都，即漢初徙齊楚大族——昭氏、屈氏、景氏、懷氏、田氏，以實關中之例也。分封子弟於各省，以建屏藩，即漢初分王子弟，以弟交王楚、從弟賈王荊、從子濞王吳、子肥王齊、如意王趙、文帝王代之例也。詔天下富民年八十以上賜爵里士、九十以上賜爵社士，即漢初賜民爵七大夫以上之例也。甚至胡、藍之獄，誅戮功臣，亦仿俎醢韓、彭之例，此則學之而過甚者矣！（卷三十二）

以上趙翼所言建都城宮闕、徙富戶、分封藩王、賜富民爵、誅戮功臣等項，是復古行動之犖犖大者，此外還有許多小節可見出太祖模仿的痕跡；例如至正十六年春，攻下集慶時，「太祖入城，悉召官吏父老諭之曰：『元政瀆擾，干戈蜂起，我來爲民除亂耳，其各安堵如故，賢士吾禮用之，舊政不便者除之，吏勿貪暴殃吾民。』」（《明史・太祖本紀一》）這姿態跟劉邦入咸陽與百姓約法三章、故作寬大以收攬人心不是一樣的嗎？再如編造〈周顛仙人傳〉，以散佈眞命天子的迷信，做爲對中下階層的政治宣傳，則與漢高祖斬白蛇起義的神話故事如出一轍；甚至小至封賜元人姓氏，也是模仿漢武帝賜姓金日磾之例〔註3〕。這些小事原本無關宏旨，但連細節都如此嵌合，可見太祖的心意相當堅定，而手法則頗爲生硬低拙，所謂「政治復古」正確的說應當是「摹擬」、「擬古」才對。摹擬主要是出於愚民式的執著心態，或許還摻有宗教性的情緒及迷信的色彩在內，總之，他的思考方式是

〔註3〕顧炎武《日知錄》卷二十三「二字姓改一字」條：「（洪武九年）三月癸未，以火你赤爲翰林蒙古編修，更其姓名曰霍莊，蓋亦倣漢武賜日磾姓金之例。」

將漢朝模式原封不動的套入明代，既不參酌古今利弊得失，也不綜合諸家學說，更不容朝臣置喙，凡事直接以漢代的尺度衡量之，無者補足，多者刪汰，大刀闊斧，毫不留情，務求合乎心中理想的模式。

擬古政策主要是表現重法的特質，在這一方面，太祖不但執著，而且偏激。當時跟秦漢社會比起來，最缺乏的是刑法制度，現實中為了迅速將元末的混亂導入秩序，最需要的也是嚴刑峻法；加上懿文太子早死，太孫仁弱，想到以漢高祖之狠鷙，身後猶不免諸呂亂政，何況自己年老孫幼，如何能長保其家天下？這事實刺激了太祖矯枉過正的心理，他急切地想在臨終之前為子孫奠定基業，使其永無後患，因此不斷的殺人、不斷的立法，在偏激的態度下，造成擬古過甚的恐怖統治。

《明史》卷九十三〈刑法志〉云：「始太祖懲元縱弛之後，刑用重典，然特取決一時，非以為則。後屢詔釐正，至三十年始申畫一之制，所以斟酌損益之者，至纖至悉，令子孫守之，群臣有稍議更改，即坐以變亂祖制之罪。」洪武一朝有三十一年，這些法律「草創於吳元年，更定於洪武六年，整齊於二十二年，至三十年始頒示天下」（同前），的確耗掉他半生的心血。《大明律》共三十卷，四百六十條，外加〈大誥〉、〈續編〉、〈三編〉以及各種「臨時決罪」不在此限的判例，法條律令「至纖至悉」。

除了公法之外，太祖復設私刑。私刑是指君主御用、不經法司的詔獄廷杖之制；廷杖是朝會時由廠衛率屬及校尉五百名，列侍奉天門下「糾儀」，凡「失儀者」即褫衣冠，執下鎮撫司獄杖之。詔獄即指廠衛機構；自太祖設錦衣衛起，成祖時增設東廠，憲宗時別設西廠，武宗時劉瑾自設內行廠，歷代廠衛並行，只增不減，成為明代政府中最「發達」的機構。由於廠衛為君主私人所倚重，權力遠超刑部等正式執法機關，嚴重時甚至使法司如同空曹，刑官幾為冗員，私刑凌駕公法之上，濫用的結果是造成史上最殘忍不公平的世界。《明史・刑法志》第三卷首云：

刑法有創之自明，不衷古制者：東西廠、錦衣衛、鎮撫司獄是已。是數者殺人至慘，而不麗於法，踵而行之，至末造而極，舉朝野命一聽之武夫宦豎之手，良可歎也。

這裡所說的「不衷古制」，指的是唐宋之古，追溯遠一點，廠衛之設其實源自於漢。〈刑法志〉稍後即云：「錦衣衛獄者，世所稱詔獄也。古者獄訟掌於司寇而已，漢武帝始置詔獄二十六所，後代因革不常，……至漢有侍衛司獄，凡大事皆決焉，明錦衣衛獄近之，幽縶慘酷，害無甚於此者。」「太祖時，天下重罪逮至京師，收繫獄中，數更大獄，多使斷治，所誅殺爲多。」可見「詔獄」的名稱與性質，皆由太祖自漢摹擬而來，又以其偏激的心態，創下「學之過甚」的惡例，使一千五百年前的秦刑漢獄，重現於明代。法家發展到太祖手中，不僅是「得其本色」，而且已經轉爲偏激的、惡性的法家了。這「摹擬之弊」帶給明代社會莫大的傷害，明代後期種種亂象都與漢末相似，但程度又遠較漢末爲烈，便是太祖於初期擬古過甚的緣故。

當時在嚴刑峻法下，最先遭到整肅的是功臣宿將，趙翼云：

漢高誅戮功臣，固屬殘忍，然其所必去者，亦止韓、彭，至欒布則因其反而誅之，盧綰、韓王信亦以謀反有端，而後征討，其餘蕭曹絳灌等方且倚爲心膂，欲以託孤寄命，未嘗概加猜忌也。獨至明祖，藉諸功臣以取天下，及天下既定，即盡舉取天下之人而盡殺之，其殘忍實千古所未有。蓋雄猜好殺，本其天性，如胡大海方宣力浙東，其子在都犯酒禁，即手刃之，曰：『寧使大海叛我，不可使我法不行。』趙仲中守安慶，陳友諒陷其城，仲中走還，常遇春請原之。帝曰：『法不行無以懲後。』遂誅之，可見其剛決之性矣。又漢光武、唐太宗定天下時方年少，計身老則諸功臣已皆衰歿。宋太祖雖長，而恃有弟可以馭諸臣，故皆務保全，至明祖則起事雖早，而天下大定，則年已六十餘，懿文太子又柔仁，懿文死，孫更孱弱，遂不得不爲身後之慮，是以兩興大獄，一網打盡，此可以推見其心迹也。胡惟庸之死，在洪武十三年，同誅者不過陳寧涂節數人，至胡黨之

> 獄則在二十三年，距惟庸死時已十餘年，豈有逆首已死，同謀之人至十餘年始敗露者？此不過借惟庸爲題，使獄詞牽連諸人，爲草薙禽獮之計耳。胡黨既誅，猶以爲未盡，則二十六年，又興藍黨之獄，於是諸功臣宿將始盡。……（《廿二史箚記》卷三十二）

年老孫弱的事實，激起太祖凶殘好殺的本性，仿漢高屠殺功臣之例，竟學得如此過火，然而太祖的偏激並不止此，須要冷靜處理的地方吏治，他一樣採用矯枉過正的手段。趙翼《廿二史箚記》卷三十三「重懲貪吏」條云：

> 洪武十八年，詔盡逮天下官吏之爲民害者，赴京師築城。帝初即位，懲元政弛縱，用法太嚴，奉行者重足而立。官吏有罪，笞以上，悉謫鳳陽屯田，至萬餘人。又案草木子記明祖嚴於吏治，凡守令貪酷者，許民赴京陳訴，贓至六十兩以上者，梟首示眾，仍剝皮實草。府州縣衛之左，特立一廟，以祀土地，爲剝皮之場，名曰皮場廟，官府公座旁，各懸一剝皮實草之袋，使之觸目警心。法令森嚴，百職釐舉，祖訓所謂革前元姑息之政，治舊俗污染之徒也。

只爲了禁止貪瀆，便行如此嚴酷之法，表面看來是冠冕堂皇的「肅貪」名義，實際上是要建立權威，打擊士氣，奴役臣民，以建立一套比西漢更穩固的專制極權政體。太祖晚年見大勢底定後曾發表一篇宣言，頗能表達他的心聲。洪武二十八年九月庚戌頒祖訓條章於內外文武諸司敕諭禮部曰：

> 自古國家建立法制，皆在始受命之君，以後子孫不過遵守成法，以安天下。蓋創業之君，起自側微，備歷世故艱難，周知人情善惡，恐後世守成之君，生長深宮，未諳世故，山林初出之士，自矜己長，至有姦賊之臣，徇權利，作聰明，上不能察而信任之，變更祖法以敗壞國家、貽害天下，故日夜精思，立法垂後，永爲不刊之典。如漢高祖刑白馬盟曰：『非劉氏者不王。』以後諸呂用事，盡改其法，遂至國家大亂，劉氏幾亡，此可爲深戒者。朕少遭亂離，賴皇

> 天眷命，剪除群雄，混一天下，即位以來，勞神焦思，定立法制，革胡元弊政，至於開導後世，復爲祖訓一編，立爲家法，俾子孫世世守之爾。禮部其以朕訓頒行天下諸司，使知朕立法垂後世之益，永爲遵守，後世敢有言改更祖法者，即以姦臣論，無赦。」（《太祖實錄》卷二四一）

從這個獨裁者的話中可以見出幾點：第一，明太祖不僅要摹擬秦刑漢法，而且還要以劉邦白馬盟的失敗爲戒鑑，立下更嚴苛的法令制度來長保江山，這裡，他清楚的說明了擬古過甚的動機。

第二，爲防繼體之君不知世故，任意改變重法輕文的基本國策，他嚴格要求子孫廷臣遵守祖訓家法，不可更易。這在明代是件大事，此後太祖的行事作風成爲皇室遵循的傳統慣例，有明諸帝在「家風」的薰染下，成爲唐宋以來君主素質最低落的一群，比較好的仁宗、宣宗、孝宗不過中材而已，其他如成祖、憲宗、武宗、世宗驕奢淫佚，殘忍好殺的程度比太祖有過之而無不及。對於祖制，他們不但能夠遵守，甚至爲滿足其私慾，變本加厲，於是造成歷史上最專制集權的王朝。

第三點，也是跟文士最有關的一點，是在這篇宣言中，流露了太祖對知識份子的忌憚，在他眼中不論是「山林初出之士」或「姦賊之臣」，都不免「自矜己長」「徇權利，作聰明」。換言之，學問與人才都共有「敗壞國家，貽害天下」的作用，所以太祖討厭知識學問，嫉忌文臣學者，一心想製造一個愚昧平庸、無條件臣服的「質樸」社會。大明律中明列謀反、貪贓、議論是三類性質不同的大罪〔註4〕，這暗示著功臣、官吏、學者是他屠殺的三大對象。只不過，功臣「謀反」、

〔註 4〕《明史》卷九十三〈刑法志〉一，錄大明律篇首名例律：「大惡有十：曰謀反、曰謀大逆、曰謀叛、曰惡逆、曰不道、曰大不敬、曰不孝、曰不睦、曰不義、曰內亂，雖常赦不原。貪墨之贓有六：曰監守盜、曰常人盜、曰竊盜、曰枉法、曰不枉法、曰坐贓。當議者有八：曰議親、曰議故、曰議功、曰議賢、曰議能、曰議勤、曰議貴、曰議賓。」

官吏「貪贓」，罪名易加，可以名正言順地展開大規模的誅戮，文人或仕或隱、或剛或柔，「議論」之罪難以掌握，全面屠殺又不足以得到天下的諒解，因此不得不巧立名目，使些「外儒內法」的手段；例如太祖屢下求賢詔，表面上是薦舉天下賢良方正之士，其實旨在搜羅海內隱者，優秀者必欲去之，「奏對稱旨」者，輒予美官，可是一旦任以吏職，即入網羅，稍有間隙，刀鋸隨之。由於各種名目冠冕堂皇，一般並不察覺太祖是有意爲之，清初趙翼也只提到「誅戮功臣」「重懲貪吏」兩項，光緒年間陳田撰《明詩紀事》亦云太祖「誅戮勳臣，波及文士」（乙籤序），這是最普遍的看法。其實文士並不是被「波及」，而是太祖擬古政策下早就設計好的一部分。

中國文化經過唐宋兩朝的洗禮達到了顛峰時期，即使經過胡元弊政，它雄厚的潛力依然存在，一到元末明初，使人才蔚起，大家迭出，蓬勃的氣象並不亞於唐宋開國的規模，這事實顯示學問的走向是要進步下去的，可是政治的取向卻要它退回一千五百年前，若非經過「屠殺」一途，恐怕沒有其他的辦法；以太祖殘忍偏執的個性，不惜倒行逆施，慘遭芟夷的便是明初的文壇了。

二、文壇的劫運

明太祖對待文人的心態，基本上和劉邦差不多，取天下時須要良弓走狗，治天下時須要循吏酷吏，文臣學者若不具有這「實用」的功能，學問再好才華再高也不值得珍惜；在他們眼中，好發議論的迂儒、標榜名節的狂生以及「狡獪」的詞客都是討厭而不中用的。不同的是，跟漢高祖比起來，在劉邦之前，已經有秦始皇焚書坑儒，而在明太祖之前，卻沒有人爲他做這件工作，如果他想達到心中的「理想」，勢必得包辦秦始皇的角色才行。在這種情形下，明初的知識份子不論是不是與政治有關，他們的下場幾乎都非常悲慘，舉當時重要的知名之士來說：

排名第一，被太祖譽為「開國文臣之首」的宋濂，一生恭謹，以儒生侍帷闥十餘年，又是皇太子師傅，望重士林，為一代導師，不論是與皇室的交情或是學術地位，在當時都無人能及。只因孫子宋慎捲入胡惟庸案，太祖仍將他貶往茂州，毫不顧惜，竟以七十二高齡卒於道中。

排名第二的劉伯溫，雖是開國功臣，但太祖終不以之為相，封拜亦最輕，最後恩禮亦漸薄。他的詩在元季沉淪下僚時，「魁壘頓挫，使讀者僨張興起」，勃然有英雄之氣，可是跟隨太祖後，佐命帷幄，列爵五等，詩中卻「悲窮歎老，咨嗟幽憂」（《列朝詩集小傳》甲集），《覆瓿》、《黎眉》二集，先後異致，此中透露多少玄機？劉氏死得不明不白，或說以讒死，或說憂憤而卒，或說遭胡惟庸毒殺，長子劉璉「亦中胡惟庸之毒」〔註 5〕，次子劉璟則為成祖所殺，朝廷之薄待大臣竟然如此。

胡惟庸案與藍玉案是史上少見的大獄，胡獄族誅三萬餘人，藍獄族誅萬五千人，幾乎席捲了一朝功臣宿將名儒學者。當時凡與首犯有隻字往來者皆得罪，例如畫家王蒙以曾在胡丞相府喫茶看書，便因此坐罪，卒於獄中。詩人孫蕡昔日為藍玉題一畫，亦死。這兩場大獄雖是剷除異己的政治鬥爭，但其中也包含了文字獄的性質。

再談到排名第三的張孟兼。張氏是劉基當面向太祖稱譽，推為僅次於宋、劉的天下第三文人，由於負氣與鍾山僧吳印起了爭執，太祖怒曰：「是乃欲與我抗耶？」竟逮赴京師，捶之至死〔註 6〕。原來太祖曾為僧人，對僧道之流往往引為同類，而視大臣則如草芥，但他又唯恐文人譏訕，因此多疑善忌，變得非常敏感，文人以此賈禍的亦復不少。當時三司衛所進呈的賀表謝箋，都由各府學的教官、訓導執筆，凡表箋中有「則」「生知」「帝扉」「法坤」「有道」「藻飾太平」等字

〔註 5〕《列朝詩集小傳》甲集「劉參政璉」：「《閣門使恩遇錄》載太祖聖諭，璉死亦中胡惟庸之毒也。」

〔註 6〕王蒙、孫蕡及張孟兼事俱見《列朝詩集小傳》甲集。

樣的，皆遭誅戮。因爲太祖不通文墨，以爲「則」即是「賊」、「生知」是「僧字」、「帝扉」是「帝非」、「法坤」是「髮髡」、「有道」爲「有盜」、「藻飾太平」爲「早失太平」。有一次，僧來復謝恩詩中有一「殊」字，帝曰：「汝用殊字是謂我歹朱也。」遂斬之。諸如此類以嫌疑見殺的文字之禍，在趙翼《廿二史箚記》中有十餘起之多。

宋朝蘇轍的十世孫蘇伯衡，太祖時爲國子學正，擢翰林院編修，跟宋濂都屬老一輩的學者，宋濂奉旨退休時，薦蘇自代，可知他在學術界的地位。沒想到蘇伯衡退休後到處州擔任教授，竟也以此類「表箋忤旨」坐罪卒於獄中，實在非常可惜。

在詩人方面，有「國初四傑」之稱的高、楊、張、徐，也無一得免。高啓在四傑中才華最高，是明代首屈一指的大詩人。他的好友魏觀任蘇州知府三載，很有政績，爲了修葺破舊的府治，被加上「非時病民」的罪名而處死。高啓由於替他寫了一篇〈上梁文〉，受連坐之法，竟被腰斬，死時才三十九歲。楊基、張羽、徐賁三人才力聲調雖不及高啓，但音節諧暢，各有神理，其自得處絕非後來的李何之輩所可追攀，可是如此錦心繡口、一時之選的詩人在當時都不得善終。楊基曾任按察使，被讒奪職，罰做苦役，在工地被折磨至死。張羽爲太丞，以事被貶竄嶺表，未到半途，被召還，他自知不免，便投江自殺了。徐賁任布政使，他上書直言大軍出兵洮岷，往返中原，而所司缺乏犒勞，太祖以其「迂疎儒者」，下獄而卒（以上俱見《列朝詩集小傳》甲集）。

當時朝臣只能聽命行事，不可稍有己見。凡是講名節、有骨氣、忠言直諫、抗直不屈者都是朝廷誅戮的對象。《列朝詩集小傳》載謝肅事，說謝肅其人「博學負氣，坐論海內事，若囊之出物，無所不有」，「爲官劾奏不法，風裁凜然」，這樣一位有學識有風骨的好官，不幸坐事被逮，太祖御文華殿親鞫，謝肅很有「司法獨立」的精神，大呼曰：「文華非拷掠之地，陛下非問刑之官，請下法司。」結果太祖將他打入獄中，獄史以布囊將他壓死。這就是有膽識的人所遭到的待遇。其他文臣以言事誅者，如趙翼所言，又有「茹太素以抗直不屈死，李仕魯以諫帝惑僧言，命武士捽死於階下，王樸、張衡俱以言事死，孔克仁、陶凱、朱同俱坐事死，於是文臣亦多冤死，帝亦太忍矣哉！」（《廿二史劄記》卷三十二）

太祖毀棄名節，挫辱士氣，這種法家作風此後成爲明代君主一貫的統馭方法，然而流毒後世，士大夫之無恥，亦由太祖首發其端。這情形與西漢差不多，西漢不講名節，故新莽居攝時，頌德獻符者遍於天下（顧炎武《日知錄》卷十三〈兩漢風俗〉條）。而明代以挫辱大臣爲慣例，亦無怪乎天啓年間魏忠賢竊權時，群臣比附，號稱「五狗」、「五彪」、「十孩兒」、「四十孫」，魏閹生祠遍及天下，成爲「無恥之尤」（《廿二史劄記》卷三十五）。這現象本是法家治國必然會造成的結果，只不過明代行之過甚，後果比西漢嚴重得多。梁任公說：「明太祖以刻鷙之性，摧鋤民氣，戮辱臣僚，其定律至立不爲君用之條，令士民勿得以名節自保，以此等專制力所挫抑，宜其惡果更烈於西漢。」（《飲冰室文集》卷一〈論私德〉）這話再正確不過。

除此之外，太祖爲人工於心計，喜怒無常，文臣也往往在無意間以言語獲罪。例如曾爲國子祭酒的陶凱，好學又有識量，退休後取號爲「耐久道人」，引起太祖不悅，曰：「何自賤也！」竟坐罪。大學士危素甚見禮重，某日入宮，太祖聽見腳步聲，問是誰，答曰：「老臣危素。」太祖不高興地說：「我道是文天祥來。」危素就這樣無端地被貶到和州種田。以白燕詩聞名的袁凱，有「袁白燕」之稱，是後來詩壇經常提到的作家，他也有一次驚險的經驗：

> 洪武間，（凱）爲御史，上慮囚畢，命凱送東宮覆審。東宮遞減之，凱還報，上問：「朕與東宮孰是？」凱頓首曰：「陛下法之正，東宮心之慈。」上不懌而罷，以爲持兩端，心啣之。凱惶懼，託癲疾辭歸，上使人詗之，佯狂得免。〔註7〕

〔註7〕以上陶凱、危素、袁凱事俱見《列朝詩集小傳》甲集。

天威難測，人心惶惶不可終日，加上太祖又設詔獄廷杖之制，凡下獄者，少有人能夠生還，酷吏之囂張拔扈，都在太祖的授意下進行，朝廷上每年被杖死或杖殘者不計其數，弄到後來，「京官每旦入朝，必與妻子訣，及暮無事，則相慶以爲又活一日」（《廿二史劄記》卷三十二）。

這樣恐怖的局面，文人都不樂仕進，避之唯恐不及，但太祖將隱居高蹈這唯一的退路也給封死。他派人到處搜求名士，強行徵召，不赴者多遭誅戮，託辭求歸者也往往遭到報復。例如貴溪儒士夏伯啓叔侄不願入朝，自己砍斷手指以求免，結果被誅而籍家（《明史・刑法志》）。戴良是元末大儒黃溍、柳貫的學生，輩份和宋濂相當，他改換姓名，隱居在四明山海之間，太祖遣使物色，召至京師，他以老病固辭，觸怒太祖，最後只得在寓所內自裁（《列朝詩集小傳》甲集）。吳人嚴德珉以疾求歸，太祖怒黥其面，謫戍南丹（《明史・楊靖傳附》）。此外高啓、張孟兼、蘇伯衡之遇害，多少都與辭疾有關，眞是來亦死，不來亦死，當時能得到恩准放還的少之又少。葉伯臣有疏云：

> 取士之始，網羅無遺，一有蹉跌，苟免誅戮，則必在屯田築城之科，不少顧惜。（《廿二史劄記》引）

這話頗能道出太祖私心。可見太祖並不是毫無目的的胡亂殺人，而是有計畫的將天下學者網羅於京師，集體消滅。趙翼提到當時文人學士，一授官職，罕有善終者（《廿二史劄記》卷三十二），從這跡象看來，太祖殺戮的性質的確有幾分秦始皇焚書坑儒的意味。

如果仁柔的懿文太子不那麼早死，或寬大的建文帝能久於其位，或許明初也能夠出現一段「文景之治」，做爲屠戮後的休養生息。可惜成祖靖難師起，又掀起一波整肅異己的高潮。當時有骨氣的讀書人都反對這篡奪而來的政權，因此成祖最恨名節之士。劉基的次子劉璟見面不肯稱「陛下」，而說：「殿下千百年後逃不得這一個字。」結果下詔獄，自經而死（《列朝詩集小傳》甲集）。御史練子寧出語不遜，斷其舌，族其家，姻戚逮赴邊者百餘人，有藏其片紙隻字者皆坐罪。

方孝儒是宋濂門下最優秀的學生，成祖逼他起草登極詔，他投筆於地，且哭且罵，成祖大怒，磔之於市，時年四十六。師友門生，十族與殉，共八百餘人（李贄《續藏書》卷五）。成祖又命方氏的同門好友翰林樓璉起草，璉惶懼不敢推辭，歸一夕自經而死（《列朝詩集小傳》甲集）。宋元一脈的讀書種子爲之摧折殆盡。《明史・刑法志》云：

> 成祖起靖難之師，悉指忠臣爲姦黨，甚者加族誅掘塚，妻女發浣衣局教坊司，親黨謫戍者至隆萬間猶勾伍不絕也。抗違者既盡殺戮，懼人竊議之，疾誹謗特甚。山陽民丁鈺訐其鄉誹謗罪數十人，法司迎上旨，言鈺才可用，立命爲刑科給事中，永樂十七年復申其禁，而陳瑛、呂震、紀綱輩先後用事，專以刻深固寵，於是蕭議、周新、解縉等多無罪死。

鄉里小人陰詰告密，便可獲致高官，而當時才名煊赫、傾動海內的解縉卻受譖下獄，被獄史沃以燒酒，埋雪中而死（《列朝詩集小傳》乙集），這眞是一個君子道消，小人魔長的世界。可見法家到成祖手中，更形惡化。太祖雖然狠鷙，尙能嚴禁宦官干政，成祖卻因起事時多賴建文左右爲其耳目，故即位之後專倚宦官，從此開了明代最不好的風氣——宦豎弄權。太祖雖然濫用私刑，但晚年見大勢底定，使焚錦衣衛刑具，示永不復用，頗有回歸法治的決心；而成祖爲鞏固一己的政權，不但復立錦衣衛，並加設東廠，令嬖暱者提督之，從此文人學者不但要受君主的考核與猜忌，還要接受小人的凌辱迫害，更令士氣一挫不振。

經過這兩朝的打擊，人心不再以氣節爲尙，士大夫無論爲官治學，都以消極的態度來順應環境，養成鄉愿的性格；上焉者明哲保身，下焉者寡廉鮮恥，只求活命，不計尊嚴，一世之人心學術，便爲奴婢之歸〔註8〕，即使後來的仁宣兩朝頗有惠政，也無法改變這個趨勢。《明

〔註 8〕黃宗羲《明夷待訪錄》：「成祖後宦官弄權，士大夫歆於利祿，不能堅其操守，乃相與趨於奴顏卑膝之一途，師友道喪，一世之人心學術爲奴婢之歸者。……」

史·刑法志》言宣宗時「都御史夏迪催糧常州，御史何楚英誣以受金，諸司懼罪，明知其冤，不敢白，迪竟充驛夫憤死。以帝之寬仁，而大臣有冤死者，此立法之弊也」。由此可見當時大臣懦弱避事的性格已經養成，而成爲朝廷間普遍的風氣。學界導師在現實的壓抑下，表現也跟一般人差不多：薛瑄爲兩朝御史而不聞直諫，忠臣冤死而不見力爭〔註 9〕，吳與弼不敢得罪權臣石亨，跋其族譜，自稱門下士，又與弟涉訟，引來很多批評〔註 10〕。他們所講的程朱學說，已不是宋、元一脈的孤忠大節，而是克己自修，涵養用敬的窄小境界，加上拘守古人章句，不敢自立己說，因而走上繁瑣迂陋的路子。文學方面，三楊（楊士奇、楊榮、楊溥）的臺閣體嘽緩迂沓，奄奄無氣，他們的爲人也多軟弱避事；三楊在當時地位最尊，在位最久，可是對秀出之士並不提拔，竟碌碌無所建樹。李卓吾評其輔政之初，不汲汲畜養人才，唯陽斂陰施，掩人耳目，雖曰自保，其實誤國（《續藏書》卷十），這話說得頗爲深刻。

第一代人才殺光了，第二代人才又不知道培養，有明一代的文統學派便這樣爲之中絕。經過這兩朝的恐怖統治，永樂以後唯一令人鬆一口氣的，不過是「大臣多有久於其位者」。跟那段腥風血雨的日子比起來，朝廷上「龐眉白首，輝映朝列」的景象還眞令人興起讚嘆之情〔註 11〕！

〔註 9〕黃宗羲《明儒學案》卷首師說薛敬軒瑄：「先生爲御史，在宣正兩朝，未嘗錚錚論一事，景皇易儲，先生時爲大理，亦無言。或云先生方轉餉貴州，及于肅愍之獄，係當朝第一案，功罪是非，而先生僅請從末減，坐視忠良之死而不之救，則將焉用彼相矣。」

〔註 10〕同前。吳康齋與弼：「愚按先生所不滿於當時者，大抵在訟弟一事，及爲石亨跋族譜，稱門士而已。張東白聞之，有『上告素王，正名討罪，無得久竊虛名』之語，一時名流盡譁，恐未免爲羽毛起見者，予則謂先生之過，不特在訟弟之時，而尤在不能喻弟於道之日。……」

〔註 11〕趙翼《廿二史劄記》卷三十三「明大臣久任者」：「永樂以後，數十年中，大臣多有久於其位者。……蓋劫運之後，必有一番太和元氣，周浹宇宙，諸臣適當其隆，故福履康強，身名俱泰，當時朝廷之上，優老養賢，固可想見，而諸臣龐眉白首，輝映朝列，中外翕然稱名

三、制度的鉗制

劘除一代人才，以屠戮最爲迅捷，然而對付廣大的新生代，則不得不立下一套嚴密的制度做爲長期的禁錮；恐怖統治有過去的時候，不良的制度卻與明代相終始，終明之世，讀書人都擺脫不了它的束縛和影響。

早期影響學術最大者首推學校制度：

明代的學校制度其實仍自漢朝模仿而來，這兩朝的官學共有三個特徵：一是具有獨佔性與普遍性：二是教學內容表面以儒家爲主，實際上以法條吏事爲重；三是末期都產生員額冗濫及素質低落的現象；而明代比漢代更形惡化。

以獨佔性與普遍性而言，漢武帝獨尊儒術，罷黜百家，設科策士，勸以官祿；臨之以威，誘之以利，使儒術成爲讀書人唯一的選擇，又令天下郡國皆立學校，以教育普及的盛況美名來掩飾壟斷學術、控制思想的事實。明代亦復如此；洪武二年，令天下一律設學，自京師至府州郡縣，「無地而不設之學，無人而不納之教，庠聲序音，重規疊矩，無間於下邑荒徼，山陬海涯」（《明史・選舉志》），普及的程度遠較漢代爲甚。另一方面則嚴禁私人講學，使唐宋以來的書院制度爲之中絕，人才散失，書籍零落〔註12〕，學術的自由和尊嚴也蕩然無存。明制：「科舉必由學校，而學校起家可不由科舉。」「徑由學校通籍者，亦科目之亞也。」（同前）不論是國學的監生或府州縣學的生員都可能成爲官吏，在早期機會尤大，因此學校成爲讀書人做官的捷徑、唯一的出路；加上學校對待生員，物質生活頗爲優裕，衣食住行，樣樣無缺，監生之婚聘、妻子之養活亦由政府負擔，廩餼既厚，又無他途，

臣無異詞。」

〔註12〕顧炎武《日知錄》卷十八「監本二十一史」云：「聞之宋元刻書，皆在書院，山長主之，通儒訂之，學者則互相易而傳布之，故書院之刻有三善焉，山長無事而勤於校讎，一也；不惜費而工精，二也；板不貯官而易印行，三也。有右文之主出焉，其復此非難也，而書之已爲劣生刊改者，不可得而正矣。」

利祿威權，雙管齊下，其勢不得不使天下人才入其網羅，接受尊主順上的奴性教育。對於獨裁者這套控制思想的手法，歷來史家，只有太史公獨窺此點，《史記・儒林傳》卷首云：「余讀功令，至於廣厲學官之路，未嘗不廢書而歎也。」此中眞有其深沉的悲哀；而《明史》惑於專制時代的封閉性，還以頗自豪的語調寫著：「明代學校之盛，唐宋以來所不及也。」（〈選舉志〉）殊不知明代的立國模式，本無取乎唐宋，唐朝有精良的科舉，宋代有發達的書院，文藝至上，學術自由，所不及明代者，不及其專制壟斷罷了。

再就教學內容而言，漢武帝表面上尊崇儒術，實際上所器重的大儒如公孫弘、董仲舒、兒寬等人都是文法吏出身，他們「通於世務，明習文法，以經術潤飾吏事」，於是「上大說之」（《漢書・循吏傳》）。儒家發展至此已非孔孟原貌，它的內涵精神已由法家頂替篡據，「以法亂儒」正是權術的高明運用，也是「儒家」所以轉化爲「儒術」的原因。

明人襲取這個方法，一方面將宋代的程朱學說架空，一方面則塡塞嚴苛的法律條文，以宣揚君主的威勢，鉗制臣民的思想言行。洪武時代，師生所讀所學除四子本經外，主要爲《大明律》、〈大誥〉以及隨時處決的案例、新增的法條，這些「至纖至悉」的條文，「皆頒學宮以課士，里置塾師教之」（《明史・刑法志》），所學貧乏若此，師生不過是宣傳政令的工具，學校不過是循史酷吏的訓練班。

爲了落實法家教育，使師生養成絕對服從的慣性，政府對學校的管理極爲嚴格。洪武十五年，頒學規於國子監，又頒禁例十二條於天下，不遵者以違制論（〈選舉志〉）。學生「衣冠步履飲食，必嚴飭中節，夜必宿監」，「堂宇宿舍、飲饌澡浴，俱有禁例，省親畢姻回籍，限期以道里遠近爲差，違限者謫選遠方典史，有罰充役者」（〈選舉志〉），限制極多，處罰極重。校內設祭酒管理之，校外再設「提學官」督察之，鉗束甚緊，師生動輒得咎。明太祖時，宋訥以元臣降，爲國子祭酒，他揣度上意，極意嚴刻，至「監生自縊者月不乏人，死必驗視乃斂，其酷甚於周興、來俊臣云」（趙翼《廿二史箚記》卷三十一，引草木子）。學校辦成這樣，跟監獄沒什麼分別。

師儒的地位非常可憐，洪武初年，在學校擔任訓導一職，沒有固定的薪水，僅穿戴儒生衣巾〔註13〕，義務替衙門寫賀表謝箋，還隨時可能有文字之禍。朝廷中，以國子祭酒之尊，在金爲正四品，在元爲從三品，在明則降爲從四品，比金元的地位還低〔註14〕。永樂時，望重士林的國子祭酒李時勉，只因未加禮宦官王振，被誣告擅伐官樹，罰在國子監門前戴枷三日不解，時方盛暑，幸助教李繼奏請太后方得免（《明史》卷二百六十三）。在君主眼中，師儒宛若草芥，毫無尊嚴可言。

爲了控制言論思想，政府嚴禁私人講學，不許生員直言天下利病，更不許訾議朝政。教官之黜降，生員之充發，都有考課之法，若服從規定，通過檢驗，便易得美官，若違犯規定或「學無成效」，則罰充胥吏，更嚴重的至遭處極刑。太祖、成祖之執法，偶爾對百姓稍示寬大，對讀書人則加意嚴苛，即以三誥中所列，「凌遲、梟示、種誅者無慮千百，棄市以下萬數」。「其三編稍示寬容，然所記進士監生罪名，自一犯至四犯者猶三百六十四人，幸不死還職，率戴斬罪治事」（《明史・刑法志》）。當時，朝廷上設有風憲官，「以講讀律令一條，考校有司，其不能曉晰者，罰有差，庶幾人知律意」；而囚犯有大誥者，則罪可減等（同前）。在這種強力的奴役驅策之下，人人無不以熟習法令爲能事，洪武年間，甚至出現「天下講讀大誥師生來朝者十九萬餘人」的盛況（同前）。由此可見明代的教育政策不僅是以法律爲主，而且自學校、機關以至社會，法家教育都實施得相當徹底；在這種基礎上，任何學術都難以得到正常的發展。

其次影響學術者爲科舉制度。

〔註13〕《列朝詩集小傳》甲集「王教讀行」：「洪武初，郡庠延爲經師，時訓導無常祿，猶儒生衣巾。」

〔註14〕程運《明代教育政策及社會形態對於學制與學風的影響》。

科舉是產生中高級官員的途徑，卿相皆由此出，然而明代的用人管道並不全在科舉，而是進士、舉貢、雜流三途並用。進士由科舉產生，舉貢由學校產生，雜流則自「薦舉」而出；其中，薦舉之制不但合乎「政必秦漢」的國策，實質上也給予君主相當大的用人權，因此在明初「薦舉尤盛」（〈選舉志〉）。薦舉和學校制度其實已足供政府所需，只不過科舉自隋唐以來，行之多年，難以輕言廢除，最後只得折衷漢唐之制，三途並用。在這種情形下，明初科舉的重要性遠不及唐宋，因此在制度的設計上也就大為簡化。《明史・選舉志》說明代科目「延唐宋之舊而稍變其試士之法」，所謂變者，乃是由精密完善變為簡陋粗糙了。

以考試類目而言，唐代科舉名目甚多，有五一餘科〔註 15〕，各依專長取錄，以適政府各部門之所需，而明代只有進士一科，且有科無目，而政府所需的龐雜人員多定於此，這是考試種類的簡陋。

唐宋科舉是三場並重，而明代則專重初場，「苟簡濫劣」，甚至全無典故，不知平仄者亦皆中式。《日知錄》卷十八「三場」一條云：

> 夫昔之所謂三場，非下帷十年，讀書千卷，不能有此三場，今則務於捷得，不過於四書一經之中，擬題一二百道，竊取他人之文記之，入場之日，抄謄一過，便可僥倖中式，而本經之全文有不讀者矣！率天下而為欲速成之童子，學問由此而衰，心術由此而壞。

這是程序上的簡陋。然而影響更大的還是考試方向的改變和考試範圍的縮減。

在唐代，考試的方向有二，一為詩賦，一為制義，以詩賦取者謂之進士，以經義取者謂之明經。明經不如進士，因為當時「考試之法令其全寫注疏，謂之帖括，議者病其不能通經」（《日知錄》卷十六〈明經〉），可見專搞帖括，不能通經在唐代是被人看輕的。唐朝是文學最盛的時代，也是儒學發達的時代，他們的見解大多健康而正確。帖括

〔註 15〕《日知錄》卷十六「科目」。

不如通經，通經又不如詩賦，因爲詩賦在學問之上還要有才情，而制義只不過是學問中之一項而已，換言之，進士之所以可貴，在於能將學問基礎與生活美感、藝術才情合而爲一，這是讀書的至高境界，唐人以詩賦取士，不僅是愛好文藝的表現，同時也具有提昇全民素質的作用。到了宋代，熙寧年間王安石變法後，專以制義取士，從此中國科舉的性質起了很大的變化，就是從文藝至上的路子走向了教條主義。考試方向主導著學風，當時士子立即專誦王氏章句，不講義理，不僅詩賦不再受到重視，連經學也逐漸支離破碎。荊公曾懊惱地說：「本欲變學究爲秀才，不謂變秀才爲學究也。」（《日知錄》卷十六〈經義策論〉）然而宋朝終究沒有恢復詩賦取士之制，結果素質滑落的現象很快就顯現出來；《石林燕語》云：「熙寧以前，以詩賦取士，學者無不先遍讀五經。余見前輩雖無科名，人亦多能雜舉五經，蓋自幼學時習之，故終老不忘。自改經術，人之教子者往往便以一經授之，他經縱讀，亦不能精，其教之者．亦未必皆通五經，故雖經書正文，亦多遺誤。」顧炎武也指出：「唐宋用詩賦，雖曰雕蟲小技，而非通知古今之人不能作。」「經義策論，其名雖正，而最便於空疏不學之人。」（同前）可見以制義取士，不僅直接打擊了文學，對經學本身也產生很大的負面作用。

明代承宋元之弊，專以制義取士，立意之初，很明白地是不以文學爲重；而經學在「外儒內法」的政策下，表面上得到尊重，實質上內容比唐宋狹窄簡陋。本來泛以四書五經命題試士，後來廢去歷代注疏，只取朱注，範圍縮小了很多。當時功令甚嚴，非程朱之言弗遵〔註16〕，程朱學說得著朝廷的支持，爬上了正統的地位，可是由於政治的干預，不但無法充實進步，反而遭到刪減。原本宋元以來各家相關著述不下數十本之多，但自永樂中編定《性理大全》後，頒之學官，以之課士，而諸書皆廢，於是考試範圍由「程朱學說」再次縮減到一

〔註16〕《日知錄》卷十八「舉業」引艾南英〈皇明今文待序〉。

部《性理大全》之中。《性理大全》本身是一部抄襲剽竊之作——《四書》部份抄自倪士毅《四書輯釋》,《春秋大全》全襲元人汪克寬《胡傳纂疏》,《詩經大全》抄自元人劉瑾《詩傳通釋》(詳見《日知錄》卷十八、〈四書五經大全〉條),這顯示著當時儒臣人品學識低劣的現象,因爲經過洪武永樂兩朝的鬥爭,傑出人物都被整肅殆盡,「骨鯁之臣,已空於建文之代」(同上),留下來的都是能保全自己而沒有什麼大才能的平庸之輩,所著自然淺陋不足觀,眞正程朱派的學者都看不起《性理大全》,而朝廷卻憑此淺陋之作將學術思想定於一尊,結果程朱學說便被架空,而非宋人眞貌了。

成化年間,八股格式發展成熟而定型,形式一講究,內容更不那麼重要,一般士子連《性理大全》也讀不全,《禮記》刪去〈檀弓〉、〈喪服〉,《詩經》刪去淫風變雅,……許多篇章刪去不讀,只記其可出題之篇及所擬的數十題之文,最後乾脆買些坊刻的房稿程墨抄襲拼湊一番,本經也棄之不顧了。明代科舉獨重經義,可是一步步「簡化」下來,至此連僅有的根基都談不上,所謂「進士」,論其性質不過是唐代的「明經」,而其水準卻遠在唐宋之下。這套制度不但無法考選出眞正優秀的人才,還造成全民素質的大幅滑落,毀才滅情,禍比焚書,而推原究始,還在於制度設計上的簡陋,所以顧炎武說:「科場之法欲其難,不欲其易。」(《日知錄》卷十六〈擬題〉)即是此理。不過値得注意的是:在簡陋制度的背後,隱藏著朝廷鄙棄文藝、架空思想的意圖,這才是明代學術「空疏」的主要原因。

最後,影響學術風氣者爲官制。

若說明代科舉過於簡陋,那麼明代官制又過於複雜。進士、舉貢、雜流三途並用,最初用意不過是使君主能完全掌握生殺予奪的大權,沒想到卻埋下朋黨相爭、流品混雜的種子。早期政府需人孔急,由薦舉、學校產生者爲數較多,往往奏對稱旨,便可得美官,當時體制和風氣都不健全,只是在嚴刑峻法之下,弊端不甚顯著。幾代之後,缺額漸少,競爭愈形激烈,便開始講資格、論出身。薦辟之法廢而不行,所謂「雜流」只能成爲書算、譯字、通事之類的小吏，在政壇已失去競爭的資格，從政只剩進士和舉貢二途。進士出身者雖爲士林所貴重，但由於所考祇是簡化了的經義，無才而投機者亦多僥倖。而舉貢一途，流品極混雜，監生之中，舉人曰舉監、生員曰貢監、品官子弟曰廕監、捐貲曰例監；同一貢監中，有歲貢、選貢、恩貢、納貢，同一廕監中，有官生、恩生，後來開納粟之例，大量民生，亦混入其中（見《明史・選舉志》），入學做官的管道一多，弊病也叢出不窮，官員的素質良莠不齊，任用又無客觀的標準，其勢不得不互相傾軋、爭權奪利；《日知錄》云：「間有一二舉貢受知於上，拔爲卿貳大僚，則（進士出身者）必盡力攻之，使至於得罪譴逐，且殺之而後已。於是不繇進士出身之人遂不得不投門戶以自庇，資格與朋黨二者，牢不可破，而國事大壞矣！」（卷十七〈進士得人〉條）

「人」的問題如此，「事」的問題亦復如此。明代政府各部門的權貴分配爲互相牽制的形式；例如首輔之權最重，但司禮監之權又在首輔之上，司禮監地位雖高，然用人之權悉由吏部，吏部用人正，則一朝皆正，然吏部有時又不免恃宦官之力〔註17〕。彼此扞格，互相掣肘，勢力雖有消長，但君位君權從未動搖。明代在萬曆廢弛之後，賴此制度得以稍支傾頽，但也因此增加了政治鬥爭及官場恩怨的複雜性。

此外，就個人身家而言，明代官俸最薄，刑典最重，制度中帶著「又要馬兒好，又要馬兒不吃草」的矛盾性。待遇方面，以正一品而言，月俸米不過八十七石，國子祭酒從四品僅廿一石，正七品至從九品的基層小官則在五石至五斗之間，折合鈔券，實領者尤低於此。正統元年吏部主事李賢上疏云：「今在朝官員，皆實關俸米一石，以一身計之，其日用之費，不過十日，況其父母妻子乎？〔註18〕」折算物價，所得不過十日之費，跟本不足以治生養廉，《明史・食貨志》云：

〔註17〕趙翼《廿二史箚記》卷三十三「明內閣首輔之權最重」、「明吏部權重」二條。

〔註18〕顧炎武《日知錄》卷二十九「徙戎」條引。

「自古官俸之簿，未有若此者。」換言之，自古朝廷待士養士之苛薄，亦未有如此者。讀書人受到政府的壓榨剝削，再比照社會上商業繁榮、商人抬頭的現象，拮据的生活無寧是另一種士氣的挫辱。然而來自朝廷的打擊並不稍減：為了嚴懲貪吏，太祖刑用重典，凡有嫌疑，刀鋸隨之，朝廷有廷杖之刑，鄉里有剝皮之場，不是梟首示眾，便是築城屯田；並且廣設耳目，獎勵告密，微罪細行，概加受理，從此開了陰訐之風。當時百姓可以赴京控訴，大臣亦得互相檢舉，君主抱著寧可錯殺一百，不可放過一個的心理，隨便一句讒言誣告便可能斷送好人的性命。結果對奸滑之人而言，多如牛毛的法令正好成為吹毛求疵、攻訐栽贓的工具。法令愈多，愈便於玩弄；明代官吏多為文法吏出身，只習吏事，不重道德，玩法弄權，為其長技，好人則動輒得咎，難以自保；例如前面所提到的魏觀，以一清廉能幹的知府，僅因修葺府治，便被加上「非時病民」的罪名；大學校長李時勉因修剪校內彝倫堂樹旁枝，被誣為「擅伐官樹」，這樣的例子在明史上太多了。劣幣驅逐良幣，對正直之士而言，這眞是一個艱難的、惡劣的做官環境。

除功令嚴密之外，明代政策也不鼓勵大臣讀書，甚至將此視為禁忌，而對圖籍史料加以管制，這是歷朝歷代都沒有的禁律。《日知錄》卷十八〈祕書國史〉云：

> 漢時天子所藏之書，皆令人臣得觀之，……晉宋以下，此典不廢。（唐宋）求書之詔，無代不下，故民間之書，得上之天子，而天子之書，亦往往傳之士大夫。自洪武平元，所收多南宋以來舊本，藏之祕府，垂三百年，無人得見。而昔時取士，一史三史之科又皆停廢，天下之士於是乎不知古。司馬遷之史記、班固之漢書、干寶之晉書、柳芳之唐歷、吳兢之唐春秋、李燾之宋長編，並以當時流布，至於會要日歷之類，南渡以來，士大夫家亦多有之，未嘗禁止。今則實錄之進，焚草於太液池，藏眞於皇史宬，在朝之臣非預纂修，皆不得見；而野史家傳，遂得以孤行於世，天下之士於是乎不知今。

古人著述，藏之祕府，無人得見，當代史料，或禁或焚，罕見流傳，至於明初私家文集和收藏，則在幾場大獄中銷毀殆盡，連官方檔案也少有留存。從清初諸家考証的困難來看，明初的文字之禍將一代文籍湮滅得相當徹底，不但數量多、範圍廣，禁期也非常久；方孝儒的文集到萬曆年間才解禁，爲期近二百年，其他亡佚之書、不可考之事不知凡幾，因此顧炎武感歎地說：「是雖以夫子之聖，起於今世，學夏殷禮無從，學周禮而又無從也，況其下焉者乎？豈非密於禁史，而疏於作人，工於藏書，而拙於敷教者邪？遂使帷囊同毀，空聞七略之名，冢壁皆殘，不覩六經之字，嗚呼悕矣！」（同上）在明代前半期，士大夫幾乎是在無史書可讀的狀態下渡過，能普遍擁有刊刻不精的監本十七史，還是嘉靖以後的事。在書荒人荒的環境裏，讀書人即使脫離了科舉的拘絆，爲官之後也難在學問上有所進步；精神上失去了隱遁自振之路，現實中又得面對低劣的官僚文化，能不隨波逐流者幾希？士大夫階級是學術界的主流，主流一旦被抽空，學術的消亡是必然的了。

從上述學校、科舉及官制看來，明代統治者是絲毫沒有右文之心的；這些制度不但都具有重法輕文的殘酷特質，而且是有計畫的對天下之士施以愚化和奴化的教育。自讀書、考試到做官，朝廷控制士子一生的出路，每一個階段嚴密管束，毫不放鬆。它的目的是培養標準公務員，使之成爲替政府工作的機器，不許有思想，不許發議論，更不講道德名節，只要做一個平凡規矩、聽命辦事的人就可以了。經過這樣「管而不教」的養成教育，明代士子普遍沒有中心思想，奴性深重，有的呆板愚直，有的狡滑無恥，平凡的人或許甘於奴役，聰明的人卻必須壓抑自己而感到窒息苦悶。萬曆時代的陳眉公，一生不肯做官，他對好友董其昌說：「吾與公此時不願爲文昌，但願爲天聾地啞，庶幾免於今世矣！」（《陳眉公先生全集》卷二〈文娛錄序〉）同時的李卓吾也因爲不願受人管束，逃官隱遯，他說：

> 我生平不愛屬人管。夫人出世，此身便屬人管了，幼時不必言，從訓蒙師時，又不必言；既長而入學，即屬師父與

提學宗師管矣！入官即爲官管矣，棄官回家，即屬本府本縣公祖父母管矣！來而迎，去而送，出分金，擺酒席，出軸金，賀壽旦，一毫不謹，失其歡心，則禍患立至，其爲管束至入木埋下土未已也。管束得更苦矣！我是以寧飄流四外不歸家也。（李氏《焚書》卷四〈豫約〉）

從這兩位大師的話中，可以體會在專制政體的重重管制下，人心充滿了苦悶與絕望。他們距離明初的恐怖統治已遠，猶出此言，那中葉以前的讀書人眞是無所遁逃於天地之間，只得成爲「天聾地啞」了。

四、學術的斷層

洪、永兩朝的恐怖統治襲自秦始皇的焚書坑儒，學校科舉之制則源自漢武帝的外儒內法；明代的擬古政策並不僅學劉邦一人，而是以劉邦爲中心，上自秦皇，下迄漢武，集三百年法家之大成，在短短五十多年中以野蠻低劣的手段付諸實現。

學術界受到如此密集而致命的打擊，絲毫沒有喘息的機會，從此一蹶不振，迅速地萎縮退化；進入長達八九十年的黑暗期。自建文四年方孝儒死節算起，經永樂、洪熙、宣德、正統、景泰、天順、成化，直到弘治八年李東陽入直內閣止（1402～1495），共九十四年。這將近一世紀的時間，沒有出現過一位大詩人、文學家，思想界除陳白沙外，也沒有產生特出的哲學大師，整個精神文明幾近空白，人類的創造力、思考力也爲之停頓，這是一個受到過度驚嚇而呆住了的聾啞社會，「奄奄無氣，不足一觀」〔註 19〕，所有文學史之類的記載寫到這兒都因乏善可陳，不得不跳過去，於是這段沉默死寂的歲月，便經常成爲被人遺忘的眞空時段。

可是，我們不能只看文學史上「有」的部分，也要思索「無」的部分。

就當代來說，這「質樸無文」的效果，本是當初擬古政策所預期

〔註 19〕黃宗羲評明代前半期文章語，《南雷文定》前集卷一〈庚戌集自序〉。

的。那時由於專制政權伸張得徹底，基層工作做得紮實，人人克己自惕，出了不少循吏良吏；社會上治安良好，即使上層有什麼動亂，廣大的中下階層還是非常穩定，大家都是朝廷的順民和忠民，眞正達到了明太祖想要的「兩漢遺風」。《明史‧循吏傳》云：

> 洪武以來，吏治澄清者百餘年，當英宗、武宗之際，內外多故，而民心無土崩之虞，由吏鮮貪殘故也。……後人徒見中葉以來，官方驟裂，吏治窳敝，動謂衰朝秕政，而豈知其先崇尚循良，小廉大法，幾有兩漢之遺風，且駕唐宋而上哉！〔註20〕

這段話指出這百餘年具有「兩漢遺風」，可以爲明初的擬古政策做個見証；但讚歎它可駕乎唐宋之上，則還不能免於專制時代託古思想的封閉性。要知道明代前期的安定是經過血腥鎮壓後產生的靜止蕭條，跟唐宋盛世不能相提並論；所謂的「質樸」和「兩漢遺風」，就是製造一個保守落伍、愚昧無知、極端不近人情的社會，所謂的「復古」，就是退化、就是倒行逆施。後人每鑑於中晚期的混亂不安，對於前半期的老實安份不免稱道懷念，那是從「社會治安」的角度著眼，若就整個學術文化來看，它實在是歷史上罕見的黑暗時代。

在歷史上，一個正常的王朝，開國百年應該都是活力旺盛的黃金時期。在唐，是貞觀到開元的盛世；在宋，是產生歐蘇曾王的時代；在清，是人文鼎盛的康雍乾三朝；只有明代黃茅白葦，一片蕭條。以高啓的地位，若在唐朝不過相當於四傑之一，然而明代繼高啓之後，八九十年沒出過一位大詩人。即使國祚短促、朝政混亂的時代也不至於如此；姑不論齊梁在格律上的成就或五代在詩詞上的貢獻，即使是七十八年不行科舉的元朝，正統文學仍出了姚燧、吳澄、虞集、劉因、楊載、揭傒斯、薩天錫、楊維楨等人。動盪不安的時代仍能產生優秀的文學，可是明代這段太平歲月卻出現了學術的斷層，理由無他，別的朝代對人才優容之、護惜之，頂多放任不管，也從未如明代將知識

〔註20〕轉引自趙翼《廿二史箚記》卷三十三「明初吏治」條。

份子摧殘得如此徹底。清朝的專制政體延襲明朝，可是廢去了廷杖和廠衛，它初期的文字獄雖然殘忍，但論手段之野蠻、規模之深廣其實不及明代。後人以漢民族的立場經常強調滿州人或蒙古人的侵略破壞，對於太祖、成祖下的毒手卻略而不提，以現在看來並不是很公平。

洪永兩朝的屠戮在歷史上能與之抗衡的，只有秦的焚書坑儒和近代中共的文化大革命。可是由於歷史學家沒有賦予它專屬的名稱，因此它的重要性和影響顯得不太醒目，其實這三次分別出現在先秦、中古、近代的浩劫，都帶著一種惡意的，「滅絕」的性質，跟普通帝王的鎮壓或疏導手段不同。它們幾乎斬斷了文化學術的根脈，造成的傷害也大概都要近百年才能平復。這些漫長的黑暗期本身沒有太大的價值，只能在學術史上扮演「分水嶺」的角色。

以明代而言，這個黑暗斷層就分割了唐宋與明清兩期，也就是中古與近古的學術。在近一世紀的沉寂後，明中葉學界慢慢復甦，重新起步運轉。初起步時比較艱辛，大家素質低落，態度不夠嚴謹，還發生許多錯誤；明人治學有許多毛病，但了解這是不良環境下產生的後遺症，也就無需苛責他們。學術一經推動，總是會慢慢進步的。明代的文藝哲學到晚明逐漸豐沛成熟，入清之後更形健全，清代的空氣雅正端凝，不免看不起明人，但清初許多大師都是晚明培育出來的，清人也接收了許多明人的成就，所以明清兩朝在學術、文化上自成一個單元，不可分割，其中又以明末清初這二三百年爲顛峰期；它最特別的是在正統學問之外，產生了一些新興的學問，如考據學、科學及文學理論。這些在唐宋時不是沒有，但缺乏系統，要從明代中葉開始才形成專門的學問。從這觀點來看，明代這八九十年的「黑暗期」似乎也有「劃時代」的作用。

不過，就明代本身來說，它仍是一場劫運。它對明代至少有以下幾個影響：

一、延誤一代文運

有明共二百七十六年，這段黑暗期如果把洪武一朝三十一年也算上，共一百廿五年，佔了將近二分之一，不可謂不長。弘治、正德這三十四年走過渡期，那時社會還很封閉，從李東陽登上相位，開始汲引人才，提倡文學，明代的文壇才算揭開了序幕。不久，思想界出了王陽明，文學界出了李夢陽、何景明、徐禎卿、唐寅、祝允明、楊慎……儒林文苑才開始熱鬧起來。換句話說，明代重要的作家全集中在後半期產生。明代不是沒有人才，如果沒有這場劫難，繼宋濂、高啓之後，何嘗不能產生李杜歐蘇這樣的大家？可惜恐怖統治倒行逆施，延誤了一代文運，即使後期有所發展，起步也嫌遲了。

二、使文人素質全面低落

這段期間師資嚴重缺乏，直接影響到學術的傳承，但最主要的還是一般人讀書學作詩文的意願不高。一來是殷鑑不遠，唯恐以文字賈禍，乾脆不學不作。二來是能勝任吏職就好，詩文並非必備的條件，通常都是先做了官再視興趣學點詩文，就算會作也有很多題材不敢寫，加上彼此間交往應酬也少，創作數量和創作能力都大幅減低。連館閣之臣的作品都衹堪覆瓿，何況是一般人？弘正年間，李夢陽出來倡言復古，王世貞說他「手闢草昧」（《藝苑卮言》卷六），胡應麟也形容他「開創草昧」（《詩藪》續編一〈國朝〉上），這「草昧」二字很能說明這時代荒蕪的景象。

三、壓抑人性

法的設立，本就是爲中下人而定的低標準，以法家治國，根本就不容上才有發揮的空間，尤其在惡性偏執的法家當道之時，傑出人士往往成爲打擊的對象，「上有所好，下必有甚焉」，國初政壇的殺戮，給予廣大民眾的訊息便是如此，所以這段期間明人普遍而根深蒂固的觀念是：混跡眾中，不求特殊，「和光同塵」，儘量避免受到矚目。在道德上，只求做個溫良君子，不鼓勵作英雄豪傑，在文學上，才華高者必須減少自己的特色以便與平庸者同步，生活上，寧願愚笨無能，不願任事精敏。處處劃地自限，不敢逾矩，人人只能在「平凡無用」

的小範圍中活動，正如顧炎武論人材所言：

> 豪傑之士，無以自奮，而同歸於庸懦也。
>
> 其君子工於絕纓，而不能獲敵之首，其小人善於盜馬，而不肯救君之患。
>
> 故法令者，敗壞人材之具。以防姦宄，而得之者什三，以沮豪傑，而失之者常什七矣！（《日知錄》卷九）

由於政策逼使豪傑之士歸於庸懦，經過長期的壓抑，人性不得伸展，讀書人的性格受到扭曲，有的接受環境的影響，愈形固陋，形成自命正統的陋儒、鄉愿、假道學，有的對環境的壓迫引起反彈，成爲反抗時代的叛徒狂生。在上者沾染專制的作風，不免蠻橫霸道，在下者沒有主見，充滿鄉愿奴才的性格，見風轉向，動輒形成「入主出奴」的局面。學術的發展也呈現兩極化，繁瑣的程朱學說和守舊的格調派是順應時代的產物，它們的重點放在廣大的中下階層，用「法」將大家約束在低標準之內，陽明心學和性靈派則是反時代的產物，他們力求突破，要爲豪傑英才爭取一片天空。保守的一方過於偏執；解放的一方，傾向偏激。弘正以後，明人的個性很明顯地反映在學說上，而且愈演愈烈。不論那一種變化，都和這段黑暗期脫不了關係，晚明許多現象其實在開國前期就埋下遠因了。

第二章　摹擬王國的建立

一、復甦的契機

走出「兩漢遺風」的黑暗期，到明孝宗弘治年間，哲學文藝終於有了復甦的機會。弘治一朝雖然只有短短的十八年，但跟前幾代帝王的殘忍、無能、荒淫、迷信比起來，朝廷上有著少見的清明和諧的氣氛。孝宗本人談不上雄才大略，也沒有很高的文學天份，立朝不過「恭儉有制，勤政愛民」而已〔註1〕；但難得的是他能罷黜小人，尊重大臣；甫一即位，便將憲宗朝數以千計的法王、佛子、禪師、國師、眞人全部斥逐，又趕走萬安、尹直這幫小人，而啓用優秀的文臣學士。十八年中，徐溥、劉健、邱濬、李東陽、謝遷等人相繼爲相，君臣頗爲相得，從未出現像後來正德朝百官諫南巡受杖，或嘉靖朝百官伏闕爭禮這樣激烈的衝突。在明史上，他可說是和大臣關係最好的一位皇帝，錢牧齋稱其爲「本朝之周成王、漢孝文也」(《列朝詩集小傳》乾集上)，可見在很多事情上他發揮著中興之主的作用，這樣溫和的環

〔註1〕清張廷玉《明史．孝宗本紀》後評云：「明有天下，傳世十六，太祖成祖而外，可稱者仁宗、宣宗、孝宗而已。仁宣之際，國勢初張，綱紀修正，淳樸未漓，至成化以來，號爲太平無事，而晏安則易耽怠玩，富盛則漸啓驕奢，孝宗獨能恭儉有制，勤政愛民兢兢於保泰持盈之道，用使朝序清寧，民物康阜，易曰：『旡平不陂，旡往不復，艱貞旡咎。』知此道者，其惟孝宗乎？」

境，對明代學術而言眞是寶貴的契機，即使武宗時又復荒怠不振、挫辱大臣〔註2〕，但弘治年間拔擢的人才已足以造成廣大的影響了。

這時期先後出現兩位重要的人物，一是文學界的李東陽，一是哲學界的王守仁。

李東陽字賓之，號西涯，茶陵人（屬長沙府）。是天順八年進士，在弘治朝得到重用，於弘治八年累進文淵閣大學士，參預機務，多所匡正，十八年與劉健、謝遷同受顧命，輔翼武宗。武宗即位，加少傅兼太子太傅。當時劉瑾用事，凶暴日甚，獨獨於李少師稍有敬意，東陽居其間，「潛移默奪，保全善類，天下陰受其庇」（《明史》本傳），其地位聲望有如此。他的詩雖稍弱於高啓，但吐納和雅，渢渢洋洋，兼綜少陵、隨州、香山、眉山、道園，而有自己面目，因此上下百年內竟無人能出其右。論詩以格調爲主，但通達公正，不涉摹擬，見解精闢，包容廣大，表現著文學評論家優美的風度。以這樣的聲望才情，獎掖人才，提倡文學，對沉寂已久的文壇而言，眞是令人鼓舞的事。錢牧齋《列朝詩集小傳》說：「成弘之間，長沙李文正公繼金華、廬陵之後，雍容臺閣，執化權，操文柄，弘獎風流，長養善類，昭代之人文爲之再盛。百年以來，士大夫學知本原，詞尙體要彬彬焉，彧彧焉，未有不出長沙之門者也。」（丙集〈石瑤傳前序〉）可見長沙公的確是黑暗期後，開啓文風的第一人。

王守仁，字伯安，餘姚人，以曾築室於故鄉陽明洞，世稱陽明先生。弘治十二年進士，資望晚於長沙公，卻與其弟子李夢陽、何景明等人同輩。正德初年以〈仗義論〉救言官戴銑，受到劉瑾的迫害，廷杖闕下幾死，後謫貴州龍場驛丞。劉瑾伏誅後，他得到擢升，從此展

〔註2〕朱國楨《湧幢小品》卷十二「廷杖」條云：「成化以前，凡廷杖者不去衣，用厚綿底衣重氈疊帊，示辱而已。然猶臥床數月，而後得愈。正德初年，逆瑾用事，惡廷臣始去衣，遂有杖死者。又成弘間，下詔獄，惟叛逆、妖言、強盜好生打著問，喇虎殺人打著問，其餘常犯送錦衣鎭撫司問，轉法司擬罪，中間情重始有來說之旨，正德以後，一概打問，無復低昂矣。」

開功業。先移廬陵知縣，累擢右僉都史，巡撫南贛，平大帽山諸賊、定宸濠之亂。世宗時封新建伯，總督兩廣，破斷藤峽諸賊，一生功業彪炳，明代文臣用兵，沒有人有這樣的成就。他所創的陽明學說，擺脫程朱末流的拘執繁瑣，直指本心，追求人性合理的自由，獎勵氣節，以英雄豪傑相尙，爲長久以來萎縮不振的哲學思想開啓新機。他的人格和事功爲他的學說做了最好的證明，這激勵了年輕人的向上之心，紛紛放棄官學，投靠陽明門下，從此姚江弟子講學成風，以積極進取的態度造就了明代唯一足與前朝抗衡的一門學問。

這兩位大師，文治武功，各有所成，爲長期遭到貶抑的文人儒生爭取了較高的地位和尊嚴，同時也在墮落的舉業習氣中，爲後進指出文藝哲理的上進之路。或許同樣是南方人的關係，他們的學說有一個共同的特色，就是開明通達，籠罩甚廣。所謂籠罩甚廣，是創新之中不忘傳統，宗正之餘亦能求變，頓悟漸修，無所偏至，使學者不分智愚利鈍，都能依自己的氣質稟賦走出一條路子，所以後來的門人各取一部分闡述發揮，分宗立派，互較得失，其實都脫不了他們的沾溉。

但是這兩位大師也有個很不相同的地方；李東陽身居相位，四十年不出國門，由於環境關係，所汲引者皆爲廟堂之士，如石瑤、羅玘、邵寶、顧清、楊愼、李夢陽、康海、王九思、何景明等人，都是貴族性質的士大夫階級，他們圍繞在宰相身邊，講究的是金聲玉振、美麗和諧的文風。而王守仁在偏遠的龍場驛悟道講學，一生轉戰東南半壁，他的閱歷和活動範圍以民間居多，思想作風也傾向平民化。演變到後來，前後七子當中多是軒冕人物，唯一的布衣謝榛遭到擯斥：而王門弟子中樵夫陶匠卻可以與大儒談學論道，平起平坐。「貴族化」與「平民化」是二者基本上的差異。

此外，二者的發展也有幸與不幸。李東陽與王守仁分別重新推動了明代的文學和理學，本是史上値得大書特書的事，可惜李東陽的詩壇地位不久就被李夢陽、何景明等人所躋奪，弘正七子挾「復古」之大纛，將詩文誤導入「摹擬」的死胡同，嘉靖七子繼續推波助瀾，變本加厲，結果將復甦後的明代文學製造成一個摹擬王國；浪費了好幾代文人的才智心血，最後所得不過如清人吳喬所說的「一片瞎唐詩」。王守仁的心學則不然，它是富於創造力的新理學，跟仿製的舊詩文完全不同。最初王守仁尚未悟道時，也曾跟隨李何刻意辭章，走復古路線，後來不滿他們的作法，便轉向理學發展〔註 3〕，自創天地，成就卓偉。《四庫提要》云：「明至正德初年，姚江之說興，而學問一變；北地、信陽之說興，而文章亦一變。」（卷一七一「古城集」條下）王學之變在創新，李何之變在守舊，前者以反抗時代，超越世俗而成功，後者以順應時代，迎合世俗而失敗，明代這兩門學問，一個掌握了復甦的契機，一個辜負了復甦後的良機，差之毫釐，失之千里，比較之下，眞是令人浩歎！

二、七子的崛起

七子的崛起在批評史上是一件很突兀的事。

從詩史來看；格調說的形成並非始自明代，而是在齊梁初盛唐就發展成熟了。唐人選唐詩即分出「盛唐」與「非盛唐」兩類；盛唐者，是格律精緻，意象優美的「正統」作品，爲後來格調派所宗。非盛唐者，是追求拗體形式及奇詭怪麗的「變體」作品，爲後來性靈派所宗。當盛唐時代結束，中晚唐的杜、韓、元、白開始創變，入宋之後，歐、蘇、黃繼之，奇而又奇，偏離盛唐詩風愈變愈遠。南宋以後，物極必反，詩論逐漸守正，有回歸唐詩的傾向，格調說因此逐漸抬頭。由元入明，格調說呈穩定而緩慢的發展，所宗的範圍不限盛唐，或中或晚，甚至或宋或元，立論既寬，創作的空間也頗爲廣大。中間經過黑暗期，詩學一度呈現停滯狀態，可是到李東陽手中，格調派還是保持著比較開明自由的胸襟。七子崛起後，刻意矯正格調的路線，限定以盛唐爲

〔註 3〕《列朝詩集小傳》丙集「王新建守仁」：「先生在廊署，與李空同諸人遊，刻意爲辭章。居夷以後，講道有得，遂不復措意工拙，然其俊爽之氣，往往涌出於行墨之間。」

創作學習的範圍，其他一概不取，態度也由以往的溫和包容走向偏執保守。從詩史發展的曲線來看，格調派幾百年來溫和的路子在很短的時間內走上極端，這當然是一件突兀的事。

其次，純就弘正詩壇來看，七子本無崛起的資格。西涯主持文柄時，海內才俊，盡歸陶鑄；滿朝門生當中，李何之輩並不是最優秀的。眞正能繼承西涯詩學而爲格調之正宗者，應當是邵寶、石珤、羅玘、顧清、魯鐸、何孟春、楊愼等人。這些開明派的格調家與前七子有幾點不同：

第一、他們大多數是南方人，——邵寶，江蘇無錫人。羅玘，江西南城人。顧清，江蘇華亭人。魯鐸，湖北景陵人。何孟春，湖南郴州人。楊愼，四川新都人。只有河北藁城的石珤是北人。——而前七子當中，除徐禎卿（吳縣）之外，其他全爲北人。李夢陽，陝西慶陽人〔註4〕，後徙大梁，人稱「北地」。何景明，河南信陽人。康海，陝西武功人。王九思，陝西鄠縣人。邊貢，山東歷城人。王廷相，河南儀封人。此外還有田登、張治道（陝西長安人）、張鳳翔（漢中洵陽人），以及李夢陽的妻弟左國璣（河南祥符人），他們共同組一個地方色彩濃厚的關隴集團，「附北地而排長沙，黨同伐異，不惜公是」〔註5〕，在詩壇上表現著北人強悍的作風。

第二、在文學理論方面，正統格調派不講摹擬，也不專主盛唐，他們文必己出，表現個人的性情與風格。例如邵寶，錢牧齋《列朝詩集小傳》云：「竟陵鍾伯敬嘗語予：『空同出，天下無眞詩，眞詩惟邵二泉耳。余與孟陽亟賞其言。』（丙集）《四庫提要》亦言「寶詩清和澹泊，能抒寫性靈」〔註6〕，再如羅玘之文「規撫韓愈，戛戛獨造」〔註7〕，詩則「振奇側古，必自己出」〔註8〕。西涯本人即是如此，

〔註4〕《明史・地理志三》，陝西下設八府，慶陽爲其一。清以後慶陽屬甘肅省。

〔註5〕《列朝詩集小傳》丙集「張主事治道」。

〔註6〕《四庫提要》卷一百七十一「容春堂集」條下。

〔註7〕《四庫提要》卷一百七十一「羅圭峰文集」條下。

牧齋嘗云:「西涯之詩原本少陵、隨州、香山,以追宋之眉山,元之道園,兼綜而互出之,……而其爲西涯者自在。試取空同之詩,汰去其呑剝撏撦吽牙齟齒者,求其所以爲空同者而無有也。」〔註 9〕這是開明格調派與偏執格調派最大的不同。

第三、在創作方面,南派的格調家水準較高,多半表現平淡超逸的優美風格;如石瑤詩歌「淹雅清峭,諷諭婉約」〔註 10〕,顧清詩「清新婉麗,天趣盎然。文章簡鍊醇雅,自嫻法律」〔註 11〕。可是這類詩風七子一概與臺閣體並論,譏其萎弱軟滑。他們所好尚的是悲壯瀏亮的風格,因此李何以學杜爲能事;其佳處固足以表現北人慷慨激昂的本色,而其劣處則不免失之粗豪,流露「中原傖父槎牙奡兀之習」〔註 12〕。北人當時素質低落,劣處普遍較南人爲多。以康、王而論,二子雖工樂府,然《對山集》「率直冗長,殊不足觀」〔註 13〕,詩尤頹縱,不副盛名〔註 14〕,王九思之詩亦質地麤漫,未能盡脫秦聲〔註 15〕;可見就詩人素質及創作水準而言,北不如南。

第四、在學問方面,南派格調家學問較爲淵博。李西涯曾作〈信難〉一篇贈邵寶,「稱其集出入經史,蒐羅傳記,該括情事,摹寫景物,以極所欲言,而無冗字長語辛苦不怡之色」〔註 16〕。《四庫提要》亦評楊愼「以博洽冠一時。其詩含六朝,於明代獨立門戶。文雖不及詩,然猶存古法,賢於何、李諸家窒塞艱澀,不可句讀者。蓋多見古書,薰蒸沈浸,吐屬自無鄙語,譬諸世祿之家,天然無寒儉之氣矣」(卷一七二「升菴集」)。而李夢陽倡言復古,教天下勿讀唐以後書,

〔註 8〕《列朝詩集小傳》丙集本傳。
〔註 9〕《列朝詩集小傳》丙集「李少師東陽」傳。
〔註 10〕《列朝詩集小傳》丙集「石少保瑤」。
〔註 11〕《四庫提要》卷一百七十一「東江家藏集」條下。
〔註 12〕《列朝詩集小傳》丙集「徐博士禎卿」。
〔註 13〕《列朝詩集小傳》丙集「康修撰海」。
〔註 14〕陳田《明詩紀事》丁籤卷三。
〔註 15〕同上。
〔註 16〕《四庫提要》卷一百七十二「容春堂集」條下。

看似持論甚高，足以竦動當代耳目，實則根柢頗爲薄弱，牧齋云其詩文引據唐以前書，紕繆挂漏，不一而足，《國寶新編》又言其「晚始泛濫諸家」，其陋可知。何景明亦然，楊慎《升菴集》云：「仲默沈藉杜詩，不觀餘家，……與予及薛君采言及六朝初唐，始恍然自失。」凡此皆足證李、何之以高傲掩其固陋。《四庫提要》謂其文章以艱深文其淺易，讀書亦然。

第五、在師承方面，南派的格調家得到西涯的肯定和支持，而在西涯故後也都能忠於師說。《列朝詩集小傳》載：「（邵寶）受知於西涯，……西涯以衣鉢門生期之。越三十年，以侍郎予告，西涯作〈信難〉一篇以貽之，以歐公之知子瞻及子瞻之服歐公者爲比，蓋西涯之絕筆也。西涯既歿，李、何之焰大張，而公獨守其師法，確然而不變，蓋公之信西涯與其所自信者深矣。」又云：「（石珤）初入詞林，李長沙函稱之曰：『後進可託以柄斯文者，其石氏季方乎！』長沙又嘗評其詩曰：『邦彥詩詞，皆中矩度，而七言古詩尤超脫凡近，眾所不及。』蓋正嘉間館閣文章得長沙之指授者，文隱（按：石珤謚）其職志也。」再如顧清「亦深得長沙衣鉢。正嘉之際，獨存正始之音。今人以其不爲李、何輩所推，不復過而問焉，斯所謂耳食者也」。

西涯對於北方文學之士抱持著比較同情的態度，但也透露人才貧乏的現象。《懷麓堂詩話》云：

> 文章固關氣運，亦繫於時尚。周召二南、王豳曹魏諸風、商周魯三頌，皆北方之詩，漢魏西晉亦然。唐之盛時，稱作家在選列者，大抵多秦晉之人也。蓋周以詩教民，唐以詩取士，畿甸之地，王化所先，文軌車書所聚，雖欲其不能不可得也。荊楚之音，聖人不錄，實以要荒之故。六朝所製，則出於偏安僭據之域，君子固有譏焉，然則東南之以文著者亦鮮矣。本朝定都北方，乃爲一統之盛，歷百有餘年之久。然文章多出東南，能詩之士，莫吳越若者，而西北之士，顧鮮其人，何哉？無亦科目不以取，郡縣不以薦之故歟？」（《續歷代詩話》）

西涯說得委婉含蓄，顧亭林則說得坦率明確一些。《日知錄》云：

> 夫北人自宋時即云東西、河北、河東、陝西五路舉人拙於文辭聲律，況又更金元之亂，文學一事，不及南人久矣。今南人教小學，先令屬對，猶是唐宋以來相傳舊法。北人全不爲此；故求其習比偶、調平仄者，千室之邑，幾無一二人；而八股之外，一無所通者比比也。愚幼時四書五經俱讀全注，後見庸師窳生，欲其速成，多爲刪抹，而北方有全不讀者。……古書善本，絕不至於北方，而蔡虛齋、林次崖諸經學訓詁之儒皆出於南方也。故今日北方有二忌，一曰地荒，一曰人荒。……」(卷十七「北卷」條下)

亭林所述的現象，自元至清都是如此，幾百年來，北方沒有太大的變化，偏執格調派便是在這樣的基礎上產生。不過，北人對自己的愚直淺陋似乎不甚察覺，反而由於庸劣者多，少數優異之士更加自負。《日知錄》云：「今日中原，北方雖號甲族，無有至千丁者，戶口之寡，族姓之衰，與江南相去夐絕。其一登科第，則爲一方之雄長，而同譜之人，至爲之僕役，此又風俗之敝。自金元以來，淩夷至今，非一日矣！」(卷二十三「北方門族」條）李、何等人既爲雄長，在同鄉的簇擁下，不免盛氣矜心，目空一切。他們對開明派的長處似乎不能領略，執意認爲眼界愈高，論詩愈嚴，便是向上一路，因此不僅看不起以西涯爲首的南派格調家，連北宋晚唐諸家也要全盤抹殺，只有漢魏盛唐才是唯一的理想。然而，矛盾的是理想太高遠，自己的程度則不高，中間無法平衡；扭曲的結果，是「悟」出步趨古人爲最佳的終南捷徑。這套想法，當西涯在世時，七子不敢以之攻擊乃師，然軒輊之意已可微見〔註 17〕，西涯歿後，才放言不諱。《列朝詩集小傳》云：「北地李夢陽一旦崛起，侈談復古，攻竄竊剽賊之學，詆諆先正，以劫持一世。關隴之士，坎壈失職者，群起附和，以排擊長沙爲能事。」可見七子不止理論有所偏失，在學術倫理上也表現出無禮的態度。

〔註 17〕陳田《明詩紀事》丁籤卷一。

從這些事實看來，北方的七子實不足以代表整個格調派，也不該得到詩壇尊榮的地位，他們不過是格調派中的一個旁支，而非主流。然而這個旁支在李夢陽異軍突起後，竟能得到普遍的認同，風行草偃，獲致成功；後七子繼踵而起，祧少陵而彌北地，將摹擬王國的壽命又延長了一二代，總共控制詩壇達一百五十年之久。這究竟是什麼力量造成的？在這個詩國當中，比較優秀的開明派隱而不彰，淪爲附庸，比較低拙的偏執派卻操持文柄，壇坫不改，在學理上是件說不過去的事。因此，其原因已不在詩學之內，而必須自外在環境尋求解答了。

三、政治與地域的支持

「摹擬王國」能夠建立成功，因素頗爲複雜。最初七子以地方集團起家，然而地域性的背後，則有來自政治方面的支持。

明代自開國以來，施政即有重北輕南的傾向。原因很簡單；明以武功定天下，對軍事重鎮的經營一向不遺餘力，北方各省大多爲邊陲要地，然而大亂之後，農村殘破，人口稀少，水旱蝗災，連年不斷，爲防元人南下，治理北方便成爲當務之急。其次，明之取天下，亦多得北方百姓之助。洪武二年詔曰：「齊魯之民，饋糧給軍，不憚千里。」洪武九年詔曰：「比年西征燉煌，北伐沙漠，軍需甲仗，皆資山陝，又以秦晉二府宮殿之役，重困吾民。」（《明史・太祖本紀》）可見北方百姓對朝廷之順服、對政策之擁護頗令太祖感動。此外洪永兩朝連年征戰，長期在北方練兵，所需兵源，大多就地選取北方子弟。北人忠勇質樸，吃苦耐勞，最爲統治者所喜，因此對北方諸省的撫恤也特別寬厚。免租賑災，少有間斷，重臣名將，出入頻繁；洪武廿四年，皇太子也出京巡撫陝西（〈太祖本紀〉）；永樂十六年，陝西諸司以不恤民災，又不以聞，遭受成祖敕責（〈成祖本紀〉），可見朝廷對北方各省的重視和掌握常在地方政府之上。

洪武廿八年，「上以各王及世子有未婚者，命禮部遣人往河南、山東、陝西、北平諸處，選官民家女年十四五，容德端厚及父母俱存，家法嚴整者，官給舟車，令其父母送至京選用之」（《明太祖實錄》卷二四○）。后妃之選取亦限令北方各省，顯見太祖對北人的信任。成祖定都北京之後，恐怕後宮妃嬪與宦官亦以北人爲多。

在大臣的選擇方面，朝廷也頗具私心。太祖「初以北方喪亂之餘，人鮮知學，遣國子生林伯雲等三百六十六人，分教各郡，後乃推及他省」（《明史・選舉志》）。洪武十四年，特頒四書五經於北方學校（〈太祖本紀〉），凡此舉動，莫不希望北人能爲己所用。然而在地荒人荒的年代裡，北人在考場上實難與南士競爭，洪武三十年大考，北人全軍覆沒，所取五十二人皆爲南士。太祖大怒，將主考官劉三吾戍邊，白信蹈誅死，覆閱官張信及新科狀元陳䢿等人皆誅。太祖親自閱卷，取任伯安等六十一人，皆爲北士（《明史・選舉志》）。這件事在士大夫心中烙下很深的傷痕；北人得到朝廷的支持，固不免氣焰日高，南人遭到打擊貶抑，委屈之餘也心懷不平，自此開啓了南北黨派的鬥爭。而另一方面科舉的公平性也爲之動搖，明代科舉弊端甚多，恐怕也肇因於此。

經過這次衝突，到宣德、正統年間，逐漸琢磨出一套辦法；便是將科場分爲南、北、中卷，「以百人爲率，則南取五十五名，北取三十五名，中取十名」（〈選舉志〉），以此保障北方及西南地區（中卷）的名額。保障名額本是調停之法，並非造就之方，對士子素質的提昇毫無助益。而且在官僚派系黨護鄉曲的作風下，名額的分配經常是爭奪利益的焦點。成化年間，萬安當國，周洪謨爲禮部尚書，兩人都是四川人，結果將南北錄取人數各減二名，以益於中。到正德朝陝西人劉瑾弄權，爲北人爭取名額就更多了，《明史・選舉志》云：

> 正德三年，給事中趙鐸承劉瑾旨，請廣河南、陝西、山東西鄉試之額。乃增陝西爲百，河南爲九十五，山東西俱九十。而以會試分南北中卷爲不均，乃增四川額十名，并入南卷，其餘并入北卷，南北均取一百五十名。蓋瑾陝西人，而閣臣焦芳河南人，票旨相附和，各徇其私。瑾、芳敗，

旋復其舊。

將四川併入南卷，使南北均取一百五十名，看起來是南北人數均等，實際上是北勝於南，於是在正德朝北人的勢力便駸駸乎陵駕南人之上。

這件事和前七子並沒有直接的關係——在政治上，李何康王等人甚是反對劉瑾的，他們的宦途也大多偃蹇——但長久已來北人的得勢似乎已成爲大眾接受的事實，反映在詩壇上，關隴集團的崛起顯得很理所當然；李何彷彿是當權者的化身，大批湧入的北方進士舉人則可能是他們的擁護者，社會大眾由默認而臣服，進而推波助瀾，積非成是。在這種空氣下，南派格調家不欲自顯以避其鋒銳的態度也就可以理解了。

前七子是關隴集團，後七子則是山東集團；詩壇權力由西移轉至東，而其爲北則一。後七子最初以謝榛、李攀龍爲首，謝是山東臨清人，李是山東歷城人；後來論詩不合，謝披擯斥，李引進了江蘇太倉的王世貞。王世貞早年「自命太高，求名太急，虛憍恃氣」〔註18〕，投身北派，持論爲之一偏，此後七子的陣容出現了大批南人，除了徐中行、梁有譽、宗臣、吳國倫〔註19〕，還有後五子、續五子、廣五子、末五子。不過，格調派的路線並沒有因南人的投效而有所改變，這些南人揣摩北地，故作音節激昂的詩，其實未必發源於古人，這現象只能算是偏執派的疆域拓展到南方。萬曆以後，公安性靈之說興起，七子的勢力由南方遞減，退回北方。直到明末清初，以王象春、王世祿、王世禎著名的山東新城王氏家族仍擁有相當的影響力，可見北方仍是偏執格調派的大本營。

北人既由朝廷的支持而佔上優勢，在學說方面也微妙地配合政策的取向。開國時「政必秦漢」的擬古國策似乎與七子的詩說遙相呼應；

〔註18〕《四庫提要》卷一百七十二「弇州山人四部藁」下。

〔註19〕徐中行，湖州長興人。梁有譽，廣東順德人。宗臣，揚州興化人。吳國倫，湖廣興國人。

從七子所提的口號：「文必秦漢，詩必盛唐」來看，文章固不待言，詩的部分，古詩宗漢魏，律詩才宗盛唐，算起來還是以漢代為重。其中一個「必」字，帶著多少執著專斷的意味，而摹擬的手段，則同樣來自一種農民式的愚直。明代整個大環境都是摹擬而來，這樣的現實世界顯然對七子有著不小的影響。其中，模仿得維妙維肖的，莫過於在人事佈局上儼然成為一個完整的王國。

李夢陽是第一代「手闢草昧」的開國之君。王世貞《藝苑卮言》云：

> 長沙之於何李也，其陳涉之啓漢高乎？（卷六）

《四庫提要》云：

> 何李如齊桓晉文，功烈震天下，而霸氣終存。東陽如衰周弱魯，力不足禦強橫，而典章文物，尚有先王之遺風。（卷一百七十「懷麓堂集」條下）

至於他的門徒則直稱之為「帝」。萬曆間粵人鄧雲霄重刻《空同先生集》敘云：

> 空同先生固聖於詩也，……空同先生所以集大成而自帝此道者。〔註20〕

不論為聖為帝，或是為漢高、齊桓、晉文，其霸道獨裁都是一樣的。史稱夢陽「才思雄鷙」、「卑視一世」（《明史》卷二百八十六〈文苑〉二），便是一種霸主的性格。在詩國中，空同自命正統，以我為尊，自己詩風粗豪，便要人人慷慨激昂。徐禎卿以吳中四才子的身份投效北地，悔其少作，改學漢魏盛唐，不可謂不誠，偶爾流露出清妍婉約的南人特質，仍被空同譏為「守而未化，蹊徑存焉」〔註21〕。何景明與空同並肩而起，摹擬蹊徑，並無二致，只不過在七律方面稍有自己「俊逸」的風格，空同便作〈贈景明書〉，勸其改步易趨，以合於己。景明不服，回書答辯，引起空同猛烈的攻擊，雙方反復詰難，到景明

〔註20〕明萬曆重刻本，轉引自《歷代文論選》中冊頁287。
〔註21〕事見《列朝詩集小傳》丙集「徐博士禎卿」。

不再辯解才罷手，但此後何景明失去空同歡心，二人自此絕交。何、徐的地位，相當詩國中的宰相大臣，然而一旦離其旨意，或斥或逐，毫不留情。何大復病危時，屬墓文必出空同手，頗有輸誠修好之意，而人料空同文必不來，不敢以聞〔註 22〕。涼薄至此，並非學者本色。空同躋奪乃師於先，擯斥同門於後，所表現的實是政治世界中的階級性和鬥爭性。

君主政體另一個特徵是繼承性。後七子與前七子隔絕數十年，中間並無師承關係，李攀龍「尊北地，排長沙」，聲應氣求，若出一軌，輕易地繼承了空同的帝位。他「才思勁鷙」、「視當世無人」（《明史》本傳），同樣具有霸主狂傲的性格和強勢的作爲。他編選《古今詩刪》，一筆刪去宋詩，而以明代直接漢唐；他的詩風「亮節較多，微情差少」〔註 23〕，所選者也是「黃金紫氣之詞，叫囂亢壯之章」，並且以此鞭策天下，幾同暴秦，凡「海內稱詩者，不奉李王之教，則若夷狄之不遵正朔」〔註 24〕，不僅一己之作千篇一律，還驅使天下之作千篇一律，這樣才能達到詩國「統一」的目的。凡是不翕然和之者，則詆爲異端。謝榛原是啓迪後七子的師友，受禪學的影響，論詩有一半性靈的傾向，他的境界比李王諸人都高，只因爲向聲名日盛的李攀龍諫諍，便引起大家的不滿，李攀龍遺書絕交，王世貞等人更交口詆責，至削名逐之乃已。這情形跟空同之斥逐大復頗爲類似。何大復與謝茂秦所受到的「政治迫害」常令後人不平，可是當時卻無人替他們說話；懾於二李的權威，奴性甚重的詩國子民惟恐貢諛之不暇，人人無不爭效其體，將他們比喻爲龍鳳麒麟、李杜再生，二李的文學理論不過是些零章碎句，而別人的溢美之辭卻連篇累牘，這顯示了當時子民臣僚對詩中之帝的膜拜與崇敬就是現實生活的投影。

王世貞與李攀龍也並無師生關係，卻早經攀龍指定爲接班人。他

〔註 22〕事見李開先《中麓閒居集》，陳田《明詩紀事》。

〔註 23〕《四庫提要》卷一百七十二「滄溟集」下。

〔註 24〕陳田《明詩紀事》己籤序。

早年論詩極苛，抨擊古人，自詩三百篇秦漢以下莫能倖免，晚年雖有修正的傾向，但聲華意氣，籠蓋海內，一時也扭轉不回。詩國到他手中，興盛的程度達到顛峰，當時「士大夫及山人詞客、衲子羽流，莫不奔走門下，片言褒賞，聲價驟起」（《明史》本傳）。而這第三代君主則坐在家中，以其好惡爲高下，主掌著天下詩人在「後五子」、「廣五子」、「末五子」……這些名目中的排名大權。這份氣派，也是學術史上曠古未有的。

這個龐大的詩國，歷經三個皇帝，長達一百五十年，地跨全國，君臣子民，階級井然，在上者大權在握，在下者爭相爲其奴役，凡學術界所沒有的階級性、繼承性、強制性、鬥爭性以及奴性，它都具備，結構之完整，眞令人嘖嘖稱奇。

可是，在現實生活中，李何李王的性格並非如此；李空同爲郎中時，疏劾劉瑾，遘禍幾危，氣節震動一世〔註25〕。何景明爲人尚節義而鄙榮利，憂憤時事，有國士之風〔註26〕。李攀龍事母至孝，西土地震時，心悸念母，爲此謝病罷官，後以母喪哀毀過甚，得病心痛而卒（《明史》本傳）。王世貞在郎署時，諫臣楊繼盛被讒下獄，世貞爲進湯藥飲食，代其妻草疏；繼盛棄市，親臨哭弔，經紀其喪，以此爲嚴嵩所恨，尋隙將世貞父構獄論死，世貞與弟世懋叩闕乞免，卒不救，至隆慶初伏闕訟冤，有詔追復（事見《明史》本傳）。

從這些事蹟看來，李何李王在現實生活中都是忠臣孝子節義之士，可是到了詩國中，搖身一變，都成了不可一世的專制帝王，一邊是令人尊敬的形象，一邊是令人反感的角色，眞實人格與學術人格完全分離，眞是耐人尋味。究其原因，大致有二，一是因爲君主專制的影響太大，二是因爲士大夫的模仿力太強。論詩是模仿古人，論人格作風卻是模仿當時的統治者，試看七子種種醜態惡習，和獨裁者的嘴臉一模一樣，因爲現實所教給他們的就是這些，當他們在詩的領域取

〔註25〕《四庫提要》卷一百七十一「空同集」下。
〔註26〕《列朝詩集小傳》丙集「何副使景明」。

得權勢之後，也自然的將這一套轉嫁在自己臣民身上。而所謂詩國的臣民，在現實生活中不是一方俊彥，至少也是讀書作詩之人，入了詩國，卻都成了毫無見識的愚民百姓，似乎上上下下都在不自覺中很有默契地模仿政治，表演政治，以至於詩壇成了政壇。

自古以來，學術路線和士大夫性格受到政治干預而扭曲的情形很多，可是像這樣「發育完全」的案例卻非常罕見，只有在整個民族失去創造力和反省力的時代，才可能出現這狀況。在中國文學批評史上，偏執派的格調說或許不足觀，可是摹擬王國這個「病例」卻頗具觀察與反省的價值。

四、法律的影響

法律是影響格調說的另一項因素。最初李夢陽草萊初闢，從荊天棘地中建立起詩的王國，當時讀書人素質很低，爲了推廣詩學，不得不從中下人教起。先教人辨別詩體，再教人各種體裁的規矩，五古如何作，七律如何作，務必嚴守詩法，明辨離合，因此使詩論中偏向技巧的部分較多，甚至近似「詩學指南」、「入門須知」之類的性質。內容雖然淺近；在當時卻自有其時代需要，所以後人論起空同振興詩教之功，多少都帶著些諒解與包容。

可是這個以摹擬爲主的學習過程很快就會過去，當它的時代使命完成後，勢必得讓位給另一種新興的學說。嘉靖朝起自南方的王慎中、唐順之、歸有光等人便是一股反對的力量，它的出現顯示著淺易的格調說已不符合中上人的需要。可惜王、唐諸子沒有成功，當後七子第二波復古運動興起，浩大的聲勢很快將他們湮沒。後七子論詩比前七子更嚴苛，詩法更細密，摹擬的手法更拙劣；在大家素質逐漸提昇的時候，後七子的出現其實是一種退化的現象。可是衡諸現實社會，詩國中的倒行逆施卻和法律的發展若合符節。

原來明代的刑法發展到正德、嘉靖兩朝，不但沒有鬆弛，反而更加嚴酷。先從法律條文來看，太祖所訂的法律已是至纖至悉，多如牛毛，又皆定爲祖制，群臣稍議更改，即坐變亂祖制之罪，以致於歷代相承，無敢輕改，到中葉以後，法令僵化，產生許多社會問題，只好立法以救法，而法令則日漸叢脞。顧炎武《日知錄》卷十「開荒墾地」條便是一個很好的例子：

> 明初承元末大亂之後，山東河南多是無人之地。洪正中，詔有能開墾者，即爲永業，永不起科。至正統中，流民聚居，詔令占籍。景泰六年六月丙申，户部尚書張鳳等奏：山東河南北省隸並順天府，無額田地，甲方開荒耕種，乙即告其不納税糧；若不起科，爭競之塗，終難杜塞。今後但告爭者，宜依本部所奏，減輕起科，則例每畝科米三升三合，每糧一石，科草二束，不惟永絕爭競之端，抑且少助倉廩之積。從之。户科都給事中成章等，劾鳳等不守祖制，不恤民怨，帝不聽。然自古無永不起科之地，國初但以招徠墾民，立法之過，反以啓後日之爭端，而彼此告訐，投獻王府勳戚及西天佛子，無怪乎經界之不正，賦税之不均也。

又卷八「法制」條云：

> 前人立法之初，不能詳究事勢，豫爲變通之地，後人承其已弊，拘於舊章，不能更革，而復立一法以救之，於是法愈繁而弊愈多，天下之事，日至於叢脞。其究也眊而不行，上下相蒙，以爲無失祖制而已。此莫甚於有明之世，如勾軍行鈔二事，立法以救法，而終不善者也。

正因爲過時的法律「不足以盡情僞之變，於是因律起例，因例生例，例愈紛而弊愈無窮」（《明史·刑法志》），弘治十二年，增加歷年問刑條例經久可行者二百九十七條；嘉靖廿八年，再增加二百四十九條，萬曆十三年，增加三百八十二條（同前）；在萬曆帝親政之前，明代的法令不管可行與否，它的總量都在持續增加中。在詔獄廷杖方面，太祖、成祖留下的錦衣衛和東廠一直存在，憲宗時增設西廠，武宗時劉瑾自設內行廠，歷代廠衛並行，只增不減，累積到嘉靖朝，特務機構也發展得最盛。而武宗、世宗殘酷的程度又較前人爲甚；《明史·

刑法志》云武宗時「冤濫滿獄」，曾「磔流賊趙鐩等於市，剝爲魁者六人皮，法司奏祖訓有禁，不聽，尋以皮製鞍鐙，帝每騎乘之。而廷杖直言之臣，亦以武宗爲甚」。——這是前七子所處的時代。而後七子所在的嘉靖朝，對大臣的挫辱又甚於前。〈刑法志〉云世宗「自杖諸爭大禮者，遂痛折廷臣。……其後猜忌日甚，冤濫者多，雖間命寬恤，而意主苛刻」。「中年刑法益峻，雖大臣不免笞辱。……公卿之辱，前此未有。又因正旦朝賀，怒六科給事中張思靜等，皆朝服予杖，天下莫不駭然。四十餘年間，杖殺朝士，倍蓰前代」。可見從正德到嘉靖，明代的恐怖統治才眞正達到頂峰，在這種氣氛下，後七子比前七子執法更嚴、立法更密，是完全符合現實的。

法令的禁錮一直帶給明代知識份子極大的痛苦。因爲法家以性惡爲出發點，對人性多所壓抑，知識份子最需要的尊嚴和自由，經常被法家無情地剝奪。而且，法的設立往往是爲大多數中下人而設，在法網嚴密的世界裡，庸才很好過日子，上才卻動輒得咎、沒有施展才能的空間。顧炎武曾引宋人葉適之言批評明代法制：

> 今內外上下，一事之小，一罪之微，皆先有法以待之，極一世之人志慮之所周浹，忽得一智，自以爲甚奇，而法固已備矣，是法之密也。然而人才之不獲盡，人志之不獲伸，昏然俛首，一聽於法度，而事功日墮，風俗日壞，貧民愈無告，奸人愈得志，此天下之所同患，而臣不敢誣也。(《日知錄》卷八「法制」條)

這話眞說中了法家的弊病。法家原本最重功利，可是如果只追求形式上服從權威的小功小利，那麼只會將上才養成庸才，形成一個專門製造奴才和鄉愿的體系，而距離人才所圖大功大利則遠矣。黃宗羲《名臣言行錄·序》云：「明之人物不遜於漢唐明矣！其不及三代之英者，君亢臣卑，動以法制縛其手足，蓋有才而不能盡也。」

在哲學和文學的領域裡，法律所產生的影響也是如此。這兩個領域配合現實政治的腳步，同樣出現法條化的傾向。程朱學說自從被架空後，遂成為繁瑣拘執的思想，再成為刻板的生活教條，最後僵化凝固，成為社會上吃人的禮教。而格調派在七子取得權勢後也不再進步，反而在詩國中大量立法，舉凡章法、篇法、句法、字法、修辭、體裁、音韻、平仄、對仗、評鑑，無不細密不堪。身為詩國理界的執法者和教育家，七子和程朱學者的立場和想法差不多；惟恐子民逾矩出軌是他們最大的顧慮，為防範計，設論立說總不脫「性惡論」的基本心態。道德學家板著臉教人尊奉三綱五常，正襟危坐，目不斜視，一言一行，務必謹守法度；詩論家教人講求聲律平仄，一字一句，不得觸犯規矩。他們只追求形式的完美，不計較心靈情感的空洞，道德家希望透過言行的考核，使人人成為正人君子，詩論家希望藉聲律文字的琢磨，使人人都作體面清秀的詩；為達成理想，他們嚴格執法，近乎吹毛求疵，稍有不妥，便彷彿犯了大錯，結果將人人壓縮在一個狹小的空間討生活。

偏偏多如牛毛的「法」最便於中下人士依循利用，在做人方面，裝腔作勢的鄉愿和假道學可以自命正統，真正的功名氣節之士卻不得施展抱負。在做詩方面，才力低的人靠著抄襲拼湊便能得名，而才力高的人卻翻不出窠臼，所謂「公平」，不過是機械化下同一規格的產品，而這正是專制時代封建文化下所要求的。試看明代幾百年來程朱學派沒有出現過一位有創造力的大儒，詩壇也沒有產生足與前代抗衡的大詩人，可是讀書人口和創作數量卻冠於歷朝，這就足以證明「以法壓抑上才」的時代性。

法律一旦鬆弛，思想文藝也立刻得到解放。萬曆十年，神宗親政之後，情形有了轉變；神宗個性仁柔，懶於朝政，他只貪財好貨，卻不愛殺人，他在位期間刪去許多世宗時的苛令，廷杖寢而不用，「廠衛獄中，至生青草」(《明史・刑法志》)，大堆繁瑣的法令由於政府懶得執行，形同具文，有法變成無法，反而形成一個非常自由的世界。禪宗在這時大行其道，公安性靈說也在這時興起；禪宗教人直求本心，破除蔽障，性靈說教人作流露情感的真詩，不談任何詩法，不設任何藩籬，廣大自由的創作空間彷彿又是現實社會的反映。

詩法與刑法的寬嚴消長如此合拍，並不是巧合，而是在封閉保守的時代裡，君主集大權於一身，深宮之中，咳唾聲息，影響至鉅，專制的力量，無遠弗屆，臣民只得望風承旨，伺機而動，才使〈刑法志〉和文學批評史有某種契合之處。近來研究晚明文學的著作很多，論及背景大半著力於城市的興起及商業手工藝的發展等等，這些固然是重要的社會因素，但在橫面的研究之外似乎也該加入縱向的考量，歷史背景中的法律因素有時可以解決批評史上的一些問題，整體觀察二者發展的曲線似乎也另有一番體會。

五、宗教與偶像崇拜

明代皇室淫祀的風氣由太祖首開其端。太祖未發跡前曾入皇覺寺爲僧，本身就帶著中下階層的迷信色彩，即位後名義上黜斥釋老、崇尚儒學，實際上信奉方術頗爲沉迷；洪武十五年四月，大理寺卿李仕魯、少卿陳汶輝以諫佛而忤旨，一則爲武士捽死殿階，一則畏罪自盡，而實錄皆諱而不書〔註27〕。成祖起靖難之師，本由術士僧道衍等人慫恿而成，舉事後又以之定謀決策，因此術士成爲宦官之外最受君主倚重者，只是洪武永樂二主大權在握，方士番僧還不至動搖國本，到英宗、憲宗兩朝，便氣燄高張。當時皇帝濫度僧道，廣建寺院，興建齋醮，后妃及宦寺奉之者甚眾，京師街頭，滿佈緇黃，沿街塞路（《英宗正統實錄》卷六十四）僧道之流，每與佞臣相比，干擾國事。孝宗登基之初，嘗沙汰異端，斥逐僧道，然而不久又倖門重開，復召番僧入京，終弘治之世不絕。武宗溺信番教尤至，於大內中造佛寺，群聚誦經，日與之狎昵。《萬曆野獲編》云其「崇奉佛教，自稱大慶法王，而番僧因之奏討田百頃爲大慶法王下院。……按此即嘉靖間奉元累加眞人帝君之權輿矣」（卷一）。自正德時代開始，帝王由人君成爲神君，

〔註27〕詳見楊啓樵〈明代諸帝之崇尚方術及其影響〉一文，原載《新亞書院學術年刊》第四期。

與神佛偶像並列，接受萬民的膜拜，迷狂的程度較前爲甚。世宗時迷信的風氣達到高峰；世宗體質荏弱多病，以爲方士之術可以延年療疾，遂奉玄黜佛，專崇一教，以齋醮爲訏謨，以興作爲急務，「營建繁興，府藏告匱」（《明史》本紀），吏民奔命之不暇，而百餘年富庶治平之業因以漸替。隆慶之後，方士混亂朝政之象較爲少見，但皇室祈福禳災之習並未衰褪，終明之世，方外佛子，金紫赤紱，梵宇道觀，遍於天下，淫祀之風可謂盛矣！

綜論其祭祀情形，約有下列特點：

第一：極端重視形式而不理會教義。這本是大多數統治者及中下平民的特性，不過明代君主除了徼福消厄，大修功德、建寺院、刻佛經、作佛事之外，最感興趣的是符水丹砂及房中祕戲之術，精深的佛學玄理距離他們更爲遙遠。由於信奉的層次只停留在低級、粗陋、庸俗的宗教迷信，狂熱的情緒只能藉考究的儀式來表達，因此皇室對祭典的重視甚於一切；舉凡神像袍服的更換，寺廟的規畫、宰官的設置、祭品的搜求、祭器的製造，傾全國的民力物力，也要辦得盡善盡美，這股注意形式的風潮便深深地影響著人民日常生活，道德觀念及審美眼光。

第二：祭祀的對象非常駁雜；除了儒釋道三大教外，還包括歷代帝王、功臣、馬神、旗纛、厲壇等各種神祇（《明史・禮志四》）。洪武元年，命中書省下郡縣訪求應祀神祇、名山大川、聖帝明王、忠臣烈士，凡有功於國家及惠愛在民者著於祀典（同上），朝廷如此提倡，人民更是無所不拜，流風所及，媚鬼與媚人往往混淆不清，萬曆間權相張居正當國，天啓間魏忠賢弄權，他們在世時，生祠遍布天下，也可見當時朝野之風氣。

這當中值得注意的是儒教。儒教在當時是被淘空了的，學術上只剩下《性理大全》，社會上只剩下僵化的禮教，可是另一方面朝廷將儒家宗教化的步驟卻非常完整。儘管實際上以釋道最盛，表面上卻以儒教爲尊；明太祖尚未即位前，入江淮府首謁孔子廟；登基之後立即以太牢祀孔子於國學；洪武十五年，詔天下通祀孔子；三十年，以國學孔子廟太隘，命工部改作，「其制皆帝所規畫」(《明史・禮志四》)。自孔子以下，弟子及再傳弟子皆得配享，以後諸帝陸續將歷代大儒各依尊卑階級加以排列。儒者偶像化，儒家宗教化，學理不彰，徒剩形式供人膜拜。

第三：崇奉偶像不外出於極大的敬意，然而矛盾的是明代君主對供奉的各類神祇往往任意去取，宛若握有生殺大權。例如洪武六年，太祖於京師建歷代帝王廟，祭祀五帝三王及漢唐宋元創業之君，後來以周文王終守臣服，唐高祖由太宗得天下，遂寢其祀，而增祀隋高祖，然而不久又無緣無故將隋高祖罷去。取捨之際，全憑一己好惡，漫無客觀標準。再如儒教部份，太祖原本不喜孟子，洪武五年，罷去孟子配享地位，踰年又曰：「孟子辨異端，闢邪說，發明孔子之道，配享如故。」(《明史・禮志四》) 原來太祖以黜斥異端爲名，大肆搜捕民間反抗朝廷的明教教徒，孟子辨異端一條適足以爲其利用，做爲冠冕堂皇的政治宣傳，才得以配享如故。

自此之後，明代諸帝祭祀的對象各依所需而有不同。例如世宗登基後，追尊生父，欲將其升祔太廟，躋於武宗之上，當時輿論沸騰，君臣起了很大的衝突(詳見《明史・世宗本紀》)，世宗的願望在現實中受到阻撓，便在宗教方面尋求補償。嘉靖九年，大學士張璁揣測上意，言：「叔梁紇乃孔子之父，顏路、曾皙、孔鯉乃顏、曾、子思之父，三子配享廟庭，紇及諸父從祀兩廡，原聖賢之心豈安？請於大成殿後別立室祀叔梁紇，而以顏路、曾皙、孔鯉配之。」帝以爲然，並授意張璁將孔子易號毀像，編修徐階上疏反對，帝怒，謫階官(詳見《明史・禮志四》)。

由這些任意上下的例子看來，祖先聖賢諸神靈不過是帝王手中的玩偶，當君主把它們捧出來時，它們儼然是皇帝的分身，膜拜偶像就是膜拜皇帝，當君主認爲不合己意時，便可以隨時把它們推倒。說穿了君主才是諸神背後權力最大的上帝。這種「陽尊陰抑」的手段教臣民體認了君主在精神世界中的無邊法力，震懾於其權威，人類感到自己的渺小，出於求生的本能和原始的恐懼，不得不仆俯在君主腳下，乞求供役，過甚者便因此引發迷信、奉獻的宗教情緒。

在宗教的社會裡，偶像崇拜和階級意識是最普遍的觀念，一個寺院中就有不少階級和不平等的現象，何況廣大的社會？貴族階級可以蓄奴驕人，擁產自利，恃力專橫，妄操生殺予奪之權，一般僧侶不但不發慈悲，還視爲當然，認爲低階級的人罪孽深重，必須認命，忍受果報，經過今生痛苦的修鍊，來世才能享受福利。人們對社會上、經濟上渺無正義的情事，也都以這套宿命論來解釋，結果產生一種消極的人生觀；不求改造世界，只想討些得過且過的生趣，思想家教人默悟冥想，克己禁欲，崇拜神的旨意，放棄自我的意志，當人們堅定了這套信仰之後，階級制度就十分穩固了。

現實的封建加上宗教階級，完整的社會已是千層萬疊；儒教形成後，將上下宇宙也看成是階級體系，反映在文藝觀中，完整的詩歌園地被分出上下品級，使原本共榮爭妍的局面，有了尊卑的分別。嚴滄浪說：

> 漢魏晉與盛唐之詩則第一義也，大歷以還之詩則小乘禪也，已落第二義矣。晚唐之詩則聲聞辟支果也。學漢魏晉與盛唐詩者，臨濟下也。學大歷以還之詩者，曹洞下也。(〈詩辯〉)

格調派承襲此說，將初盛中晚兩宋金元定爲詩的階級，詩人的地位依此而分，一經排定就難以翻身。李、杜、王、孟是階級最高的偶像，明人對他們充滿膜拜讚歎的情緒，可是所讚歎傾倒者僅止於盛唐諸家的形式與風格，對於作家的情感及作品的內容不大理會，這點和儒教的空洞化是類似的。由於明人見詩只及於外型，因此要複製偶像並非難事，他們迷信靠這個法子可以造成漢唐重現的盛況，誰先將偶像複製成功誰就是詩國的統治者。

李夢陽學杜甫，李攀龍學李白，仗著才力富健，模仿形似，在當時儼然成爲李杜的化身，因而受到大眾的擁戴。不過他們雖以這類型的詩歌成爲詩中的帝王，在理論中卻對李杜頗有微詞。依格調派嚴格的眼光來看，老杜詩風有太拙之處，李白不守格律，王維偶犯重字，都不夠完美，眞正的理想應該是初唐的格律加上盛唐的情調，可惜除了他們自己，古代似乎沒有這樣條件的作家。因此二李態度傲岸，門牆高峻，誰也不放在眼裡。他們之所以模仿李杜，多少有些「挾天子以令諸侯」的意味，並非完全發自內心的崇尚。李杜王孟不過是他們手中的玩偶，李何李王自己才是眞正的主宰。他們號稱「復古」，其實所復的是特定階級的古，不在盛唐之內的詩是倍受輕視詆諆的。李攀龍揚言：「詩自天寶以下，文自西京以下，誓不污我毫素！」這話並不誇張，事實上連盛唐之內的所有作品都要接受他們的批判，指瘢索垢，抑揚上下，在詩國中呼風喚雨，宛若眾神之神。

二李愈是傲慢，詩國的子民愈是臣服。他們認爲二李既有杜甫李白的本領，又有李杜所沒有的顯赫權勢，簡直比眞正的李杜還了不起，因此便把他們當成活的偶像來熱烈地崇拜。有些人明知他們的作品千篇一律，又涉摹擬，卻絲毫不以爲意。例如張煒《談藝錄》云：

> 李獻吉雄豪壯麗，如長江巨浪，滔滔千里，雖有枯槎敗筏，無妨飄蕩。〔註28〕

筆精屠煒眞云：

> 讀于鱗詩，初喜其雄俊，多則厭其雷同，若雜一首于眾作之中，則矯然特出，不翅眾鳥中一蒼隼！〔註29〕

以現在來看，摹擬是足以抹殺一切優點的大忌，可是當時人並沒有這樣的觀念，他們認爲作品精美出眾，合於古人是偉大的成就，「雷同」是小疵小病，撼動不了二李偶像級的地位。格調派發展到王世貞手中，出現了不少反摹擬的論調；他曾直言：「剽竊模擬，詩之大病。……近日獻吉『打鼓鳴鑼何處船』語令人一見匿笑，再見嘔噦。」（《卮言》

〔註28〕引自《明詩記事》丁籤卷一。
〔註29〕引自《明詩記事》己籤卷一。

卷四）又批評李攀龍：「于鱗樂府無一字一句不精美，然不堪與樂府竝看，看則似臨摹帖耳。……大抵其體不宜多作，多不足以盡變，而嫌於襲。」（《卮言》卷七）從這裡看來，王世貞很明白二李的弊病，但他仍然極力恭維他們：

> 李獻吉如金鳷擘天，神龍戲海，又如韓信用兵，眾寡如意，排蕩莫測。（《卮言》卷五）
>
> 李于鱗如峨眉積雪，閬風蒸霞，高華氣色，罕見其比。又如大商舶，明珠異寶，貴堪敵國，下者亦是木難火齊。（同上）
>
> 國朝習杜者凡數家，……惟夢陽具體而微。（《卮言》卷七）
>
> 五言律……古惟子美，今或于鱗。（《卮言》卷七）

這些推崇的話和前面的貶語矛盾已極，顯示了王世貞立場的複雜性。眞象和理智使他曾預言摹擬必敗，但信仰與忠誠卻使他不得不固守門戶，維護偶像。他和大多數詩國的子民一樣，對二李具有一種神秘的，不可解的宗教情緒，所以在文學批評方面經常出現「薄古尊今」的雙重標準。例如他批評劉隨州「十章以還，便自雷同不耐檢」，評白樂天「晚更作知足語，千篇一律」（《卮言》卷四），似乎強烈反對作品的雷同，可是李于鱗千篇一律的情形遠比劉、白嚴重，弇州卻爲他回護：

> 于鱗自棄官以前，七律極高華，然其大意，恐以字累句，以句累篇，守其俊語，不輕變化，故三首而外，不耐雷同。（《卮言》卷七）

既然「雷同」是否定劉、白的理由，那麼于鱗的高華也沒有太大的價值，何況「恐以字累句，以句累篇」的理由也很牽強，難道只有李于鱗的雷同有道理，劉、白的雷同就沒有道理嗎？這是個薄古人、崇今人的實例。

王世貞終究是南方詩國的領袖，他是有了「反摹擬」的意識，批評中才會出現這樣的矛盾。許多人陷在當時的習氣中，根本至死不悟，一味地對偶像迷戀崇拜，歌頌禮讚，連這些矛盾也不會有。寫詩的時候，他們當眞把空同、于鱗當成轉生的杜甫李白，一窩蜂地仿效二李，而不是直接賞析李杜的原詩。空同學杜，在當時已有「拆洗少陵、生吞子美」之譏〔註30〕，眾人又學空同，拙者不免「麤笨棘澀，滓穢滿紙」〔註31〕。在一切偶像化的心理下，杜甫早失去原先的眞貌，只成爲格調派陽尊陰抑的傀儡，而李空同「衣冠老杜」供人仿效，轉手稗販，造成廣泛「二手摹擬」的現象，這恐怕是格調說中最糟糕的一部分。

「復古」，原本是厚古薄今的「退化觀」，可是實際上成了薄古尊今的「再生觀」。明人經常誇耀他們的時代是「李杜復生」、「漢唐重現」，這個令他們興奮自豪的大運動，啓動之後就無法停止，即使反對的人似乎也逃不出這個宿命。以七律的創作來看，二李自是複製成功的杜甫、李白，後來反對他們的公安派爲避開盛唐的路線，無形中走入中唐，鄙俚率易，成爲複製的元、白；竟陵派淒清幽獨，彷彿是複製的孟郊、賈島；錢牧齋隱晦密麗，又彷彿是複製的李商隱；王世祿、王世貞兄弟神韻超逸，則是複製的孟浩然與王維。明中葉後詩壇的發展宛若唐詩的輪迴。看來「摹擬」的定義不僅是一章一句的仿造，還包括一詩家的再生，一時代的重現，一潮流的進行。或許除了階級意識和偶像崇拜之外，宗教中的「再生」、「輪迴」之說也微妙地影響著創作路線。

六、宮廷生活與物質文化

明代的精神文明雖然貧乏，物質文明卻始終呈高度的發展，這跟歷代帝王窮奢極慾的宮廷生活有很大的關係。有明諸帝揮霍的情形，舉《明史・食貨志》一段話便足見梗概：

> 明初，工役之繁，自營建兩京宗廟、宮殿、闕門、王邸。採木、陶甓，工匠造作，以萬萬計。所在築城、濬陂、百役具舉。迄於洪、宣，郊壇、倉庾猶未迄工。正統、天順之際，三殿、兩宮、南內、離宮，次第興建。弘治時，大學士劉吉言：「近代工，俱摘發京營軍士，內外軍官禁不得

〔註30〕薛蕙語，見《列朝詩集小傳》丙集本傳。
〔註31〕王維楨傳，《列朝詩集小傳》丁集上。

> 估工用大小多寡。本用五千人，奏請至一二萬，無所稽覈。」禮部尚書倪岳言：「諸役費動以數十萬計，水旱相仍，乞少停止。」南京禮部尚書童軒復陳工役之苦。吏部尚書林瀚亦言：「兩畿頻年兇災，困於百役，窮愁怨嘆。山、陜供億軍興，雲南、廣東西征發剿叛。山東、河南、湖廣、四川、江西興造王邸，財力不贍。浙江、福建辦物料，視舊日增多。庫藏空匱，不可不慮。」帝皆納其言，然不能盡從也。武宗時，乾清宮役尤大。以太素殿初制樸儉，改進作雕峻，用銀至二千萬餘兩，役工匠三千餘人，歲支工食米萬三千餘石。又修凝翠、昭和、崇智、光霽諸殿，御馬監、鐘鼓司、南城豹房新房、火藥庫皆鼎新之。權倖閹臣莊園祠墓香火寺觀，工部復竊官銀以媚焉。給事中張原言：「工匠養父母妻子，尺籍之兵禦外侮，京營之軍衛王室，今奈何令民無所賴，兵不麗伍，利歸私門，怨叢公室乎？」疏入，謫貴州新添驛丞。世宗營建最繁，十五年以前，名爲汰省，而經費已六七百萬。其後增十數倍，齋宮、秘殿並時而興。工場二三十處，役匠數萬人。軍稱之，歲費二三百萬。其時宗廟、萬壽宮災，帝不之省，營繕益急。經費不敷，乃令臣民獻助；獻助不已，復行開納。勞民耗財，視武宗過之。萬曆以後，營建織造，溢經制數倍，加以征調、開採，民不得少休。迨閹人亂政，建第營墳，僭越亡等，功德私祠遍天下。蓋二百餘年，民力殫殘久矣。其以職役優免者，少者一二丁，多者至十六丁。萬曆時，免田有至二三千者。

皇室的奢侈享受，需索無度，直接刺激了全國手工藝的發展，舉凡建築、雕刻、冶鐵、造船、造紙、印刷、織造、漆器、嵌法郎器（景泰藍）、銅器、瓷器等生產事業到了明代都產生巨大的進步，一個學術史上的黑暗期，竟是物質發展史上輝煌的新時代，說來眞是個諷刺的現象。在上者以其強烈的物慾，驅策民問提昇技藝，開發新的產品；民間承平日久，物資豐沛，手工發達，商業繁榮，逐漸形成資本主義的社會形態。專制政體加上工商社會是很奇怪的組合，它使明中葉後的問題益形複雜，不過權勢和財富交互影響，共同促使物質文明加速發展則是無庸置疑的事實。當時君主貴族榨取民脂民膏，縱慾享樂，地主富商剝削農工，彼此兼併，多少人依附在他們之下，感染著逐利的風潮，把物質的追求當成人生唯一的目標。社會上儘管文化庸俗，精神空虛，但是對感官的刺激、實體的渴望愈來愈強烈，因爲思想空洞的時候，「實物」是人類唯一能掌握而產生安全感的東西，而極度唯物的生活環境，又容易造成「形體膜拜」、追求完美的心態，在這種情況下，道德文藝走上唯美的形式主義成了必然的趨勢。

形式主義基本上是以「物化」的眼光看待一切。程朱學說講「格物致知」，又提出「天理」克制人欲，本身就具有重物輕人的傾向；到了明代，配合君主極權和物質文化的擴張，在上者冷酷無情，把人當成物，在下者退縮自保，寧願以物自待，因此學理中「物」的部分增強，「人」的部分減弱。物，具有靜止、不變及規律的特質；一般道德家把宇宙自然當物，視爲謹守定律，巍然長存的系統；把社會當物，視爲拘守秩序、翕然幽靜的封域，個人也必須修養得像物般冷淡漠然，以理智克制情感，保持平穩不動的狀態，抵抗外界的變化，最後便形成一種保守、封閉、無情的禁欲主義。詩學也是如此；格調派將平仄看成詩的基本原素，一套律詩的結構圖表本是機械化的排列組合，不表現目的，不具有個性，在他們眼中像是偉大的機器，謹守著美妙的秩序，表露精確的結構，遵循嚴肅的定律，天衣無縫，完美無瑕。至於人類複雜的情感、活潑的精神和創造力是跳動雜亂又具破壞性的，往往不見容於這套機器中，作者想表現自己的意志，必須按照規矩來辦，而大多數時候，情意是被「削足適履」的。

「物」的進一步意義是要求完美齊一。當時爲配合朝廷嚴格的審美要求，上下流行的是一種講求高度技巧的唯美主義。官窯御廠，只求出品精良，不計成本高低，陶工玉匠，爲達技藝的顛峰，不惜窮畢生之力以成一器。就瓷器中的官窯而言，宣德、正德、嘉靖各朝所產都是著名的美術工藝品，精美至極。宣德窯的青花清新明麗，嘉靖窯的祭器華縟細緻，充分反映了追求完美的時代心理。格調派對詩的好尙其實應當與此同看，在格調家的眼中，一首詩可能跟一只瓷器差不多。謝榛說：「凡作近體，誦要好，聽要好，觀要好，講要好。誦之行雲流水，聽之金聲玉振，觀之明霞散綺，講之獨繭抽絲，此詩家四關，使一關未過，則非佳句矣！」(《四溟詩話》卷一）而他自己作詩的心情是：「思得一字妥貼，則兩疵復出，及中聯愜意，或首或尾又相妨，萬轉心機，乃成篇什。譬如唐太宗用兵，甫平一僭竊，而復干戈迭起，兩獻捷方欲論功，餘寇又延國討，百戰始定，歸於一統，信不易爲也。夫一律猶一統也，兩聯如中原，前後如四邊，四邊不寧，中原亦不寧矣！」(卷三）如此小心翼翼，維護律詩形式的優美和諧，不容一絲瑕疵，是典型格調者的心態。

論詩如此，論人也要求外觀完美無缺。自太祖時代起，即規定民家子弟必須「俊秀通文義」者才能進入國學就讀，而「姿狀明秀，應對詳雅」者尤得太祖歡心（《明史・選舉志一》)。此後習氣，「年少貌美者多得館選，天下之士，靡然從風」(《日知錄》卷十六「擬題」條)。姿狀明秀是天生的相貌，應對詳雅是後天的訓練，它們都屬於外觀的條件，和一個人有沒有眞才實學和理想抱負不發生太大的關係。然而在當時的價値標準中，一個體面清秀、溫順守禮的人評價遠比帶著瑕疵的英雄豪傑爲高。爲了追求「完美」的形象，一切法條自此而生；儒家希望用禮教將人人塑造成合於規格的正人君子，詩論家希望用詩法將詩琢磨成器，無瑕無垢；理想愈高，法也愈嚴密。

然而完美並非唯一，而是一種類型與規格，只要合乎某種尺度，便可大量生產，這是專重形式必然的結果。當人們摸清了道德的禁忌，很容易就可以成爲體面而平庸的「正人君子」；當學詩者熟練了拼湊組合的格套，也可以輕易地做出漂亮而虛假的律詩。到後來，明代遍及全國的學校培育出大批庸濫的讀書人，詩壇也充斥著大量雜湊的七律。七律原本最難作，唐人之工者不過數人數篇而已，明代卻「名篇傑作，布滿區寓」〔註32〕。從「翻製成品」的角度來看，學校和詩壇的本質跟官窯御廠實在差不多。

社會大眾接受這套作法另外有一種功利的眼光。濃厚的商業氣息常令他們將詩文書畫當成商品，要包裝精美，講求速成，並具有「折現」的功能。落第的士子，為人代筆，賣詩賣畫；在朝的仕紳，附庸風雅，以此做為酬酢饋贈的禮物。很多人以功利的態度學習詩文，這些既是晉身名利場的工具，花在這上面的心力是投資的一部分，本少利多是最好不過的事；摹擬剽竊頗能節省力氣，趕上流行則收效最宏，為了符合經濟效益，明代很多文藝作品具有精美而雷同的特徵，它們在創作之初包含了不少虛假和庸俗的氣息，只不過後世在純欣賞少數作品的形體之美時不那麼覺得罷了。

物化的哲學及文藝思想有個共同的傾向，就是多談形而下的實體，不太涉及形而上的虛論。在當時，「語涉玄虛」、「泄漏天機」往往是一種忌諱。例如前七子的座師、開明派格調家李西涯在《懷麓堂詩話》中提:「予初欲求聲於詩，不過心口相語。然不敢以示人，……門人輩有聞予言，必讓予曰:『莫太洩漏天機』否也。」在弘正時代，甚至王陽明也不免說:「吾有向上一機，久未敢發，以待諸君自悟。」〔註33〕可見在保守僵化的愚民政策下，形上論不僅是一種禁忌，實際教學時也有其困難，因此學界導師不約而同地採取比較審慎的態度。為了推廣詩學，格調派不得不為中下人說法，鴻儒鉅匠的境界不是沒有，但那是最後的目標，有時甚至是個遙不可及的理想，他們不太願意多談，只將從基礎紮起視為眼前最重要的工作。這是前後七子一貫的態度，李何李王等偏執派尤其堅持。後七子中，謝榛最喜歡談悟說變，他特別重視作者對天機眞趣的心領神會，卻兩次被人指責為「泄漏天機」，其中一個是李攀龍〔註34〕，謝茂秦後來之

〔註32〕胡應麟《詩藪》內編近體中七言。

〔註33〕〈王龍溪傳〉,《王龍溪語錄》，廣文書局印行。

〔註34〕《四溟詩話》卷三：「己酉歲中秋夜，李正郎子朱延同部李于鱗王元

所以遭到排擠，很可能是形上論談得太多的緣故。不過，沒有一種學說能永久停留在具體的「法」上，抽象的理論長期受到壓抑，不是空洞淺薄，便是迂闊可笑，外表再考究還是停留在「匠」或「奴」的層次。明人的風氣表面上說是重質樸、講實學，實際上是犯了「去精取粗」、「得形遺神」的毛病，而這跟他們重視物質生活，講求現實功利是很有關係的。

七、學術思想與大衆心理

程朱學說是格調派的上游；但是在明代，文學理論已經脫離了哲學領域而獨立出來。這原因有二：一是程朱學說被朝廷架空，內部薄弱，使得傳統儒家失去了控制文學的力量。二是自南宋以來「分行」的觀念日漸清楚，嚴羽強調「當行本色」，即是對專業知識的提昇與尊重。那時文人之經學或理學家之詩已不能享有很高的地位，因爲跨行越界，只能算是客串，不能成爲主角，即使有很好的表現，終究不夠道地，不夠正統。這觀念發展到明中葉已十分穩定，因此復甦後的文學一開始就是純文學的姿態。當然，也有一部分人對文藝抱著輕視和打擊的態度，例如弘正年間代表北人執政集團的劉晦庵，個性質樸，不喜文士，他說：「後生不務實，即詩到李杜，亦一酒徒耳。」這是典型衛道之士的論調。當時這股力量不小，使得文學之士大多不得列於清銜，而被譏爲「賣平天冠者」，前七子以此受到排擠，仕路偃蹇不達〔註 35〕。不過這些執政者和衛道之士根本沒有進入文學的領域，他們的意見態度並不重要，重要的是文論家本身的自覺。李西涯說得很明

美及余賞月，因談詩法，予不避謭陋，具陳顛末，于鱗密以指掐予手，使之勿言。予愈覺飛動，亹亹不輟，月西乃歸。于鱗徒步相攜曰：『子何太泄天機？』予曰：『更有切要處不言。』曰：『何也？』曰：『其如想頭別爾。』于鱗默然。」見《續歷代詩話》下冊 1404 頁。另一次在《四溟詩話》卷四，《續歷代詩話》下冊 1452 頁，與客論立意一條。

〔註 35〕見《列朝詩集小傳》丙集「朱參政應登」及《明詩紀事》丁籤卷一李夢陽總評。

白：「此非謂道學名節論，乃爲詩論也。」〔註36〕後來的七子雖然偏執，卻是以冷靜純粹的內行眼光論詩，格調理論雖然常停在匠的層次，終是屬於純文學的部分，明人論詩絕不像宋代理學家「文」「道」不分，這一點是很大的進步，也是擬古運動中比較值得稱道的事。

程朱學說和格調理論分別統領著哲學和文學的領域，互不侵犯，但是格調說的理論架構、思考邏輯卻是由程朱思想全盤移轉而來，只是範圍、教材、對象不一樣罷了。程朱派指導人們爲學做人，格調派指導人們作文作詩。伊川晦菴論宇宙人生，分爲形下之器與形上之道，而七子論詩，形下者爲格律聲調，形上者爲興象風神。孔孟爲道德世界中的聖賢，李杜則爲文藝一行的祖師；程頤一生「動靜語默，一以聖人爲師，其不至乎聖人不止也」（《宋史・道學傳》），嚴羽則說：「入門須正，立志須高，以漢魏盛唐爲師，不作開元天寶以下人物。」（《滄浪詩話・詩辯》）他們共同的作法，是在古人當中選定一種類型，做爲最高的典範，傾全力去追求，並率領天下人學習模仿。由於理想崇高，路途遙遠，他們要人小心翼翼，循規蹈矩，依次漸進。所謂升堂入室，成德達材，都是一種層次井然，階級分明的學習過程。爲慎重起見，初入門的功夫特別重要，做人要注重修養，作詩要注重鍛鍊，程朱學者講居敬窮理，格物致知；格調派則嚴守四聲八病，不容渣滓；種種的禮教詩法，不外琢磨出「清秀」的人與詩。朱子云：「稟氣清者，爲聖爲賢，如寶珠在清水中。稟氣濁者，爲愚爲不肖，如珠在濁水中。」（《語類》卷四，頁17）謝榛則說：「予詩如幽溟寒泉，湛然一鑑，自不少容渣滓。務渾淨則易純，使百代之下，知予苦心若是，安敢望於少陵也。」（《四溟詩話》卷四）說穿了李杜孔孟只是遙不可及的偶像，眞正能做到而爲他們中意的，其實是個「清」字。

程朱與格調做的都是一種下學期於上達、注重實修、由外而內的功夫。這樣的理論本身就具有「正統」的優勢；因爲任何學習的

〔註36〕《懷麓堂詩話》，《續歷代詩話》下冊641頁。

過程永遠是初入門者爲數最多，而循序漸進的方式也最適合多數人的需要，站在教育的立場，這套穩當完善的做法足以令他們立於不敗之地。儒者之所以自命正統者在此，李空同所以自喻爲仁義之師者亦在此〔註 37〕。其次，來自朝廷的支持是另一股強大的力量。儒家學說中講克己復禮、約束身心的部分，一向受到統治者的青睞；梁任公說：

> 墨氏主平等，大不利於專制，老氏主放任，亦不利於干涉，……惟孔學則嚴等差、貴秩序，而措而施之者，歸結於君權。雖有大同之義、太平之制，而密勿微言，聞者蓋寡，其所以干七十二君、授三千弟子者，大率上天下澤之大義，扶陽抑陰之庸言，於帝王馭民，最爲適合，故霸者竊取而利用之，以宰制天下。漢高在馬上取儒冠以資溲溺，及既定大業，則適魯而以太牢祀矣，蓋前此則孔學可以爲之阻力，後此則孔學可以爲之奧援也。(《飲冰室文集》卷一〈論進步〉)

這情形到明代是一樣的。明太祖一方面屠殺文士，一方面廣設學校，就是看中程朱學說中「存天理，去人欲」的禁錮功能，加上它淺易具體的修身教條宜於教育的推廣普及，因此國初功令嚴密，非程朱之言弗遵。

可是經過帝王利用後的學術，往往發生質變。學說中爲其阻力的部分萎縮退化，爲其奧援的部分則特別發達，加上明代初期後朝廷對思想的控制愈趨嚴密，學術也就出現範圍縮小、層次降低的現象。在太祖時代，考試範圍尚且程朱並重，應試之文亦可及本朝時事，後來祧程而專尊朱〔註 38〕程派注疏廢去不讀〔註 39〕，試文但許言前代，不

〔註 37〕〈與徐氏論文書〉，《李空同全集》卷六十一。

〔註 38〕《四庫提要》易類四周易本義集成條云：「考元史選舉志，是時條制漢人南人試經疑二道，經義一道，易用程氏朱氏，而亦兼用古注疏，不似明代之制，惟限以程朱，後併祧程而專尊朱。」

〔註 39〕《四庫全書》卷十一經部書類一尚書詳解條云：「洪正間，初定科舉條式，詔習尚書者並用夏氏（夏僎）蔡氏兩傳。後永樂中，書經大全出，始獨用蔡傳，夏氏之書寖微。亦猶易並用程朱，後程廢而獨

可及於本朝〔註 40〕，表面上朱子淩駕於二程，得到正統與獨尊的地位，事實上士子治學的範圍狹窄不堪，言論毫無自由，所讀所言不得不如出一轍。顧炎武云：「當是時也，學出於一，上以是取之，下以是習之，譬作車者，不出門而知四方之合轍也。」（《日知錄》卷十八「舉業」）配合整個政策與學風，格調派對「正統」的定義也逐步緊縮，由整個唐詩，縮小爲盛唐，再由「興象風神」降爲「格律聲調」，設格愈窄，立法愈密，驅使天下之作不得不千篇一律。

受到朝廷陽尊陰抑的正統派，又負有「統一」自己領域的任務。統一具有強烈的排他性和專制性，不是正統，即爲異端，所以程朱派排斥佛老，格調論者詆諆宋學，凡是不受禮法約束、出入規格者皆在抨擊之列。取同去異，追求整齊畫一，本就是專制帝國必然的政策取向，在法家當道時尤其明顯；秦漢時書同文、車同軌、思想同於儒術，到明代將思想定於程朱，詩學同於盛唐，是一樣的道理。正統派挾著本身的優勢和朝廷的支持，不免自我膨脹起來，抱持著成見，盛氣淩人，岐視異端，而忘記了自己的固陋，這樣的心理反映在七子身上是很明顯的。強力整肅的結果，造成他學銷沉的局面。沒有競爭，即無進步，更加速正統派老大退化的現象。在一個封閉的年代裏，儒家失去了通權達變的能力，變得拘執迂闊，詩論家執著於「高格」，不許求變，評論古人只推崇時代的共性，反對作家個人的特性，兩者都形成僵化保守的意識型態。

這一點，在比對它們理論核心——「中庸」與「盛唐」——的時候，顯得特別清楚。

「中庸」的本義，是「內心之用」也〔註 41〕。《禮記》〈中庸〉

用朱；春秋並用張胡，後廢張而獨用胡也。」（按：蔡傳指蔡沈《書集傳》，蔡氏是朱子學生。）

〔註 40〕顧炎武《日知錄》卷十六「試文格式」條：「明初之制，可及本朝時事，以後功令益密，恐有藉以自衒者，但許言前代，不及本朝。」

〔註 41〕中，內也，易坤：「文在中也。」心也，《史記．韓安國傳》：「深中寬厚。」禮中庸疏引鄭玄目錄云：「中庸者，以其記中和之爲用也。

云：「喜怒哀樂之未發謂之中，發而皆中節謂之和。」是說內心本蘊有喜怒哀樂種種情感，情感的發作必須中節，而「中節」與否，則須視外在環境而定，當喜時則喜，當怒時則怒，當承平家居之時，不妨為溫良君子，當亂生變起之時，則自然為忠臣義士，因時置宜，才是眞正的中庸。以方孝儒為例；他平日持嚴守正，信道篤誠，當時有「程朱復生」之譽。一旦成祖靖難兵起，強令草詔，方氏不屈而死，十族與殉，氣節震動天下，所表現者正是紫陽一脈嫡傳的剛大之氣。可惜方氏死後，金華學派為之一絕，士大夫中軟弱求全的性格逐漸抬頭，有人批評他激烈過甚，以致十族俱禍，有人批評他「得君而無救於其亡」〔註 42〕，又有人認為節義與理學是兩回事，總之，順應專制政權的擴張，程朱理學不但無所發明，反而日漸僵化，「中庸」的適用範圍被鎖定在家居平常之時，人人只求做「溫良君子」，而不問外界的冷熱變化，凡事不痛不癢，與己無關，「強制其本心，如木石然」〔註 43〕，結果「中庸」被講成了平庸，「君子」成了痿痺不仁的鄉愿，「成仁取義之訓，為世大禁，而亂臣賊子將接踵於天下矣」〔註 44〕，眼見墮落的人心道德足以亡國，明末的思想家無不倡廉恥、講氣節，黃宗羲大力推崇方孝儒：「雖謂先生為中庸之道可也。」（同前）可見中庸之道的原義應當是與時運轉的，而非固定不動的。

「盛唐」在詩學中的地位大致與「中庸」相當。它代表正常健康的環境下所產生的優美和諧的詩風。它並非某一家的特色，而是綜合十數家而成的典型；是大多數作家都能表現的風格，大多作品能描寫到的題材，也是大部分人在常態下所能欣賞的美。這個範圍為「正」，非此則為「變」。不論是古人或今人，詩風愈像盛唐的愈得其正，在格調派眼中這就是正統、正派，不像盛唐的即為變態、為異端。何景

庸，用也。」

〔註 42〕《明儒學案》卷四十三〈諸儒學案上〉一。

〔註 43〕方孝儒言周子之主靜，主於仁義中正，則未有不靜，非強制其本心，如木石然，而不能應物也。見《明儒學案》卷四十三。

〔註 44〕黃宗羲語，《明儒學案》，〈師說〉。

明稱詩有「中正之則」〔註45〕，教人要守折中之道，過與不及，均謂之不至〔註46〕。李夢陽批評元、白、韓、孟、皮、陸爲「變詐之兵」〔註47〕，雖奇不足以爲訓。凡是求新求變，超出了盛唐的範圍都會受到猛烈的攻擊，所以頑固些的格調家總是不明白，爲什麼有人干冒大不諱去從事吃力不討好的創新路線；胡應麟說：「名教中自有樂地，何必爾爾！」〔註48〕可見詩中的「盛唐」正如名教中的「中庸」，原本是指詩品人格和諧穩定的狀態，後來以其容易爲人接受，而成爲一個安全的生存空間。在這範圍內做人做詩，雖不見得有大成就，卻絕不會太壞，而且保証不受攻擊，沒有任何風險，無怪乎成爲君子與鄉愿的樂地。

「盛唐」定義的僵化一如「中庸」。七子忽略了盛唐詩風之所以產生，在於有盛唐那樣良好的環境；當這樣的環境消失，在中晚唐及宋元時，詩不得不變爲寫實、奇崛、唯美或說理，詩壇也自然會產生元白韓孟歐蘇。一時代有一時代的文學，如果盛唐人寫自己的詩爲「正」，那麼中晚唐宋元人寫自己的詩也應當爲「正」；「中正之則」必須隨時運轉，並非釘死在一個點上。如果生在安史之亂，而硬要作盛唐的詩歌，就如處在亂世而歌頌仁政，其勢不得不爲假唐詩、僞君子，這才是眞正的變態。後來的性靈派所以推崇宋詩，並非爲了宋詩比唐詩美，而是強調善學盛唐者莫過宋詩。宋人以唐詩爲淵藪，各依其才性，心遊萬仞，上下於數千年之間，以成其一家之學〔註49〕，實是掌握唐人文必己出的精神。性靈派以這樣的角度詮釋「盛唐」，主要還是爲了推動「中正之則」的運行功能，使它不再固定與執著。

「中庸」與「盛唐」分別爲程朱學說和格調論的核心，它們的定義由「活」而「死」、又由「死」而「活」，是順應明代早中晚三期的

〔註45〕胡應麟《詩藪》內編近體中七言。
〔註46〕〈與李空同論詩書〉，《何大復先生全集》卷三十二。
〔註47〕〈與徐氏論文書〉，《李空同全集》卷六十一。
〔註48〕《詩藪》外編二六朝。
〔註49〕黃宗義《南雷文定》後集卷一〈姜山啓彭山詩稿序〉。

政治社會狀況而產生，二者本是同一套邏輯，所以外在環境給予刺激時，自然會起著相同的變化。當正嘉兩朝，君主殘忍無知、箝制臣民達於極點的時候，它們的理論核心先後停止了運轉，並且隨著法令滋生、迷信、奢侈的風氣，出現了法條化、形式化、膜拜偶像和唯物重利的傾向。現實環境影響著人生哲學，人生哲學又主導著文學理論，這條發展的軌跡在明代似乎看得特別清楚些。

格調派之所以能夠普及，和它追隨程朱學派的腳跡有很密切的關係。因為學詩的人口必須自讀書人口中產生，在沒有新思想出現之前，凡是以程朱為主的學者，入了詩國大概都會產生格調論。人生態度達觀些的，論詩較寬；人生態度嚴峻些的，論詩較苛，程度雖有不同，其立場與思考模式卻是一樣的。一般受過淺易道德訓練的士子生員，學起詩來也大多服從格律的規範、接受格調正統的觀念。這點從地域的分布上，也可以見出一些端倪。

宋元以來，「洛學行於北，閩學彰於南」〔註50〕。在詩壇上，北方的格調派以河南為中心，先秦隴，後魯豫，勢力大致與洛學相符。而另有一支閩派，則與朱學相呼應。閩派形成的年代很早，自洪武年間林鴻以詩聞名，凡閩人言詩者皆本之於鴻。永樂年間高棅編選《唐詩品彙》，評定初盛中晚諸家的品第後，階級論得到落實，高棅也因而成為明代格調派的鼻祖。閩人鄭方坤在《清朝詩人小傳》中提到：

> 吾鄉比戶能吟，頗群奉林膳部、高典籍為鼻祖，聲調圓融，千手如一，如所稱晉安風雅者是已。（〈劍虹詩鈔〉小傳）
>
> 吾鄉自林松址前輩雄踞詞壇，銳意學杜，獨標少谷、空同為從入之門徑，後進靡然從風，鹵莽粗豪，無復雅人深致。」（〈約園詩鈔〉小傳）
>
> 閩人戶能為詩，彬彬風雅，頗習於晉安一派，磨礲沙盪，以聲律圓穩為宗，守林膳部、高典籍之論，若金科玉律，凜不敢犯，幾于團扇家家畫放翁矣。（〈十硯軒詩鈔〉小傳）

〔註50〕黃宗羲《南雷文定》後集卷四〈陳令升先生傳〉。

跟北方的七子比起來，閩派不僅淵源較早，而且素質整齊，詩風特盛。他們作詩非常規矩；謹守格律，規摹唐音，遠奉林、高爲祖，近擁李、何爲王；表現出很強的臣服性。這樣的態度或許與朱子有關；朱子作詩一向最爲規矩，他的古詩效法漢魏，到「字字句句、平側高下，亦相依倣」的地步〔註 51〕，這對格調論的推展可能有很大的助力。而且明人論詩一向瞧不起宋人，在一片貶宋聲中，歐蘇黃諸大家都受到嚴厲的抨擊，獨獨不以詩見長的朱子受到明代格調家一致的讚美，此中似乎又顯示了正統派之間契合的訊息。閩派優秀的詩人不少，可惜「詩必今體，今體必七言，磨礱娑盪，如出一手」〔註 52〕，上焉者柔音曼節，僅得唐詩之色象〔註 53〕，下焉者塵容俗狀，流於膚弱而無理〔註 54〕。閩派只有共性而缺乏特性，又沒有理論家的產生，在當時只能說是一群格調論的奉行者。

七子的專制性比較強，閩派的服從性比較強，雖有主從的不同，卻同是勢力最廣、也最堅定的詩派，它們分別產生在程朱的發源地上，不過是凸顯了正統派之間聲氣相通的事實。其實像這樣的地區很多，隨著苟簡濫劣的科舉制度，程朱之學，遍及全國，格調派也跟著擁有廣大的「市場」。雖然在墮落的舉業習氣中，它不免成爲「俗學」的一部分〔註 55〕，但另一方面，它也深深地投合大眾的心理、掌握了他們的需求；這是擬古運動成功的主要力量。

明人的心理是很矛盾的。從歷史上看，明代是繼漢唐之後惟一在漢族手中強大的時代，不止中國完全統一，對東北與西北的外族也都能加以控制，疆域廣大，軍力強盛，因此他們對數千年前的漢或數百年前的唐，覺得精神上比較接近。加上開國時朝廷有意的擬古政策，更驅使他們奉漢唐爲經典，而視「現在」爲經典的復興時代。明人的

〔註 51〕李東陽《懷麓堂詩話》。

〔註 52〕《列朝詩集小傳》，丁集下「謝布政肇淛」。

〔註 53〕同上，乙集「高典籍棅」。

〔註 54〕同上，乙集「張僉都楷」、甲集「劉司業崧」。

〔註 55〕詳見第三章。

復古以兩漢爲先，兩漢所沒有的或不可的，如衣冠、法律、律詩之類，則求諸唐。對於比較近的宋元，則充滿反感，他們認爲宋元是兩個光明時代之間的黑暗時代，或變態不正常的時代，它隔絕了漢唐與明朝，成爲一個阻礙進展的障礙物，對這討厭的一段，明人恨不得把它一筆勾銷，甚至看也不看一眼。七子堅持漢以後無文、唐以後無詩，教人不讀唐以後書，就是這種情緒的反應。

物質文明固足以令明人自豪，但是精神文明的貧乏又令他們有某種程度的自卑感。尤其經過長久的黑暗期，沉悶低迷的空氣始終無人打破，這點眞令讀書人感到沮喪，明人常在文集裡提到「我朝無一可及於前代」之類的話，可見氣餒的情緒積壓已非一日，長久以來，他們一直期待著英雄的出現。到弘正年間，李夢陽出來倡言復古，才高氣雄的他，突然間打破了沉寂衰弱的局面，令大家精神爲之一振。以現在來看，李夢陽的強勢作風顯得霸道了些，可是對當時素質低落、失去信心的大眾而言，卻是極富於個人魅力的；他使沒有主張的人找到了歸依，使痿弱的人得到振作，他教人立志須高，不作盛唐以下人物，這些論調具有鼓舞人心的作用。而他官位不高，身份下移，又有助於詩學的推廣；《明詩紀事》云：

> 自茶陵崛起，籠罩才俊，然當時倡和襲其體者，不過門生執友數十輩而已，暨前後七子出，趨塵躡景，萬喙一聲。……（戊籤序）

「臺閣壇坫，移於郎署」，他使詩學從宰相身邊普及到一般士大夫舉子的圈中，詩不再是少數人才懂的東西了。

空同的詩論不多，簡易的詩法，很適合北人的需要。他可能花了許多功夫奔走宣傳，做基層的推廣紮根的工作，並且以自己實際的作品做爲示範。他的詩學自老杜，而只得其粗豪，可是在當時看來，這種強調力與美的陽剛作風象徵著驅走黑暗、迎向光明的力量。經過長久的低迷，現在出了一個杜甫的化身，要率領大家恢復大漢盛唐的榮光，這怎不教人興奮呢！摹擬王國在大眾的支持下一舉成功，詩學推廣開來，盛況宛若漢唐重現，明人對這景象陶醉讚美，感動已極。十數年之後，李攀龍套用空同的手法，再度獲得擁戴，顯示明人自卑又自傲的心理並未因第一波復古運動而滿足。在明人眼中，前有「杜甫」，後有「李白」，是順理成章的盛事，這益發証明他們的路沒有走錯。在他們愚直而功利的頭腦中，並不覺得摹擬有什麼不好，只要眼前的成品跟唐詩一模一樣，怎麼來的並不重要，他們只看結果，不在乎手段，反而認爲以當前低落的程度去追求完美的理想，除此之外沒有更好的法子，不識此道的人謂之「不悟」。當擬古運動完全成功後，明人審視自己的成果，不禁志得意滿起來，他們嘲笑宋人「一代皆迷」，沒有「悟」出摹擬的捷徑，又惋惜歐、蘇、黃這些大家沒有將才力用在模仿一途〔註56〕；可見「摹擬」在明人的觀念中是根深蒂固又具封閉性的。萬喙一聲，積非成是，舉世爲之滔滔不返，難以點化，黃宗羲感歎說：「嗟乎！唐宋之文，自晦而明，明代之文，自明而晦。宋因王氏而壞，猶可言也，明因李、何而壞，不可言也。」〔註57〕誠然！

明代大眾的趨向很類似社會學中的「集體行爲」。集體行爲是自然產生的一窩蜂現象，它並非受到強迫，而是自願自發的一股情緒化的活動。格調派得到這樣的助力，牢牢地紮下群眾基礎，使摹擬王國得以歷久不衰。後來的性靈派要撼動它並沒有那麼容易，即使前後七子的風潮消褪，格調論的根基還是存在，尤其在三家村塾兔園冊子裏，它的勢力還是非常穩固的。

八、齊梁唯美主義的再現

格調派的成因雖然複雜，可是從整個中國文學批評史上來看，它的本質不過是齊梁聲律論及唯美思潮的重現。七子稱「文必秦漢，詩必盛唐」，那是指作品而言，並非理論；講到體製源流的辨析、神思風骨的評論以及韻律對偶的講究，還是以齊、梁最爲道地。明人眞正

〔註56〕例如胡應麟《詩藪》外編五宋中。
〔註57〕《南雷文定》前集卷一〈明文案序〉下。

所繼承者實爲此；李東陽論詩雖不主一格，其實是位審音辨體的專家，李夢陽則明言他的理論自沈約而來；〈再與何氏書〉云：

> 古人之作，其法雖多端，大抵前疎者後必密，半闊者半必細，一實者必一虛，疊景者意必二，予之所謂法也。圓規而方矩者也。沈約亦云：「若前有浮聲，則後須切響，一簡之內，音韻盡殊，兩句之中，輕重悉異。」即如人身，以魄載魂，生有此體，即有此法也。(《李空同集》卷六一)

這個立場前後七子是一貫的，他們遵奉沈約的四聲八病，極力追求形體的完美，講求聲調鏗鏘、詞藻美麗，對機械化的平仄對仗充滿幾近膜拜的情緒。回想沈約諸人當日發明聲律論的時候，也是大爲興奮，視之爲天地未發的精靈，前人未睹的祕寶〔註58〕，宣稱要「妙達此旨，始可言文」(〈沈約謝靈運傳論〉)，可見聲律論者對形體的禮讚，古今如一。

在創作方面，格調派嚴守格律的精神不僅表現在詩中，作戲曲時尤其明顯，康海、王九思的樂府非常嚴格，宜用上聲的地方絕不用去聲，連續作十首相同的曲子無一例外〔註59〕，不僅字字合作，還要向高難度的技巧挑戰，可見其當行與專業的程度。戲曲的古典化和辭賦化亦自弘正年間開始，到王世貞《鳴鳳記》時代達於極盛，傳奇中充斥著駢文對子和典故，這些都是「齊梁式」的作風。唯美的風潮並不是只影響一種體裁，而是文章詩賦詞曲無不沾溉；它的好處是有著文學獨立、藝術至上的精神，每位作家以冷靜理智而專業化的態度從事創作，純文學的性質較多，而實用功利的成分較少。可是它最大的缺點是只有共性而沒有個性，經常流於一種類型而缺少變化，內容上又缺乏社會的人生的意義與基礎，這恐怕是專講格律者都免不了的毛病。

在文學批評方面，他們對作家的風格經常有獨到的、精確的評語，可是風格是客觀的印象，格律是外在的尺度，很容易據此對作家

〔註58〕劉大杰《中國文學發達史》第十章第一節。

〔註59〕鄭因百師《景午叢編》上集〈王九思碧山樂府守律舉例〉。

加以「分級」。齊梁時鍾嶸《詩品》將作家分爲上、中、下三品，明代高棅《唐詩品彙》則將唐詩分爲初盛中晚四期，作家分爲正宗、大家、名家、羽翼、接武五級。分級也是一種機械化的方式，其實並不理想，所以不論是《詩品》或《品彙》都遭受到許多質疑與責難，而這正是形式主義下的產物。

詩學之所以注重形式、不講內容，跟時代有密切的關係。齊梁與弘嘉時代都是思想空洞、重視形式的時代；在現實生活中，法家當道，只管束人們外在的言行，不能充實內心的情感；人們必須無條件崇拜帝王，服從權威，在思想上，儒學銷沉寂寞，成爲徒具形式的儒教，而正盛行的佛教道教，人們又只注重祭拜的儀式道具，而不理解經典的精義；一般士大夫腦中只有簡單的禮教或淺易的佛老觀念，在這空盪盪沒什麼哲學思想來主導文學理論的時候，最容易產生注重形式的唯美文學。它雖然是純文學的一部分，但只停留在專業化的技巧，而脫不了「匠」的氣息，跟眞正文學的典範還有一段距離。

弘嘉時代和齊梁時代如此相似，並不完全是巧合。明代初期摹擬秦漢所布下的大環境，發展到中葉以後，儒學衰微、思想空洞、人心苦悶，文學走上魏晉齊梁的路子似乎是註定好了的。魏晉齊梁都是產生純文學批評的環境，所不同的是魏晉時代只有古詩，齊梁則有了格律駢儷的研究，魏晉流行的是浪漫文學，齊梁則是唯美文學。唯美文學經常和宗教及宮廷生活脫離不了關係；在齊梁時代，聲律論受到佛經唱唸的影響，逐漸研究成功，又受到君主的喜好與提倡，配合奢華的宮廷生活，才蓬勃的展開駢儷風氣。明代君主從未有提倡文藝者，可是佞佛溺道、窮奢極慾的程度卻有過之而無不及，整個國力財力的富強，爲唯美文學提供了適宜的環境。何況就明代文學本身來說，「匠」的技巧有它實際的需要，詩學的重建必須從形式開始，教大家認識詩體、學習規矩是當務之急，詩有古體近體，古體無方可執，近體有法可循，復興起來必須以律詩爲重，因此文學理論在發展上不得不直接繼承齊梁的聲律論。這些內在與外在的因素，使得明代先出現了「齊梁」的環境，後出現「魏晉」的環境。到萬曆年間，法律鬆弛，禪宗大盛，人心嚮往自由，不喜格律，文人間流行的是一股浪漫的魏晉風味，古體詩的表現遠比近體爲佳，可見文學的發展還是擺脫不了歷史的軌跡的。

不過，摹擬來的東西不能與眞品相提並論。齊梁的格律終究是創新的發明，它是經過長期研究才調配出的聲音原理，而明代只不過就當時的需要將它全盤接收，因此齊梁的聲律論在歷史上有其貢獻，而格調派只不過在弘正時代發揮點推廣詩學的社會教育功能罷了。其次，齊梁的理論家對內容的干涉不多，當時盛行的宮體詩情色文學雖不怎麼高明，卻顯示批評界沒有道德的禁忌，創作很自由，而且它至少也反映當時一部分人眞實的生活。明人就沒有這樣的風氣了，受到道學的影響，別說是艷情之作，凡詼諧、粗疏、詭譎者都在斥責之列。格調家主張作詩要溫雅和平，體面正派；用意原本不錯，可是尺度太嚴，不知變通，逼使人人作詩都得端起一付架子，裝出「褒衣大冠氣象」（袁枚語），許多情感不敢流露，許多題材不敢碰觸，其勢不得不流於虛僞。明人許多詩文集在編選之時，爲維護道學體面都將嫵媚之作刪去，只留下徵聖宗經的大文或應酬客套語，使得作者的眞面目不能畢現，這對作者的原創性及文史資料的毀傷極大。明代文學雖然獨立了，可是它跟道學站得太近，跟著迂腐拘執，使內容形式都受到重重的限制，詩道日窄，更加速了詩的老化，這點是明代理論遠不如齊梁的地方。至於摹擬一事，是明代特有的產物，它的缺點就不用贅敘了。

九、結　論

每一種學說都有它的長處與短處，只不過碰到惡劣的環境時，缺點往往特別凸顯。橘逾淮而爲枳，錯不在枳的本身，而在水土氣候，可是「枳」說什麼也不該代替「橘」的地位，那怕它的產量大到足以壟斷市場的地步。本章想要表達的主要意念在此。

自從格調、性靈兩派展開爭執後，歷來加入論辯行列的學者很多，想要居中調停回護的也不少，即使近幾年以此爲題的學術論文也有這種傾向；當支持性靈派的文章一多，過陣子另一股同情格調的聲浪也隨之而起，左右袒護不免流於門戶之見，異中求同又顯得牽強費力，其實格調與性靈是兩種完全不同的論詩邏輯，它們之間的差異就如同程朱與陸王的差異一樣，並沒有調停的必要。通常當時代清明健全的時候，正統派的性格比較平正通達，包容性強，可以吸納一部分優異之士，這時反對派沒有興盛的理由，往往退居輔助的地位。可是當時代黑暗墮落的時候，正統派空洞腐化，不能厭足人心，反對派自然會出來加以針砭。明代陽明學之所以成功，是建立在程朱學的失敗上，性靈派之所以興起，也是建立在格調說的僵化上，而程朱與格調之所以共趨於腐朽迂執，又是受到政治的打擊與社會習氣的拖累，所以歸根究底，時代因素歷史背景還是最重要的。後人只見到格調派受到凌厲的攻擊，有的落井下石，跟著謾罵，有的爲求制衡，又曲意回護，可是不了解時代的影響，純從學理文字間尋是非，不免各說各話，甚至誤解了古人的原意。

要爲格調派解圍，可能只有二途，一是必須分出開明與偏執兩類格調家，二是要了解偏執派得勢的理由。正統派是個龐大的派系，其間個人的修爲差距很大，儒家學者中有通儒也有陋儒，格調派中自然也有開明與偏執之分，七子不能代表整個格調派，正如一般陋儒不能代表眞正的儒家一樣。如果將「格調」的範圍限定在前後七子身上，不僅看不出宋代格調說或清代格調說與它的淵源，也看不出南派格調家與北派格調家的差異。歷史經常只挑醒目的部分敘述，然而沒有提到的部分並不表示它不存在，人多勢眾也不代表學理本身的優良進步，眞正的格調理論深得美學原理，自有其不可動搖的地位與價值，不得其眞貌，而欲執旁支以與性靈抗衡，那是不可能獲勝的。

其次，深入了解時代背景是正反雙方都必須要做的，每一種學說，不論如何僵化、或如何令人反感，當時能如此興盛的發展起來，一定有它存在的理由。在那樣專制的年代裡，從保守封閉的西北高原興起一股力追漢唐的偏執詩論，並不足爲奇。在西方，大約十六七世紀時，法國在教會與貴族的控制下，也興起「新古典主義」風潮。它又名「假古典主義」，情形與明代的摹擬王國十分相似；法蘭西學院的四十不朽者相當於中國的前後七子，他們是中央集權的獨裁者，爲文藝和學術思想訂定法典，一切要有法則，一切要規範化，一切要服從權威，所有的創作實踐必須小心翼翼力求投合他們的口胃。身爲拉丁民族，他們將羅馬帝國視爲光輝的榜樣，一心想在自己的土地上恢復古羅馬帝國宏偉的排場。他們的理論原型不過是拉丁古典主義，可是新舊社會變遷的關係，無法完全「借屍還魂」，只能妥協性的演出雜揉的「歷史的新場面」〔註 60〕，因此他們重視文藝種類和文體的區別，輕視內容而過分注重技巧，形式要追求完美必須合乎「類型」，他們反對變化、反對個性，理論呆板而保守，表現很大的片面性和侷限性。這派理論自十六世紀至十八世紀擁有龐大的勢力，而它在西方流行的時代主要是封建時代，而且是君主專制下獎勵工商發展的時代，這跟明中葉何其類似！可見不論東方與西方，只要有相同的條件，就會產生相同的理論。

了解時代背景，有助於我們接受現實。既然天地間自有此物生成，摸清它的本性，才能用適當的角度看待它，過分的苛責或過分的回護似乎都沒有必要。例如近來有些支持格調論的論文把其中談到「性情」的字句搜列起來，以此証明格調不廢性情，這是沒有了解眞象的作法。偏執格調派是禁欲主義下的產物，不論在東方或西方，它們都是以理性主義爲基礎，情感、想像及意志的發揚跟它的理論是相衝突的，它所謂的性情，經常是別有所指，跟一般人乃至性靈派所謂的性情大不相同，如果爲了「護題」而一廂情願的扭曲古人的本意，恐怕基本上還是沒有接受現實的雅量。

〔註 60〕本段參考朱光潛《西方美學史》第七章和第二十章第二節。

第三章　明中葉後的庸俗文化

明代中葉以後，學術界雖然恢復了生氣，但是受到不良制度的影響，種種積弊也如滾雪球般越滾越大，久而久之在士人階層中形成一股難以言喻的勢力。這般滔滔濁流侵蝕著學術的根基，影響學派的聲譽，拖累上層學者的研究成果，使人眞僞不分，莫衷一是，經常以爲下層的墮落就是上層理論失敗的證明，因而將一切弊病歸罪於清流，以此抹殺他們的成就。這種以下駟累及上駟的作法並不公平，用這樣的眼光看待明代學術也不能得其眞貌，因爲在中低級的讀書人中自有一種庸俗文化，跟學界領袖所發揚的原理精義沒有太大的關係。庸俗文化有傳染蔓延的現象，有吸納扭曲的能力，受到它的干擾；中明以後的學術走向是好的愈好、壞的也愈壞，呈現出良莠不齊、複雜紛亂的局面。明代的正統學問在前半期受到政治性的迫害，到後半期則轉爲社會性的牽絆。後期的問題要比前期複雜，必須找出癥結，才不致於治絲益棼。

一、教育及用人制度的腐化

庸俗文化的形成，主要來自學校、科舉及官僚體制的腐敗。這個現象在永樂年間就出現了，只是當時讀書做官的人少，社會又處在靜止狀態，問題不太明顯〔註1〕。自宣德元年起，生員名額取消限制，

〔註 1〕《日知錄》卷 16，「舉人」。

人數踵而漸多，冗濫的情形逐漸浮現。正統年間，在京官的要求下，官員子弟可入監讀書，太學的水準開始降低。景泰初年開納粟之例，天順五年開納馬之例，於是商賈亦得以混跡士林，生員數額膨脹，素質低落，士風也日趨卑下。一時之秕政循為慣例之後，不過二三十年的功夫，到弘治時代已出現「吏部聽選至萬餘人」的現象，其中有十餘年不得官者〔註2〕，下層壅塞的情形十分嚴重，而奔競鑽營之風亦盛。

學校對生徒既不加刪選，對師儒的聘用亦極草率。教官訓導或由儒士薦舉，或由下第舉人充任，取之既濫，又待之太卑，不僅待遇微薄，連「師」的尊稱也沒有，一般州縣長官率以簿書升斗之吏視之，不復崇以體貌〔註3〕，社會地位十分卑賤，因此舉人厭其卑冷，多不願就〔註4〕。在正統年間，天下教官已多缺額，留任者率為「猥瑣貪饕，需求百計」之輩，人才日陋，士習日下。太倉陸世儀言：「今世天子以師傅之官為虛銜，而不知執經問道，郡縣以簿書期會為能事，而不知尊賢敬老。學校之師，以庸鄙充數，而不知教養之法；黨塾之師，以時文章句為教，而不知聖賢之道。儇捷者謂之才能，方正者謂之迂樸，蓋師道至於今而賤極矣！」〔註5〕賤極則人才難就，人才難就則教育不興，以數量不足素質窳劣的教師群，面對量大質粗的生徒，即有英才美質，亦無法陶鑄，最後學校不得不瀕臨崩潰的局面。嘉靖年間，南北國學皆空虛，隆萬以後，學校積弛，一切循故事而已（《明史・選舉志》）。沒有師資可言的學校名存實亡，形同瓦解，但是整個機構仍在循例空轉，不斷製造大批士子生員，生徒「待次循資，濫升監學，侵尋老耋，授以一官」〔註6〕，二百年來因循累積，到明

〔註2〕《明史・選舉志一》。
〔註3〕《日知錄》卷十七，「教官」。
〔註4〕《明史・選舉志一》。
〔註5〕《日知錄》卷十七「教官」條引天順年間賀煬之言。
〔註6〕同上。

末約略有十百萬之譜〔註 7〕，數量相當驚人。

學校既不足觀，科舉的競爭便益形激烈。明人入任之途不限出身，但是「非進士一科，不能躋於貴顯」〔註 8〕，因此進士成為眾人競逐推擠的窄門。進士中式的額數不如生員之冗濫，但也隨著下層壅塞而逐年增加。顧炎武說明人論科舉多以廣額為盛，不知精減為美，若提沙汰之議，「不但獲刻薄之名，而又坐失門生百數十人，雖至愚者不為矣」〔註 9〕！

科舉既如此簡陋冗濫，照說應當易於中式，其實又不然。關鍵在於八股文。八股文自宋代制義演變而來，隨著薦舉不行、學校荒廢、科舉競爭而逐漸成型，在成化年間發展為嚴格整齊的定式。它和漢賦頗有類似之處；二者都是專制君主控制讀書人的工具，形式上非詩非文，亦駢亦散，一個要設問作答，一個要代聖人立言，表現不出個人的才學情感，卻都跟倡優戲劇的扮演功能有些關係〔註 10〕。不同的是漢賦舖陳華麗，在當時還有娛樂君主的作用，經由後代文學家的經營開發，終能形成一個有生命的文體；八股文不但沒有娛樂皇帝的功能，而且形式比賦更彆扭畸型，跟《性理大全》合起來，正好以怪異的形式和狹窄的內容組合成了「場屋之文」「舉子之業」。它毫無文藝性可言，離開了科舉便不能生存，但在科舉當道的時代卻是一門專業技術。它不能涉及時事，因此與時代脫節；它自有一套組合竅門，用不著學問，因此又與學術脫節。天下士子沉浸此中，所讀惟程文墨卷而已，無怪乎不知古不知今，沒有人品也沒有學問。

二、人才的失落

八股使人才敗壞，學術淪亡，其弊固不待言；而它最奇怪的一點是分不出士子的好壞高下。顧炎武〈生員論〉云：

〔註 7〕《日知錄》卷十七，「進士得人」。
〔註 8〕同上，「大臣子弟」。
〔註 9〕同上，「中式額數」。
〔註 10〕詳見錢鍾書《談藝錄》，頁 35～40。

時文之出，每科一變，五尺之童，能誦數十篇而小變其文，即可以取功名，而鈍者至白首而不得遇。老成之士，既以有用之歲月，銷磨于場屋之中，而少年捷得之者，又易視天下國家之事，以爲人生之所以爲功名者，惟此而已。」(《日知錄》卷十七)

以如此怪異低劣的方法開科取士，考生錄取與否，常在幸與不幸之間，加上考場中時有舞弊、特權等種種不平情事，不僅無法達到爲國掄才的目的，久之還造成士人階層中名實不符、顛倒錯落的現象。

從最清貴的館閣之臣來說：翰林院是國家最高文學機構，政府以之處文學之臣，一代詩文家應當盡出於此才是，然而翰林先生的館課文字不過延襲格套而已，熟爛一如舉子程文，人譏之爲「翰林體」。它平日無法自爲風氣，號召群雄，當王李之學盛行時，反而改步從之，於是天下皆誚翰林無文〔註11〕。翰林先生人各有集，著作量不可謂不大，但集中不外臚列詩賦制誥敘記碑志之文，「觀者多束之高閣，或用覆瓿韻耳」〔註12〕。趙翼曾指出有明一代「赫然以詩文名者，乃皆非詞館」〔註13〕，鄭方坤亦云：「蓋自宏正而後，一百五六十年，而文章之權不在館閣，此亦古今所未有之辱也。」〔註14〕這些話代表學者普遍對翰林的失望。

翰林如此，進士舉人的素質亦然。在天順成化年間，名在前列的士子已有不知史冊名目、朝代先後、字書偏旁者〔註15〕，此後「科名所得，十人之中，其八九皆白徒」〔註16〕。至於一般舉人生員「求其省記四書本經全文，百中無一，更求通曉六書、字合正體者，千中無一也」〔註17〕。由於中式憑著機巧與運氣，考中的人往往抱著僥倖的

〔註11〕《列朝詩集小傳》丁集下「黃少詹輝」。
〔註12〕《初學集》卷八十四，〈跋傅文恪公文集〉。
〔註13〕《廿二史箚記》卷三十四「明代文人不必皆翰林」。
〔註14〕《清朝詩人小傳》，懷清堂詩鈔小傳。
〔註15〕《日知錄》卷十六，「十八房」。
〔註16〕同上，「經義策論」。
〔註17〕《日知錄》卷十六，「經文字體」。

心理，不務實學，或爲朝臣，或爲縣令，不是與公卿結交應酬，便是從事簿書倉儲之務，往往不復讀書。而下第的士子則營求關說，爲治生之計。

早期，下第的舉人經由政府安排，可以充任學校教官，也可以入監讀書，還不致遊蕩人間，自正統十四年下令放回原籍後，人人自謀生路，遂使庸妄之輩，充塞天下。在幾種出路中，做官是最好的選擇，而且機會不少。明制用士甚寬，不限出身，照定例：「州縣印官以上中爲進士缺，中下爲舉人缺，最下乃爲貢生缺。」如果在廣西雲貴等偏遠地區，舉貢還可任知府之類的方面大員〔註 18〕，少數幸運者若受到上官的提拔，甚至有成爲卿貳大僚的可能。這種寬鬆紊亂的入仕管道自是結黨營私、貪污納賄的溫床，也給予官僚士子很多活動鑽營的機會。顧氏言生員之在天下，本不相識，一登科第則爲師友同年，互相援引。「書牘交於道路，請託遍於官府，其小者足以蠹政害民，而其大者至於立黨傾軋，取人主太阿之柄而顚倒之」(《亭林文集》卷一〈生員論〉)。在地方上，「生員常出入公門，武斷鄉曲，與胥吏爲緣；其或身爲胥吏，官府一拂其意或加按治，則群起而嚻鬨，以殺士坑儒相誣謗」(同前)。依明代考核之法，胥吏本是違犯學規或學無成效的監生或生員，始罰充爲吏，沒想到「以求利之人而居所以爲利之處」〔註 19〕，這些人品卑劣的讀書人竟成爲虐民的鄉官、玩法的訟棍了。這個階層又經常和地主鄉紳的勢力相結合，因爲能送子弟入監的不是納粟納馬的富商，便是冠帶鼎盛的世家，憑著財富與權勢、地緣與人脈，往往發展成政府也無可奈何的地方勢力。這些土豪劣紳一方面與京官聲息相通，一方面漁肉鄉民，對政風與民風的影響甚鉅。

至於無財無勢、出身寒微的落第士子，通常充任縣學的訓導教諭，或棲身在村塾中，忍受貧儉失意的生活。他們之中大多數思想陳腐，見解固陋，用自己僅知的舉業文字刻板地教育下一代。袁宗道在

〔註 18〕同上卷十七，「進士得人」。
〔註 19〕黃梨洲語，《明夷待訪錄．胥吏》。

〈送夾山母舅之任太原序〉一文提到：

> 余爲諸生，講學石浦。耆宿來，見案頭攤左傳一冊，驚問是何書，乃溷帖括中！一日偶感興，賦小詩題齋壁，塾師大罵。……故通邑學者號詩文爲外作。外之也者，惡其妨正業也。(《白蘇齋類集》卷十)

顧炎武亦云：

> 余少時見有一二好學者欲通旁經而涉古書，則父師交相譙呵，以爲必不得顓業於帖括，而將爲坎坷不利之人，豈非所謂大人患失而惑者與？(《日知錄》卷十六〈十八房〉)

類似這樣的冬烘先生在中國難以數計，他們遍布城鄉各地，幾百年來，一點一滴從事童蒙教育的工作，不止傳遞著道學思想八股文章，同時也將極端勢利的觀念植入下一代的腦中。

資質老實些的讀書人成爲腐儒學究，而儇巧聰明，薄操一技者則成爲活躍的山人墨客。山人是中明社會特有的產物，它跟商業的興起有密切的關係；時間上起自嘉靖初年，大盛於萬曆之際，地區則以蘇吳東南之域爲主。它不屑過一般儒生農村式的保守生活，轉將自己商品化，包裝推銷，待價而估。李卓吾說他們「名爲山人而心同商賈」〔註 20〕，雖是諷刺的話，卻合乎事實。廣義的山人是指「無位者的通稱」，包括文人、才子、處士布衣這樣的身份。起初眞有一些優秀的文人受聘於公卿，成爲達官顯貴的私人幕僚，後來擁入大批僞妄敗德的假山人，名號冗濫，又無實學，藉著縉紳獎借游揚，以糊口四方。上焉者於月席花筵之中談議風騷，還能增添生活的趣味，次焉者「儇巧善迎意旨，其曲體善承，有倚門斷袖所不逮者，宜仕紳溺之不悔也」〔註 21〕，下焉者則使酒罵坐，醜態畢現，或陰伺隱微，持人短長，弄得妖訛百出，山人便成爲人人詬病的文化流氓了。

〔註 20〕《焚書》卷一〈又與焦弱侯〉。

〔註 21〕沈德符《萬曆野獲編》卷二十三「山人愚妄」。

從翰林進士、舉人生員、鄉官胥吏、到陋儒山人，這幾種階級身份組成了明代的知識文化圈。他們當中絕大多數是庸劣之輩，自有一套生存的本領、生活的方式和自私自利的思想，並且像細菌般寄生在各個階層、潛伏在各個角落。這個現象其實一直存在於學術圈中，只不過在唐宋兩朝政治清明些、科舉得人公平些，不良的習氣被壓抑在底層，產生不了主導或牽制大局的力量。從南宋起，學風逐漸有了卑俗的跡象，到明代隨著科舉不公和生員冗濫，冒牌知識份子大量羼入士大夫階級，敗壞的士風也傳染蔓延，擴散到各個階層，上下合起來，形成一股聲勢浩大的濁流。它膨脹得太快，影響到學術界的「生態平衡」，少數正人君子和眞正的學者文學家不得其所，失去了傳統尊榮的地位，被擠得沒有多少活動表現的空間。流品混雜，人才失落，經史辭章之學也被混同滲透，以假亂眞，造成學術界內部嚴重的問題。這類人等固不足觀，可是二百年來集數十百萬之眾形成的庸俗文化，卻令人無法忽視。

三、功利的人生觀

庸俗文化的「哲學」基礎不外「功利」二字，而功利的思想主要來自現實生活中長期的經驗和「教育」。

在專制時代，朝廷的政策總不脫「外儒內法」的原則。外儒內法說穿了就是虛僞詐騙的權術運用，表面上以儒家爲政治宣傳的幌子，實際上法家才是統馭天下的工具。把這個理論運用到施政上，臣民所見到的是：政府說的是一套，做的又是另一套。例如朝廷下令薦舉天下賢良方正之士，所能容者只是循良之吏，眞正豪傑之士則必欲除之。政府實施學校之制，名義上是普及教育，事實上是箝制思想壟斷學術。科舉之制所取者名爲進士，實質上進士的本質早已一變再變而爲文法吏了。皇帝們一面下「寬仁之詔」，一面行「猛烈之治」（《明史・刑法志二》），自太祖至世宗，無不「間命寬恤，而意主苛刻」〔註

〔註22〕《明史・刑法志二》評世宗語。

22〕。口頭上宣稱尊孔尊儒，黜斥異端，而實際上仁政不行，釋道正盛。一方面頒詔曰左道無益，宜盡摒絕，而另一方面術士正絡繹於途，相繼入廷。……總之，明代帝君好作浮誇不實的門面語，其造作虛僞，前後矛盾，往往如是〔註 23〕，因此其言不可盡信。

虛矯僞詐的風氣既自朝廷而始，透過制度的運作，擴大到官僚體系之中。讀書人長期被玩弄於股掌之上，發覺書中所教的仁義道德和現實生活全然是兩回事，他們表面上服從儒家的權威，內心卻充滿懷疑和不信任。當所讀之作所、作之文和現實社會嚴重脫節的時候，他們只能從周邊所見所聞去學習。偏偏官僚體系下那一套求生的本領相當管用，相形之下，儒家的仁義道德似乎沒有多大的說服力。不過他們也從經驗中得到啓示：冠冕堂皇的大道理既可充做壓人的大帽子，又可以做爲自己的護身符，只要善加利用，在道德名義的掩護下儘可以肆無忌憚、通行無阻。既然朝廷毀棄名節，禁止清議，知識份子無由產生眞正的責任感，也不需有什麼遠大的抱負，仕宦應舉，所圖無非利祿而已。然而明代官俸微薄，冗員又多，管道紊亂，派系複雜，在這樣的環境中，人人莫不機巧百出，隨風轉舵利用身邊所有的資源，博取生活中最大的利益。結果，名實不符成了明人習慣性的辦事和思考方式，「外儒內法」的權術投影在他們身上，造就了一個個外飾仁義而內懷功利的假道學、僞君子。

對這層士大夫心理，唐荊川有一段深入的分析：

> 廉吏自古難之。雖然今之所謂廉者有之矣！前有所慕於進，而後有所懼於罪，是以雖其嗜利之心不勝其競進之心，而其避罪之計有甚於憂貧之計。慕與懼相持於中，則勢不得不矯強而爲廉；其幸而恆處於有可慕有可懼之地，則可以終其身而不至於壞，而世遂以全節歸之。其或權位漸以極泄然，志盈而氣盛，則可慕者既以得之，而無懼有懼於罪；至如蹉跎淪落，不復自振，則可慕者既以絕望，萎然

〔註 23〕楊啓樵〈明代諸帝之崇尚方術及其影響〉。

志銷而氣沮，且將甘心冒罪而不辭。是故其始也，縮腹鏤骨以自苦，而其後也，甚或出於饕餮之所不爲。人見其然，則曰：若人也，而今乃若是。而不知始終固此一人也。（《荊川文集》卷十一〈贈郡侯郭文麓陞副使序〉）

士大夫的品德禁不起現實的考驗，勢利薰習，便形成根深蒂固的功利觀念。王陽明云：

聖人之學，日遠日晦，而功利之習，愈趨愈下。其間雖嘗瞽惑於佛老，而佛老之說卒亦未能有以勝其功利之心。雖又嘗折衷於群儒，而群儒之論終亦未能有以破其功利之見。蓋至於今，功利之毒淪浹於人之心髓，而習以成性也。幾千年矣！相矜以知，相軋以勢，相爭以利，相高以技能，相取以聲譽。其出而仕也，理錢穀者則欲兼夫兵刑；典禮樂者又欲與於銓軸；處郡縣則思藩臬之高，居臺諫則望宰執之要，……記誦之廣，適以長其敖也；知識之多，適以行其惡也；聞見之博，適以肆其辨也；辭章之富，適以飾其僞也。（《傳習錄・中・答顧東橋書》）

以「功利」的眼光看待萬事萬物，無一不可逞其私欲，無一不具「利用」的價值。經過卑劣人心的扭曲歪用，事情總表現出壞的一面，而不見好的一面。即以大環境而言，中明以後，法令漸弛，商業繁榮，本是一個舒適自由的時代，這個條件表現在高級知識份子身上，足以形成一種浪漫優雅的名士生活，可是表現在低級讀書人身上，卻凸顯出虛僞貪婪的習氣。自高壓政治下解放出來的人，往往改不了卑靡僥倖的性格，見到主政者昏庸懈怠，許多法令形同具文，心生輕視之餘，逐漸無所畏懼，加上民間富庶繁華，更刺激官僚士子貪鄙的心念。這個現象尤以東南半壁最爲嚴重。唐荊川云：

嗟乎！東南士習之壞也，久矣！近年以來，其壞者竟不可返，而山鄉僻邑頗號馴朴者，亦漸澆訛。……蓋其紛華之誘已深，而甚儇巧機利之習，鼓煽又甚。其植根也甚固，其返之也實難，韓退之所謂非百年必世，不可得而變也。（《荊川文集》卷六〈答馮午山提學〉）

東南劫利之習，薰塞宇宙，腥穢人心，蓋末世習氣盡然，

而東南靡利之鄉則爲尤甚也。（同上，卷六，〈與張本靜〉）

陽明、荊川在嘉靖時代所見即已如此，萬曆以後，士習之放縱，更如洪水猛獸，泛濫不可收拾。在追名逐利的風氣下，官僚仕紳玩法弄權，貪財好貨，山人處士遊說干謁，無所不爲，一般士子以功利的態度讀書，除了房稿程墨，其他一概不觀，商人以功利的態度印書賣書，除了與時文舉業有關的暢銷書，其他名家善本全集罕見流通。唐荊川欲見北宋以前諸儒解經之書，而世多散佚不存（見《荊川》卷五〈與陳後岡參議〉）；焦竑慕兩蘇氏之分釋經史，經過多年搜求才陸續得見（見焦氏〈刻兩蘇經解序〉）。顧炎武云萬曆壬辰之後，坊刻滿目，程墨房稿行卷社稿數百部，「皆出於蘇杭，而中原北方之賈人市買以去，天下之人惟知此物可以取科名，享富貴，此之謂學問，此之謂士人」〔註24〕。印刷出版業發達本是文化界的盛事，可是經由俗眾之手，卻形成如此局面。

清流的活動亦常遭到小人的利用。例如講學一事，王世貞云：「嘉隆之際，講學者於海內，而至其弊也，借講學而爲豪俠之具，復借豪俠而爲貪橫之私，其術本不足動人，而失志不逞之徒，相與鼓吹羽翼，聚散閃倏，幾令人有黃巾五斗之憂。」〔註25〕錢謙益亦云：「昔之創書院者，多名儒據道統之雄心；今之創書院者，多豪儒立道幟之霸心，則江陵之毀書院，或亦他山之石，而講學聚徒誠不可以不愼也。」〔註26〕講學之風的興起，是建築在官學的腐敗之上。當學校「倚聖賢之門戶以爲姦」〔註27〕，而爲貪婪之淵藪時，優秀的士子厭棄官學，紛紛投向名師大儒，尋求指導人生的偉大原則以及匡救時弊的學術。它

〔註24〕《日知錄》卷十八，「十八房」。

〔註25〕王世貞《弇州史料後集》卷三五「嘉隆江湖大俠」，引自朱謙之「李贄」一書第一章。

〔註26〕《初學集》卷四十九〈湖廣提刑按察司僉事晉階朝列大夫管公（志道）行狀〉。

〔註27〕王陽明語，見〈應天府重修儒學記〉，《文錄》卷四。

本是立意向上超然拔俗的一股清流，可是沉澱到下層的濁流後，小人利用「豪俠」的名義以行貪橫之實，豪儒借「道統」爲旗幟而獨霸學術；眞僞名實之間，終至亂不可分。

學術如此，政治亦是如此。以東林黨而言，張岱〈與李硯翁書〉云：「蓋東林首事者實多君子，竄入者不無小人；擁戴者皆爲小人，招來者亦有君子。……東林之中，其庸庸碌碌者不必置論，如貪婪強橫之王圖，奸險凶暴之李三才，闖賊首輔之項煜，上箋勸進之周鐘，以至竄入東林，乃欲俱奉之以君子，則吾臂可斷，決不敢狥情也。」東林顧涇陽講學之初，本是由一群銳意興革的學者組成，後來在推廣宣傳的過程中，攔入不少小人，此後清濁同流，眞僞難辨。一些熱中鬥爭的政客冒用東林的清名，以行派系鬥爭之實，「其黨盛則爲終南之捷徑，其黨敗則爲元祐之黨碑」（同前），風波水火，朋黨之爭，竟與國家相終始。

到崇禎末年，滿清入關，在這天崩地解的時刻，表現在君子身上的，是殺身不悔的氣節，而那些平日「把持上官，侵噬百姓」的生員，則利用此一大好時機「開門迎賊」、「縛官投僞」〔註28〕。顧亭林慨歎養士不精，乃至於此，其實推遠一點看，這不過是低級文人對時局的「利用」而已。和他們利用生活周遭的法律、商業、學術、黨派並無不同。梁任公云，經由專制政體之陶鑄和霸者之摧鋤，必無優美純潔之人民。私德墮落，長期內鬥，其民必生六種惡性，曰僥倖性、殘忍性、傾軋性、狡僞性、涼薄性、苟且性〔註29〕。以此觀明代士風之始末，信哉斯言！

四、俗學與僞學

庸俗文化中並非沒有學術，不過是一種經過扭曲的、奇怪的學術。錢謙益說：

〔註28〕《日知錄》卷十六，「生員額數」。
〔註29〕《飲冰室文集》卷一，「論私德」。

> 今之學者……汩沒於舉業，眩暈於流俗，八識田中，結轖晦蒙，自有一種不經不史之學問，不今不古之見解。(《初學集》卷七十九〈與卓去病論經學書〉)
>
> 今世不乏聰利上根，卻有一種影明客慧，浮動六根門頭，習禪則染禪，習淨則染淨，習教則染教，邪師盲宗，又從而影掠鉤牽，引狂趨僞，染神剋骨。……(《錢牧齋尺牘》卷上，頁6，〈與王煙客〉)

這種奇怪的學風無以名之，只好稱之爲「俗學」。俗學是專制環境功利心態下產生的畸型學問，它是廣大中下階層的習氣之一，任何學問入了其中，都將失去原貌，化爲異物。

俗學的成因有二：一是「陳腐於理學，膚陋於應舉」〔註30〕。經過呆板的冬烘教育和八股訓練，士子的頭腦淺薄迂腐，沒有見識，以這樣的資質盲目的讀書，所得者即爲俗學。牧齋說：「古學之蠹者有兩端焉：曰制科之習比於俚，道學之習比於腐，斯二者皆俗學也。」〔註31〕俚俗與陳腐正是明代士子普遍的氣味，如果不能拋開這種氣味，培養自己的意識，費了許多工夫，仍不脫俗學的窠臼。牧齋告訴王象春說：「讀古人之書而學今人之學，胸中安身立命，畢竟以今人爲本根，以古人爲枝葉。窠臼一成，藏識日固，並所讀古人之書胥化爲今人之俗學而已矣！」〔註32〕這段話頗能說出俗學「吸納」的作用。

俗學第二個成因，是求速成的心理。以急功好利之心讀書，所求者無非速成。王陽明曾屢次批評時人「見小欲速」，顧炎武亦言八股「率天下而爲速成之童子」〔註33〕，「昔人所須十年而成者，以一年畢之；昔人所待以年而習者，以一月畢之」〔註34〕。在這種急功的心

〔註30〕《初學集》卷四十三，〈頤志堂記〉。
〔註31〕《初學集》卷七十九〈答唐訓導汝諤論文書〉。
〔註32〕《列朝詩集小傳》丁集下「王考功象春」。
〔註33〕《日知錄》卷十六，「三場」。
〔註34〕同上，「擬題」。

情下，詩文辭章必賴剿襲假借，而經史學問則需靠種種點定刪割的二手貨料。

在經學方面；牧齋批評當時經學之謬有三：「一曰解經之謬；以臆見考詩書，以杜撰竄三傳，鑿空瞽說，則會稽季氏本爲之魁。二曰亂經之謬；石經托之賈逵，詩傳假借子貢，矯誣亂眞，則四明豐氏坊爲之魁。三曰侮經之謬；訶虞書爲排偶，摘雅頌爲重複，非聖無法，則餘姚孫氏鑛爲之魁。」(《有學集》卷十七〈賴古堂文選序〉)

在史學方面；牧齋云史學之謬亦有三：「一曰讀史之謬。目學耳食，踵溫陵卓吾之論斷而漫無折衷者是也。二曰集史之謬。攘遺拾瀋，昉毗陵荊川之集錄而茫無鉤貫者是也。三曰作史之謬。不立長編，不起凡例，不諳典要，腐于南城（《皇明書》），蕪于南潯（《大政記》），踳駁于晉江（《名山藏》），以至于盲瞽僭亂，蟪聲而蚋鳴者皆是也。」（同上）

以上牧齋所列舉者，以今日而言，都是二手資料。二手資料本身良莠不齊，有些是僞造之作，有些是刪割之作，有些是評點集錄之作。明代是選家最風行的時代，選家本身無論如何總有一個選擇的目的或標準，它應當給具有相當水準的讀者看，才能見出選家的理念。然而明人貪圖速成，往往不先讀原書或全集，就直接接受各種彙編的二手資料，難免傭耳剽目，不見古書之大全了。

其實，學術最怕的還是義理本身遭到扭曲與利用。王陽明說：

> 嗚呼！六經之學，其不明於世，非一朝一夕之故矣。尚功利，崇邪說，是謂亂經。習訓詁，傳記誦，沒溺於淺聞小見，以塗天下之耳目，是謂侮經。侈浮辭，競詭辯，飾奸心盜行，逐世壟斷而猶自以爲通經，是謂賊經。若是者，是并其所謂記籍者而割裂毀棄之矣！寧復知所以爲尊經也！（《文錄》卷四〈稽山書院尊經閣記〉）
>
> 今天下之患，則莫大於貪鄙以爲同，冒進而無恥。貪鄙爲同者曰：吾夫子無可無不可也。冒進者曰：吾夫子固汲汲於行道也。(《文錄》卷一〈策五道〉)

故夫善學之，則雖老氏之說無益於天下，而亦可以無害於天下。不善學之，則雖吾夫子之道，而亦不能以無弊也。(同上)

善學與不善學正是君子小人的分野。小人以陰謀家之心爲學，處處皆可以曲解變化而爲藉口。老氏講「和光同塵」、「柔能克剛」固然足以造成鄉愿，儒家講「通權達變」、「中庸之道」又何嘗不能成爲僞君子？問題出在陰謀家身上，而不在學術本身。像陽明所說以夫子汲汲於行道、無可無不可之語，而爲貪鄙冒進之行者，這是扭曲後的孔學；而流入濁流後的佛老之學，「鄙穢淺劣」〔註 35〕，令人厭惡，則爲晚明的「狂禪」或「盲禪」。

狂禪出現的年代可能早於中明，當時無以名之，後來過於泛濫，便被取了「狂禪」的名稱。它主要是襲取禪家話頭，做爲縱情恣意的藉口，和眞正禪家追求清靜自由大不相同。袁小修曾記載一位族兄事說：

族兄繼洲，……極其謹愼，後又學禪。有盲禪語之曰：「禪惟悟性而已。一切情慾，當恣爲快樂，于此原無妨礙。」繼洲欣然從之，飲啖任情，且多不戒衽席，久之遂病。歎曰：「使我常學養生言，病不至此。盲禪啓我以事事無礙之旨，未免恣意任習。本爲放下，卻成放逸；知拘檢爲非，不知流遁尤錯。而今而後，知古人戰戰兢兢，臨深履薄，是吾人保守命符，已矣！盲師誤我也！」遂卒。(《珂雪齋前集》卷二十〈書族兄事〉)

由此可見狂禪在民間普遍流行，並有不良的影響。它最大的錯誤是將精神世界的道理用在現實世界。禪學所追求的是心靈的解放，成見的突破。習禪修道之士有時爲了和世俗頑固的觀念對抗，言論不免偏激大膽些，實際的生活卻是十分清苦儉樸的。而一知半解的俗人將禪家術語錯會誤用，拿到現實生活中去解放肉體，只知追求物質的享受、感官的刺激，心智方面則沉淪在痲痺無知的狀態。這種狂禪習氣看在

〔註 35〕王陽明語，《文錄》卷一〈第五道之一〉。

眞正的禪家眼裡，自是極爲不滿。袁中郎曾作《西方合論》以箴之，袁伯修也有痛切的批評：

> 後世不識教義，不達祖機，乃取呵佛罵祖，破膽險句以爲行持。昔之人爲經論所障，猶是雜食米麥，不能運化，後之人飽記禪宗語句，排因撥果，越分過頭，是日取大黄巴豆爲茶飯也。(《白蘇齋集》卷二十二〈西方合論引〉)
>
> 後世宗風日衰，人之根器亦日以劣，發心既多不眞，功夫又不純一。……甚至以火性爲氣魄，以我慢爲承當，以譎詐爲機用，以誑語爲方便，以放恣爲遊戲，以穢言爲解粘。……故縱心任意，無復規矩。(同上)

袁伯修將禪學被曲解的情況敘述得很清楚，這全是在人心愚昧卑劣下產生的現象，和眞正禪學不同。狂禪是濁流中的假禪學，它假借名義，以僞亂眞，凡是造詣深厚的學者對它無不深惡痛絕。王陽明極力想跟禪宗分清界線，就是惟恐沾染濁流，予人惡劣的印象。自此以下，李卓吾、公安三袁、錢謙益皆排擊甚力。然而衛道之士在攻乎異端之時，並不做如是觀，往往對心學一脈一概譏之爲禪，或直接冠以「狂禪」之名。其實王門學者所欲避之者，名教之士執爲口實者，都是俗學中這股被歪曲的禪。

俗學的力量廣大而可怕。儒家落入其中，則成爲迂腐之冬烘，佛老淪入其中，則成爲狂妄之盲禪。世道人心壞了，什麼都拿來亂搞，什麼都會走樣。儒學、禪學不過是其中之犖犖大者；牧齋說當時「說文長箋行而字學謬，幾何原本行而曆學謬」〔註 36〕。把字學、曆學跟經學、史學、儒學、禪學合在一塊看，就可見出俗學這股「同化」的力量。

在這樣的「學術」環境中，墮入濁流的詩學無怪乎由開明走向偏執，由偏執走向摹擬剽竊。而且由於詩學僞造的成分最多，牧齋特別稱之爲「僞學」或「謬學」。他說；

〔註 36〕《有學集》卷十七〈賴古堂文選序〉。

僕嘗論之，南宋以後之俗學，如塵羹塗飯，稍知滋味者皆能唾而棄之。弘正以後之謬學，如僞玉贋鼎，非博古識眞者，未有不襲而寶也。(《初學集》卷七十九〈答唐訓導汝諤書〉)

又說：

俗學謬種，不過一贋。文則贋秦漢，詩則贋漢魏盛唐，史則贋左馬，典故則贋鄭馬，論斷則贋溫陵，編纂則毘陵，以至禪宗則贋五葉，西學則贋四韋陀，長箋則贋三倉。邪僞相蒙，拍肩接踵。……(《有學集》卷三十九〈答王于一秀才〉)

自庸俗文化所出者，無一不假。尤其在詩文方面，有強力的理論爲「指導」，有大量逼肖之作爲「印證」，大眾又以功利的心態與之牢相吸附，狂瞽成風，隨俗披靡，終至不可移易。從牧齋所提的學術現象而言，七子的復古運動實在當屬於俗學的一部分。

五、虛假的文藝觀

浸淫在庸俗文化中的人，沒有清醒的審美觀念和獨立的創作能力。這點，和八股文的關係很大。八股古稱代言，是就題作文，代聖賢立言之意。寫作時必須揣摩古人口吻，設身處地，發爲文章；吐屬之際，不能有自己存在，宛如優孟衣冠，一片虛假。對高手而言，還可以透過這層，從中尋出變化，可是對大多數士子童生而言，八股逼窄的範圍不僅見不出個人的品性才學，連「修辭立其誠」的起碼態度都做不到。考生自小到大，不論應試習作，都必須老氣橫秋、道貌岸然地陳述體面話頭和熟爛的格套，「以俳優之道，抉聖賢之心」〔註37〕，居心立意如此，其勢不得不流爲假道學文章。在作文的過程中，既沒有美感，又缺乏創意，甚至沒有養成說眞心話的習慣，源頭活水既絕，久之頭腦僵化，筆下滯塞，便失去了創作的能力。

八股教育下亦無所謂審美能力，能考中的作品就是美。在功利的眼光下，程墨房稿大概是最美的了。「程墨」是三場主司及士子之文，

〔註37〕錢鍾書《談藝錄》頁40。

「房稿」則是十八員考試官當年中進士的作品〔註38〕。將這些作品背誦節抄，再揣摩上官口味，追隨流俗風氣，便可拼湊成文，以取富貴，因此士子既沒有主見，欣賞力也相當薄弱。時文本身有固定格式，又隨時代變化而有宋人之格或當時流行之格，爲方便剽盜起見，種種格式必須熟爛於胸，準備隨時套用。這套對付時文的方法養成習慣後，看待古文古詩也不可避免的視之爲各種「格式」。把一件完整的作品視爲「格式」，基本上有幾個心理活動；第一，只見到作品的外型。第二，這外型是「固定不動」的。第三，每一部分可以拆解裁割。第四，準備抄襲盜用。以這樣的眼光欣賞古詩文，對於作者情感意趣之流動、學養智慧之精光往往視若無睹，難以領略。因此顧亭林說：

> 文章無定格。立一格而後爲文，其文不足言矣。唐之取士以賦，而賦之末流最爲冗濫。宋之取士以論策，而論策之弊亦復如之。明之初取士以經義，而經義之不成文，又有甚於前代者，皆以程文格式爲之，故日趨而下。晁董公孫之對所以獨出千古者，以其無程文格式也。欲振今日之文，在勿拘之以格式，而俊異之才出矣！（《日知錄》卷十六「程文」）

「格式」是牢不可破的成見，是思想的禁錮。考生在養成「套模子」、「描花樣」的眼光手法後，就難以擺脫。學習古詩文時，很自然地就會用上八股故技，尤其是駢文和律詩，兩兩對仗的結構和八股大同小異，特別容易爲其接受。錢鍾書《談藝錄》云：「八股實駢儷之支流，對仗之引申。」正因如此，士子以其熟練的拆洗拼裝技巧，將古人作品拆卸解體，重新組合，就可以完成一幅文字遊戲。所以「格調」說的形成，跟程文的「格式」有密切的關係。

除了八股本身的影響外，摹擬剽竊的惡習又跟科舉習氣有關。考前擬題背誦，入場抄謄上卷，已是虛應故事，極其造假，而有些科目在考場之中，竟可公然互換。《日知錄》卷十六云舉子第二場，作判

〔註38〕《日知錄》卷十六，「十八房」。

五條，然而近年士子多不讀律，「止鈔錄舊本，入場時每人止記一律，或吏或戶，記得五條，場中即可互換。中式之卷，大半雷同，最爲可笑」。在全國大考中剽竊舞弊公然進行，而且行之一二百年，目爲通弊，舉世不以爲非，恬然沒有羞恥的觀念。從這樣習氣中產生的文藝觀自然毫無「反摹擬」的意識，而且還可能堅信「古今文章一大抄」的謬論，至死不悟。作品雷同，對他們而言是合乎標準模式的光榮象徵，至少跟大家作得差不多可以立於不敗之地。國家開科取士尚且不忌抄襲，不忌雷同，何況個人作詩的區區小事。

明人看待古詩文的心態非常勢利。跟帖括文字比起來，詩文是不受重視的「外作」〔註 39〕，沒有取得功名以前，讀古書學古文是「玩物喪志」，必受父師詆訶。很多人在中舉做官之後，爲了應酬才開始學詩。吳喬〈答萬季埜詩問〉云：

> 事之關係功名富貴者，人肯用心。唐世功名富貴在詩，故唐世人用心而有變，一不自做，蹈襲前人，便爲士林滯貨也。明代功名富貴在時文，全段精神俱在時文用盡，詩其暮氣爲耳。(《清詩話》上冊)

以「暮氣」爲詩，有兩種情形。一種官員本身沒有作古詞的能力，而不得不請人代筆。假冒他人文字，冠以己名，混充體面，湊數了事。這種虛僞的習氣在唐宋兩朝比較少見，而明代則很普遍。徐文長是一代大家，沉淪下僚，爲人作嫁，他曾很感傷地說：

> 古人爲文章，鮮有代人者，蓋能文者非顯則隱。顯者貴，求之不得，況令其代？隱者高，得之無由，亦安能使之代？渭於文，不幸若馬耕耳，而處於不顯不隱之間，故人得而代之，在渭亦不能避其代。
>
> 又今制用時義，以故業舉得官者，類不爲古文詞，即有爲之者，而其所送贈賀啓之禮，乃百倍於古，其勢不得不取諸代。而代者必士之微而非隱者也。故於代，可以觀人，可以考世。(《徐文長全集》卷二十〈抄代集小序〉)

〔註 39〕錢鍾書《也是集》頁 83。

由這段話中可以體會官場習氣對古文詞和文學家的作賤和侮辱。

另一種情形是官僚的自作。官僚的生存環境最爲現實，情感被勢利扼塞，往往麻木不仁，是非不分，加上素質本就低落，臨場應急，只有尋八股之濫套，割剝雜湊。所以詩不僅是以暮氣爲之，還出之以科場之昏氣和官場的俗氣。吳喬說：

> 七律詩齊整合諧，長短適中，最宜人事之用。故自唐至明，作者愈盛。
>
> 明人應酬，能四面周旋，一處不漏，乃其長技。
>
> 鍾譚派於世無用，一蹶不振，二李法門，實爲不祧之祖，何也？……此間有二種人，一則得意者不免應酬，二李之體，易成而悅目。二則失志者不免代筆，亦唯二李相宜。……今世以詩作天青官綠尚書古鼎套禮之副，定不免用二李套句。……蓋泛交本自無情，豈能作有情之語？而又用處甚多。今日仕途，用其有詞無意之詩，可以應用而不窮，且寫在白綾扇上，亦能炫俗眼，但不可留稿，人若看至五六首，必嘔穢也。（《圍爐詩話》卷四）

吳喬的話實在說中了庸俗大眾的作詩心態。也正因如此，他才能指出一個事實——明人所以擁護二李，並不全是爲了理解或支持他們的理論，而是因爲他們的詩有相當「實用」的價值，這才是使大眾趨之若鶩的重點。當二李一心師法古人，高倡詩必盛唐時，在下者只見到抄襲格套的方便；當二李放言「不讀唐以後書」時，在下者只見到怠惰不學的藉口。格調派最初教人「立志須高」，追求完美，用意未始不善，後來竟以投合俗眾的脾胃而歷久不衰，這一點恐怕空同、于鱗自己也沒有料到。

同樣的情形也出現在公安竟陵的身上。公安派教人破除聞見的蔽障，獨抒性情，卓然自立，本是矯格調之弊的良藥；可是傳達到底層後，眾人覺得作詩衝口而出即謂之「機趣」，連《詩人玉屑》、《弇州四部稿》之類的工具書都不必翻檢，十分簡易。結果鄙俚公行，風華掃地，情形比原來更糟。竟陵派矯之以「學」與「厚」；這是竟陵詩派中最不受攻擊的部分，卻也是最不起作用的一部分。庸俗大眾根本聽不進「學」與「厚」的忠告，只知摹仿鍾譚詩風，以少用典故，多用虛字為「清新」。流行不久，終因「淒清幽獨」「噍音促節」大不利於應酬，於世無用，而一蹶不振。漂亮虛假的二李套句再度受到眾人垂青，活絡在名利場中，風行不衰。說起來，不論是格調派或性靈派，在濁流中都受到某種程度的「利用」和「扭曲」。

近人陸寶千先生指出：「一民族先哲之思想下達於社會底層時，其能為群眾接受者，或非其全，或非其眞，或非其主旨所在。」〔註40〕可見學術思想在傳遞的過程中，本就會出現增損變質的現象。不過當這些「群眾」為知識份子所組成時，可能進而具有「挑選」的能力。學界領袖站在指導的立場，或集前人之智慧經驗，或闡一己之妙悟，結果竟被人以勢利的心態決定棄取，眞是意想不到的事。

明人不僅選擇適用的詩論詩風，也選擇適用的詩體。當上頭格調家對七律之美讚不絕口時，底下的人只見到它「整齊和諧，長短適中」宜於人事的利益。七律大盛多半是應酬詩泛濫的結果，絕不是對詩的創作或品味有所提昇。應酬詩是屬於庸俗文化的「文學」；中國文論家將文學分為「言志」與「載道」二類，西洋批評家將詩分為抒情的主觀詩和寫景記事的客觀詩，其中都沒有應酬詩。應酬詩是中國官場獨特的產物，數量大，品質差，而且千篇一律。它沒有為文藝而創作的純潔動機，所以文論家根本不承認它，它只是濁流中虛假的文學。

假文學跟社會上偽古的習氣是合流的。明人偽造的風氣很盛行，包括偽書、假古董和仿古的字畫。江盈科在《雪濤閣集・偽古書》一文提到：

> 如蘇諸技藝皆精緻甲天下，又善為偽古器。如畫之新寫者，而能使之即舊；銅鼎之乍鑄者，而能使之即陳，繫以秦漢之款，標以唐宋之記，觀者為其所眩，輒出數百金售之，

〔註40〕《清代思想史》，頁442。

> 欣然自謂獲古物，而不知其贋。故吳中有宋板《大明律》之謠，蓋以譏夫假古器耳。（卷十四）

在俗人的審美觀中，「仿古」是技巧的訓練，能做到「以假亂眞」的地步，就是爐火純青的境界，藝術捨此無他。詩文中的情形也是如此，所謂「秦漢之款」、「唐宋之記」，表現於作品中最具體的便是到處可見古地名職官名。與前七子同時的何孟春即言：

> 今人稱人姓，必易以世望，稱官必用前代職名，稱府州縣，必用前代郡邑名，欲以爲異，不知文字間著此，何益於工拙？此不惟於理無取，且於事復有礙矣。李姓者稱隴西公，杜曰京兆，王曰琅琊，鄭曰滎陽，以一姓之望而概眾人可乎？」（《餘冬序錄》，引自《日知錄》卷十九）

與後七子同時的于愼行亦云：

> 史漢文字之佳，本自有在，非謂其官名地名之古也。今人慕其文之雅，往往取其官名地名以施於今，此應爲古人笑也。史漢之文，如欲復古，何不以三代官名施於當日，而但記其實邪？文之雅俗，固不在此，徒混淆失實，無以示遠，大家不爲也。（《筆麈》，引自《日知錄》卷十九「文人求古之病」條下）

錢鍾書《談藝錄》云七子之五七言律詩，幾乎篇篇有人名地名，少則二三，多則五六，爲之累累不休，按之則格格不通；賴此撐柱開闔，專取氣象之高，腔殼之大，爲取巧之捷徑（頁 352）。吳喬亦曾論之於先：

> 明詩之爲異物，於敘景最爲顯著。詩以身經目見者爲景，故情得融之爲一。若敘景過於遠大，即與情不關，唯登臨形勝不同耳。獻吉〈桂殿詩〉：「桑干斜映千門月。」桑干水自大同而來，相去甚遠，何以映宮門之月？又云：「碣石長吹萬里風。」井無千門字面，可用之川廣滇黔矣。其〈高太卿宅飲別〉云：「燕地雪霜連海嶠，漢家簫鼓動長安。」大且遠矣！與當時情事何涉？雖有哀樂之情，融化不得，豈非如牛頭阿旁異物耶？（《圍爐詩話》卷六）

七子之作所以虛假至此，基本上是將詩視之爲「物」，再施以仿古之技巧。此俗套慣技與僞秦漢之款、唐宋之記如出一轍，在使人一見即眼花撩亂，酬酢餽贈，最爲體面。在商業氣息濃厚的社會中，文學藝術商品化，富賈官僚以此附庸風雅，技師匠人以此博名圖利；贗品既然銷售良好，僞造也無形中得到鼓勵，於是淺薄虛假的藝品便成爲庸俗文化的一部分。

六、結　論

王陽明說：

> 今天下之風俗，則誠有可慮者，可莫能明言之，何者？西漢之末，其風俗失之懦；東漢之末，其風俗失之激；晉失之虛，唐失之靡，是皆有可言者也。若夫今之風俗，謂之懦，則復類於悍也；謂之激，則復類於同也；謂之虛，則復類於瑣；而謂之靡，則復類於鄙也。是皆有可慮之實，而無可狀之名者也。（《王陽明全書・文錄》卷一〈策五道之四〉）

明代這股濁流歪風確實難以形容；陽明偏重道德人心，稱之曰「風俗」，牧齋偏重經史學問，稱之曰「俗學」。事實上它包含政治、經濟、學術、文藝、社會、道德各個層面，涉及大臣、官僚、士子、生員、山人、陋儒各個階層。在人群中，它有傳染蔓延的現象；對學術思想，它有吸納曲解的能力，對清流的活動，它產生干擾牽制的作用。當環境在封閉狀態時，它默默地滋長；當環境發生變動時，則會對它產生刺激催化的作用，使之愈形「活躍」，而導致情況惡化失控。它雖然是病態的，卻是完整的生命體，具有「文化」的條件，因此本文只好稱之爲「庸俗文化」以代表上述種種現象。

庸俗文人在低級讀書人中間自然形成，沒有人主導，沒有人掛名，不受重視，可以依附在任何政黨學派下爲其「末流」。它之所以模糊難言，是因爲通常我們不會去注意沒有名稱又不足觀的事物或現象，又習慣對政黨學派做垂直性的思考，所以對底層的黑暗面只見部分不見全體。如果改用水平式的思考，將它產生的環境、生活的方式、所思所想、學術觀、文藝觀等問題串連起來，就可以見出它自成一個體系，跟碩儒大師充滿理想的言論有很大的差距。研究一時代的學術，與其分門立戶，不如先辨別清濁，濁流中人想法作法都差不多，正如大師們的理論也往往殊途同歸；只見清流不見濁流是不落實的，以濁流誣侮清流也是不公平的。

由冒牌知識份子形成的文化，內容無非一個假字。李卓吾說：「蓋其人既假，則無所不假矣！由是而以假言與假人言，則假人喜。以假事與假人道，則假人喜；以假文與假人談，則假人喜。無所不假，則無所不喜，滿場是假，矮場何辯也？」（《焚書》卷三〈童心說〉）這話頗能說中時代的弊病。

假的東西對眞品的傷害最大，濁流造成的影響主要在此。先從「人」的方面說：「假人」充斥，流品蕪雜是嚴重而基本的問題，大臣不像大臣，士子不像士子，隱士不像隱士，沒有那一種身份具有純粹的形象和整齊的素質，人才不得其所，散落在各個階級，使清流濁流無法依社會地位而分，各色人等都有好有壞。例如山人、墨客、士子、生員最爲人詬病，但才名冠一時者亦多在此中；如王紱、沈度、沈粲、劉溥、文徵明、蘇羽、周天球、謝榛、盧柟、徐渭、沈明臣、王穉登、俞允文、王叔承、沈周、陳繼儒、婁堅、程嘉燧；他們或爲布衣山人，或爲諸生，並不以科舉得名。祝允明、唐寅、黃省曾、瞿九思、李流芳、譚元春、艾南英，不過舉人而已。明代文學家具進士資格者大多僅爲中下僚屬，世稱四大家的李夢陽、何景明、李攀龍、王世貞不過部郎及中書舍人，其次如徐禎卿、邊貢、楊循吉、王愼中、唐順之、王世懋、袁中道、曹學佺、鍾惺、李日華爲部曹及行人博士；至於顧璘、李濂、茅坤、歸有光、胡友信、屠隆、袁宏道只不過做到知縣而已。這些布衣諸生、部曹小吏，或享盛名於民間，或領導一時風氣，在滔滔濁流中，成爲明代文學工作的主力。館閣之作雖大多熟爛，但翰林中並非全然無人，由翰林所出的詩文家有程敏政、李東陽、吳寬、康海、王九思、楊愼、焦竑、陳仁錫、董其昌、錢謙益、吳偉業諸人，至羅玘、王維楨、黃輝、袁宗道雖列文苑傳中，而姓氏已不甚著〔註41〕。

總之，明代的文學之士是參差不齊的分布在各個階層中，並以中下官僚和民間居多，這現象顯示人才的分配出了問題。在唐宋兩朝，很多文人學者擁有進士的資格，官職也大多在中上之位；尤其在宋朝，傑出的學問家往往是行政中樞的權臣，例如北宋的歐陽修、晏殊、王安石、蘇東坡，南宋的陳與義、范成大、文天祥，他們不僅享有尊榮的地位，並且集政治家、文學家、思想家於一身。可是到了明代，「能言者多在下，不能察而用者多在上，在上者冒虛位，在下者無實權」〔註42〕，傳統中讀書人擁有的優勢和禮遇全被剝奪，只能湮沒在滾滾濁流中，成爲不起眼的「文人」。

流品一雜，是非糾紛亦隨之增多。在政治環境中，忠奸不分，眞僞難辨，使得朝野猜忌陰詬之風甚於前代。萬曆天啓間的妖書、謗書，乃至梃擊、紅丸、移宮三案，都是在陰詰之風下發生的神祕事件。平日朝臣間的私人恩怨，意氣之爭，和流言蜚語的傳播，往往增加各種事故複雜與隱晦的程度。小人容易藉此逞其私欲，君子則無端蒙垢受辱。在學者當中，例如呂坤以《閨範》一書見嫉，焦竑以上《養正圖解》遭謗，紫柏老人、李卓吾則受謠言之害引來殺身之禍。在文人方面，唐寅曾中戊午南闈第一，以政治恩怨牽連，遭到斥譴，終身不第〔註43〕；徐渭遭到小人挾嫌報復，試文被「彈摘遍紙」〔註44〕，只得屈居幕府下僚。湯顯祖才華冠天下，由於不願陪宰相公子應試，自此斷了仕途，窮老蹭蹬，屈居小吏〔註45〕。此外歸有光和袁小修終生受困於場屋之業，到老才中式得官，如果不受舉業的牽絆，他們的成就絕不止此。在這個虛僞的時代中，朝廷利用程朱的招牌做箝制思想的

〔註41〕以上俱見趙翼《廿二史箚記》卷三十四「明代文人不必皆翰林」。
〔註42〕徐文長語，見全集卷二十〈陶宅戰歸序〉。
〔註43〕《明史·選舉志二》及《列朝詩集小傳》本傳。
〔註44〕陶望齡《徐文長傳》。
〔註45〕《列朝詩集小傳》丁集中本傳。

工具，士子們利用八股聖賢爲干祿的手段，上下交相賊，使文化道德一片淺薄空虛。士大夫口中講著仁義，行的是貪贓枉法、結黨營私之事，山人墨客則假借清高的形象，周旋公府，沽名釣譽；經史學問淪爲村書俗說，古文辭章成了僞玉贗鼎，連坊間陳列的僞書、俗書、仿古字畫和假古董都是「假人假事」的一部分。

這樣的環境對士子性格產生很大的刺激。下焉者和現實妥協，自輕自賤，不免日趨墮落；上焉者則倔強自負，以不同的方式振拔於流俗之上。吉川幸次郎先生說元明兩朝的文人經常在日常言行上爭取「藝術家的特權」〔註 46〕，這是很具啓示性的說法。明代的文人學者的確是在有意無意間爭取「特權」；他們的表現方式有二：一是狂者，一是霸者。

狂者是個人性的，他以一己的聰明才智，反抗種種實質上精神上的禁錮或打擊，尋求痛快的適意的生活方式。溫和者寄情山林，修身養性，作消極的抵抗。偏激者則放誕不羈，恃才傲物，大異於世俗。或發爲號叫以渲洩內心的不平，或跌蕩於詞場酒海之間，向名教挑戰；如唐寅、祝允明、徐渭、袁中郎等人即是。狂者大多具有負氣的性格，不僅日常生活有些不合常理的荒誕作風，甚至要求自己不進官場，以便保持平民的身份，專心做「文人」藝術家〔註 47〕。由於身份地位不像唐宋人物般學官合一，自然也不必背負什麼政治教化的責任，所以文藝發展到他們手中，遠離了「載道」的功能，轉而與藝術較爲接近。他們汲取自己需要的思想，發出自己獨悟的言論，不要求別人學己，也不在乎引起什麼後果。表現自我，不負責任，是他們特立獨行的一貫作風。

這樣的行爲容易和濁流中的放縱自肆混爲一談，因此正統派人士不免要罵他們文人無行，而一概視之爲狂悖空疏者流。其實所謂「放縱的士風」，應該分爲兩種；一種是順著時代積弊所產生的「腐化式

〔註 46〕吉川幸次郎《元明詩概說》112 頁。
〔註 47〕同上，114 頁。

放縱」，一種則是反抗現實而自振的「高蹈式放縱」，其間不可不辨。

霸者和狂者一樣具有高自期許、反抗下流習氣的精神。不過他是群眾性的，他號召群眾，藉團體的力量達成理想，以維持學界領袖傳統的尊嚴，另一方面也負有管理群眾、教育群眾的責任。所以狂者不要別人學己，霸者卻經常強人同己。尤其在專制實施過甚的時代裡，各政黨學派的領袖往往沾染霸氣，張居正、顧憲成、以及詩壇的李何李王四大家都是如此。他們慣以咄咄逼人的姿態，頤指氣使，盛氣凌人，意見稍有不合，即摒斥黨外，不加提攜，以此而失其意者不少。不過明代士子普遍沒有中心思想，下層附和者奴性甚重，一有人登壇高呼，便天下翕然風從。錢牧齋形容當時狀況說：

> 至於今，閒人霸儒敢於執丹鉛之筆，詆訶聖賢，擊排經傳，儼然以通經學古自命，學者如中風狂走，靡然而從之。(〈頤志堂記〉，《初學集》卷四十三)

又說：

> 昔學之病，病于狂；今學之病，病于瞀。獻吉之戒不讀唐後書也，仲默之謂文法亡於韓愈也，于鱗之謂唐無五言古詩也。滅裂經術，偭背古學，而橫騖其才力，以爲前無古人。此如病狂之人，強陽僨驕，心易而狂走耳。今之人，傳染其病而不知病症之所從來，如群瞽之拍肩而行于塗，……則謂之瞽人而已矣！(〈讀宋玉叔題辭〉，《有學集》卷四十九)

我們現在讀明人的言論，常奇怪明人論事總帶著一股霸氣，帶著些強迫性和鬥爭性，殊不知當時大眾偏偏吃這一套。對於沒有定見的人言，「勇於自信」的專斷作風是很具說服力的。霸道與盲從容易結合，也是上下層互動關係中力量最大的一種。

除此之外，學術界還發生多種上下互動的狀況。不論哲學和文學，正統派初起時無不光明正大，一心教人向上，沒有料到沉澱到濁流中，日趨偏執僵化。偏執派太遷就現實，專爲中下人說法，結果降低理論的水準，被濁流拖垮。反對派另起爐灶，爲上上人說法，經過末流的推波助瀾，又弊病百出。後起者補偏救弊，有時並非碩儒大師眞正興趣之所在，周延性增加了，個人性勢必減少。而且濁流中人喜新厭舊，貪鄙勢利，往往是扶得東來西又倒。因病發藥，又因藥發病，令在上者徒呼負負。流品混雜，使學術流變亦隨之複雜，自上下關係而言，上層學者必須遷就下層，下層則利用上層，濁流成爲學術文化界的泥淖，阻礙進步的包袱。而自正反兩派言，雙方擔負矯正時弊的任務，受到濁流的拖累先後失敗，不免互相攻擊，幾百年來形成一個連續的、曲折的撞擊運動。

學術界內部如此錯綜複雜，累積下來的是悲恩怨並不亞於政治界。由於情形容易發生誤會，批評時要做到公平明晰頗爲困難；有些人懷著成見，以偏概全，情緒化的下斷語，例如罵山人時以陳繼儒爲首，罵狂禪時以李卓吾爲先，這都是沒弄清楚清濁流品的問題。山人之中有人才優異之士〔註48〕，李卓吾的禪也不是世俗中的禪。公安三袁無不力斥狂禪，正統衛道之士卻老罵他們爲狂禪，在良莠不齊的環境中，賢者爲中下人背責遭謗往往如是。王陽明早就看出了這一點，所以拈出朱子晚年定論，要將程朱學說自濁流中提昇出來，恢復他眞正的價值。錢牧齋仿此意拈出王弇州晚年定論，也是推崇弇州晚年能由偏執走向開明、更進一層的意思。王陽明與錢牧齋並不是向對手做人身攻擊或造假證據，而是想說明朱子及弇州其實籠罩很廣，並不像他們的門徒那麼狹窄固執、僅得其一端。凡是足以名家的學者，一生治學境界往往數變，在晚年發出自悔之意，是學識更進一層的覺悟，是可喜之事而非可恥之事。李夢陽晚年作〈詩集自序〉，說出體悟眞詩的道理後，憮然自失，灑然而醒，「懼且慚曰：予之詩，非眞也。」〔註49〕這是大澈大悟的表現。袁中郎過世前亦屢言己詩「發洩太盡」、「信腕直寄」、「多刻露之病」〔註50〕，他們之所以能成爲一個人物，

〔註48〕徐文長自號「青籐山人」，其集卷二十〈陶宅戰歸序〉云「王山人」之事即爲一例。

〔註49〕見郭卲虞《中國歷代文論選》中冊，頁283～286。

〔註50〕如《袁中郎文鈔》，〈敘曾太史集〉。

一方面在勇於自信，一方面在勇於自責，能坦然出自己的悔，正是君子磊落的風範。後儒沒有這樣的胸襟氣度，只重輸贏，不求眞理，依門傍戶，刻意掩飾，不僅是以小人之心度君子之腹，也誤導後人繼續陷入門戶糾紛之中，對學問本身來說實在沒有什麼助益。

第四章　浪漫思潮的興起

不論多麼封閉的時代，多麼惡劣的環境，總是有少數人天生聰明，不願接受別人灌輸的意識型態，而要對周遭的現象提出質疑；這一點獨立思考的能力，人性覺醒的力量，是浪漫思潮發生的主要原因。

南宋時代的陸象山，小時候聽人誦讀伊川之語，便感覺「若傷我者」，他問人說：「伊川之言，奚爲與孟子不類？」（楊簡〈象山先生行狀〉）明代，陳白沙最初從吳與弼學程朱之道，學了半天始終「未知入處」，後來靠自己靜坐參悟，才自成一家之言（《白沙子全集・復趙提學書》）。王陽明二十多歲時讀朱子遺書，也是不能理解，他取庭前竹子測試「格物致知」的可行性，結果沉思不得，大病了七日（《年譜》）。李卓吾年輕時讀朱子傳註，也是憒憒然，「不能契朱夫子深心」（《焚書・卓吾論略》）。可見在程朱思想嚴密的控制之下，自有一批人不能接受既定的思想模式。他們天份高，自主性強，有融會貫通、解決問題的能力；所以對不合理的現象會提出批判，對個人的尊嚴自由會重視和爭取，對各種學說，也不願屈服在刻板的教育的指定範圍中，而要自己去篩選取擇。南宋以來正統派視爲禁忌的虛悟之學如老子、莊子、禪宗被提了出來，唯心論者將它消化吸收，靈活運用，融合成新的人生觀、新的哲學思想。這種思想遇到合適的人才或合適的環境，很快便會擴展開來，成爲巨大的運動。劉大杰先生說：

> 我們回顧中國過去的文學史上，眞能形成有力的浪漫思潮的，只有三個時期，一個是魏晉，一個是晚明，一個是五四。〔註1〕

晚明堪稱是魏晉的翻版，五四的精神又與晚明不謀而合〔註2〕，它們都是長期壓抑後，人心自覺和新學說交互刺激的結果。魏晉的「新學說」是老莊，五四的新學說是西學，晚明的「新學說」沒有魏晉那麼單純，但也沒有五四那股外來的精銳力道，它是在「舊學新用」的範圍中，儘可能找出唯心論可用的部分，從各方面做內部的反動。王學以儒攻儒，從儒家內部掀起革命，破壞不合理的禮教和支離破碎的學術。禪學以釋攻釋，以呵佛罵祖，不立文字，來反對佛教的偶像崇拜、階級意識；至於蘇學，則是為了反抗「漢魏盛唐」的取向，從宋學當中選出來的新文化典範。綜合而言，晚明的浪漫思潮便是由王學、禪學和蘇學這三股力量形成的。

一、「以儒攻儒」的王學

如果說程朱思想是格調論的上游，那麼陽明學便是性靈說的源頭。

陽明心學是反時代的思想，在封閉黑暗的正嘉王朝，專制的毒焰正盛時，人心被桎梏得近乎絕望，此時突然出現這樣一位天才，爆發如此高明的學說，眞是歷史上的奇蹟。雷海宗先生說：「王陽明是人類歷史上少見的全才，政治家、軍事家、學者、文人、哲學家、神祕經驗者；一身能兼這許多人格，並且面面獨到，傳統的訓練和八股的枷鎖並不能消磨他的才學，這是何等可驚的人物！他是最後有貢獻的理學家，也是明代惟一的偉人！」〔註3〕

王陽明的偉大之處，首先在看穿了學術被專制政體扭曲利用的癥

〔註1〕《中國文學發達史》第廿四章第三節，864頁。

〔註2〕詳見周作人〈中國新文學的源流〉一文。

〔註3〕雷海宗《中國文化與中國的兵》，164頁。

結。他說：

> 蓋王道息而伯術行，功利之徒，外假天理之近似以濟其私，而以欺於人曰：天理固如是。不知既無其心矣，何尚何有所謂天理者乎？自是而後，析心與理爲二，而精一之學亡。世儒之支離外索於刑名器數之末，以求名其所謂物理者，而不知吾心即物理，初無假於外也。(〈象山文集序〉，《文錄》卷三)

心與理分爲二，正好使功利之徒乘隙大搞其外儒內法的手段，外襲仁義天理，內實刑名器數，「外面做得好看，內心全不相干」(《傳習錄》下)。結果自秦漢以來，在皇帝和官僚的操縱下，學術發生嚴重的質變；一千五百年間，人類的思想宛如昏昏長夜，「萬物寢息，景象寂寥；就是人消物盡世界」(《傳習錄》下)，只有在羲皇堯舜春秋戰國時代，學說道德沒有受到皇帝的打擊與利用，還算保有清明氣象。專制政體是「霸道而僞」，三代以上是「王道之眞」，霸道與王道的區別不過在統治者用心的好壞，行事的眞假；正因爲有「心與理分爲二」的思考模式，才會有假冒名義，玩弄權術的言行；因此陽明主張心即是理，將二者合爲一體，形成表裡一致的眞道德，才能恢復早期儒家的精一之學，並進而以此恢復王道。他說：

> 我說箇心即理，要使知心理是一個，便來心上做工夫。不去襲義於外，便是王道之眞，此我立言宗旨。(《傳習錄》下)

對於政治，陽明看得清楚，說得含蓄。他雖未顯攻專制政體，但力辯學術源流眞僞，極力想恢復秦漢前儒家的眞面貌，就是對霸術的一種反抗。

儒家的眞精神在孟子，然而歷代君主對孟子少有好之用之者。因爲性善論原不符合皇帝的雄猜之心，民貴君輕論更觸犯時君之大忌。明太祖曾一度撤去孟子配享的牌位(《明史・禮志四》)，後雖配享如故，但霸主外寬內忌的心態，陽奉孔孟陰用荀卿的手段已可窺見。陽明心學直繼孟子而來，孟子講盡心、講性善、講仁義禮智我固有之，講學問之道無他，求其放心而已；這些都是心學的理論基礎。《傳習錄・下》記載著：

> 問：「孟子從源頭上說性，要人用功在源頭上明徹；荀子從流弊說性，功夫只在末流上救正，便費力了。」先生曰：「然！」

孟子「從源頭上說性」，是仁者的胸襟，他著眼於內，以上上之法教人；陸王心學及性靈詩說都持這個觀點。荀子「從流弊說性」，是智者的立場，他著眼於外，爲下下人設教；程朱學派及詩中的格調派其實俱屬此類。這兩種態度所形成的學說，各有用途，本無可軒輊，但在霸者的摧鋤操縱之下，孟子一系隱而不彰，而荀子一系實際上控制了整個政治、社會、哲學、文學，「性惡論」發展到極端，便是形成一個理智得不近人情的冷酷世界。

當淺薄的理智不足以滿足人類的需要時，人性化的呼聲勢必提高。陸象山說「尊德性」，王陽明倡「致良知」，皆在以一種「高貴的人性」來取代偏狹自私的「理智」。其中，陽明對「心」的闡發尤其精彩；他認爲心具有「眞誠惻怛」的深厚情感，有「洞察機微」的聰明智慧；靜時如明鏡照物，無不洞然，動時縱橫自在，沛然充塞天地之間，心「虛靈明覺」，活活潑潑，充滿著喜悅的生機，用於人事，則「知幾變通」，無掛無礙；用於思考創造，則爲「造化的精靈」、「生天生地，成鬼成帝」，令人歡喜讚歎。心是「天植靈根」，不受外界聞見習氣的污染，一切活動如出於直覺本能，不假外求，是自己「軀殼的主宰」（俱見《傳習錄》）。

陽明所說的「心」，簡單地說就是一種健康的、優秀的人格。他相信每個人天生必具備這種人格，因此一方面人性必須得到尊重和信任，以將良知培育得蓬蓬勃勃，另一方面每個人也必須下眞切功夫，護持修養這優美純潔的良知，這是陽明學中最重要的一課。陽明自己看待事物，亦憑此眞心良知立論，因此形成一種開明通達「人性化」的學說。

例如以唯心的觀念論讀書一事；陽明反對程朱繁瑣外逐的方式。

認為上焉者唯恐掛一漏萬，不免求之愈繁，失之愈遠，流於支離破碎而不自知〔註4〕，而下焉者力有不逮，惑於功利，用心不誠，則淪為俗學與偽學。陽明痛斥庸俗大眾中的功利邪說是「侮經」、「亂經」、「賊經」〔註5〕，認為讀書做人唯誠而已，「誠一而已矣，……二則偽」〔註6〕，以誠心讀書，「雖錢穀兵甲，搬柴運水，何往而非實學？」、「使我尚存功利之心，雖日談道德仁義，亦只是功利之事」〔註7〕。功利之事只做得「義襲而取」的功夫，僅是「口耳之學」，而非「心學」（《傳習錄》上）。對於終身勤苦用功而卒無所入的學者，陽明充滿了同情；他說：「此皆有志之士，而乃使之勞苦纏縛，擔閣一生，皆由學術誤人之故，甚可憫矣！」（《傳習錄》中）他提供一個明白簡易，灑脫自在的方法，教學者要解心，要消化。《傳習錄・下》云：

> 只要解心。心明白，書自然融會，若心上不通，只要書上文義通，卻自生意見。
>
> 凡飲食只是要養我身，食了要消化。若徒蓄積在肚裏，便成痞了，如何長得肌膚？後世學者博聞多識，留滯胸中，皆傷食之病也。

以良知讀書，心中明白，融會貫通，人與書合而為一，「雖千經萬典，異端曲學，如執權衡，天下輕重莫逃焉，更不必支分句析，以知解接人也」〔註8〕。這是何等氣象！如此一來，不僅六經皆為吾心之記籍〔註9〕，甚者脫落形跡，拋卻書本亦無妨。陽明居龍場時，在南夷萬山之中，無書可讀；頓悟後，日座石穴中，默記五經，反覆印證而皆吻合，真正達到得魚忘筌，糟粕盡棄的境界。回視朱子「平日汲汲於訓解，雖韓文楚辭陰符參同之屬，亦必與之註釋考辯」〔註10〕，難怪

〔註 4〕〈答徐成之書〉，《全書・書錄》卷四。
〔註 5〕〈稽山書院尊經閣記〉，《全書・文錄》卷四。
〔註 6〕〈贈林典卿歸省序〉，《全書・文錄》卷三。
〔註 7〕〈與陸元靜書〉，《全書・書錄》卷一。
〔註 8〕〈五經億說十三條〉，《全書・文錄》卷一。
〔註 9〕同註5。
〔註10〕同註4。

陽明謂其「倒做」(《傳習錄》上)。

以唯心論視教育一事，陽明反對冬烘先生刻板的教育，認爲勢利而不近情理的嚴管嚴教，只會扼殺讀書的生機，將學生愈教愈壞。他說：

> 若近世之訓蒙稺者，日惟督以句讀課倣，責其檢束而不知導之以禮，求其聰明而不知養之以善，鞭撻繩縛，若待拘囚。彼視學舍如囹獄而不肯入，視師長如寇仇而不欲見，窺避掩覆以遂其嬉遊，設詐飾詭以肆其頑鄙，偷薄庸劣，日趨下流，是蓋驅之於惡而求其爲善也，何可得乎？(《傳習錄》中)

科舉制度下，俗生陋儒惟知舉業文字，古書一概不觀，詩文視爲外作，禮樂爲不切時務；陽明認爲「此皆末俗庸鄙之見」也，對於童子的教育正該誘之以詩歌，導之以習禮，諷之以讀書。因爲童子之情，大抵樂嬉遊而憚拘檢，誘之以詩歌，可以洩其跳號呼叫，宣其幽抑結滯，從音節詠歌之中引發其志意，調理其性情。習禮則藉周旋揖讓、拜起屈伸，以動蕩其血脈，固束其筋骸，逐漸威儀整肅，

麤頑化於無形。讀書則使之抑揚諷誦，沉潛反覆，存其心，宣其志，久之鄙吝潛消，知覺日開，入於中和而不知其故。一切過程不苦不難，「必使其趨向鼓舞，中心喜悅，則其進自不能已。譬之時雨春風，霑被卉木，莫不萌動發越，自然日長月化，若冰霜剝落，則生意蕭索，日就枯槁矣！」(《傳習錄》中)順著人性，培養生機，是陽明教育的大旨，在那麼封閉的時代中，能有這樣先進的理念，實在很了不起。

對一般成人教育，陽明學說最大的特色是平易近人。在他看來，「與愚夫愚婦同的，是謂同德，與愚夫愚婦異的，是謂異端」(《傳習錄》)，市井小民，生活日用，人情當中，處處皆是學問。他頗不滿一般道學氣者的傲岸姿態，認爲「人生大病只是一個傲字」，因此特別告誡他的學生：「你們拏一箇聖人去與人講學，人見聖人來都怕走了，如何講得行，須做得箇愚夫愚婦，方可與人講學。」(《傳習錄》下)

這樣平等的謙和的態度，顯然與正統派嚴辨門戶的階級意識形成對立的局面。

此外，程朱派的教育目標在使「天下萬世，無不知所從違」，對「上智數人，矜談妙悟」〔註 11〕，一向不喜；而王門之中卻設有「狂者」的教育，這眞是教育史上的一大突破。自秦漢以來，儒家信徒只承受了孔門有所不爲的「狷」，而漠視其進取的「狂」〔註 12〕，宋以後士大夫爲狹隘冷酷的君臣之義所束縛，只崇尚做正人君子，而不做英雄豪傑，注重私德，鄙棄事功，往往以一節之短處，抹殺全部的長處〔註 13〕，不講熱情慷慨的「氣」，而講冷靜規矩的「理」。到明代管束愈嚴，全民思想物化有如木石，狂者的教育被犧牲了，豪傑之士只得同歸於庸儒。王陽明不然，他對狂者能包容，能造就，他告訴學生：「聖人之學不是這等綑縛苦楚的，不是裝做道學的模樣。」聖人教人，不是要把人人束縛成一個樣子，而是要隨機導引，因事啓沃，狂者便從狂處成就他，狷者便從狷處成就他，人各有氣質才性，如何強使其同？他說：

> 聖人何能拘得死格，大要出於良知同，便各爲說何害？且如一園竹，只要同此枝節，便是大同；若拘定枝枝節節，都要高下大小一樣，便非造化妙手矣！汝輩只要去培養良知，良知同，更不妨有異處，汝輩若不肯用功，連筍也不曾抽得，何處去論枝節？」（《傳習錄》下）

他欣賞學生各自不同的表現，「便各爲說何害」，「更不妨有異處」，這就是個人主義和表現理論的根源。個人主義與自由的精神不可分，這點，陽明又與程朱牴牾。他說：

> 以此章（仲尼與曾點言志一章）觀之，聖人何等寬洪包容氣象。且爲師者問志於群弟子，三子皆整頓以對，至於曾

〔註 11〕《四庫提要》卷二經部易類二宋李光「讀易詳説」條下。

〔註 12〕侯家駒〈儒家思想與經濟發展〉一文，《先秦儒家自由經濟思想》，頁 289～304。民國 71 年，台北聯經出版公司。

〔註 13〕梁啓超《中國歷史研究法補編》，47 頁。

點，飄飄然不看那三子在眼，自去鼓起瑟來，何等狂態；及至言志，又不對師之問目，都是狂言，設在伊川，或斥罵起來了，聖人乃復稱許他，這是何等氣象！（《傳習錄》下）

這等「寬洪包容氣象」經常是學術界欠缺的，也是聰明才智之士所嚮往追求的。王陽明的胸襟氣魄給學者很大的鼓舞和啓示，後來，它一方面形成爭取自由的精神，反抗正統派強人同己，反抗思想文藝黃茅白葦的現象；另一方面它形成博雜雄奇的論人觀和審美觀。論人，要做熱情眞切的英靈漢子，創業立功，不計毀譽，身帶瑕疵也無妨；論詩，要海涵地負，奇珍異寶，木屑沙石，無所不包。對於正統派所崇尚的「清秀」形象，他們不屑那種單一狹小的格局，也不耐那斤斤計較、指瘢索垢的手段。不論做人與做詩，狂者的莽莽生氣在陽明的啓發下表現無遺。

陽明體悉人情，徹上徹下，無不通達，可是就他個人而言，亦是「狂者的胸次」。《傳習錄・下》云：

我在南都以前，尚有些子鄉愿的意思在，我今信得這良知眞是眞非，信手行去，更不著些覆藏；我今纔做得箇狂者的胸次，使天下之人都說我行不揜言也罷。

正因如此，他充分了解豪傑之士在封建社會中的苦悶，所以他教人體認原有的聰明靈活的本心，散發活潑潑的浩然之氣，教人不拘死格，不泥文字，不執著於成見，要以心轉法輪，而不爲法輪所轉，他以啓發的方式破除學生的迷障，促使他們頓悟。陽明於天泉証道時說：

我這裏接人，原有此二種，利根之人，直從本原上悟入，……汝中之見，是我這裏接利根人的，德洪之見，是我這裏爲其次立法的。（《傳習錄》下）

以頓悟接上根人，以漸修接中下根人，雖說中人上下皆可引入於道，但實際上陽明學之精彩處仍在爲上才說法，它所吸引者皆是天才優異之士，後來亦以王汝中一脈爲得其宗。

既然心學一脈走的是狂者路線，性靈派所造就者亦是天才型的作家。它主張發揮作家的眞情、靈機、童心、趣味、學養、忠厚這些個人的特質，而不提技巧的訓練，因爲對高水準的人而言，技巧已不是問題。性靈說的任務在幫助一時俊彥突破瓶頸，一躍而成爲歷史上的人物，絕非停留在匠的階段。隨園引楊誠齋語說：「從來天分低拙之人好談格調，而不解風趣，何也？格調是空架子，有腔口易描，風趣專寫性靈，非天才不辦。」一語道破設教立說的對象問題。格調與性靈，乃至程朱與陸王，枘鑿之處在此，其貢獻與流弊亦在此。

接著再談禮教的問題。以人性化的眼光看生活中吃人的禮教，人類眞是作繭自縛，凌遲受罪，十分的愚昧可憐。陽明說禮樂的制作，「大意不過因人情以節文」，制度雖有古今之異，人情則無古今之殊，「禮樂之情，豈徒在於鐘鼓干戚簠簋制度之間而已邪？豈徒在於屈伸綴兆升降周旋之間而已邪」〔註14〕？「若只是那些儀節求得是當，便謂至善，即如今扮戲子，扮得許多溫情奉養的儀節是當，亦可謂之至善矣」（《傳習錄》上）！禮樂制度，無情則僞，僞則流於形式，流於形式則抄襲模仿，不復進化矣！〈禮記纂言序〉云：

> 禮之於節文也，猶規矩之於方圓也。非方圓無以見規矩之用，非節文則亦無從而睹所謂禮矣。然方圓者，規矩之所出，而不可遂以方圓爲規矩，故執規矩以爲方圓，則方圓不可勝用；舍規矩以爲方圓，而遂以方圓爲之規矩，則規矩之用息矣！故規矩者無一定之方圓，而方圓者有一定之規矩。此學禮之要，盛德者之所以動容周旋而中也。

禮若發乎至情至性，則禮樂儀節不可勝用，因時制宜，古今四方，無不有其風氣習俗，而皆得其中。陽明說：

> 中只是天理，只是易，隨時變易，如何執得？須是因時制宜，難預先定一個規矩在。如後世儒者要將道理一一說得無罅漏，立定個格式，此正是執一。（《傳習錄》上）

所謂「立定格式」、「以方圓爲規矩」，是機械論。它抹殺人情的作用，一切照章行事，依例運轉，一代模仿一代，終至泥於古制，冥行妄作，

〔註14〕《王陽明全書．文錄》卷一〈策五道之一〉。

造成千疊萬層、重重壓迫的社會。而陽明的禮樂觀自人性而生，依人情而行，順其自然，周旋變易，形成「三王不相襲禮」的演化論。演化的觀念打破了拘執守舊的社會，給人們思想帶來極大的解放，受到啓示的文論家立即有了反應。他們發現生活中泥古仿古的禮教正如文學中步趨古人的詩法，冷漠無情，令人透不過氣來。他們改用「心」來創作，由內在的靈魂紆餘震蕩，參透題旨，依附熱情衝動而出之，結果文字平仄成了心靈控制下的活細胞，不再是無生命的原素。他們發現有什麼樣的情感就有什麼樣的節奏腔調，不須要從字句上求；最後發出「一時代有一時文學」、「一家有一家面目」的呼聲。

總之，陽明學是以心為主的一元論，一元論凡事注重在「合」，合代表融會貫通，平等包容。論讀書則心與書融合無間，論教育則師生之間以心傳心，禮儀制度為心之用，詩歌文章皆由心生，內容即形式，宇宙即人生，物我往復，合為一體，萬事萬物都沾染「我」的色彩，都有了生命與意趣，它不僅是人性的覺醒，還包括生命的流注、事態的變化，這是陸王與程朱最大的不同點。

程朱思想是二元論，二元論凡事注重在「分」。分有排抑性和階級意識，如別內外、分上下、論尊卑。程朱的宇宙人生觀分為形上之道與形下之器，「天理」與「人欲」；天理是冷靜無情、循環不息的機械化動作，與陽明所謂溫熱的天理良心不同。程朱派過分強調理智，認為人類渺小而卑劣，一切必順服從天理，向外去求，結果人生與宇宙一分為二。推而廣之，生活中讀書做人禮樂文章諸事無不與人對立，強迫屈從，各種法律教條都成為「天理」的化身。唯物論者否認人類最可貴的熱情，忽略人的衝動，扼殺人的創作力；對於人情即使偶而談及也只冷靜的視為一種因素，一種現象，不能引起他內心的感動和共鳴。長久下來在這種思想的統治下，人們不禁意態消沉，傷感失望。陽明說：「只為世人分心與理為二，故便有許多病痛。」（《傳習錄》下）眞是中的之言。

自從陽明學說大行之後，人們體認到人性的高貴尊嚴，思想得以獨立發越，意志得以伸展張揚，圓融合一的唯心論取代了破碎支離的唯物觀，將宇宙自然和人生融成一片。整個世界由靜止的封域變成流動的河海，社會是進化的，人生是進取的；豪傑之士受到這樣的鼓舞，一時狂海興瀾，震蕩衝激，怒不可遏。袁宏道云：

> 僕謂當代可掩前古者，惟陽明一派良知學問而已。（〈答梅客生書〉，袁中郎《尺牘》）

陶石簣云：

> 我朝別無一事可與唐宋人爭衡，所可誇跱其上者，惟此一種學問出於儒紳之中，爲尤奇偉耳。（〈與何越觀書〉，《外紀》卷四）

黃宗羲亦云：

> 嘗謂有明文章事功皆不及前代，獨於理學，前代所不及也。牛毛繭絲，無不辨析，眞能發先儒之未發。（《明儒學案・凡例》）

王陽明所以偉大，所以能發先儒之未發，在於從來少有人從儒家內部做這麼大的反動。內部的反動並非惡意的入室操戈，而是良性的自覺與改革，陽明說：「不得已而與之牴牾者，道固如是，不直則道不見也。」（《傳習錄》中）內部的反動是由蔽障下翻出來，往往最能直指其弊，也最具破壞力和建設性。自來儒者都是服從的多，反抗的少，漸修者眾，頓悟者寡，所以自秦漢以來，儒家日益封閉僵化，沒有太大的進步。學者在權威的籠罩下，通常都難以尋出問題的癥結。宋元以後，正統派日益倨傲矜持，稍異於己即斥之爲異端，殊不知心學原是儒家本有的精神，流失已久，忽然借禪之力，重新植回，生根發芽，失而復得，在學術史上眞該好好珍惜才是。

文學世界的現象經常是現實世界的反映，所以性靈派的情形與陽明學大致類似。性靈詩論並非明代所獨有，最早《易經・乾卦》：「修辭立其誠。」就可說是最原始的性靈說，以後歷代都有歷代的性靈論者，只有到明代，摹擬王國的勢力太大，才湮沒在習氣之中。經過陽明心學的理論移轉，性靈說不但重新出現，而且內容比前代完整豐富。性靈諸家和陽明學者一樣，都是自小受正統派的訓練，從籠罩中翻脫出來，具有頓悟的經驗，以及爲上上人說法的特質；從這些關係來說，王學是影響浪漫思潮最主要的一支學問了。

二、「以釋攻釋」的禪學

另一支影響浪漫思潮的學問是禪宗。

禪宗是唐代新興的宗派，它雖然掛名在佛教之下，實際上卻沒有什麼宗教氣息，而是中國士大夫揉合老子、莊子、大乘佛學和儒家一部分圓融思想所形成的綜合體。它又稱佛心宗或心宗，是典型的唯心論，「直指人心，見性成佛」爲其宗旨，「以心傳心，不立文字」爲其教法，「教外別傳」則爲其性質與地位。「頓悟」是禪宗追求的境界，和莊子的逍遙，儒家「從心所欲不逾矩」相同，都是藉助內心的修養思索，超越現實，打破蔽障，自我解脫後的境界。到達這個境界的，儒家謂之聖人，道家謂之眞人，釋氏謂之佛；這個境界並非心如死灰，枯槁寂寞，而是生機盎然，意趣流轉，悲天憫人，體物入微。它不像一般的知識可以由智力去傳授，而必須個人用整個身心去體驗、去實踐，所以禪無定法，不可能產生什麼公式，書本文字也只是幫助心靈解脫的活工具，不能執著於此，忘了最後的目的。執著是禪家的大忌；爲了使思考獨立，心靈自由，必須打破形式和成見，所以禪宗反對偶像，不立文字，連傳法的衣缽也可以不要。它不計較儒釋之類的名義，泯沒聖凡貴賤的分別，拋棄一般的概念、判斷、推理等等思考程序。這樣做的目的，是清理出一片廣大、平等、自由的思考空間，讓人將累積心中的意象做異乎尋常的組合，或從某種角度看出別人看不出的道理。

禪是最靈活的東西，橫說豎說，都能說得圓。例如它富於批判和懷疑的精神，在學術界可以引起疑經風氣或革命性思想，可是它又最具包容性，反對它的學者只要有可取之處都可以接納。禪一方面有平等性，可以簡單實際的走平民化路線，另一方面又具有高度智慧性，只接引最上乘人。偉大的禪師同時是神祕主義論者和砥礪實踐的苦行僧，一面展現千變萬化的佛法，一面不離簡易直截的要訣；靈活如彈丸走珠，是禪的特質。

禪宗雖然不立一法，但有一套導致開悟的訓練。禪師們爲了幫助學者眞知徹悟，經常針對其精神需要做一種方便的指導，隨機應變，因時制宜，以豐富的聯想去激盪智慧，形成突發性的，大開大闔的思考方式，這種一對一的個人啓迪方式，謂之以心傳心。它和傳統教育完全不同；傳統教育以理性現實、井然有序的思考方式，尋求全體的統一和諧，注重外物的分析，只強調那些可傳達的，而忽略那些不能傳達的；所以實體的部分多，抽象的部分少，至於這不能傳達的抽象部分，則是禪宗要探索的天地，雖然它可能一時探索不盡，但至少爲人類心靈的活動拓展了許多空間。唐代的禪師以機智的應對、幽默的言詞、美麗的構想創造出許多公案，這些公案本身不一定都能助人悟道，可是它對抽象本體論的探討無疑打開了學術另一扇大門，而妙語如珠的應答藝術也深深的啓示了文人才子的心靈，禪宗的影響便這樣擴大開來。

唐代的禪宗生機勃勃，引人入迷，是發展到顛峰的時段。入宋之後，儘管社會上禪風仍盛，但禪門本身已逐漸失去創造的能力。禪門弟子不是死板的打坐參禪，從舊公案中穿鑿附會，便是換著花樣掉弄玄虛，不論是理論或方法都已無所發展。新崛起的理學雖然吸收不少禪宗思想，可是它只強調冥搜內省、本心清淨之說，卻抹去了禪宗不立偶像、伸張自我的積極面。它在「本性」之外加上個「天理」，要人克制欲望，服從天理，也就是服從封建倫理綱常〔註15〕。禪宗本身既無法進步，又有強勢的理學壓迫，便逐漸退縮封閉，失去了往日的活潑機智，走向清靜寡欲的路子。

元代和明代前期是禪宗消聲匿跡的黑暗期，這兩朝君主信奉的只

〔註15〕葛兆光《禪宗與中國文化》第一章，65頁。

是低級、粗陋、庸俗的宗教迷信，明代帝君佞佛溺道的程度尤有過之。儒釋道三大學說配合環境的轉變，全部落實爲形式主義的宗教，樹立偶像，建立階級，分門別戶，戒律井然，當學說成爲宗教之後，往往徒存形式和伴隨形式而生的成見，眞正圓融通達的精神已經消失了。禪宗沒有形式，在這個人心麻痺、極端重視表象的「唯物」時代中，自然沒有託足的餘地。

禪宗的興起完全是陽明心學帶起來的。王陽明在悟道之前，學過釋老，悟道之後，認爲佛氏斷滅種性，著相逃避，入於槁木死灰，不可以治國家天下，因此又棄去之。不過他並不諱言佛老曾給他的幫助，也不完全排佛，〈朱子晚年定論序〉中一段話頗能說明他的經驗與立場：

> 守仁早歲業舉，溺志詞章之習，既乃稍知正學，而苦於眾說之紛撓疲痛，茫無可入，因求諸老釋，欣然有會於心，以爲聖人心學在此矣，然於孔子之教，間相出入，而措之日用，往來缺漏無歸。依違往返，且信且疑。其後謫官龍場，居夷處困，動心忍性之餘，恍若有悟，體念探求，再更寒暑，證諸五經四子，沛然若決江河而放諸海也。然後嘆聖人之道，坦如大路，而世之儒者，妄開竇逕，蹈荊棘，墮坑塹，究其爲說，反出二氏之下，宜乎世之高明之士厭此而趨彼也，此豈二氏之罪哉？(《王陽明全書·語錄》卷四附錄)

當學術長期僵化、淪於支離破碎的時候，王陽明以個人的悟力，運用禪宗思維的方式，印証五經四子的道理，突然發現一大片新天地，那就是如江海無所不包的眞正儒家精神。對儒家而言；他超越了漢儒宋儒的繁瑣註疏，直尋孔孟的眞面目；對禪宗而言，他跨出了玄想的內心世界，運用唯心論解釋社會倫常的種種世相，將自我與人群結合，由虛而實，一以貫之，眞正打破了藩籬的限制。在他心目中，禪宗遠勝俗學僞學，可是與眞正的儒家還有「毫釐之分」，〈重修山陰縣學記〉曰：

> 夫禪之學與聖人之學，皆求其盡其心也，亦相去毫釐

耳。……禪之學，非不以心爲說，然其意以爲是達道也者，固吾之心也。吾惟不昧吾心於其中，則亦已矣！而亦豈必屑屑於其外？其外有未當也，則亦豈必屑屑於其中？斯亦其所謂盡心者矣，而不知已陷於自私自利之偏。是以外人倫，遺事物，以之獨善，或能之，而要之不可以治家國天下。蓋聖人之學，無人己，無內外，一天地萬物之爲，禪之學起於自私自利，而未免於內外之分，斯其所以爲異也。今之爲心性之學者，而果外人倫，遺事物，則誠所謂禪矣！使其未嘗外人倫，遺事物，而專以存心養性爲事，則固聖門精一之學也。」(《王陽明全書・文錄》卷四記)

禪宗與心學的分別，只在「外人倫，遺事物」一點而已，這是實行程度的多寡，並不是理論方法有什麼不同。從陽明的話中已可顯見心學與禪學的密切關係，細節部分也就無需一一舉証了。不過，要說明的是王陽明當時所接觸的釋老，是宋代以來消極遁世的枯槁之禪，並不是唐代積極活潑之禪，他藉禪証儒，發現了眞儒，另一方面也在無意間發現了眞禪。禪宗只要補足了「毫釐之差」，便可以勇往精進，直逼唐人，與聖學並駕齊驅。所以王陽明表面上是抑排自私自利之禪，實際上是指出了禪學的明路，提昇了禪學的地位。

這個見解在宗教界引起很大的震撼。半個多世紀以來，宗教界只顧以清規戒律管理內部，以因緣果報教人認命，以祈福禳災來滿足王公貴人庸俗大眾的佞佛心理，眞正的佛法，反而「獅絃絕響，正眼未明」〔註16〕。陽明心學一出，直接促進佛教內部的反省與改革，間接的又掀起士大夫習禪的風氣，在內外因素的刺激下，禪宗配合王學的腳步，迅速的普及和成長，經嘉靖、隆慶到萬曆，當王學奄有全國的時候，禪宗也席捲江南，風靡一時，並且同時出現了好幾位大師，如雪浪（名洪恩）、紫柏（名眞可，號達觀）、憨山（名德清）。據《列朝詩集小傳》記載：

（雪浪法師）日據華座，講演諸經，盡掃訓故，單提本文，

〔註16〕憨山大師語，見《列朝詩集小傳》閏集「紫柏大師本傳」。

拈示言外之旨，恆教學人以理觀，爲入法之門。說法三十年，如摩尼圓照，一雨普沾，賢首一宗，爲得法弟，得繼席者以百計，秉法而轉教者以千計，南北法席之盛，近代所未有也。(閏集本傳)

（紫柏大師）相好端嚴，眉目秀發，所謂雲門堂堂，氣宇如王，戒律精嚴，如銀山鐵壁，莫可梯傍。接引爲人，如蒼鷹攫兔，一見即欲生擒，心愈慈，手愈毒，入其室者，淒然暖然，靡不毛伐骨換。所至護持正法，摧伏魔外，賢士大夫焚香頂禮，涕淚悲泣，果以爲人天師也。(閏集本傳)

這些大師說法度人的方式純粹是禪家手法，他們對社會的影響力和地位也顯然凌駕了佛教其他宗派。從宗教內部來說，禪宗抬頭是佛教僵化的反動，以釋攻釋，以眞佛推翻假佛，以眞慈悲取代假慈悲。在佛教史上這是一場了不起的運動，也是禪學另一個光輝的時代。不過就整個時代運動來說，它是浪漫思潮的一部分，和王門學者、性靈文人有著密不可分的關係。

王門學者自王畿（龍溪）、王艮（心齋）以下都有禪學的傾向，到萬曆年間幾乎混爲一家。明人王之翰《凝翠集・與野愚和尚書》描寫此時的盛況說：

其實京師學道人如林。善知識：則有達觀、朗目、憨山、月川、雪浪、隱庵、清虛、愚庵諸公。宰官：則有黃愼軒、李卓吾、袁中郎、袁小修、王性海、段幻然、陶石簣、蔡五岳、陶不退、蔡承植諸君。聲氣相求，函蓋相合。〔註17〕

李卓吾與達觀當時並稱「兩大教主」(《萬曆野獲編》)，雪浪與憨山也是具影響力的人物，以這幾位大師爲中心，圍繞在他們身邊的泰州學者有焦竑、趙貞吉、楊起元、管志道、潘士藻、周汝登、陶望齡等人，性靈派的作家則有湯顯祖、袁氏三兄弟、董其昌、錢謙益。他們不是大師們的密友，便是愛徒，平日交往密切，活動頻繁，常藉著社團講座宣揚浪漫主義的思想。

〔註17〕同註15，頁69。

「三教合一」是他們共同的主張，主要內容大致可以焦竑的話爲代表；《澹園集》卷十二〈答友人問〉曰：

> 蓋人心一物，而仁也、良知也、孝弟也，則皆其名耳。誠因其名以造其實，則知所謂良知，則知舍人倫物理無復有所謂良知，即欲屏而絕之，豈可得哉？此理儒書具之，特學者爲儒書所惑溺，不得其眞，而釋氏直指人心，無儒者支離纏繞之病，故陽明偶於此得力，推之儒書，始知其理。

〈支談上〉曰：

> 性命之理，孔子罕言之，老子累言之，釋氏則極言之。孔子罕言，待其人也，故曰不憤不啓，不悱不發，中人以下不可以語上也。然其微言不爲少矣，第學者童習白紛，翻成玩狎，唐疏宋注，錮我聰明，以故鮮通其說者。內典之多，至於充棟，大抵皆了義之談……故釋氏之典一通，孔子之言立悟，無二理也。張商英曰：「吾學佛然後知儒」，誠爲篤論。

《焦氏筆乘》卷四「朱子」條下曰：

> 朱子解經不謂無功，但於聖賢大旨，未暇提掇，遇精微語，輒恐其類禪，而以他說解之。是微言妙義，獨禪家所有，而糟粕糠粃，乃儒家物也？……予嘗謂學術之歷今古，譬之有國者，三代以前，如玉帛俱會之日，通天下之物，濟天下之用，而不以地限也。孟荀以後，始加關譏焉，稍察阻矣！至宋，南北之儒，殆過羅曲防，獨守谿域，而不令相往來矣！陳公甫嘗歎宋儒之太嚴，惟其嚴也，是成其陋者也。夫物不通方則國窮，學不通方則見陋，……凡諸靈覺明悟，通解妙達之論，盡以委于禪，目爲異端，而懼其一言之涴己。……夫均一人也，其始可以學禪，可以學儒也，謂靈覺明妙，禪者所有，而儒者所無，可乎？非靈覺明妙，則滯窒昏愚，豈謂儒者必滯窒昏愚，而後爲正學邪？

學禪者的心聲大抵如是。禪宗不拘形式，專論精神，可以很輕易地打破儒釋道的界限，吸收三者抽象的本體論，成爲虛悟之學的總合。可是名教不同，名教之士門牆高峻，自命正統，「學術苟有毫釐銖黍之歧，即不得承宗派而嗣統緒」〔註18〕，辨別流派太嚴，失去交流的機會，故步自封，日趨拘陋，把實學講成支離破碎的愚笨之學，自然會引起高明之士的反抗。聰明頓悟不一定要靠禪學，袁小修就說只要掌握，「直截簡易」的原則，「不必求頓悟於禪門也」〔註19〕，但是在積習難改的環境中，個人力量有限，此時能提供大量智慧做爲參考借鏡的只有禪宗。王陽明以禪宗寂滅枯槁爲憾，他的弟子和禪師們便極力想補足這一點，希望借三教合一的力量，恢復禪宗天機蓬勃的本質和積極進取的精神。他們認爲眞正的徹悟不只是看透生死，感到和平喜悅，還要在體認人生眞諦後，發出犧牲奉獻的偉大情操；一旦家國天下有事，則成仁取義，殺身不悔，絕無猶豫退縮。錢謙益曰：

> 大慧杲禪師有言：予雖學佛者，然愛君憂國之心與忠義士大夫等。(《有學集》卷廿一〈山翁禪師文集序〉)
>
> 昔者紫柏大師讀李芾傳，悲慟，怒侍者不哭，欲推墮崖下。憨山大師中興曹谿，謂當如忠臣報國，百死不悔。(《有學集》卷三〈五芥菴道人塔前石表題辭〉)

禪家中也有眞忠孝，把禪提昇到「奉獻」的層次，教人以出世的精神，創入世的事業，就不再是自私自利之禪，而恢復到最初的眞禪。浪漫主義有一個重要的訴求，就是希望儒釋道三大學說回到未受政治利用、俗學污染的健康狀態，這是三教合一的最後目的，也可以說是明代禪宗的特色。

在文學方面，禪宗直接啓迪了性靈說。禪宗講究直覺體驗，打破時空的界線，求得梵我合一、事事無礙的境界，跟藝術家構思時，凝神觀照，將事物轉換、變形、聯想的心理活動是平行與一致的。它們必須在沉靜忘我的狀態下，在潛意識中進行活躍而不規則的思維，擺脫道德或功利的意圖，用全副身心體驗人的清淨本性，這是「眞」。

〔註18〕《明史稿》列傳一五八〈儒林傳序〉。
〔註19〕袁中道《珂雪齋前集》卷十〈傳心篇序〉。

將以往儲存的意象、情感、哲理、依照自己的審美要求重新組合，物我交融，以簡練至極，意趣飽滿的文字表達，這是「靈」。禪家學習方法是參公案，教人不拘字面意思，自由無羈，按照自己主觀去理解；性靈派教人參活句，也是聽憑直覺與潛意識隨心所欲，八面翻滾，以自己的經驗想像給藝術品進行補充和再創造；當作者與讀者文化素質和思想情感日漸接近，時機成熟，靈光一現，便可豁然悟入。禪家以心傳心，性靈派以意求意，二者「頓悟」的境界極爲相似，悟入之後，看人生詩境，無所不通，超越了時空、物我、因果，眞正觸摸到對方的內心，此時解脫了一切煩惱束縛，得到無比的喜悅和輕鬆。禪與性靈純粹是「心」的活動，絕不能受到羈絆，所以禪宗必須呵佛罵祖，性靈派也必須打倒假杜甫、假王維，禪宗超越時空和物我表象，性靈派自也不會去分什麼初盛中晚、四聲八病。

禪宗的理論移轉到詩中，就成了性靈說；所以性靈論者幾乎無不學禪。錢謙益引謝康樂之言曰：「學道必須慧業，未有具慧業而不通於禪者。」（《有學集》卷十五）在本文討論的範圍中，大概只有兩個例外，一個是竟陵派的鍾譚，一個是袁枚。鍾譚不懂禪學在性靈派中是個異數，正由於不通禪，犯了執著的錯誤，才將性靈說帶入了歧途，嚴格說來不算純粹的性靈論者。袁枚雖不學禪，但天生通達，無不與禪相通，無其名而有其實，仍得以集性靈之大成，所以說起來，性靈一系可說是詩中的禪宗。

三、北宋蘇學的復興

蘇學是影響明代性靈說的第三種學問。

當前後七子勢力正盛的時候，文必秦漢，詩必盛唐，海內諱言宋代詩文，歐蘇曾王這些大家沒有人敢公然提倡，歷史地位降到了最低點。自從陽明心學出現，文藝的指標跳出秦漢盛唐的窠臼，指向宋代文學這片天地。王陽明本人沒有提到任何一位文學家，可是他作文的理念以「辭達」爲宗，源自蘇氏；唐順之、歸有光推崇東坡，學習他明白流暢的氣象，與七子「以艱深文其淺易」的作風相抗〔註 20〕。不過在中明性靈說初起的時候，東坡或與邵雍並重，或合在唐宋八大家中一起被提倡，形象並不是很凸顯；到了晚明，隨著性靈說的成熟，跟蘇學做多方的印證，終於將蘇軾由宋人當中篩選出來，成爲宋學的代表，性靈說的典範。

提倡蘇學，李卓吾、焦竑功不可沒。自從李卓吾評選的《坡仙集》出版，一般爲舉業而選的蘇文都束之高閣，而一洗故套，表現諧謔風趣的《坡仙集》造成流行的風潮。焦竑繼之刊刻兩蘇經解，袁宗道以白蘇名齋，袁中郎編東坡詩選，鍾惺有東坡文選。二十年間，當性靈文學運動最活躍的時候，也是東坡最受人歡迎的時候，文人才子無不受蘇學的沾溉，虞淳熙〈徐文長文集序〉曰：

> 當是時，文苑東坡臨御。東坡者，天西奎宿也，自天墮地，分身者四，一爲元美，身得其斗背，一爲若士，身得其燦眉，一爲文長，身得其韻之風流，命之磨蝎，袁郎晚降，得其滑稽之口而已。……（《虞德園先生集》卷四）

以東坡的分身做爲比喻或讚美，成爲當時流行的風氣，李卓吾以「今之長公」期許焦弱候〔註 21〕，袁中郎直稱袁伯修「吾家子瞻」如何如何，袁小修以東坡的遭遇論定李卓吾〔註 22〕，影響所及，凡海內外有文名者，人皆稱「眉山再生」，或「宛然蘇家衣缽」〔註 23〕。坊間刊刻之盛，也可見出蘇學風靡的程度，毛晉〈蘇米志林跋〉曰：

> 唐宋名集之最盛者，無如八大家，八大家之尤著者，無如蘇長公。凡文集、詩集、全集、選集，不啻千百億本，而寓黄、寓惠、寓儋、志林、小品、艾子、禪喜之類，又不

〔註 20〕王世貞《藝苑卮言》卷五批評王守仁「晚立門户，辭達爲宗，遂無可取，其源實出蘇氏耳」，又言唐順之「出蘇氏而微濃」，歸有光「如秋潦在地，有時汪洋，一瀉而已」；顯然對三子學自東坡明白如說話的手法感到不滿。

〔註 21〕李贄〈書蘇文忠公外紀後〉，《續焚書》卷二。

〔註 22〕袁中道〈龍湖遺墨小序〉，《珂雪齋》集卷一。

〔註 23〕湯賓尹〈蘇雋序〉，萬曆四十一年刊本卷首。

> 啻千百億本。……」

以今日所見，殘存的蘇集名目猶有一百四十六家之多〔註24〕，可想像當日的盛況，難怪朱國楨讚歎道：「東坡文字至近日推尊極矣！」（《湧幢小品》卷十八）

在這股蘇學的風潮中，董其昌說了一段重要的話；《萬曆野獲編》卷廿七記載：

> 董思白太史嘗云：程蘇之學，角立于元祐，而蘇不能勝。至我明姚江出，以良知之說，變動宇內，士人靡然從之，其說非出於蘇，而血脈則蘇也。程朱之學，幾于不振，紫柏老人每言晦翁精神止可五百年，眞知言哉！

這話可分兩個方向看，一個是蘇學與王學的相承關係，一個是蘇學與程朱的對立關係。

王學與蘇學，就其表現而論，一個屬「道」，一個屬「文」，文道分行，界域不同，似乎不能歸爲一類。可是就其中心思想而言，東坡入了道學，則爲陽明，陽明入了文學，則爲東坡，二者之間的精神血脈，不外一個「禪」字。

蘇東坡是北宋禪悅之風的代表人物，他的思想、生活跟禪宗有密切的關係。蘇子由於〈亡兄子瞻端明墓誌銘〉中敘述其學道歷程說：

> 公之於文，得之於天。少與轍皆師先君，初好賈誼、陸贄書論，古今治亂，不爲空言；既而讀莊子，喟然歎息曰：『吾昔有見於中，口未能言，今見莊子，得吾心矣！』乃出也中庸論其言微妙，皆古人所未喻。嘗謂轍曰：『吾視今世學者，獨子可與我上下耳。』既而謫居於黃，杜門深居，馳騁翰墨，其文一變，如川之方至，而轍瞠然不能及矣！後讀釋氏書，深悟實相，參之孔老，博辯無礙，浩然不見其涯也。（《欒城後集》卷廿二）

東坡的思想由儒而老，由老而釋，再由釋證儒，融會貫通，乃大爲

〔註24〕陳萬益〈蘇東坡與晚明小品〉一文，見《晚明小品與明季文人生活》頁4。

精進。這個歷程和王陽明完全一樣，所不同的是王陽明向內探索本體，建立了心學體系，東坡則向外表現，將禪學原理運用於經學和文學。雖然他沒有像王陽明把唯心論講解得那麼清楚，但對經學、文學的見解，卻是王陽明沒有闡發出來的。《四庫提要》評蘇子由《道德經解》說：

> 蘇氏之學，本出入於二氏之間，故得力於二氏者特深，而其發揮二氏者，亦足以自暢其說。是書大旨，主於佛老同源，而又引中庸之說以相比附，蘇軾跋之曰：「使漢初有此書，則孔老爲一，使晉宋有此書，則佛老不爲二。」（卷一四六〈道家類〉）

蘇轍的思想與東坡一路，所以蘇學實指兩蘇之學。子由、子瞻互相應和，援儒證老，以禪解經，其實就是晚明三教合一的先聲。在中明時期，王陽明忙著建立心學，以解決當時現實世界的問題，既無暇討論文事，也無暇討論經學，到晚明李卓吾、焦弱侯手中，推闡師門未盡之意，上與蘇學相合，才見出蘇學包容廣大的一面。

兩蘇的經學一向爲人忽視，可是在以禪解經的作品中是十分優秀的。他們的長處大致有三：

第一，兩蘇雖得力於釋老，卻不墮理窟，沒有一般耽禪悅者迷離恍惚、不可捉摸的毛病，反而簡明達意，詞理明暢，這個優點連反對他們的程朱派也不得不承認。《四庫提要》評東坡《書傳》說：

> 但就其書而論，則軾究心經世之學，明於事勢，又長於議論，於治亂興亡披抉明暢，較他經獨爲擅長。……程子語錄亦稱其解呂刑篇以「王享國百年耄」作一句，「荒度作刑」作一句，甚合於理。後與蔡沈帖雖有蘇氏失之簡之語，然語錄又稱：「或問諸家書解誰最好？莫是東坡？」曰：「然。」又問：「但若失之太簡。」曰：「亦有，只須如此解者。」則又未嘗以簡爲病。洛閩諸儒以程子之故，與蘇氏如水火，惟於此書有取焉，則其書可知矣！（卷十一〈經部書類〉一）

至於東坡《易傳》，《提要》雖批評其「不免杳冥恍惚，淪於異學」，然「推闡理勢，言簡意明，往往足以達難顯之情，而深得曲譬之旨。蓋大體近於王弼，而弼之說惟暢玄風，軾之說多切人事，其文辭博辨，足資啓發，又烏可一概屏斥耶？」（經部易類二）言簡意明，深入淺出，並富於啓示性，便是秉自禪學的精神。

第二，蘇學的長處在獨立思考，不依傍前說，因此見解常具革命性。例如《詩經》一門，在北宋以前，並無異說，自歐陽修引發疑古風氣後，別解漸生；蘇子由作《詩集傳》，認爲詩經的小序，反覆繁重，並非一人之詞，因此只存其發端一言，以下餘文全部刪去〔註25〕，這個大膽的作法在詩學界引起很大的影響，保守派和新派互相攻擊，到宋朝末年，「古義黜而新學立」〔註26〕，子由的主張得到勝利，當時王得臣、程大昌、李樗皆祖其說，直到清代顧鎮撰《詩經序傳合參》、諸錦撰《毛詩說》二卷、劉青芝撰《學詩闕疑》二卷，都還遵從蘇子由的旨例〔註27〕，可見穎濱《詩集傳》在詩經學的地位。

再以子由所撰的古史六十卷來說，一般論史大多服從太史公的論斷，不敢有異議，而子由卻認爲《史記》多不得聖人之意，因此點定其書，上自伏羲神農，下訖秦始皇，爲之糾正補綴，備論其成敗得失之故。這份膽識已足以驚人，子由又於三皇紀中增入道家者流，於老子傳中附以佛家之說，批評孟子學於子思而漸失之，而稱譽田駢、愼到之徒，說他們是佛家所謂鈍根聲聞者，公然將禪宗帶入史學當中。正統派對這種作法當然不表同意，可是一邊評其「輕妄」，一邊又不得不承認「其去取之間，亦頗不苟」，值得與《史記》互相參考〔註28〕，可見這是一部有獨到見解的史書。

第三，蘇學有博大自由的學術觀和不屈的反抗性。熙寧年間，王

〔註25〕《提要》卷十五〈經部詩類〉一「蘇轍詩集傳」條下。
〔註26〕《提要》卷十五〈詩經大全〉條下。
〔註27〕《提要》卷十八〈經部詩類存目〉二。
〔註28〕《提要》卷五十〈史部別史類古史〉條下。

安石控制科舉，欲以此統一學術，進退天下之士，東坡即謂曰：

> 文字之衰，未有如今日者也，其源實出於王氏。王氏之文未必不善也，而患在於好使人同己。自孔子不能使人同，顏淵之仁、子路之勇，不能以相移，而王氏欲以其學問同天下。地之美者，同於生物，不同於所生，惟其荒瘠斥鹵之地，彌望皆黃茅白葦，此則王氏之所同也。(〈答張文潛書經進東坡文集事略〉，卷四五)

這其實是一篇最好的性靈說宣言，對晚明的影響很大，性靈論者廣爲引用，支持東坡反抗專制，爭取自由的精神。李卓吾說各種學術有各種事功，若「有諸己矣，而望人之所同有，無諸己矣，而望人之所同無」，則「學斯僻矣」〔註 29〕！焦竑也說：「夫道非一聖人所能究，前者開之，後者推之，略者廣之，微者闡之，而其理始著，故經累而爲六也。乃談經者欲暖暖姝姝於一先生之言，而以爲經盡在是也，豈不謬哉？」〔註 30〕他們都認爲優良的文化環境必須廓然大公，兼容並蓄，再好的東西也不能做爲「齊一」的尺度；畫地自限，黨同伐異，勢必造成萎縮退步的局面。

從以上簡易直捷、注重創獲、自由包容的特徵看來，蘇學與王學的血脈實是相通的，所以晚明人之崇蘇，並不單單是喜歡他的文章，李卓吾說東坡之文章，爲其餘事，焦竑說兩蘇的經學，「斯二子之至」(同上)，在文章的背後，晚明思想家和蘇學是密切契合的。

蘇學的開明通達與程派的拘謹嚴峻適成鮮明的對比，在北宋時，兩黨勢同水火，不能相容。二者爭執的交點，不外是儒者對文人的輕視，和道學家對異端的排斥。

以文學而論，二程主張「文以載道」、「文須因道而成」；蘇氏主張「文以貫道」、「道必藉文而顯」；二者的輕重已有不同，而二程所謂的道，偏重儒家的道德之道，蘇氏所謂的道，傾向莊老自然之道；

〔註 29〕《焚書》卷一〈答鄧石陽太守〉。
〔註 30〕〈刻兩蘇經解序〉。

二程極力擴張道的範圍，欲使之包括文，蘇氏則謂文章出於自然，自然之道本可包括人爲之道。兩派壁壘森嚴，各不相下，因此二推到偏激之處，甚至發出「文以害道」的主張，認爲文章使人翫物喪志，大可不爲，又批評韓愈晚年爲文，卻是「倒學」（《二程遺書》卷十八）。南宋朱子秉承程子之意，將東坡之文爲比喻爲淫聲美色，他的弟子眞德秀作《文章正宗》，將道學家「重道輕文」的思想推到極致。道學家不僅輕視文學、輕視文人，更看不起「文人之經」。楊誠齋有《易傳》一書，遠宗程子，可是因早年工於吟詠，不大以講學爲事，便被程朱派學者擯斥，胡一桂撰《易本義》附錄纂疏，竟然不肯錄其一字，可見南宋諸儒強烈的排他性和階級意識〔註31〕。在這種情形下，文人之經皆所不取，何況兩蘇的經學又雜以佛老呢？

佛老是虛悟之學，與儒家講實修者迥異，向來被視爲異端。道學家對人用佛老解經最爲痛恨，認爲陽儒陰釋，無異是以紫亂朱。在他們眼中，將學術調和貫通代表「混雜」，保持本色才是「純粹」，所以專研儒學者稱之醇儒，兼營佛老者則謂之異端了。《二程遺書》卷十八曰：「今之學者有三弊：一溺於文章，二牽於訓詁，三惑於異端，苟無此三者，則將何歸？必趨於道矣！」其中所說的文章與異端兩項，指的應當是蘇派。南宋朱子「以程子之故，極不滿於二蘇」〔註32〕，作有名的〈雜學辯〉以箴之；朱子徒眾廣大，影響力及地位勝於二程，因此〈雜學辯〉一出，蘇學便在南宋沒落下來了。

程朱派的攻訐，多半是囿於傳統的成見，在知識份子當中引起很多反對的聲浪〔註33〕，它之所以能成爲學術的正統，跟政治的支持有很大的關係，北宋元祐之時，蘇不能勝，也正因爲遭到了政治迫害。

〔註31〕《提要》卷四，經部易類，胡一桂易本義附錄纂疏條下。

〔註32〕《提要》卷一四〇，子部小說家類一，蘇轍龍川略志條下。

〔註33〕例如宋代呂南公〈與汪祕教論文書〉即指出說經的儒生無補於世，而文章之士往往能卓立千古。《四庫提要》也批評《文章正宗》，謂「四五百年以來，自講學家外，未有尊而用之者，豈非不近人情之事，終不能強行天下歟」？

焦竑說：「熙寧初，荊國以經術得幸，下其說，太學凡置博士，試諸生，悉以新書從事，不合者罷黜之，而兩蘇之學廢。」「當其初謫，梁國張公、涑水司馬公輩等三十六人，得其文以不告，皆罰金，而兄弟連以貶黜，其為顛跌頓撼，去死無幾。」（〈續刻兩蘇經解序〉）東坡死後，著作遭到焚毀，蘇學在當時就受到重大的打擊。以後程、蘇兩派的起伏大多與專制勢力的寬嚴有關。

南宋初年，政府新立，士大夫受到危亡喪亂的刺激，多藉詩詞表達愛國的情操，東坡豪放的文風受到廣大的歡迎，辛棄疾的詞，楊萬里的詩話，各得蘇學之一端。陸游《老學菴筆記》云：「建炎以來，尚蘇氏文章，學者翕然從之，……蓋風會所趨，併其從遊之士亦為當代所摹擬矣！」到了南宋中期後，政風傾向專制保守，朱子一派崛起，得著政治勢力的支持，成為正統，蘇學為其所挫，便只能盛行於北方，造成「南程北蘇」的局面。

北方的金朝，由於遭受時亂，以及雄壯山河的激發，正適合豪放派的發展，因此王若虛、趙秉文、元遺山都成為蘇學的繼承者，元代的張養浩，明初的宋濂、方孝孺都還有蘇學的精神〔註 34〕。自從明成祖制定《性理大全》，以簡陋的程朱學說取士之後，蘇學立刻趨於消沉，並且淪為格調派輕詆的對象，直到晚明專制力量稍弱，程朱派空洞無力，為人不滿，蘇學才又復生。

所以說，從北宋程蘇對立以來，凡是政治嚴苛的時代，程朱派就統掌大權，寬鬆些的環境，蘇學就容易復甦，追溯這兩派交替的過程，可以發現晚明的浪漫思潮不過是其中一個環節。

基於血脈相通的立場，晚明人與蘇學特別契合，他們對東坡的接受是深入的，不是浮泛的，是全面性的，不是片面的。他們熟悉東坡的一言一行，提筆作詩，生活中大小事情都可以聯想到他。而且晚明

〔註 34〕《提要》卷一六九〈集部．別集類〉「宋景濂未刻集」條下，謂宋濂不避釋老，卷一七〇「遜志齋集」條下，謂方孝孺文章「縱橫豪放，頗出入於東坡、龍川之間」。

人對東坡以通才卓識而受屈，常感到不平，在提倡蘇學時也不乏爲東坡出氣的心理。他們不但要強調東坡的文學地位，還要恢復他在思想界的地位；不但要推崇他個人，還要推崇蘇子由以及其他的蘇學繼承者，這是明代蘇學風潮中很特殊的地方。

清初的程朱派學者則又不作如是觀；清人對東坡的文學成就給予肯定，但對兩蘇涉於禪學頗有微辭，不脫「異端」的呵斥。對晚明人則痛詆有加，視爲狂悖者流，根本不願正視公安、竟陵的地位。這情形與宋儒排斥蘇學幾乎一致，可見明清之際的學術交替仍是程蘇之爭的延續。

蘇學與王學都是與程朱對抗的學派，可是一般很少將二者並論。或許因爲陽明之學一部分出於獨語，看似前無所承，眾人以其類似陸象山，便追溯到南宋，將陸王歸爲一派。當時朱子勢力正盛，蘇氏的「文人之經」在思想史上一點地位也沒有，經學既爲文名所掩，一般人又限於文道分行的觀念，便容易將蘇學忽略過去。其實以歷史淵源和本身的特質來看，蘇學與王學的血脈關係是無庸置疑的。

在文學方面，東坡不僅是性靈文學的典範，他的文學理論也是性靈說的「原型」。他評自己的文章說：

> 吾文如萬斛泉源，不擇地皆可出，在平地，滔滔汩汩，雖一日千里無難，及其與山石曲折，隨物賦形，而不可知也。所可知者，常行於所當行，常止於不可不止，如是而已矣！其他，雖吾亦不能知也。（《東坡》卷一〈自評文〉）

這段話中包含了自然、眞實、直覺、衝動、天才、靈感幾個創作要素，是後來性靈說討論的重點。蘇洵以風生水起形容天下之至文〔註 35〕，蘇轍以養氣爲學文之道〔註 36〕，和東坡意思一樣，主張文學應當以自然形成、發自內心的種種力量去完成，而不要受格律形式和其他成見的拘絆，帶有絲毫刻意。正因爲東坡不受俗見的拘絆，所以說：「街

〔註 35〕《嘉佑集》卷十四〈仲兄字文甫說〉。
〔註 36〕《欒城集》卷廿二〈上樞密韓太尉書〉。

談市語，皆可以入詩，但要人鎔化耳。」〔註37〕又說「能道得眼前眞景，便是佳句」〔註38〕，又說詩以奇趣爲宗，反常合道爲趣〔註39〕，這些論點都成了公安派主要的訴求。

東坡又首開以禪論詩的風氣。例如〈致僧參寥詩〉曰：「欲令詩語妙，無厭空且靜，靜故了群動，空故納萬境。」〔註40〕〈與文與可詩〉：「與可畫竹時，見竹不見人，豈獨不見人，嗒然遺其身，其身與竹化，無窮出清新。」〔註41〕所謂空與靜的境界，便是嗒然忘我，體物之妙，捉住其靈魂，掌握其要點，當意象飽滿時，隨筆書寫，自然姿態橫生，就如頓悟之後，看天地萬物，隨手拈來，俱是禪機一樣。東坡的弟子吳可撰《藏海詩話》，發揮以禪論詩的宗旨，首貴頓悟，要求直證，信手拈來，便成超詣，又將宗門「呵佛罵祖」、「學我者死」的說法移入詩中，強調「作詩貴有自家面目」。南宋楊萬里承禪悟之說，重悟不重法，貴眞不貴形，首標性靈，成爲清代袁枚私淑的對象。金朝王若虛論詩在眞與自得，並首先合白、蘇爲一而推尊之，比公安派早了三百五十年。元遺山詩學出自東坡，以誠爲詩之本，雅爲詩之品，誠與雅，成爲後來錢謙益的詩論中心。明代性靈理論實自蘇學而來，所以公安竟陵奉東坡爲宗主，是有其穩固的基礎的。

在作品方面，性靈派首先推重邵雍、蘇軾；邵與蘇都有源自白居易的部分，所以又上溯至中唐的元白。不過其中最重要的仍是東坡。東坡能動能靜，能詩能文，變化大，範圍廣，地位逐漸在白與邵之上。蘇詩不但在宋詩中是一個很大的流派，對晚明而言，他超邁橫豪的詩風足以與王學的光明俊偉相匹配，並使氣格卑弱的贋唐之作爲之遜色，標舉蘇詩，成了「詩必盛唐」的有力反證。文章方面，蘇文也是對抗秦漢文的利器。明版《唐文粹》鄧漢序曰：「文家法秦漢，非不

〔註37〕周紫芝《竹坡詩話》。

〔註38〕履園談詩，《清詩話》1116頁。

〔註39〕孫濤《全唐詩話續編》卷上柳宗元條，《清詩話》794頁。

〔註40〕《東坡集》卷十，頁4。

〔註41〕《東坡集》卷十六，頁10。

善也，然摹擬工則蹊徑太露，構撰富則窠臼轉多，至近日膚淺之法，畏難好易，眉山盛而昌黎、河東二氏詘。」〔註42〕明人誠然有膚淺畏難的毛病，但也不否認東坡的凌雲健筆實有其引人之處，尤其讀多了生硬的假秦漢文後，蘇文的平易近人在當時是比韓柳更符合時代需求的。

再者，東坡本人光風霽月的品格，率眞瀟灑的氣質，自然流靈的聰明智慧，也是表現「性靈」的最佳典範，人格即風格，晚明人心儀東坡亦在於此。

從以上的敘述看來，東坡固然是晚明人心目中完美的偶像，相對來說，他對晚明的影響面也很廣；文章家取其文與秦漢文抗衡，詩論家取其詩與唐詩抗衡，詞曲家取其豪放不守格律的作風，思想家取其與道學對抗的精神和揉合釋老的通達。就晚明人而言，陽明學是用以反對程朱的，性靈說是用以反對格調的，二者加起來，等於是蘇學的整體表現，所以從時代思潮來看，晚明眞可說是蘇學的復興期了。

四、虛悟之學與地域的關係

王學、蘇學和禪宗，是引發晚明浪漫思潮的三大力量，它們都是起於南方的虛悟之學。

在中國歷史上，一直存在著兩套思想系統，一個是行於北方著重群體秩序的思想，一個是南方著重個人哲理的思想。秦漢時代的孔墨和老莊，一在北，一在南；北方的儒家出於司徒之官，重視全體教化的責任；南方的道家出於史官，對世事的變化、人生的錯綜面另有一番心得。這兩種特質歷經千百年，到了明代詩壇仍然沒有改變，格調派始終實際地扮演詩國教育家的角色，性靈派則注重對大自然和人生的體悟，一意追求獨一無二的藝術境界；追溯起來，地域的影響力豈不大哉？

南方人富於幻想，並長於抽象的思考，即使儒學統一天下，他們

〔註42〕見《提要》卷一七九。

吸收的仍是儒家中比較抽象的、能活用的部分。例如南北朝時，南人最喜治易，經常將易老並稱；他們治學的方式與北人不同，《北史·儒林傳》曰：「南人簡約，得其英華，北學深蕪，得其枝葉。」這個習性，在明人論學論詩的時候，仍然表現得很明顯。佛教到了中國也產生南北的差異，梁任公說：

> 佛學之空與佛學之實，立於反對之兩極端者也。……然教下三家，皆起於北，陳義閎深，說法博辯，而修證之法，一務實踐；疏釋之書，動輒汗牛，其學統於北朝，經生頗相近似。惟禪宗獨起於南，號稱教外別傳，……開山吳越，專憑悟證，不依文字，蓋與老莊陸王頗符契焉。〔註43〕

可見同一儒學、同一佛學，到了北人南人的手中，便各依其性產生不同的變化。學術經過長期的交流融合，界限已不是那麼清楚，大體而言，北方形成了實修之學，南方形成了虛悟之學〔註44〕。宋以後的程朱學說和格調派屬北方系統，蘇學、陸王和性靈派則屬南方系統。

從蘇學、王學和性靈派的地域關係來看；東坡雖是四川眉山人，可是他屢遭貶謫，外調的地方很多，早年當過陝西鳳翔府的判官，後來調任杭州通判，又轉往湖州（今浙江烏程、歸安一帶）、黃州（今湖北黃岡、黃安、麻城一帶），在南方住了很久。後來往北，到汝州（河南臨汝縣）、登州（山東牟平縣），不久又由北而南，再度到杭州，杭州以後，貶往惠州（今廣東歸善、博羅等縣）、瓊州（海南島），最後在常州（江蘇武進）過世。他走遍了大江南北，待得最多也最久的還是東南一帶，尤其是黃州、蘇杭、吳中幾處，在東坡生命中具有重要的意義。例如湖北黃州，是東坡思想和文筆大進的地方，「東坡」便是貶謫黃州時的自號。他在這裏住了五年，留下許多有名的作品和為人津津樂道的故事，從《黃州府志》的記載看來，這裏處處留有東坡的遺跡，所以後來仰慕他的李卓吾，選擇黃安、麻城為長住之所，

〔註43〕梁氏《飲冰室文集》卷三歷史類中國地理大勢論。

〔註44〕《元明詩概說》，279頁。

並在此批選《坡仙集》，實有追慕其流風餘韻的意味。另外，東坡曾在陽羨（今江蘇宜興縣南）買田，欲以此爲家，自嶺外赦歸後，回到宜興，因不忍使人遷徙，便轉往附近的常州，借寓於顧堂僑孫氏宅，不久即過世〔註45〕。常州即毘陵，今江蘇武進縣。據唐順之說，孫氏宅距離他家不過數十步〔註46〕，這樣說來，唐順之之愛好東坡也不是偶然的了。

王學與性靈派的地域關係更爲密切；王陽明爲浙江餘姚人，自貴州龍場悟道之後，講學處計有貴陽、廬陵、滁州、南京、南昌及故鄉餘姚等地，影響所及包括浙江、江西、安徽、江蘇數省。他的弟子王龍溪闡揚師說，不遺餘力，奔波各處，自兩都及吳楚浙閩粵，講堂林立，每會常數百人〔註47〕，其教大行於東南半壁。《四庫提要》曰：「當時東南學者多宗王守仁之說。」〔註48〕李卓吾則提到有何泰寧者，欲梓行龍溪之書，「以嘉惠山東、河北數十郡人士」〔註49〕，可見王學純粹起於南方，再逐漸向北推進。

性靈派既自王學所出，其中人物絕大多數是南方人。就本文提及者而言，王畿爲浙江山陰人，唐順之爲江蘇武進人，歸有光江蘇崑山人，徐渭浙江山陰人，李卓吾福建泉州人，焦竑南京人，湯顯祖江西臨川人，袁氏兄弟湖北公安人，鍾惺、譚元春湖北竟陵人，錢謙益、馮班江蘇常熟人，黃宗羲浙江餘姚人，袁枚浙江仁和人。其中，李卓吾雖是福建人，可是他中年以後大多住在湖北黃安或麻城；歸有光是崑山人，但他在嘉定講學多年，對嘉定的文風影響很大；袁枚雖說是浙江人，事實上他大部分時光都住在江蘇江寧縣的小倉山。綜合而言，這些人物的活動範圍都在東南一帶，並且集中在吳、楚、越三地。

三地之中，楚人的性情最爲奔放，膽氣十足，勇於求變，所以在

〔註45〕趙翼《甌北詩話》卷五。
〔註46〕《荊川文集》卷三「讀東坡戲作」詩題下自注。
〔註47〕見《王龍溪全集》清莫晉序及本傳。
〔註48〕《提要》卷一七一，柏齋集條下。
〔註49〕《焚書》卷三〈龍谿先生文錄抄序〉。

公安三袁手中，性靈詩論首先拔下七子的旗幟，獲致成功。袁中郎曰：

> 大概情至之語，自能感人，是謂有詩可傳也，而或者猶以太露病之，曾不知情隨境變，字逐情生，但恐不達，何露之有？且離騷一經，忿懟之極，黨人偷樂，眾女謠啄，不揆中情，信讒齎怒，皆明示唾罵，安在所謂怨而不傷者乎？窮愁之時，痛哭流涕，顛倒反覆，不暇擇音，怨矣！寧有不傷者？且燥溼異地，剛柔異性，若夫勁質而多懟，峭急而多露，是之謂楚風，又何疑焉？（《袁中郎文鈔．敘小修詩》）

袁小修亦曰：

> 楚人之文，發揮有餘，蘊藉不足，然直攄胸臆處，奇奇怪怪，幾與瀟湘九派同其吞吐。大丈夫意所欲言尚患門□狹手腕，遲而能盡抒其胸中之奇，安能囁囁嚅嚅如三日新婦爲也？不爲中行，則爲狂狷，效顰學步，是爲鄉愿耳。……近日楚人之詩，不字字效盛唐，楚人之文，不言言法秦漢，而頗能言其意之所欲言。以爲揀擇太過，迫脅情景，而使之不得舒，眞不如倒囷傾囊之爲快也。本無言外之意，而又不能達意中之言，又何貴于言？楚人之文，不能爲文中之中行，而亦不爲文中之鄉愿，以眞人而爲眞文，觀於宗文氏之所集，可以知楚風矣！（《珂雪齋前集》卷十〈淡成集序〉）

他們要發揮楚人痛快熱情的天性，以奇奇怪怪、顚倒反覆的想像去衝破過份理智的「中正之則」；要以怒罵、痛苦、怨懟這些不平衡的情感打破機械化的格律，要披露自己的瑕疵，抗議對方只顧追求完美、不顧眞實的心態。法律太嚴了，無所不束，詩中沒有人性，其勢必窮，救窮之法，惟有輸之以充沛多變的情感，並加上不計毀譽的膽氣，這就是楚人的作風。袁小修說：

> 變之必自楚人始。季周之詩，變於屈子，三唐之詩，變於杜陵，皆楚人也。夫楚人者，才情未必勝於吳越，而膽勝之。當其變也，相沿已久，而忽自我鼎革，非世間毀譽是非所不能震撼者，烏能勝之？（《珂雪齋前集》卷十〈花雪賦引〉）

楚人的才情雖不如吳，但個性堅強，不隨波逐流，敢於反抗權威，所以在性靈詩論初起的時候，發揮了很大的作用。湯顯祖曾向人推服楚才銳不可當〔註50〕，可想見公安派當時的氣概。

三袁的文章氣機鼓動，流暢自然，可是在詩的方面卻缺少一份風華。這點他們並不諱言；伯修有詩曰：「其餘盡楚人，賦性俱脫略，鄉語雖粗醜，動塵珠錯落。」〔註51〕中郎過世前兩年屢言自己爲詩「發洩太盡」，小修則一直想吸收吳人的優點，以補楚人之不足。他在〈二趙生文序〉中說：

> 夫楚人之文有骨，失則傖；吳人之文有態，失則跳。予每欲以楚人之質幹兼吳人之風致而不可得也。(《珂雪齋前集》卷十)

可見他們後來很有誠心改善缺失，更進一層，只可惜受到才力和年歲的影響，沒有達到目標。竟陵派的鍾譚繼起，比三袁更不重修飾，一意幽深孤峭，哽塞其聲，連流暢達意的優點也失去了。牧齋批評他們說：「邇來吳聲不競，南辱於楚，蒼蠅之聲，發於蚯蚓之竅，比屋而是。」〔註52〕過份伸張個人特色，違反文學求美的本質，使萬曆、啓禎年間由楚地領導的浪漫運動出現了很大的弊病。這個弊病一部分原因也與地域有關；早在弘正年間西涯公李東陽就說過：「吾楚人多不好吟，故少師授。」〔註53〕袁伯修也提到：「吾鄉固陋，眞所謂經歲不聞音樂聲者。」〔註54〕楚地詩風不盛，詩人素質普遍不高，無形中影響著公安、竟陵的成敗功過。當他們攻下摹擬王國的堡壘後，能力不足，不能長有，「治天下」的工作勢必得移轉到文化水準更高的吳地。

吳地是以吳縣爲中心，包括江蘇東部及浙江西部之地；又稱吳中、吳門、吳郡或蘇州。這一帶自宋以來便是海內人文薈萃的精華之

〔註50〕《珂雪齋前集》卷廿三〈答王天根〉。

〔註51〕《白蘇齋類集》卷二〈夏日黃平倩邀飲崇國寺葡萄林同江進之邱長孺方子公及兩弟分韻得閣字〉。

〔註52〕《初學集》卷四十〈孫子長詩引〉。

〔註53〕《懷麓堂詩話》，在《續歷代詩話》下冊，1663頁。

〔註54〕《白蘇齋類集》卷十六〈寄三弟〉。

區，博雅好古之儒群集於此，書籍金石之富甲於天下。在元末明初時，這裏擁有首屈一指的文學人才，盛況幾可比於唐人，吳人張習〈跋張來儀集後〉云：

> 吳中之詩，一盛于唐末，再盛於元季，繼而有高、楊、張、徐，乃張仲簡、杜彥正、王止仲、宋仲溫、陳惟寅、丁遜學、王汝器、釋道衍輩，附和而起，故極天下之盛，數詩之能，必指先屈于吳也。(《列朝詩集小傳》「丁學究敏傳」引)

然而這個黃金地區由於是張士誠抗明的基地，明太祖恨之入骨，統一之後，橫征暴斂，冠於全國。經過政治殘酷的打擊，這裡的讀書人意氣沮喪，信心盡失〔註 55〕，百年以來，古學衰落，「老生宿儒，笥經蠹書者往往有之」，「居今之世，後生末學，不復以讀書好古爲事。喪亂之後，流風遺書，益蕩然矣」〔註 56〕！

經過了百年的黑暗期，此地精神文明衰落不振，物質文明卻日益繁華。自嘉靖年間開始，東南一帶經濟景氣，城市蔚起，民間物力豐厚，手工藝振興，社會逐漸產生侈靡的風氣。人人好新慕異，去樸從艷，到萬曆中葉追求時髦已成爲一股潮流。在這潮流當中，生性愛美，又擁有一流人才的蘇州人民，以浮華相尚，競爭刺激，一躍而爲領導流行的中心；舉凡學詩、學畫、學書，以及服飾、食品、言語、舉動，無不影響著周遭的城鎮〔註 57〕。王龍溪曾批評吳中風氣說：吳中固多豪傑，聲華禮樂之盛，甲於東南；然功利之毒淪浹於人之心髓，雖豪傑亦有所不免，非一朝一夕之故也。「千葉之花無實，九層之台易圮，此無他，崇飾太高，而發之太繁故也。」〔註 58〕錢謙益〈蘇州府重修學志序〉亦言：

> 吾蘇土風清嘉，文學精華，海內之學者未能或之先也。在有宋時，天下之立學自吾蘇始，而安定之教條，所謂經誼

〔註 55〕吉川幸次郎《元明詩概說》165 頁。
〔註 56〕《列朝詩集小傳》丙集「朱處士存理」。
〔註 57〕詳見陳萬益《晚明小品與明季文人生活》，69 頁。
〔註 58〕《王龍溪語錄》卷二頁 4，道山亭會語。

> 信師說者，吾蘇士實先被之。近世以來，剿襲繆妄之學，流傳四方，吾蘇士應和之最捷，蘇之於海內蓋所謂得風氣之先者。(《初學集》卷廿八)

吳中的矛盾是一方面擁有全國的豪傑菁英，一方面又受庸俗文化的嚴重薰染；本身有優越的創造力，卻沒有堅定的立場和自己的見解；它雖然是周圍地區倣效的對象，可是當外力比它強的寺候，也很容易倒向對方的陣營。所以當北方七子挾其威勢逼臨南方時，受到政治環境重北輕南的種種暗示，即使南方文化素質比較高，仍然造成北學南侵的局面。胡應麟《詩藪》續編一國朝上曰：「國初文人率由越產，……而詩人則出吳中，……至弘正間，中原、關右始盛，嘉隆後自北而南矣！」

投向格調派的江南才子有徐禎卿、顧璘、朱應登、黃省曾兄弟、及其中表皇甫沖兄弟等人；他們放棄江左煙月流麗之句，轉學北地粗豪伉壯之聲；徐禎卿被譏爲明妃遠嫁，作了穹盧中閼氏，風流頓盡〔註59〕，黃省曾被責噉名干謁，爲游揚之便而引進北學〔註60〕。吳地有識之士對北人強制的作風和勦襲的手段深表反感，但是更多的人出於功利與盲從跟隨在七子的身後。到王世貞坐鎮南京時，吳蘇一帶幾乎成了格調派的天下，這是北學勢力最盛的時候。王世貞死後，公安、竟陵繼起，他們的膽識取代了七子的地位，楚風一下子又流行了起來。錢牧齋說：

> 史稱大江之南，五湖之間，其人輕心。晉人言吳音妖而浮，故曰其人巧而少信，昔奪于秦，中服于齊，今咮於楚，此其微也。(《初學集》卷三二〈朱雲子小集〉引)

他的話說明了吳人好奇尙新的特性。也正因爲如此，吳中成了兵家必爭之地，南北兩派詩論在此交鋒，墨守輸攻，此消彼長，將談藝的風氣帶入高潮。

〔註59〕錢謙益《初學集》卷三二〈朱雲子小集引〉。
〔註60〕《列朝詩集小傳》丙集「黃舉人省曾」本傳。

楚風雖然不夠美，但理論部分卻是正確的，它廓清王李的迷霧，令人反省自覺，茅塞頓開，不再甘於受成見的籠罩。吳人受性靈的啓示，個人意識迅速地抬頭，以錢牧齋爲首，紛紛對七子展開猛烈的攻擊，將格調的勢力逼回北方。牧齋取代王世貞在吳中的地位，影響明末清初的文壇達五十年之久，成爲性靈派有史以來最有力的人物，自他以後，馮班、吳喬、葉燮、袁枚這些性靈論者都是吳人。他們一面掃除七子的餘毒，一面發揮吳人的優點，以江左清嘉之氣爲主，吸收秦楚各地的長處，揉合成注重風華、講究實學的性靈說。當性靈理論由楚而吳的時候，便眞正成熟了。

五、由消極而積極的浪漫主義

如果說明代前半期像西漢，那麼晚明便有些像魏晉。這兩個時代政治紊亂，人命危淺，儒學衰微，思想空洞；處在這半封閉、半自由的環境中，人心一方面開始覺醒，一方面又感受到新的痛苦，於是士大夫逃到老莊佛學的世界中，尋求解脫。他們將各種思想「滅裂而雜揉之」〔註61〕，依自己的需要，組合成一種獨特的文化；崇尙玄言，不拘禮法，離世異俗，放浪形骸，或隱遁山林，或混跡都邑，清談罵座，滑稽風流，種種表現，不外追求適情任性的「特權」。在文學方面，抒情寫志、描寫個人生活的文學興盛起來，謝靈運的詩和袁中郎的遊記在摹寫山水上有異曲同工之妙，李卓吾的《初潭集》、焦竑的《類林》是附冀於《世說新語》下的作品，魏晉遊仙詩、哲理詩和明代戲曲散曲同樣表現著頹廢氣息，至於小品文更是這兩個時代特有的產物。

晚明和魏晉同樣表現消極浪漫主義的精神，可是明代的情形卻複雜一些。

從陽明心學來說，心學是反時代的思想，它要改革弊端，解決現

〔註61〕蔡元培《中國倫理學史》：「魏晉人之思想，非截然舍儒而合於道佛也，彼蓋滅裂而雜揉之。」

實問題，不全然是冥想逃避；它有一套思想體系，有學派組織，有講學結社等活動，也不同於魏晉名士的特立獨行。這種力量和積極改革的訴求，對政治人物和名教之士而言，等於是向專制權威挑戰，要動搖他們的地位，影響到他們的既得利益，於是自王陽明在世的時候起，便不斷遭到官僚惡意的打擊和陷害。《明史稿》列傳八十五〈王守仁〉本傳記載：

> 諸嬖倖故與宸濠通。守仁初上宸濠反書，因言覬覦者非特一寧王，請黜奸諛，以回天下豪傑心。諸嬖倖皆不悅。宸濠既平，則相與媢功，且懼守仁見天子，發其罪，競爲蜚語，謂守仁先與通謀，慮事不成乃起兵。
>
> 當是時讒邪搆煽，禍變叵測，微守仁，東南事幾殆。世宗深知之。甫即位，輒召入朝受封。而大學士楊廷和與王瓊不相能。守仁前後平賊，率歸功瓊，廷和大不喜，大臣亦多忌其功。會有言，國哀未畢，不宜舉宴行賞者，因拜守仁南京兵部尚書。守仁不赴，請歸省，已論功封，特進光祿大夫柱國新建伯世襲歲祿一千石。然不予鐵券，歲祿亦不給諸同事有功者。惟吉安守文定至大官，當上賞，其他皆名示遷而陰黜之，廢斥無存者。守仁不自安，且憤甚。時已丁父憂，屢疏辭爵，乞錄諸臣功，咸報寢，免喪亦不召。
>
> 自守仁與朱子標異趣，學者翕然從之，頗多流入於禪，以故宗雒閩之教者，多詆訶心學。云：守仁既卒，桂萼奏其擅離職守。帝大怒，下廷臣議，萼等言守仁事不師古，言不稱師，欲立異以爲名，則非朱熹格物致知之論。知眾論之不予，則爲朱熹晚年定論之書，號召門徒，互相倡和，才美者樂其任意，或流於清談，庸鄙者借其虛聲，遂至於縱肆，傳習傳訛，背謬日甚，討捕夆賊，擒獲叛藩，據事論功，誠有足錄，陛下御極之初，即拜伯爵，宜免追奪，以章大信，禁邪說以正人心。帝乃下詔停世襲，恤典俱不行。

嬖倖的小人、猜忌的大臣和排斥「異端」的程朱學者，一直是明代朝廷中糾結一處、恩怨複雜的政治勢力，他們反對王學的理由或有不同，而其用心則頗爲一致，都是唯恐王學以「良知」直言無諱，拆穿他們僞君子的假象，影響其實質利益，因此歷屆宰輔大多反斥王學爲「僞學」。王龍溪〈自訟問答〉中云：

> 嘉靖初年，時宰忌陽明夫子之功，并毀其學，嗾給事中章僑等論列，指爲僞學，出榜行禁。中年時宰作惡講學，乘機有此舉，師友淵源，並罹學禁，人以爲異。（《龍溪王先生全集》卷十五）

龍溪本人亦遭宰相夏言斥爲僞學（見《明史》本傳），謝病而歸，致力於民間講學。到他晚年，張居正當國，唯恐天下議己，重申太祖祖訓，嚴禁講學，一切以今王之政令爲歸，使王學的發展受到不小的打擊。《萬曆野獲編》卷廿四「書院」條下曰：

> 自武宗朝王新建以良知之學行江浙兩廣間，而羅念菴、唐荊川諸公繼之，於是東南景附，書院頓盛，雖世宗力禁，而終不能止。……今上初政，江陵公痛恨講學，立意翦抑，適常州知府施觀民以造書院科斂見糾，遂徧行天下拆毀，其威令之行，峻於世廟。

張居正的治國理念，是重申專制思想，推尊秦始皇、明太祖的言論，認爲寬緩之政似仁而有害，嚴肅之政似苛而有利，因此「爲政以尊主權、課吏職、信賞罰、一號令爲主。雖萬里之外，朝下而夕奉行」（《明史》本傳）。他的優點是勵精圖治，推行實務，提高行政效率，可是他用法太嚴，抑異學，禁私學，不許生員干政，又回到奴性訓練的舊路，蕭公權《中國政治思想史》評說：「張氏既不能消除紛紊之學風，亦未嘗培成忠樸之士氣，徒使屈彊者愈趨反抗，猥黠者逢迎以取利祿，士風更下，元氣大傷。」〔註62〕

專制力量愈強，反抗意識愈高，陽明學派本富於這種精神，泰州一脈又將之發揮無遺。

泰州學派的特色是最具平民色彩和實行的精神。創始人王艮（號

〔註62〕詳見第三編第十六章第三節，張居正。

心齋，泰州人）出身於竈丁之家，終生不取功名，佈道於民間，《明史》本傳曰：

> 王氏弟子遍天下，率都爵位有氣勢，艮以布衣抗其間，聲名反出諸弟子上。然艮本狂士，往往駕師說之上，持論益高遠，出入於二氏。（〈列傳〉一七一，儒林二）

《明儒學案》卷三五〈處士王心齋先生〉本傳曰：

> 先生冠服言動，不與人同，都人以怪魁目之。……陽明以先生意氣太高，行事太奇，痛加裁抑，及門三日不得見。陽明卒於師，先生……開門授徒，遠近皆至，同門會講者必請先生主席。陽明而下，以辯才推龍溪，然有信有不信，唯先生於眉睫之間省覺人最多。謂百姓日用即道，雖僮僕往來動作處，指其不假安排者以示之，聞者爽然。

王艮之後，其子王襞（東崖）繼父講席，往來各郡，主其教事，「歸則扁舟於村落之間，歌聲振乎林木，恍然有舞雩氣象」（同前）。王氏父子的徒眾當中，如樵夫朱恕、陶匠韓樂吾、田夫夏叟等人，皆以不甚識字讀書而悟道，他們在工作之暇，以化俗爲己任，聚徒談學，一村既畢，又之一村，前歌後達，絃誦之聲，洋洋然也（《明儒學案》卷三二・朱恕等傳）。泰州學派如此深入民間，與百姓結合，一方面使陽明學說大行天下，一方面也吸收民間游俠的義氣，彼此聲援，對抗官僚，養成泰州學者不懼權勢、隨時準備抗爭和殉道的性格。帶兵的徐樾戰死於雲南，在朝的趙貞吉公然反對嚴嵩，講學的羅汝芳爲援救老師顏鈞，賣盡田產，侍養獄中六年，不赴廷試。顏均（字山農）是一個具有游俠之氣的人物，《明儒學案》卷三二曰：

> 山農游俠，好急人之難，趙大洲赴貶所，山農偕之行，大洲感之。徐波石戰沒元江府，山農尋其骸骨歸葬。頗欲自爲於世，以寄民胞物與之志。……然世人見其張皇，無賢不肖皆赴之。以他事下南京獄，必欲殺之，近溪爲之營救，……以戍出。」

他的學生何心隱（原名梁汝元）行跡更類似江湖中人；《明儒學案》

卷三二曰：

> 心隱在京師，闢谷門會館，招來四方之士，方技雜流，無不從之。是時政由嚴氏，忠臣坐死者相望，卒莫能動。有藍道行者，以乩術幸上，心隱授以密計，偵知嵩有揭帖，乩神降語，今日當有一奸臣言事。上方遲之，而嵩揭至，上由此疑嵩。御史鄒應龍因論嵩敗之，然上猶不忘嵩，尋死道行於獄。心隱踉蹌，南過金陵，……然而嚴黨遂爲嚴氏仇心隱。

何心隱使計扳倒了奸相嚴嵩，後來的宰相張居正心中頗爲忌憚，官僚們望風承旨，便趁何心隱出現在孝感講學時將他逮捕，不久卒於獄中。當何心隱尚未遇害時，泰州派的同門道友耿定向與張居正友善，本有機會爲之說項，可是耿氏唯恐觸犯張氏，不敢沾手，拖泥帶水，錯失機會。耿氏的懦弱令李卓吾大爲憤恨，從此看清假道學的面目，執意與名教對抗，他著書立說，累累萬言，風雨江波，發奸揭僞，又故意剃髮出家，遊冶章台，與一切禮俗名教做激烈的衝突，終至成爲官僚的口實，被捕下獄，自刭於獄中。

從王陽明到泰州學派，到何心隱、李卓吾，可稱之爲王學的反抗期。在這段期間，政客官僚不斷的迫害，泰州學者不斷的反抗，衝突愈升愈高，終於在李卓吾身上爆發一場大規模的打壓行動。打擊的對象除李卓吾外，還包括黃輝、袁宗道兄弟、陶望齡以及紫柏禪師。陶望齡《歇菴集》卷十五〈與周海門先生書〉曰：

> 此間舊有學會，趙太常、黃宮庶、左柱史主之，王大行繼之，頗稱濟濟，而旁觀者指爲異學，深見忌嫉，然不虞其禍乃發於卓老也。

《萬曆野獲編》卷廿七「紫柏禍本」條下：

> 己亥庚子間，楚中袁玉蟠太史同弟中郎與皖上吳本如、蜀中黃慎軒，最後則浙中陶石簣，以起家繼至，相與聚，談禪學，旬月必有會，高明士夫翕然從之。時沈四明柄政，聞而憎之，其憎黃尤切。至辛丑，紫柏師入都，江左名公

> 既久持瓶缽，一時中禁大璫趨之，如眞赴靈山佛會。又游客輩附景希光，不免太邱道廣之恨，非復袁陶淨社景象，以故黃愼軒最心非之。初四明欲借紫柏以擠黃，既知其不合意，稍解。而黃亦覺物情漸異，又白簡暗抨之，引疾歸。時玉蟠先亡，中郎亦去，石簣以典試出其社，遂散。未幾大獄陡興，諸公竄逐，紫柏竟罹其禍，眞定業難逃哉。

李卓吾和紫柏大師先後在萬曆三十年遇禍，一年內失去兩大思想導師，給心學禪學帶來很大的打擊，那時袁中郎、陶石簣等人在北京組織葡萄詩社不過三年，就隨著這場禍事紛紛散去，回到南方。

萬曆朝的政治氣氛很奇怪，前十年張居正當國時非常嚴苛，神宗親政之後用法又非常鬆弛。《明史・刑法志》稱：

> 帝性仁柔，而獨惡言者，自十二年至三十四年，內外官杖戍爲民者至百四十人，後不復視朝，刑辟罕用，死囚屢停免云。
>
> 帝益厭言者，疏多留中，廷杖寢不用。(〈刑法三〉)
>
> 中年礦稅使數出爲害，而東廠張誠、孫暹、陳矩皆恬靜。矩治妖書，無株濫，時頗稱之，會帝亦無意刻核，刑罰用稀，廠衛獄中，至生青草。(同上)

由張居正到明神宗，短短數年之間，政治由至嚴而至寬，一張一弛，差距懸殊，被抑制的惡質官僚文化一下子如洪水決堤，泛濫開來，不可收拾。君主荒怠無能，不問政事，權力分散，由君主集權淪爲朋黨鬥爭的型態。這個時候，民間的學術雖然得到自由和解放，但這種自由缺乏保障，並不是眞的自由，只是暫時被權力中心拋棄或遺忘；一旦君主宰臣有了興趣，或是招惹了什麼達官貴人，隨時可能遭到迫害。讀書人除非自求多福，遠離政治圈子，不問世事，無視於礦稅的擾民、政治的腐敗，或許還可以享受一點太平歲月愜意風雅的生活。

處在這樣的世局中，晚明人的思想分化爲紛亂的層次。有時候像魏晉文人那樣傾向老莊，節欲怡情，恬淡自喜，以超逸曠達的胸襟，領略生命的情趣。有時候因個人的浮沉際遇，無聊苦悶，心境不寧，便沉淪於宗教迷信，以求解脫超度。悲觀消極的意識一變，則爲縱慾享樂，認爲人生苦短，何不追歡買笑，抓住最後的繁華？然而繁華易逝，快樂不能歷久，一旦事過境遷，面對現實，痛苦又隨之而起，不免令人百感交集。比較具有豪傑性格的人，領悟到偷惰的習慣足以阻礙人類的努力，於是勇往直前，追求高超久遠的理想，抱著改革或救世的熱腸，奔走呼號，喚起人心，然而這種人也有弱點，不是陳義過高，不能吸引一般大眾的同情合作，便是態度不良，偏狹武斷，令人生出反感，終歸於失敗。

心學禪學旨在追求人心自由，可是環境只給它消極的自由，積極改革的一面受到挫折，只能冥搜內省，同趨於枯槁玄虛。被壓抑下來的情感意志轉移到詩國中，苛刻的法律規矩成了洩憤的對象，爲了抗議格調派完美清秀的單一模式，性靈派故意破律壞度，滑稽排調，頹然自放，蓬首垢面。爲了挑戰詩中之帝的權威，他們扮成不受管束的逸民、乞丐、小丑、窮書生和革命家。這種矯枉過正的手段，頹廢偏激的心理，便是消極浪漫主義的特徵。

消極的浪漫主義活在半封閉的環境裏，自覺的程度有限；看問題不夠透徹，考慮不夠周詳，或話說得不夠清楚，都可能是它的缺點。然而眞正對它造成傷害的，是自王陽明時代就牢牢吸附它的庸俗文化。當王學出現沒多久，濁流中就出現了假王學，隨著其教大行，其弊也愈烈，王門學者不斷批評僞學，希望擺脫它的干擾；例如《唐荊川文集》卷六〈與張本靜書〉云：

> 近來學者本不刻苦搜剔，洗空欲障，以玄悟之語，文夾帶之心，直如空花，竟成自娛。要之與禪家鬥機鋒相似，使豪傑之士又成一番塗塞。此風在處有之，而號爲學者多處，則此風尤甚，唯默然無說，坐斷言語意見路頭，使學者有窮而反本處，庶幾挽歸眞實力行一路，乃是一帖救急易方。

焦竑《澹園集》卷十四〈刻傳習錄序〉曰：

> 國朝理學開於陽明先生，當時法席盛行，海內談學者無不稟爲模楷，至今稱有聞者，皆其支裔也。然先生既沒，傳者浸失其眞，或以知解自多，而實際未詣，或以放曠自恣，而檢柙不修，或以良知爲未盡，而言寂言修，畫蛇添足，嗚呼！未實致其力而藉爲爭名挾勝之資者，比比皆是。

這類文字在王門學者和性靈派文學家的集中到處可見；管志道所謂的「僞儒僞禪」〔註 63〕，袁中郎大罵的「小根魔子」〔註 64〕，錢謙益形容「吳中魔民橫行，鼓聾道瞽」〔註 65〕，都是指庸俗文化中的狂禪。濁流中人看中王學禪學的解放功能，以之縱欲自肆，胡作非爲，看中蘇文的流利便爽，以之應試求榮，炫世耀俗；眞正苦修實行的豪傑之士，反而陷在此中，分不出眞假好壞。浪漫主義上有政治的打擊，下有庸俗文化的拖累，一邊要和正統派對抗，一邊又亟欲擺脫腳下的泥淖，舉步唯艱，蹣跚而行，它的處境是相當令人同情的。

在薄弱的基礎上推行狂者的虛悟之學，一定會引起許多副作用，因此學風大壞的責任不免要由王學承擔，詩風大壞的責任則由公安竟陵承擔。可是長遠看來，改革仍是必要的，不能因爲怕苦怕痛而不去治它。保守些的學者經常責備王陽明洩漏「向上一機」，然而高明一路的學者則認爲正確優秀的理念沒有理由不讓大家知道；「因病發藥」，各人有各人的治法，最後歸結到明末清初的孫夏峰；他說了一句公允的話：「晦翁沒而天下之實病不可不洩」，「然陽明沒而天下之虛病不可不補」〔註 66〕。程朱派的實學原指紮實的學問，到濁流中成了支離破碎的「實病」；陸王一派的虛悟之學原指靈活變通的頭腦，到濁流中成了空洞無聊的「虛病」。詩國之中又何嘗不是這樣子呢？所以七子沒而詩之實病不可不洩，公安竟陵沒而詩之虛病不可不補，入清之後，格調和性靈努力的方向即在於此。

〔註 63〕轉引自廖美玉《錢牧齋及其文學》頁 75。

〔註 64〕袁中郎《尺牘》〈答陶周望〉。

〔註 65〕《初學集》卷八六〈題佛海上人卷〉。

〔註 66〕轉引自梁啓超《中國近三百年學術史》頁 46「夏峰語錄」。

明清之際的政治環境起了很大的變化；陸寶千先生《清代思想史》說：

> 迨明世既亡，遺民之視清帝，乃仇視之對象，而非獻言輔德之對象，而故國之君統既絕，精神上去一束縛，遂得自由騁思，暢所欲言矣！（頁7）

舊的權威垮了，新的努力尚未形成，人們的思想得到眞正的自由，能夠振作起來從事積極的建設。實學向上趨於靈活完整，虛學向下趨於紮實嚴密，程朱與陸王，格調與性靈，雖然理論核心不同，但交集面增加，達成共識的地方也比較多，雙方擷長補短，逐漸朝「一以貫之」、「知行合一」靠攏，性靈理論在這樣的風氣中，邁入了建設期。所以就整個浪漫思潮而言，當地域由楚而吳，當時代由明而清的時候，大致上就是它由消極而積極的分界點。

理　論　篇

甲、明代格調詩論概説

明代性靈說的產生，主要是針對格調說而發，這兩派詩論各有一套邏輯，處處扞格，要了解性靈詩說之所指，就必需先對格調論有總體的認識。

第一章　格調家的分類

格調派是明代詩壇的主流，勢力龐大，人數眾多，一般都以「前後七子」或「七子」作為它的總稱〔註1〕。可是七子這個名目，原是仿建安七子而來，其中不乏湊數之嫌，也雜有意氣之爭，被列入的人，在批評史上不見得有太大的作用，不被列入的人，又被隔絕於七子之外而失其源流。此外，前後七子加起來一共十四人，立論之寬嚴、見解之高下，在程度上有不小的差異，不能一概而論，所以「七子」這個名稱作為泛稱則可，若要細論，則不夠方便。有些批評史或論文提到明代格調派，總是不能免俗的將前後七子一一臚列，這樣看問題不夠清晰，也陷入了古人的窠臼。

將格調派加以分類是有必要的，前人在討論時，早已注意到七子之稱過於泛雜，因此將前後七子各取兩人，濃縮為「李何李王」四大家。「李何」指李夢陽與何景明〔註2〕——弘正七子的領袖；「李王」指李攀龍、王世貞〔註3〕——嘉靖時代的霸主。本文於背景篇第二章

〔註1〕前七子又稱弘正七子，包括李夢陽、何景明、徐禎卿、邊貢、王廷相、康海、王九思。後七子又稱嘉靖七子，包括謝榛、李攀龍、王世貞、梁有譽、宗臣、徐中行、吳國倫。

〔註2〕李夢陽，字獻吉，自號空同子，甘肅慶陽人，人稱「北地」。生於明憲宗成化八年，卒於世宗嘉靖八年（1472～1529），年五十八。何景明，字仲默，號大復，河南信陽人。明憲宗成化十九年生，武宗正德十六年卒（1483～1521），年三十九。

〔註3〕李攀龍，字于鱗，號滄溟，山東歷城人，人稱「歷下」。明武宗正德

中，曾舉邵寶、楊愼等南派格調家與前後七子等北派格調家對照。事實上，就前後七子的理論性質而言，還可再細分爲開明派和偏執派。

偏執派即前人所謂的「李何李王」，李夢陽、李攀龍摹擬最甚，氣焰最高，先後稱霸，叱吒一時，成爲後人集矢之所在。李攀龍論詩尤苛，功少過多，因此清人對他的責備又比夢陽更重一些。何景明由於曾與李夢陽作書往復辯論，失利交惡，遭到排抑，後人出於同情，常將他與李視爲分庭抗禮的人物，其實何景明作詩最守規矩〔註4〕，平日論法也十分偏執，只不過辯論之言，看似通達罷了。王世貞在李攀龍過世後，操持文柄最久，聲氣又廣，加以學問博雜，稍掩執法嚴峻的面貌，其實他早年評騭古人極爲嚴苛，亦當列入偏執型的格調家。

四子當中，除王世貞有《藝苑卮言》外，其他三子既無詩話，又乏單篇論文。李夢陽、何景明幸虧起了爭執，至今還有幾封書信可資參考；李攀龍則只剩些零句碎語，散見在尺牘贈序中。這位後七子的領袖由於詩論太少，在很多批評史中不能寫成一章一節，與其盛名和權勢何其不稱！以如此少量的理論，竟能持續推行廣大的擬古運動，嚴格說來，不能算是一位文學理論家，而是當時實際工作的推行者。李夢陽、何景明、李攀龍三人由於詩論零散，語焉不詳，後人難以了解全貌，因而也引出不少公案。萬曆年間「末五子」之一的胡應麟是四子的忠實信徒〔註5〕，《詩藪》一書頗能集李何李王之大成，從中最能窺出偏執格調派的底蘊。

九年生，穆宗隆慶四年卒（1514～1570），年五十七。

王世貞，字元美，號鳳洲，又號弇州山人，江蘇太倉人，明世宗嘉靖五年生，神宗萬曆十八年卒（1526～1590）年六十五。

〔註 4〕何仲默詩作最守規矩，胡應麟《詩藪》續編一國朝上：「今人因獻吉祖襲杜詩，輒假仲默舍筏之說，動以牛後雞首爲辭，此未睹何集者。就仲默言：古詩全法漢魏，歌行短篇法杜，長篇楊四子，五七言律法杜之宏麗而兼取王岑高李之神秀，卒於自成一家，冠冕當代，所謂門户堂奧，不過如此。……」

〔註 5〕胡應麟，字元瑞，蘭谿人，生卒年不詳，約明神宗萬曆十八年前後在世。與李維楨、屠隆、魏允中、趙用賢合稱爲「末五子」。

開明派的格調家在弘正時代首推李東陽，次爲徐禎卿〔註6〕。嘉靖時代當屬謝榛、王世懋〔註7〕。李東陽是前七子的座師，以詩風「萎弱」〔註8〕，被李夢陽躋奪其位，因此後人較少把他算入格調派中，其實他是不折不扣的開明型格調家。前七子的詩說多從東陽而出，這情形很像後七子中的謝榛。謝榛原是後七子的老大哥，最初眾人聚會，不知所從時，爲大家定計畫策的就是他。後來也因論詩不合，被李攀龍、王世貞擯斥。李東陽是從未加入七子的行列，謝榛卻是入而被逐，然而他們都是開啓李何李王的前輩。

徐禎卿本是「吳中四才子」之一，後來歸心夢陽，成爲七子的羽翼。他持論精闢，詩有風華，在七子中實獨具一格，可惜只活了三十三歲，在當時影響不大。王世懋是世貞之弟，世貞字元美，世懋字敬美，時人又稱之爲大美與少美。少美詩論實比乃兄純淨精妙，可惜在元美的籠罩下，光芒不能盡現。這四位開明的格調家，兩位分別是前後七子的先導，兩位分別爲其羽翼，說來是很巧的事。

與偏執派恰好相反；開明格調家都有很好的專門著作；李東陽的《懷麓堂詩話》、徐禎卿的《談藝錄》、謝榛的《四溟詩話》、王世懋的《藝圃擷餘》，都是詩話中的佼佼者。他們立場公正通達，所言精闢婉轉，在保守格調之餘，也能給予性情才氣發揮的空間，在講究作品中正和平之時，也有雅量欣賞奇縱不凡的手筆。他們的爲人大多性情和善，風度甚美，因此站在反對立場性靈詩家也不禁爲之喝采。可

〔註6〕李東陽，字賓之，號西涯，人稱長沙公，茶陵人。明英宗正統十二年生，武宗正德十一年卒（1447～1516），年七十。
徐禎卿，字昌穀，一字昌國，本琴川人，徙家吳縣，遂落籍。憲宗成化十五年生，武宗正德十五年卒（1479～1511），年三十三。

〔註7〕謝榛，字茂秦，號四溟山人，一號四溟子，山東臨清人。生於明孝宗弘治八年，卒於神宗萬曆三年（1495～1575），年八十一。
王世懋，字敬美，時稱少美，江蘇太倉人，王世貞之弟。生於明世宗嘉靖十五年，卒於神宗萬曆十六年（1536～1588），年五十三。

〔註8〕《明史·文苑》稱「弘治時，宰相李東陽主文柄，天下翕然宗之，夢陽獨譏其萎弱，倡言文必秦漢，詩必盛唐，非是者弗道」。

惜在明代他們不是被擯斥，就是淪爲附庸，要等到入清之後，王漁洋標舉神韻，才算有人得開明格調說之精華。

總體而言，辨詩體、標高格，遵守滄浪的詩法是格調派共同的基礎。但滄浪教人「須參活句，勿參死句」，頑固派正是參死句，而開明派則是參活句。胡應麟《詩藪》又謂作詩有「格律音調」「興象風神」兩種層次，前者即格調派所謂的「法」，後者即格調派所謂的「悟」，頑固派大部分的氣力都用在法上，所以始終停留在格律音調的階段，開明派則能挪出一半的心思討論「興象風神」方面的問題，自是比頑固派高出一層。嚴格講起來，開明型的格調家才是這派中的正統，何李王之流實是偏鋒。自錢牧齋以後，清人多將李何李王與竟陵鍾譚並列，這是有道理的，李何李王離了格調的正軌，鍾譚則走入性靈的魔道，他都不得本派之正。至於王漁洋所謂的神韻，其實就是格調說中的「興象風神」，只因爲格調的名譽被頑固派弄壞，不得不另換招牌，（這點清人翁方綱已言之甚明〔註9〕。）所以清初詩壇所謂「格調」、「神韻」、「性靈」三說，神韻實是格調中的一支，名雖三派，實爲二國；從開明格調家的觀點來看，王漁洋是集格調之大成而回歸正統的呢！

〔註9〕翁方綱〈格調論〉曰：「漁洋變格調曰神韻，其實即格調耳。而不欲復言格調者，漁洋不敢議李何之失，又唯恐後人以李何之名歸之，是以變而爲神韻，則不比講格調之滋弊矣！」神韻即格調之證據甚多，此處姑舉其要者爲證。

第二章　格調說的內容（一）

一、「格調」的意義

格調說承南宋嚴羽《滄浪詩話》而來，經明代高棅的《唐詩品彙》逐漸定型；他們的理論其實全包括在嚴羽所謂的「當行本色」之內。「當行」是分文體，「本色」是定高格，這一套是格調派的基本大法。《滄浪詩話》云：

須是本色，須是當行。

辨家數如辨蒼白，方可言詩。（〈詩法〉）

又〈答吳景仙書〉云：

作詩正須辨盡諸家體製，然後不爲旁門所惑。

辨別詩體是學詩的第一件大事，滄浪辨之欲其盡，因此畫分詩體極爲細密。有些分法太過瑣碎，後來都不用了。大體而言，縱的分法是依詩本身的體裁來分，如古詩、律詩、絕句之類。不同體裁的詩，就如不同的行業，各有各的行規，不可相混。在母法之下，各體的篇法、章法、句法、字法、平仄、用韻，及各種要訣禁忌，依序而生，絲毫不亂，是爲子法。古詩作得好的人，如果沒有摸清門道，律詩絕句不一定作得好，格調家不會因那個名家在七律方面的成就，便在五絕方面有所寬貸，不論創作與批評，都須尊重「隔行如隔山」的專業知識，儘可能「幹一行，像一行」，這便是「當行」的觀念。

詩體橫的分法是依時代分，有建安體、黃初體、永明體、齊梁體、唐初體、大曆體……等等。同時代中，又有以人分者，如少陵體、太白體、王右丞體、高達夫體之類。

經過這樣的橫分豎割，原本完整的詩歌園地在格調家心目中畫出許多格子，——這是「格」的第一個意思，指的是各種格式、模型。這套藍圖是他們思考的基礎，理論的出發點；它的好處是分門別類，條理清晰，缺點是固定不動，容易成為思想上的拘絆。性靈派的想法一開始就跟格調派不同，他們心中沒有任何格子，認為詩道廣大，應該令人自由馳騁，設格只會形成「藩籬」「成見」；這是二者基本上的差異。從這個觀點出發，格調派看問題常是分開看，性靈派看問題是合著看，前者具有專業化的精神，後者具有整合性的眼光，只要拿捏得當，其實各有所長。

「格」的第二個意思指的是法律、格律。每一種體格都有屬於它的「法」；例如律詩要遵守平仄，古詩雖沒有平仄的限制，卻絕不可出現合於平仄規律的句子，一個是一定要合律，一個是絕不可入律，兩者都有某種程度的限制。「格律」又常跟「聲調」一起講；聲調是比平仄更精微的聲口腔調；除了指平仄四聲之外，還包括某個時代特有的聲情，某地區特殊的腔調，以及某一家特別的口吻；這一來，格律腔調就進而形成「風格」，「風格」是格的第三個意思；具體而言是「格律音調」，抽象而言是「興象風神」。嚴滄浪說：「大曆以前，分明別是一副言語，晚唐分明別是一副言語，本朝諸公分明別是一副言語，如此見，方許具一隻眼。」（〈詩評〉）他所謂的「言語」，指的當是抽象的「興象風神」，自然形成的風格。可是到了明代，僵化的詩學大多把風格講成格律，欲以機械的方式分析自然的風格，結果風格多半限定在「律」的範圍。李東陽云：「律者，規矩之謂，而其為調，則有巧存焉。」「所謂律者，非獨字數之同，而凡聲之平仄亦無不同也，然其調之為唐為宋為元者，亦較然明甚。」（《懷麓堂詩話》）同一副平仄，作出來一代有一代的聲音，各人有各人的腔調，學者必須仔細揣摩，用字準確，不可「離」了古人的腳步，才算是「合作」。例如作漢魏古詩，就要摹仿漢魏時代質樸的腔調言語，如果不小心作成了建安體，便成了二流，再不慎作成了齊梁體，那叫「墮落」。王世懋《藝圃擷餘》曰：

> 作古詩須先辨體。無論兩漢，雖至苦心模仿，時隔一塵，即爲建安。不可墮落六朝，一語爲三謝；縱極排麗，不可雜入唐音。小詩欲作王韋，長篇欲作老杜，便應全用其體。第不可羊質虎皮，虎頭蛇尾。詞曲家非當家本色，雖麗語博學無用，況此道乎？

連開明些的王世懋都如此說，可見格律聲調被視爲詩的生命，爲求本色當行，每個格調家無不在耳尖舌上練就一套敏銳的審音辨體工夫。不過，也們也用抽象的詞彙形容某種風格的特色，例如胡應麟《詩藪》曰：

> （古詩）大要不過二格：以和平渾厚、悲愴婉麗爲宗者。……有以高閒曠遠、清遠玄妙爲宗者。……（〈內編〉古體中五言）
> 五言律體……要其大端，亦有二格：陳杜沈宋，典麗精工；王孟儲韋，清空閒遠。（〈內編〉近體上五言）

所謂「悲愴婉麗」、「清空閒遠」，是風格予人的印象，是讀者對作品的感覺，而不全是機械化的分析。這種比較「形而上」的部分是嚴羽所說的玲瓏妙悟，是王漁洋所說的神韻。神韻和格調本是一家，都是講風格、重形式，只是格調派以「格調聲調」教人，神韻派以「興象風神」爲號召，在具體和抽象的程度上有一點差別罷了。

「格」的最後一個意義指的是「高格」、「正格」。高格是嚴羽在「見詩廣，參詩熟」之後所選出的典範。他說：「入門須正，立志須高，以漢魏盛唐爲師，不作開元天寶以下人物。」（〈詩辯〉）明七子秉持這個旨意，將漢魏奉爲古詩的高格，將盛唐奉爲律詩和七古的高格；高格是最完美高貴的典型，它的情感溫柔敦厚，而無痛苦不平，它的意境和平優美，而非奇崛雄健；它是標準格式，是大多數人都能接受的正派作品，而不是少數人求奇的、變體的作品。高格是格調家心中的理想，就像各行各業的祖師般尊榮，爲了追求理想的實現，明代格調家「指定」每個人要做出這樣的模式，於是形成了摹擬論。

二、摹擬論

明代是中國文學批評史上唯一公然出現摹擬論的時代。李夢陽〈再與何氏書〉中以學字爲喻：「文與字一也，今人模臨古帖，即太似不嫌，反曰能書，何獨至於文而欲自立一門戶耶？」（《李空同全集》卷六一）胡應麟《詩藪》亦云：「文章自有體裁，凡爲某體，務須尋其本色，庶幾當行。」樂府中有至詰屈者，至峻絕者，「學者苟得其意，而刻酷臨摹，則無大相遠」（〈內編〉、古體中、五言）又說：「歌行……逕路叢雜尤甚，學者勿須尋其本色，即千言鉅什，亦不使有一字離去，乃爲善耳。」（〈內編〉、古體下、七言。按：「勿」字當爲「務」字之誤。）

可見「苦心模仿」「刻酷臨摹」，原是格調派教人的不二法門。這裡要強調的是：格調派所謂的本色，是教人求漢魏盛唐的「本色」，絕不是要人表現自己的特色，所謂「尋其本色」，其實就是摹擬的代稱。

滄浪曾教人一法：「詩之是非不必爭，試以己詩置之古人詩中，與識者觀之而不能辨，其眞古人矣！」（〈詩法〉）這方法害慘了明人！結果，把自己作品混在古人詩中，成爲很普遍的遊戲〔註1〕。寫詩的人以此作爲試金石，看詩的人以此考驗自己的眼力，爭勝取樂之餘，人人莫不以亂眞爲榮。爲了逼眞起見，舉凡人名地名官制器用都要換

〔註1〕明人將作品混入古人集中的例子很多，姑舉二例爲證：李東陽《懷麓堂詩話》：「費侍郎廷言嘗問作詩。予曰：『試取所未見詩，即能識其時代格調，十不失一，乃爲有得。』費殊不信。一日，與喬編修維翰觀新頒中祕書，予適至，費即掩卷問曰：『請問此何代詩也？』予取讀一篇，輒曰：『唐詩也。』又問何人，予曰：『須看兩首。』看畢，曰：『非白樂天乎？』於是二人大笑。啓卷視之，蓋《長慶集》印本，不傳久矣！」（《續歷代詩話》）
又胡應麟《詩藪．內編》古體下．七言：「短歌惟少陵〈七哀篇〉雋永深厚，且法律森然，極可宗尚。近獻吉學之，置杜集不復辨。」

成古代稱呼，認爲這樣才夠古雅，用典則不講究人物身份是否相符，寫景也不管與眼前實景是否不類。例如李夢陽歌頌明太祖，將陳友諒比做商紂（見《列朝詩集·丙集》，十七卷），明明在朋友家喝酒，寫的卻像登臨之作〔註2〕。諸如此類的例子甚多，經後人一一指出，都成了詩壇的笑話，然而在當時格調家的立場卻視爲理所當然，因爲他們作詩的目的是合古，並不是爲今人而作。胡應麟即理直氣壯的說：「作詩大法，不過興象風神、格律音調。格律卑陬、音調乖舛，風神興象，無一可觀，乃詩家大病。至於故實矛盾，景物汗漫，情事參差，則驪黃牝牡之類也。製作誠功，即在楚言秦，當壯稱老，後世但睹吾詩，寧辨何時何地？即洗垢索瘢，可謂文人無實，不可謂句語不工。」（《詩藪·外編》一，周漢）

甚至摹擬到極處，連古人錯處也不妨學來，以添古色。胡氏云：「余謂擬魏晉樂府，盡仍其誤不妨，反有古色。正如二王字，律之六書，有大謬者，後人皆故學之。」（《詩藪·內編》古體上，雜言）他還熱心的告訴初學者何者易擬，何者難擬：「郊廟鐃歌，似難擬而實易，猶畫家之於佛道鬼神也。古詩樂府，似易擬而實難，猶畫家之於狗馬人物也。」（《詩藪·內編》古體中，五言）這是一位摹擬老手的經驗談。看來積習成見，眞能教人抵死不悟！

胡氏是萬曆年間人，尚且如此偏執，那麼弘正嘉隆之固陋也可想而知了。從以上所列舉的資料，可見格調說中是眞有一部分理論專講摹擬，並不是僅在習作上學學古人，也不是大眾學詩不善，一窩風的拖累七子。在當時這是刻意推行的運動，只是二李做得多，寫得少，現在看起來這問題不那麼凸顯罷了！李夢陽在駁何景明書中說他遵守的都是「方矩圓規」的天則，這是強辯的話，不可盡信。

三、文學批評——階級論·四言詩

摹擬之不足，頑固派還汲汲地到古人中找尋摹擬之作。——所以

〔註2〕見吳喬《圍爐詩話》卷六，或錢鍾書《談藝錄》。

他們的文學批評其實就是摹擬論的延伸。可惜古人刻意擬古的太少，他們只好退而求其次，因而產生了「退化觀」與「階級論」。

退化觀不外是厚古薄今的意思。例如胡應麟說：「詩之體以代變也」「詩之格以代降也」「楚一變而為騷，漢再變而為選，唐三變而為律，體格日卑」之類。這本是復古思想的老調，不足為奇，但一般持退化觀的人感歎一下也就算了，格調派輔以「階級論」，意義又不相同。它將高格以下的詩看得一格不如一格，從大乘第一義、小乘第二義、聲聞辟支果到野狐外道，其間的身份階級判然不可混淆。例如王世貞《藝苑卮言》云：

> 西京之文實，東京之文弱，猶未離實也。六朝之文浮，離實矣。唐之文庸，猶未離浮也，宋之文陋，離浮矣！愈下矣！元無文。（卷三）

這是文章中的階級。胡應麟《詩藪》云：

> 漢魏晉宋齊梁陳隋，八代之階級森如也。枚李曹劉阮陸陶謝鮑江何沈徐庾薛盧，諸公之品第秩如也。其文日變而盛，而古意日衰也，其格日變而新，而前規日遠也。（〈外編〉二，六朝）

這是古詩中的階級論。

在層層階級中，高格宛若詩中的貴族，卑格則是詩中的賤民，身份一經評定，便永遠無法翻身。在同一階級中，即使無法達到高格，至少也要和大家同步，不能超越時代，標新立異，因為一有變動，必然又破壞了當代的格調，又墮入下一層階級了。為了保護高格的完美，「血統」的純淨，格調家不喜歡一絲低俗的氣息滲入高格，所以他們反對變化，反對自立門戶。他們批評的標準很簡單：像不像「古人」而已。

嚴滄浪云：「以文字為詩、以才學為詩、以議論為詩，夫豈不工，終非古人之詩也。」「然則近代之詩無取乎？曰；有之，我取其合於古人者而已。」（〈詩評〉）——這古人當然是指他心目中的高格而言。

秉持這個「祖訓」，頑固型格調家以漢魏盛唐的尺度嚴格審視歷代文學，不僅打倒了許多大家，甚至可以抹殺整個時代，其大刀闊斧，不可轉圜的程度，足以令現代人感到驚訝。

先從四言詩談起：四言的問題比較簡單，它的全盛時期是《詩經》時代，因此「高格」就訂在三百篇。自從漢魏五古興起之後，四言的生命便走上末途，不但創作數量減少，也很難見到道地的四言詩，因此胡應麟不得不發出感歎：

> 臨淄矯志，大類銘箴，邯鄲贈答，無殊簡牘。薛瑩獻主，章疏之體，晉人獨漉，樂府遺風，皆非四言本色，甚矣！合作之難也。
>
> 魏武對酒當歌，子建來日大難，已乖四言面目，然漢人本色尚存。……至嗣宗叔夜，一變而華贍精工，終篇詞人語矣！（《詩藪・內編》古體上・雜言）

其實漢魏兩晉人寫四言詩，用的是四言的形式，表現的卻是自己的精神，這原是順勢發展的自然現象，胡應麟刻意從中尋找《詩經》時代的本色，當然是要失望的了！

唐人在四言方面刻意擬古的首推韓愈的〈琴操〉。嚴滄浪說：「韓退之〈琴操〉極高古，正是本色，非唐賢所及。」（〈詩評〉）開明派的謝榛則認爲韓愈〈琴操〉雖古，「涉於摹擬」，不如斛律金〈敕勒歌〉，出自性情，有自然之妙。（《四溟詩話》卷二）而頑固派的胡應麟則謂；「退之〈琴操〉……銳意復古，亦甚勤矣」可惜跟「文王列聖」比起來，「得其意不得其詞」（〈內編〉・古體上・雜言）。師其意不師其詞，原是人人皆知的學古之道，沒想到胡氏猶以不得其詞爲憾。

這是一個很有趣的例子，剛巧可以看出開明派和頑固派的差異。

四、文學批評——唐五古・李于鱗公案

古詩方面的問題比較複雜。

格調派將五古的高格訂在漢魏，漢魏以下皆非本色。他們認爲漢魏古詩之美，就美在蒼老質樸，古色古香。正因爲它未經修飾，所以

才顯得高尚古雅，如果加上藝術性的修飾，便會破壞它的原味，顯得俗氣。就像老人家要穿著樸素，才顯得大方高貴，如果穿紅著綠，便輕浮庸俗，不倫不類。所以如果要作五古，就要作道地的漢魏古詩，如果要漂亮、講風華，那乾脆作律詩。

格調派的審美觀是有美學根據的。不過問題出在他們認定的高格過於狹隘、態度過於執著。事實上，五言不像四言那麼容易被取代；它不太受平仄限制，篇幅長短自由，又有雜言體樂府詩可資馳騁變化，這些優點是律詩所沒有的。因此當七言及律體興起後，它的生命還是很活躍，它並沒有格調派認定的那麼蒼老。魏晉唐許多大家在這園地中創出偉大的成就，正是最好的說明。不過，這事實對頑固格調家而言是很難堪的；所以一方面不得不承認這份成就，另一方面又總在稱讚之後加一句貶語。

例如王世貞說：「太白古樂府窈冥惝恍，縱橫變幻，極才人之致，然自是太白樂府。」（《卮言》卷四）意思是說：太白樂府雖好，但只是太白自己的樂府，跟古樂府終究差了一截。杜甫樂府以時事創新題，在當時是一項創舉，王世貞評曰：「少陵自是卓識，惜不盡得本來面目耳。」（同前）意思也是說少陵有魄力振興古風，可惜未能直追漢魏，面目終究不像。胡應麟《詩藪》將李杜合評：

> 「波滔天，堯咨嗟，大禹湮百川，兒啼不窺家，其害乃去，茫然風沙。」太白之極力於漢者也，然詞氣太逸，自是太白語。「兔絲附蓬麻，引蔓故不長，嫁女與征夫，不如棄路旁。」子美之極力於漢者也，然音節太亮，自是子美語。〈內編〉・古體上・雜言）

可見有自己面目，用自己語言都是不合格的，「詞氣太逸」「音節太亮」反而是李杜的缺點。在唐人樂府中連李杜都要遭到這樣的批評，那還有誰能及格呢？從王世貞、胡應麟對李杜的批評，可以見出頑固格調派的確存在著「唐無五言古」的謬論。

「唐無五言古」是李于鱗引起的公案。他斷然把唐代五古全盤抹殺，引來錢牧齋猛烈的抨擊。不過李于麟本人論詩一向罕見，關於此說總共也只有三句話：

> 唐無五言古詩，而自有其古詩，陳子昂以其古詩爲古詩，弗取也。（〈選唐詩序〉，《滄浪先生集》卷十五）

這段話單獨看眞是模稜兩可，不知是褒是貶，因此引起清人很多討論。其實把它和頑固格調家的說法放在一起，意思就很明白了！這話譯成白話應當是這樣子的：「唐代沒有道地的五言古詩，卻有它不太道地的古詩，陳子昂以他自己的方式作古詩，連不太地道的古詩都稱不上，所以我不選他。」〔註3〕

胡應麟在《詩藪》中將于鱗這個意思做了一番發揮：

> 唐人諸古體，四言無論，爲騷者太白外，王維顧況三二家皆意淺格卑，相去千里，若李杜五言大篇、七言樂府，方之漢魏正果，雖非最上，猶是大乘，韓琴曲、柳鐃歌彷彿聲聞，階級此外蔑矣！（〈內編〉，古體·雜言）
>
> 五言盛於漢，暢於魏，衰於晉宋，亡於齊梁。
>
> 杜陵出塞樂府有漢魏風，而唐人本色時露。太白譏薄建安，實步兵、記室、康樂、宣城、及拾遺格調耳。李于鱗云唐無五言古詩，而有其古詩，可謂具眼。（〈內編〉，古體·五言）

其實李于鱗此說並非空穴來風，而是前有所承。來源即是前七子中的何景明。

何景明在〈海叟集序〉一文說，學詩十年之後，才發覺古詩不該學李杜二家，因爲李杜古作尚有離去漢魏者，未盡可法，歌行、近體倒還可學。後來又寫了〈明月篇序〉一文，認爲老杜的歌行也不可學了，因爲老杜的歌行，在音節方面「調失流轉」不如初唐四傑的古詩往往可歌，在內容方面又「博涉世故」，不像漢魏作者「辭必託諸夫

〔註3〕「道地」一詞，並非杜撰，滄浪所謂本色當行，即指道地之意。〈答吳景仙書〉云：「世之技藝，猶各有家數，市縑帛者必分道地，然後知優劣，況文章乎？」又〈詩法〉云：「詩難處在結裹，譬如番刀須用北人結褁，若南人便非本色。」

婦」，情調音節兩失之，寫得再好也不是道地的漢魏古詩。既然老杜的古詩都如此，唐代也就沒有眞正的五古可言了。

李于鱗之說前有何景明可承，後有胡應麟可證，可說是格調派共同的看法，只是他比別人偏激些，別人貶李杜，他卻貶唐，後人看來不免駭異。其實李于鱗本來就是七子中最嚴苛的一個；即以陳子昂而論，陳子昂在高棅《唐詩品彙》中是被列爲「古詩正宗」的，弘正時，李夢陽〈再與何氏書〉提及：「君必苦讀子昂、必簡詩，庶獲不遠之復。」可見在空同心目中子昂還具有相當的地位，可是到了李于鱗手中，卻因陳子昂「以其古詩爲古詩」，棄而弗取，可見李于鱗的尺度比他的前輩苛刻多了。

頑固格調家的姿態一向高傲，于鱗元美尤甚。王元美在《藝苑卮言》中批評古人，連三百篇都不能倖免，跟李于鱗「唐無五古」的驚人手筆頗能相當。他們總認爲對古人的作品愈看不上眼，愈能顯示自己品味的高尙。本來這是當初「立志須高」的精神，沒想到愈演愈烈，造成階級意識的畸型發展，因此引來性靈派的反彈也是必然的了！

牧齋對七子的批評相當嚴厲，卻並非無的放矢。清初王漁洋反對錢牧齋，曾就「唐無五言古」這個問題爲李于鱗辯白：

> 滄溟先生論五言，謂唐無五言古詩而有其古詩，此定論也。常熟錢氏但截取上一句以爲滄溟罪案，滄溟不受也。要之唐五言古多妙緒，較諸十九首陳思陶謝，自然區別。（郎廷槐《師友詩傳錄》，《清詩話》）

就事論事，王漁洋恐怕犯了望文生義的錯誤。于鱗所謂「自有其古詩」原是貶詞，就跟王元美、胡元瑞批評李杜「自是太白樂府」「自是子美語」一樣的意思。「唐無五言古」是公然張揚的，漁洋把第二句貶詞曲解爲讚語，想否認于鱗之誤，不免有一手遮天之嫌。如果牧齋僅截取第一句是不對的，那麼王漁洋截取到第二句也不算對，爲什麼第三句就不提呢？陳子昂是初唐極具開創性的大家，而李于鱗說：「陳子昂以其古詩爲古詩，弗取也。」不知漁洋對此當作何解？

五、文學批評——魏晉古詩·何景明公案

李杜以唐人面目爲古樂府，不能合格調家的意，那麼魏晉人如何呢？

謝榛《四溟詩話》卷四評曹植曰：「陳思王〈白馬篇〉：『俯身散馬蹄』，此能盡馳馬之狀；〈鬥雞詩〉：『嘴落輕毛散』，擅形容鬥雞之勢。……然造語太工，六朝之漸也。」

王世貞云：「曹公莽莽，古直悲涼，子桓小藻，自是樂府本色。子建天才流麗，雖譽冠千古，而實遜父兄，何以故，材太高，辭太華」。（《卮言》卷三）

曹子建才太高、氣太華，力能創新，不與當代同步，竟以此受譏於元美。陶淵明亦然，王元美曰：

> 「問君何爲爾，心遠地自偏，此中有眞意，欲辯已忘言。」清悠澹永，有自然之味，然坐此不得入漢魏，果中是未粧嚴佛階級語。（《卮言》卷三）

淵明不得入漢魏的原因，正因爲他有清悠澹永的獨特風格，而不免落入小乘，雖是佛，卻是沒有粧扮嚴整的佛。胡應麟更清楚闡發王氏的旨意：

> 文章自有體裁，凡爲某體，務須尋其本色，庶幾當行。〈柴桑〉、〈歸去來辭〉，說者謂雖本楚聲，而無其哀怨切感之病，不知不類楚辭，正坐阿堵中。（按：阿堵猶言「這個」）如〈停雲〉、〈采菊〉諸篇，非不夷猶恬曠，然第一陶家語，律以建安，面目頓自懸殊，況三百篇、十九首耶？（《詩藪·內編》·古體上·雜言）

可見陶的罪名和曹子建一樣，都在成一家語，不與時人同。這在格調家看來都是標新立異，破壞規格的人。了解他們對陶淵明的看法，或許可以解決另一個公案：何景明曾說：

> 夫文靡於隋，韓力振之，然古文之法亡於韓。詩溺於陶、謝力振之，然古詩之法亦亡於謝。（〈與李空同論詩書〉，《何大復先生集》卷三十二）

這段話很有名，自從錢牧齋大力駁過之後，在清人之間引起很多議論。它單獨看的時候，也和李于鱗唐無五言古那段話一樣模稜兩可，因此想爲何大復緩頰的人就望文生義，當作「罪魁功首」之論。其實以頑固格調家一貫的方式而言，何景明的意思是：「文靡於隋，韓力振之。力振之法應當摹擬秦漢才是，韓愈擬得不像，卻創出自己不成樣的古文，秦漢古文就亡在韓的手上。陶淵明專寫清悠澹永的詩，溺而不返，謝力振之，卻又不學漢魏，逕自作他自己的古詩，漢魏古詩就壞在謝的手上。」何氏之意，是直指韓愈與陶謝是古詩文的「罪魁」，並沒有「功首」的意思。

大復這話說得嚴厲，其偏激的程度跟後來的李于鱗差不多。或許是與空同辯論的關係，出語比平時斬絕，但值得注意的是空同回書中並未駁這一點，可見對「變化者即爲罪魁」的看法是默認的。不過一向溫和的何大復突發此言，令很多人嚇一跳；直到萬曆年間，讚成他的胡應麟和反對他的錢牧齋都還感到有些意外。

胡應麟在《詩藪》中說：「仲默氣質絕溫雅，亦有『文靡於隋，韓力振之，然古文之法亡於韓。詩溺於陶，謝力振之，然古詩之法亡於謝』之語，遂開一代作者門戶。彼身係百千年運數，豈容默默，以沽長厚。……」（〈續編〉二・國朝下）在訝異之餘，胡氏還是支持何大復的偏激之論。他不是護短，而是格調派發展到嘉靖以後，變本加厲，偏執的程度正與大復之論相合。胡氏是頑固派的嫡傳弟子，他爲大復這話下的註腳可以爲證：

> 仲默稱曹劉阮陸而不取陶謝，陶阮之變而淡也，唐古之濫觴也。謝陸之增而華也，唐律之先兆也。（《詩藪・內編》・古體中・五言）

韓愈陶謝之輩，儘變些新花樣，新花樣一流行，舊花樣就乏人問津了，古詩文之法怎能不亡？韓愈下開唐宋文，陶謝下開唐古唐律，跟秦漢古詩文比起來，那都是「體格日卑」的東西啊！——這就是格調派的觀念。大抵他們說「變」、說「有自己面目」都帶著很重的貶意，「變」

就是作怪〔註4〕，「新」就是庸俗，不管變出來的效果如何，總是要使他們心中的高格「變形走樣」，所以他們打心底排斥變化。

李何李王由於模仿秦漢古文的關係，文句比較生硬，不像唐宋文那麼流暢達意，他們學得彆扭費力，後人讀得也很費解。尤其入清之後，大家都不讀七子的書了，格調派本身也做了很多修正，所以沒料到七子是如此頑固。其實要不是李何李王之輩這麼拘礙不通，怎麼會引來連篇累牘的攻擊？胡應麟是七子的門徒，錢牧齋是七子的叛徒，不論是闡釋或異議，他們都不會會錯意的〔註5〕。

〔註4〕「作怪」一詞是格調家語，王世貞即謂「李長吉師心，故爾作怪」，見《藝苑巵言》卷四。

〔註5〕錢牧齋駁何景明見《列朝詩集小傳》丙集「何副使景明」本傳：「余獨怪仲默之論曰：『詩溺於陶，謝力振之，古詩之法亡於謝。文靡於隋，韓力振之，古文之法亡於韓。』嗚呼！詩至於陶謝，文至於韓，亦可以矣，仲默不難以一言抹殺者，何也？淵明之詩，鍾嶸以爲古今隱逸之宗，梁昭明以爲跌宕昭彰，抑揚爽朗，橫素波而傍流，干青雲而直上，評之曰『溺』，於義何居？運世遷流，風雅化變，西京不得不變爲建安，太康不得不變爲元嘉，康樂之興會標舉，寓目即書、內無乏思，外無遺物，正所以不得不變爲建安，太康不得不變爲元嘉，康樂之興會標舉，寓目即書、內無乏思，外無遺物，正所以暢漢魏之飄流，革孫許之風尚。今必欲希風枚馬，方駕曹劉，割時代爲鴻溝，畫景宋爲鬼國，徒抱刻舟之愚，自違捨筏之論。昌黎佐佑六經，振起八代，『文亡於韓』，有何援據？吾不知仲默所謂文者何文？所謂法者何法也。昔賢論仲默之刺韓，以爲大言無當，僑誣輕毀，箴彼膏肓，允爲篤論矣。獻吉兩書駁，何矛盾互陷，獨於斯言，了無諍論。弘正以後，謬繆之學，流爲種智，後生面目，偭背不知何方，皆仲默謬論爲之質的也。」

第三章　格調說的內容（二）

一、格調與法

談到律詩，不得不先提到法。因爲格調者，體格聲調之謂也，著重的就是詩的外在形式，而法最重要的意義就是指音律、法律、規範格律聲調的具體條文，二者名稱不同，指的範圍卻是相同的。雖然從退化的觀點而言，格調家總要說律不如古，其實他們最熱衷的還是律詩。因爲古詩自由，變化無端，掌握不住，難免成爲「化外之民」，而律詩天生要受法律約束，當然成爲格調派嚴密控制下的京畿王土了！

從詩體本身來看，律詩的確有守法的必要；它與五古不同，古老的體裁正要平仄不齊、字面蒼老質樸、見不出雕琢的痕跡才好，而律詩是時新的體裁，要平仄整齊、字面漂亮、以藝術性取勝才行。所以律詩的「本色」要比古詩富於精緻性，古詩可以容納沙石，律詩則不能。徐禎卿《談藝錄》云：「詩不能受瑕，工拙之間，相去無幾，頓自絕殊。」所以要小心斟酌，務必求工。王世貞亦云詩「工自體中」，「擬之則佳」，「放之則醜」，必須在法的規範下窮力自運（《卮言》卷一）。秉著這種求工的心理，律詩的特質一直受到過份的尊重與遷就，這是格調派重法的由來。

其次就格調家而言，律詩也是他們比較容易掌握的。《詩藪》云：「古詩之妙，專求意象，歌行之暢，必由才氣，近體之攻，務先法律，絕句之構，獨主風神」（〈內編〉．古體上．雜言）然而「體格聲調，有聲可循，興象風神，無方可執」（〈內編〉．近體中．七言）既然意象風神難以捉摸，才氣也不是人人都有，剩下的只有法律了。格調家對法的研究興趣濃厚，他們認爲法是琢磨瑕疵的利器，是作詩的祕訣，透過它才能提鍊天工人巧，因此除了繼承沈宋的四聲八病之外，他們各自歸納了許多法律，有些原理是從古作中採集眾美而得，有些只是一己經驗中的訣竅偏方，有些甚至是一種成見與迷信。有的籠罩的範圍廣，有的適用的範圍小，然而不論如何，每一條法律所規範的都僅是片面的現象，它總有那麼多例外，尤其拿來衡諸古人，發現大家名手總是不爲法所拘，因此格調家忙不迭地再爲「例外」立法。法也可解釋爲技巧花樣，以才藻取勝的「亦是一法」，以聰明見巧的「亦是一法」……，所以他們的理論中，談法、談技巧佔了大多數的篇幅，每個人立的法加起來眞是多如牛毛。律詩談之不足，他們還一直企圖把古詩、絕句、甚至四言詩也納入法的管理，他們堅信此中一定有某種神祕的規律，只是作品太完美，無階級可尋罷了！明代的格調家一直未能完成這個心願，到了清代王漁洋總算把古詩聲調譜弄出來了。

立法的範圍以聲調方面最多，其他包括命意構思、篇章字句、起承轉合、禁忌要訣、靈感的搜尋、作詩的甘苦……林林總總，無所不包。所以「文學本論」少而「文學分論」多是格調說的特色。劉若愚先生撰《中國文學理論》一書，將明代格調說列入「技巧理論」是很能掌握它的實質的。

格調派之所以側重法律技巧，有一個很重要的目的，就是方便教學，爲中下人說法。

徐楨卿《談藝錄》云：「夫哲匠鴻才，固由內穎，中人承學，必自跡求。」這話頗能道出格調派的眞正立場。格調家對法的意見雖寬嚴不同，然而一考慮到本末輕重以及對中下人的教育責任，無不以法爲先。嚴滄浪說：「學其上僅得其中，其中斯爲下矣。」（〈詩辯〉）這話不論開明派或頑固派都奉爲圭臬，所以胡應麟一再強調法的重要：

作詩大法，惟在格律精嚴，詞調穩愜。(〈內編〉·近體中·七言)
律詩全在音節，格調風神盡俱音節中。(〈內編〉·近體中·五言)
作者但求體正格高，聲雄調鬯，積習之久，矜持盡化，形跡俱融，興象風神，自爾超邁，……故法所當先，悟不容強也。〈內編〉·近體中·七言)

由此可見爲使初學者便於揑塑詩的外型，格調派不得不以法爲重，以體格爲先。

又爲了使初學者能「學其上」，格調家論法從嚴，選擇了沈宋爲典範。雖然沈約被謝榛譏爲「蕭何造律」(《四溟詩話》卷一)，王世貞也說他有「商君之酷」(《卮言》卷三)，但還是拿他的四聲八病之法來管束後人，可見格調家欲施以嚴格訓練的決心。王世貞云：「五言自沈宋始可稱律，律爲音律法律，天下無嚴於是者，知虛實平仄不得任情而度明矣！」胡應麟亦云：「休文四聲八病，首發千古妙詮，其於近體，允謂作者之聖。」(《詩藪·外編》二，六朝)從他們對沈宋的推崇，可見出對嚴法的肯定。連開明的謝榛也說：「七言近體起自初唐應制，句法嚴整。」(《四溟詩話》)唐代以詩取士，應制之作最是規矩，不過唐人只有考試才特別守法，平常作詩並沒有那麼嚴格，七子拿這個標準來衡量古人、教導後學，連初盛唐名家也不免遭到指責挑剔。

以格調派最愛賞的王維爲例，王世貞云：「摩詰七言律，自早期應制諸篇外，往往不拘常調，至酌酒與君一篇，四聯皆用仄法，此是初盛唐所無，尤不可學。」(《卮言》卷四)又說摩詰律詩中有重複用字用韻之類，皆失點檢者，「雖不妨白璧，能無稍損連城？觀者須略玄黃，取其神檢」(同上)。王世懋亦云：「失嚴之句，摩詰嘉州特多，殊不妨其美，然就至美之中，亦覺微有缺陷。」(《藝圃擷餘》)，胡應麟亦指出王維李頎間用重字，「惟其詩工，故讀之不覺，然一經點勘，即爲白璧之瑕，初學者首所當戒」(《詩藪·內編》近體中·七言)。

從這個例子可以看出格調家對「優秀而不守法者」的矛盾情結。

他們先是強調小小瑕疵，不妨其美，不害其爲大家，可是繼之而起的是一種更強烈的遺憾，彷彿這點瑕疵不斷在擴大，所有優點都彌補不了，即使在未經點勘前它是「讀之不覺」的，一經指出，便無法釋懷。這是追求完美的人不知不覺走向吹毛求疵的過程。

其次，格調家從不忘記「藝術教育」的責任。當他們一章一句審視古作，挑出瑕疵時，總要告誡後學者：某者可法，某者不可法，可法的就是好作品，不可法的就是壞作品，他們的文學批評其實是在選教材、範本，批評的取向跟「教育」的功能合而爲一，這與眞正論藝術的批評當然是不一樣的了！

其實法本來就從大量作品中歸納而來，眾人皆然，眾人皆以爲當然，這就是李夢陽所謂的「仁義之師」，格調家常說的「通衢大道」；合於此者，總是平正規矩的多，奇縱不凡的少，法律和教育的目的其實差不多，現實生活如此，在詩中亦然。法的特質並不全在限制，對某些人而言，也是一種助力。例如說用韻：詩要押韻本是一種限制，但也可以順著韻字找尋意思，或乾脆用它湊韻。它限制了人們天馬行空的狂想，而縮小範圍教人專心思索，所以天才縱恣的人不喜歡受法的約束，慣於琢磨苦思的人卻得藉助法律來攀緣，大多數人屬於後者，所以格調派中在上者利用它歸納分析，研究教學，初學者利用它拼湊組合，訓練技巧，法律就成了此說中最重要的部分。

不過法也有它的缺點，第一是它只能控制詩的外形，不能充實詩的內容，就像現實中的法律，只能管管人類的言行，管不了心中的思想。過份重視形式、依賴法律，都會造成空洞的結果。其次，法律是可以「玩」的，愈是死法，愈便於玩弄；律詩原本最精緻最難工，卻因講法的關係也最易雜湊。在此不妨比較兩段話；胡應麟《詩藪》云：

> 近體之難，莫難於七言律。五十六字之中，意若貫珠，言如合璧。其貫珠也，如夜光走盤而不失迴旋曲折之妙，其合璧也，如玉匣有蓋而絕無參差扭捏之痕。綦組錦繡，相

> 鮮以爲色，宮商角徵，互合以成聲。思欲深厚有餘，而不可失之晦。情欲纏綿不迫，而不可失之流。肉不可使勝骨，而骨又不可太露，詞不可使勝氣，而氣又不可太揚。莊嚴則廟明堂，沉著則萬鈞九鼎，高華則朗月繁星，雄大則泰山喬嶽，圓暢則流水行雲，變幻則淒風急雨。一篇之中，必數者兼備，迺稱全美，故名流哲匠，自古難之。（〈內編〉・近體中・七言）

這段話把律詩精緻完美的特質發揮得淋漓盡致，也透露作者對律詩的外形充滿了膜拜讚歎。理想如此，實際作起來卻不然，同是萬曆初年的王世懋則說：

> 今人作詩，多從中對聯起，往往得聯多而韻不協，勢既不能既韻以就我，又不忍以長物棄之，因就一題，衍爲眾律，然聯雖旁出，意盡聯中，而起結之意，每苦無餘，于是別生支節而傅會，或即一意以支吾，掣衿露肘，浩博之士猶然架屋疊床，貧儉之才彌窘。……（《藝圃擷餘》）

可見法講得太嚴太死，成了公式，剛好提供中下人玩文字遊戲的機會，再加上工具書的幫忙，更容易製造大量的雜湊律詩。謝榛即指出：「《詩人玉屑》……殆與棋譜牌譜相類，論詩不宜如此！」（《四溟詩話》卷二）作詩作到有譜可查，有格就填，還有什麼性情可說，後來性靈派所痛罵的「格套」指的就是這個。

然而頑固格調家似乎並不認爲雜湊有什麼不好，胡應麟還說：「七言律最難，迄唐世，工不數人，人不數篇」，而明代「人驅上駟，家握連城，名篇傑作，布滿區寓，古今七言律之盛極於此矣！」他不明白正因爲律詩最精，所以有唐一世工不數人，人不數篇，又因爲律詩最易雜湊，所以明作成千成百，還洋洋得意，以爲嘉靖是繼開元之唯一的「盛世」（《詩藪・內編》・近體中・七言）

開朗的格調家比較好一點，他們主張講活法不講死法。例如謝榛說：「窘於法度，殆非正宗。」「詩至於化，自然合律，何必庸心爲哉？」（《四溟詩話》卷二）又說：「可嚴則嚴，不可嚴則放過些子。」（卷一）這跟于鱗的嚴苛，和王世貞講「律爲音律法律，天下無嚴於是者」何其不同？

再如李西涯《懷麓堂詩話》云：

> 律詩起承轉合，不爲無法，但不可泥。泥於法而爲之，則撐柱對待，四方八角，無圓活生動之意。然必待法度既定，從容閑習之餘，或溢而爲波，或變而爲奇，乃有自然之妙，是不可以強致也，若并而廢之，亦奚以律爲哉？

「撐柱對待，四方八角，無圓活生動之意」，西涯這話老早就預測出講死法的毛病。講活法的人都比較期待「溢而爲波」「變而爲奇」的境界，因此像杜甫五字皆平、七字皆仄的奇縱手法，西涯的態度是：「此等雖難學，亦不可不知也」。從教育的立場看，這態度比頑固派通達多了。

不過西涯也指出：「熊蹯雞跖，筋骨有餘而肉味絕少，好奇者不能舍之，而不足以厭飫天下。」（《懷麓堂詩話》）這話是爲黃魯直而發，但也指出「奇」只是少數人所能欣賞，不能教導大多數人。頑固的格調派選擇了大多數人，犧牲少數人，因此取正不取奇，取同不取異。李夢陽駁何景明說：

> 蓋彼知神情會處，下筆成章爲高，而不知高而不法，其勢如搏巨蛇、駕風螭，步驟雖奇，不足訓也。（〈再與何氏書〉，《李空同全集》卷六十一）
>
> 詩云有物有則，故曹劉阮陸李杜，能用之而不能異，能異之而不能不同，今人止見其異，而不見其同，宜其謂守法者爲影子，而支離失眞者以舍筏登岸自寬也。（同上）

他所取的是「曹劉阮陸李杜」共同的美，既是大家所共同的，就表示是「正常」的，這也是法的範圍。超過這範圍，就是不正常。變態之初，雖奇不足爲訓，還不如平凡守法得好。所以「合作」守正，是格調派的讚語，「離」與「變」則是很重的罪名。何仲默作詩相當規矩，離「搏巨蛇、駕風螭」的程度還遠得很，只因俊逸之風不似空同，持論稍異，便被駁得擱筆休戰，親密伙伴尚且如是，通達如李西涯、謝茂秦者，被擯斥也就不足爲奇了！講活法的一派在當時聲音微弱，起不了什麼作用，因此崇拜高格，歧視變體就一直是根深蒂固的成見。

二、律詩的高格

唐詩的劃分在《滄浪詩話》中分爲唐初、盛唐、大歷、元和、晚唐五體。到高棅《唐詩品彙》將大歷稱爲中唐，元和併入晚唐，成爲通用的「初盛中晚」四期。其中「初盛」即是律詩的高格。

名義上這麼講，骨子裡要比「初盛」的範圍更嚴苛，除了形式要符合沈宋應制的法律外，情調上也有所限制。高格之美，並不宗主一家，而是綜合初盛十數家之長所得的「中正和平」之美。就如李夢陽在古詩方面取「曹劉阮陸李杜」的共同美一樣。何仲默曾謂「詩文有中正之則，不及者與及而過焉者均謂之不至」（胡氏《詩藪》引・內編・近體中・七言）這中庸中正的論調是他們一貫的主張。

表面看來此說設格甚寬，話也有理，似乎是一條千人共由的坦蕩大道，可是實際走來路子卻非常狹窄，毛病就出在他們總夢想著要「奄有諸家，美善咸備」。要有太白的飄逸，而不取其騰踔飛揚，要有杜甫的沈深典厚，而不取其粗拙，要有沈宋的格律，最好加一點神采，要有王維的風流蘊藉，可惜又欠一些氣概，……當他們一一採擷眾美的時候，卻也在一一裁割諸家的特色，以致綜合的結果，渾淪一片，竟是什麼長處都抵消了。當他們一步步緊縮範圍，把高格往顛峰上推時，高格眞是高不可攀，可是高過了頭，反而是最平庸無奇的東西。把平庸無奇當作完美，不免顯得非常挑剔，稍作壯偉則易粗豪，和平一些又顯得卑弱，深厚則易晦澀，濃麗又嫌繁蕪，左也不是，右也不是，究竟怎樣才好呢？

說來也很簡單，不外是沈宋的格律加上王孟的神韻罷了！胡應麟教初學者說：

> 學五言律，毋習王楊以前，毋窺元白以後。先取沈宋陳杜蘇李諸集，朝夕臨摹，則風骨高華，語句宏贍，音節雄亮，

> 比偶精嚴。次及盛唐王岑孟李，永之以風神，暢之以才氣，和之以眞澹，錯之以清新。然後歸宿杜陵，究竟絕軌，極深研幾，窮神知化，五言律法盡矣！（《詩藪‧內編》‧近體上‧五言）

不僅五律，七律、排律的「課程」大致都是如此，由沈宋而王孟，由王孟而老杜。沈宋是格律聲調的象徵，王孟是神韻的象徵，老杜則代表窮神知化的境界。做個學習計畫而言，這段話似乎很周到，循序漸進，每個階段都顧及了。可是實際上頑固格調派側重的還是詩的形體，停留的還是沈宋的階段。他們認爲「沈宋陳杜以格勝，高岑王孟以韻勝」，而「格勝而後有韻」（《詩藪‧外編》四‧唐下）總要形體先具備了，神韻才有所寄託，所以先求形體最要緊。形體以沈宋之作最好，「篇篇平正典重，贍麗精嚴，初學入門，所當熟習」（〈內編〉‧近體上‧五言）所以頑固派心中的高格只有「氣象冠裳、句格鴻麗」這種類型。

開明派則進而重視神韻。然而神韻無方可執，必須靠各人的悟性；悟又難以言傳，只好先教學者將詩作得乾乾淨淨，達到「清」的地步。胡應麟云：「譬則鏡花水月：體格聲調，水與鏡也。興象風神，月與花也。必水澄鏡朗，然後花月宛然，詎容昏鑑濁流？」（《詩藪‧內編》‧近體中‧七言）「花月宛然」「香色流動」，一直是格調派極力想捕捉的神韻，可是如何才能使假花變眞花，死水成活水，卻是他們參不透的大關鍵。他們只知道從外觀而言，起碼得「水澄鏡朗」；至少「昏鑑濁流」中一定找不到他們所要的神韻。——其實這還是停留在形體的階段，只不過前者偏好壯美，後者偏好優美罷了！——就好像一個人要有氣質，先得長相清秀才行。「清秀」的確是開明派致力的方向；謝榛說：「予詩如幽溟寒泉，湛然一鑑，自不少容渣滓。」（《四溟詩話》卷四）這即是「水澄鏡朗」之謂。王漁洋詩風亦是如此，因此吳喬譏其爲「清秀李于鱗」，袁枚也說漁洋並非什麼天仙化人，只不過是一良家女，五官端正，吐屬清雅，加上一些宮中膏沐，海外名香，便傾顧一時罷了（《隨園詩話》卷三）。

所以格調派所謂的高格，不外這兩種類型。胡應麟說得很明白：「五言律體……要其大端，亦有二格；陳杜沈宋，典麗精工，王孟儲韋，清空閒遠。」前者體體面面，後者清清秀秀，在法的規範下，它們像一對循規蹈矩的良家子，這就是「奄有諸家」之後，最合乎「中正之則」的小範圍了。

然而這個小範圍也是格調派拼湊出來的，衡諸古人，並沒有人能同時兼賅沈宋與王孟。即以王維而論，也只有應制詩比較合乎規矩，眞正以神韻見長的代表作都是不拘常調的。他的神韻是來自個人心靈的修養，在獨抒懷抱，自然寫意之時，怎麼會顧及四聲八病那一套？同樣的，當沈宋孜孜於聲律時，理智的成分強過情感，要求他生出神韻，不也是強人所難？古人各有所能、各有所不能，順著本性，成一家之特色，才是眞正的規矩天則，格調派強摘王孟的神韻塞入沈宋的格律，名雖「美善咸備」，其實是「東食西宿」，在這小範圍中即已產生矛盾了，古人猶難，何況今人？學者想達到李空同所謂「一揮而眾善具」的地步，只有藉助工具書、套格式、生吞活剝、摹擬剽竊了！

格調派拿「良家子」的尺度來批評古人，結果是打倒許多大家；拿它來教育今人，結果是教出一大堆庸才。批評古人時，他們偏嗜擠壓束縛的美，因此嚴苛得不近人情；教育今人時，又放縱不管，只要不出法的範圍，怎樣割裂抄襲都無妨，講起來這眞是格調說最大的矛盾。難怪性靈派要批評他們有「楚王好細腰」的毛病，又說他們是詩中的鄉愿了！

三、文學批評——杜甫的地位

除了沈宋王孟之外，格調派未嘗不以杜甫的窮神知化爲終極目標，可是這只是一個空洞的理想，設著好看而已。眞正說起來，杜甫是格調派最頭痛的人物，既不喜歡他，又不得不供奉他。

不得不供奉他，只爲了嚴滄浪一句話：「論詩以李杜爲準，挾天子以令諸侯也。」(〈詩評〉)這話眞是耐人尋味!

從詩史上看,杜甫在盛唐的地位並不高;以唐人選唐詩而言,殷璠《河嶽英靈集》選盛唐(開元天寶四十年)詩,二十四人中,杜甫不在其列。其所取者以王孟一系爲主,大都在意興之表。高仲武《中興閒氣集》選中唐(至德、大曆)詩,凡二十六人,杜甫亦不在其列。其所好者,不外清新芳秀一類。其他如《國秀集》、《才調集》都不錄杜詩,主要原因即由於老杜獨具面目,與唐人不類,和正宗的唐音隔了一層。所謂正宗的唐音,不外高華整鍊、精緻優美的風格,這也是初盛諸公大多數的風格,而杜甫千變萬化,海涵地負,無所不包,早已超越了盛唐的範圍,置諸唐人集中,便覺突兀。爲保持唐音之純粹完美,凡獨宗盛唐,標舉神韻者多將杜甫排除在外。後來王安石《百家詩選》、謝榛《四溟詩話》、王漁洋《唐賢三昧集》都秉持這個意思。

眞正推崇杜甫的,都是明代格調派痛詆的人物。他們是所謂「元和體」中的元、白、韓,和北宋的歐、蘇、黃。

最早將杜甫從沉寂中捧出來的是元稹。他在杜君墓誌銘中推崇子美「上薄風騷,下該沈宋,古傍蘇李,氣奪曹劉,掩顏謝之孤高,雜徐庾之流麗,盡得古今之體勢,而兼人人之所獨專」(《元氏長慶集》卷五十六)。這段話很有名,在中國文學批評史上,它代表杜甫初次受到肯定,也代表元稹的眼力與見解。元微之又在〈樂府古題序〉中提到老杜樂府「即事名篇,無復倚旁」,給他和白居易很大的啓示,受了老杜的影響,他們不再擬賦古題,因而產生了「新樂府運動」。白居易也是自三百篇以下最推崇老杜,尤其他主張「文章合爲時而著,歌詩合爲事而作」,所以對三吏、三別以及「朱門酒肉臭,路有凍死骨」之類的作品最爲傾心。韓愈在〈答劉正夫書〉中表達了藝術要求奇、要超越平凡的觀點,並對張籍說:「李杜文章在,光焰萬丈長。」他們都推崇老杜創新求變的魄力,肯定老杜開疆闢土的貢獻,老杜到元和體這批人手中,才被重視而發揚光大。唐獨孤及云:

沈宋既沒,王右丞崔司勳復崛起,開元天寶間,殊不及李

> 杜。至元微之而杜始尊，李雖稍厄，亦因杜以重，至韓退之而光焰萬丈矣！

到了宋代，歐陽修祖述退之，推尊少陵，杜詩既興，天下遂廢唐人之學，杜甫的地位便難以動搖。再經過蘇黃以及江西詩派的推廣，後世人多半不敢訾嗷，但是宗唐音的人終究不能心服。

嚴羽《滄浪詩話》是爲反對江西詩派而發的，其大旨爲宗唐抑宋；宗唐的理論出於殷璠，於老杜其實神情不屬。不過殷璠等人排除杜甫時，杜尚不受重視，取捨之際，沒有太多顧慮。宋以後杜甫成了詩聖，問題變得複雜起來，凡是不喜杜詩的人都得找些藉口。例如王安石、王漁洋不選杜詩，便推說杜甫已有全集行世；滄浪則說得含糊，一方面說以李杜爲準，挾天子以令諸侯，一方面又大談意象玲瓏的妙悟之論；一方面讚許老杜的沉鬱，卻在詩品中不設沉鬱一格；他不批評老杜，卻批評老杜以下的元白韓愈東坡山谷。有一段話略可窺其微意：「孟襄陽學力下韓退之遠甚，而其詩獨出退之之上者，一味妙悟而已。」（〈詩辯〉）孟屬王維妙悟一系，韓學杜甫矯健一派，說韓不如孟，就是指杜不如王，矯健不如妙悟。「陽崇李杜，陰嗜王孟」，並不是明格調派才如此，早在滄浪就首開其端了。

格調派最重正變之分，正宗的唐音產自天寶之亂以前，昇平時代的詩歌，不論壯美也好，優美也好，情調多半開朗健康，處在平衡狀態，所謂「溫柔敦厚」者即是。安史亂後，嗚咽叱吒之音多，便生出雄健沉鬱悲痛淒切的變調。初盛之詩，是從「自然美」中產生的藝術美，中晚以下，是從「自然醜」中產生的藝術美；二者本該等量齊觀，給予相同的地位才是，但格調派「守正」的觀念特強，總認爲「正」是正統正派，「變」是變態異端。老杜氣息沉鬱，聲調雄健，又在樂府方面大力創新，其實變多於正，並非格調派所願接納，只是老杜變中有正，包羅萬象，他能涵蓋盛唐，盛唐卻不能涵蓋他，因此又廢他不得。至於杜甫以下的元白韓蘇，各得老杜一支而自成面貌，離正愈遠，格調派的批評就沒有那麼客氣了！

在正的範圍中，格調家又一直具有偏嗜陰柔之美的特質。滄浪將詩分爲「優游不迫」與「沉著痛快」兩大類，其實所談的以優游不迫爲多。即以其所列九種詩品而言：高、古、深、造、長、雄渾、飄逸、悲壯、淒婉；當中屬於陰柔之美的佔了七種。後來胡應麟將它歸納爲「和平渾厚，悲愴婉麗」「高閒曠遠，清遠玄妙」二格（《詩藪・內編》・古體中・五言）前者駁雜，後者純靜，分得更清楚些。到了王漁洋，去掉前者，只取「沖和淡遠」一類，設格愈窄，神韻陰柔的特質也愈明顯。滄浪詩品中屬於陽剛之美的只有「雄渾」與「悲壯」，這二者雖屬「正」的範圍內，但滄浪強調「毫釐之際，不可不辨」；並特別提示：詩不得用健字，只可雄渾，不可雄健（〈答吳景仙書〉）。可見雄健不但超出了中正之則，還是格調派特別不能忍受的。仔細比較「神韻」與「雄健」的地位，上下差距甚遠，嚴格說來，格調說中的陽剛之美幾近虛設，只因詩道廣大，不得不裝出兼容並蓄的姿態，如果僅設定一格，以私嗜當作公論，勢必難以服眾。老杜變化萬千，正足以表現詩道之廣大，用來服眾，最爲相宜。王孟之神韻多傾向小格局的單一境界，以之王天下份量稍嫌薄弱，基於這樣的考量，格調派陽崇老杜實有幾分勢利的意味，這也是後來引起性靈派抨擊的原因。

其實格調偏好陰柔之美，從近代美學而言是站得住腳的。近代美學借助心理分析，認爲陰柔之美使人寧靜愉悅、安全祥和，而陽剛之美經常伴隨著驚怪害怕，多少產生不舒服的感覺，因此一般人比較容易接受陰柔之美。李西涯有一段話頗能說出這道理：

> 唐詩類有委曲可喜之處，惟杜子美頓挫起伏，變化不測，可駭可愕。蓋其音響與格律正相稱，回視諸作皆在下風，然學者不先得唐調，未可遽爲杜學也。（《懷麓堂詩話》）

西涯所言唐調之委曲可喜，杜甫之可駭可愕，正是陰柔與陽剛在美學上的作用，也是格調排斥老杜的心理因素。格調派立論一向自大多數中下人而來，所謂正與變，正即是大多作家的常態表現，也是大多數人所能欣賞的美，這點本來明言即可，但是西涯又指出老杜之格律音響視諸作皆在下風，這不免使好講法律的格調家躊躇起來。

從詩體來看，老杜古詩、律詩、絕句三者，格調所取者唯在近體，對古詩，絕句則頗多貶抑。

以古詩而言，滄浪謂詩不得用健字，只可雄渾，不可雄健，偏偏老杜語多雄健。所謂健字，即是仄聲。李西涯云：

> 五七言古詩仄韻者，上句末字類用平聲，惟杜子美多用仄。……其音調起伏頓挫，獨爲矯健，似別出一格，回視純用平字者便覺萎弱無生氣。自後則韓退之、蘇子瞻有之，故亦健於諸作。……（《懷麓堂詩話》）

由此可見杜韓蘇一派古風都走矯健的風格，與唐音之平美不同。李西涯是所有格調家中最賞識杜韓蘇的，他本人的古風亦頗矯健，然而其他人並不如此；何大復即批評老杜五古「離去漢魏」（〈海叟集序〉），七古「調失流轉」（〈明月篇序〉）。而老杜憂國傷時，描寫民生疾苦的內容，在滄浪看來是過於「沉鬱」而非「沉著」，在大復看來是「博涉世故」（〈明月篇序〉），在胡應麟看來是「有神無韻」，內容聲調兩失之。老杜樂府又不用古題古調，這在格調派也是很不以爲然的，所以胡應麟批評老杜樂府「唐人本色時露」，又批評他自啓堂奧，沒有師承，「三正迭興，未若一中相授」，因此「平者遂爲元白濫觴」（《詩藪・內編》・古體中・五言）。到王漁洋選五言古詩，於唐人只錄陳子昂、張九齡、李白、韋應物、柳宗元五家沖和淡遠者，而於杜韓蘇黃一系，直欲截去，這都是支持李于鱗「唐無五言古」的具體行動，可見老杜的五七言古在格調派是全然不受青睞的。

李于鱗的「唐無五言古」之論固然引來性靈派極大的反彈，但更大的錯誤是他將「平美」與「奇崛」兩種風格拿來分辨詩體。他將平美者視爲古詩，奇崛者視爲樂府，以此判斷何爲古詩，何爲樂府。這怪異的觀念影響很大，後來竟陵派的鍾譚都還相信這個方法，直到清人馮班、吳喬、葉燮才加以糾正。此外，格調派又認爲絕句當屬古詩一系，不該用律詩的平仄。殊不知絕句有古體絕句和律體絕句兩種，律體絕句唐人稱為二韻律詩，它是最短的律詩，與六句律詩、八句律詩及排律形成一系，和古詩分庭抗禮，成為嚴整與自由兩大體裁。元明人不懂這個觀念，將絕句獨立出來，無所歸依；格調派又誤以為絕句當屬古風，不可入律，偏偏老杜所作以律體絕句為多，犯了格調派三令五申的大忌，於是胡應麟斷然宣稱：「子美於絕句無所解，不必法也。」「五七言（絕）俱無所解者，少陵。」（《詩藪・內編》下絕句）試想：杜甫格律最細，怎會連詩體都分不清楚？格調派自己觀念錯誤，卻將老杜絕句一筆抹殺，對老杜而言眞是冤枉，所幸入清後這點也得到釐正。只是格調派一向好辨詩體，卻只知細分不知整合，以此教人，貽誤多少後學，難怪牧齋要罵「粗材笨伯」「流傳譌種」了！

近體這一行，老杜的格律無人能及，當眾人還謹守平仄時，老杜已進而講究四聲了！杜甫與李白不同，李白是將格律踩個粉碎，根本不受它管束，杜甫卻將格律玩弄於股掌之上，變出更多的新花樣。李白是詩中的狂人浪子，格調家對他只有無可奈何的份；而杜甫高難度的技巧、出神入化的本事，卻令好講法律的格調家瞠目結舌。王世貞推崇老杜七言律神矣聖矣，胡應麟謂〈秋興〉等篇「氣象雄蓋宇宙，法律細入毫芒，自是千秋鼻祖」（《詩藪・內編》近體中七言），王漁洋《古詩選》不錄杜詩，《唐賢三昧集》不錄李杜，惟獨七律推尊少陵至甚，可見格調家力學杜甫的是這一部分，願意尊他為聖的也只有這一部分。

然而格調派素來反對求新求變，對杜甫在格律上的變化又如何解釋呢？胡應麟《詩藪》云：「近體盛唐至矣，……種種備美，所少者曰大曰化耳，故能事必老杜而後極。杜公諸作，眞所謂正中有變，大而能化也。」（〈內編〉近體中七言）他對變化的解釋是：

> 變則標奇越險，不主故常。化則神動天隨，從心所欲。（同上）
>
> 杜詩正而能變，變而能化，化而不失本調，不失本調而能兼得眾調，故絕不可及。（〈內編〉近體上五言）

為了能「牢籠」杜甫，胡氏特別設一「化」字，表示杜甫詩律變化雖多，卻隨心所欲，未曾逾矩，與其他變而不返者不同。這樣一來，便很圓滑地將杜甫畫入「正」的範圍。可是格調派在古詩方面，不許其變，在格律上面，卻美其能化，兩者間顯然有著雙重標準，說穿了原因在於法律是格調派的生命，這方面不借助老杜是不行的。

然而從教育的觀點看，老杜的格律並不實用。格調派爲初學者說法，而老杜卻不易法。胡應麟說：「盛唐一味秀麗雄渾，杜則精粗鉅細、巧拙新陳、險易淺深、濃淡肥瘦，靡不畢具。」（〈內編〉近體上五言）這是很爲難地表示：老杜的優點，也是他的缺點，盛唐諸人不過秀麗、雄渾兩種風格，比較易學，老杜一人就有這麼多花樣，所以難學。李西涯曾說：「效眾人者易，效一人者反難。」「學者不先得唐調，未可遽爲杜學也。」（《懷麓堂詩話》）正是這個意思。何況老杜能薈萃前人，亦能濫觴後世，對這一點格調派有著功首罪魁的矛盾情結，深恐學得不好，不免成爲韓蘇黃陳。既然老杜的技巧遙不可及，又非初學者所宜入手，還是把這位聖人供之高閣算了，這恰好也符合「挾天子以令諸侯」的祖訓。

看在格律聲調的份上，不妨尊杜甫爲神爲聖，可是提到律詩的興象風神，格調派還是對老杜帶著貶意。謝榛教李王等人學詩，謂「易駁而爲純，去濁而歸清」，「不必塑謫仙而畫少陵也」（《四溟詩話》卷三）。李于鱗亦明言：「七言律體諸家所難，王維李頎頗臻其妙，即子美篇什雖眾，隤焉自放矣。」（〈選唐詩序〉）胡應麟亦在《詩藪》中拈出少陵太拙太粗、太巧太纖、太板太凡之句，以爲後學者戒。甚至對杜甫「風急天高」一章，在推崇之餘，仍不免加一句：「微有說者，是杜詩，非唐詩耳。」（〈內編〉近體中七言）可見他們仍是以「體面」「清秀」的標準來衡量老杜。

謝榛《四溟詩話》曾記載一段對答：

> 或曰：「夫少陵之作，氣格渾雄，雖有微疵，不傷大體，譬之滄海，無所不容，適聞斯論，何其不廣也？」四溟子曰：「予詩如幽溟寒泉，湛然一鑑，自不少容渣滓。」（卷四）

這話很明白，「寒泉」與「大海」分別代表王孟與杜韓。格調神韻衷心嚮往的一直是王孟式的清澈寒泉，絕非老杜，眞正推崇杜甫之海涵地負以及「蘇潮韓海」者，是性靈派。前者不容一絲渣滓，後者是金玉沙石無所不包，「寒泉」與「大海」孰優孰劣正是格調與性靈間的爭執，也是兩派理論的象徵。至於老杜究竟誰屬，其實昭然甚明；格調派奪人宗主，陽崇陰抑，久假不歸，引來的抨擊當然是很激烈的了！

四、文學批評——元和體、晚唐體

平美之作被盛唐人寫盡，以老杜之雄健沉鬱猶不見容於格調，何況中晚以下之變態極妍？滄浪云：「漢魏盛唐之詩，則第一義也，大歷以還之詩則小乘禪也，已落第二義矣！晚唐之詩則聲聞辟支果也。」（〈詩辯〉）所以論詩一落入元和晚唐，遭格調家白眼是必然的事。

元和體包括的作家及詩風約略如王世貞所言：「元和以後，文士學奇於韓愈，學澀於樊宗師，歌行則學放於張籍，詩句則學矯激於孟郊，學淺易於白居易，學淫靡於元稹，俱謂之元和體。」（《卮言》卷四）

其中大略又可分爲難解與易解二者。難解者如韓愈、樊宗師、盧仝、李賀、李義山等奇險怪麗一派，易解者如元白皮陸流便俚俗一派。

險怪一派最初還得到些許包容，例如滄浪說：「玉川之怪，長吉之瑰詭，天地間自欠此體不得」，又將大歷以後所深取者列李長吉爲第一（〈詩評〉）。李西涯亦云：「李長吉詩有奇句，盧仝詩有怪句，好處自別。若劉乂冰柱雪車詩殆不成語，不足言奇怪也。如韓退之效玉川子之作，斲去疵類，摘其精華，亦何嘗不奇不怪？而無一字一句不佳者，乃爲難爾。」（《懷麓堂詩話》）他們對奇詩怪句頗能接納，亦能體認「天地自欠此體不得」的價值。雖然滄浪不喜孟郊之刻苦，西涯不喜義山之澀僻，但至少對晚唐不是一筆抹殺，而是有選擇性的。

可是到了頑固派手中，險怪一派就沒有立足之地了！李夢陽將韓孟與元白皮陸並列，批評他們全是「變詐之兵」，而非「仁義之師」

（見註3）。王世貞則謂：「韓退之於詩本無所解，宋人呼爲大家直是勢利。」「李長吉師心，故爾作怪，亦有出人意表者，然奇則過凡，老過則穉，此君所謂不可無一，不可有二。」又揹評盧仝等人：「玉川月蝕是病熱人囈語，前則任華，後者盧仝馬異，皆乞兒唱長短急口歌博酒食者。」「怪俗極於月蝕，卑冗極於津陽，俱不足法也。」（《巵言》卷四）

王元美評得嚴厲，胡元瑞話更苛薄。《詩藪》云：

> 長吉頗自錚錚，人謂稍假以年可大就，要之詩格定矣！不死，愈益其誕也。（〈外編〉三唐上）
>
> 昌黎有大家之具，而神韻全乖，故紛拏叫噪之途開，蘊藉陶鎔之義缺。（〈內編〉近體上五言）
>
> 昌黎而下，門户競開，盧仝之拙朴，馬異之庸猥，李賀之幽奇，劉乂之狂譎，雖淺深高下，材局懸殊，要皆曲徑旁蹊，無取大雅。（〈內編〉古體下五言）

晚唐諸家體認到求新求變的重要，分從不同的方向尋求突破，不僅與盛唐大異，彼此間亦少有雷同，然而種種努力在格調派看來不過是「曲徑旁蹊」「小家窠臼」。格調派自命正統，對晚唐充滿輕視與不屑，這種成見到今天還有相當大的力量，別說是隆萬之間了，所以當胡應麟讀到《唐語林》云韓、孟地位甚高，時稱「孟詩韓筆」，不禁吃了一驚，說道：「孟詩韓筆之云，……今驟聽之似亦駭耳也。」（《詩藪·外編》三唐上）可知成見蒙蔽心眼，已使人無法認清晚唐諸家眞正的價值了。

針對守舊不化的「正變」之說，性靈派提出「奇正」之論來反擊。格調派以正爲平美大方，變爲求奇作怪，性靈派則謂奇爲超凡脫俗，正爲平庸平凡；格調派力貶晚唐，性靈派則從晚唐開始進而推尊老杜。雙方墨守輸攻，在晚唐這個問題上發生很大的爭執。其中，與韓孟的險怪比起來，元白的俚易尤爲格調派難以容忍。因爲格調講究體面端莊之作，對詼諧俚俗最爲忌諱，就像道貌岸然不苟言笑之人，遇到插科打諢不免尷尬惱怒一般。偏偏性靈派專講童心眞趣，因此「端莊」與「詼諧」又成了二派間尖銳的爭執。

元白皮陸打從滄浪西涯開始就沒有受到諒解。滄浪抱怨和韻最害人詩，而和韻之風始盛于元白，以至宋人以此鬥工（〈詩評〉）。西涯雖不反對俚易，「然白樂天令老嫗解之，遂失之淺俗」（《懷麓堂詩話》）。到李于鱗編選《古今詩刪》，跟本將晚唐宋元一概不錄，以明詩直接盛唐。王世貞對元白的攻擊不遺餘力，謂「風雅不復論矣！張打油、胡打鉸，此老便是作俑。」（《卮言》卷四）胡應麟則謂歌行「至元白長篇，張王樂府，下逮盧李，流派日卑，道術彌裂矣！」（〈內編〉古體下・七言）連開明派的王世懋都說：「生平閉目搖手不道長慶集。」（《藝圃擷餘》）可見元白的地位在當時眞如洪水猛獸，令人避之唯恐不及。許多人根本沒有讀過元白的集子，便先存著歧視與排斥，愈演愈烈，最後連五尺之童也眼高於頂。王世懋對這種現象頗爲感慨地說：

> 今世五尺之童，纔拈聲律，便能薄棄晚唐，自傳初盛，有稱大歷以下，色便赧然，然使誦其詩，果爲初邪？盛邪？晚邪？（《藝圃擷餘》）

初學者本當虛心，格調派卻貫輸他們高傲勢利的觀念，還沒學會作詩，便先學得瞧不起人了！從教育的立場看，這無疑是很惡劣的習氣。

在這種習氣下，焦竑、袁宗道能首先提倡白蘇，實具有多方面的意義，而錢牧齋接踵於後，推舉韓愈、樊宗師、盧仝、李義山等險怪一派，也顯然是有爲而發的。

五、文學批評——宋詩與蘇黃

晚唐已非格調所喜，宋元學中晚之俚易險怪，自是每下愈況。胡應麟云：「宋初諸子多祖樂天，元末諸子多師長吉。」「歐學韓，黃學杜，用力愈多，去道愈遠。」（《詩藪・內編》古體下・七言）這是格調派普遍的看法，即使通達如西涯，也不免認爲：「六朝宋元詩就其佳者，亦各有興致，但非本色，只是禪家所謂小乘，道家所謂尸解耳。」

（《懷麓堂詩話》）佳者猶非本色，不佳者即滄浪所謂的野狐外道，下劣詩魔了！抱著棄而弗論的態度，格調派對蘇黃以下甚少言及，而直指北宋大家如永叔、介甫、東坡、山谷，認爲宋詩種種弊端，皆須歸咎他們改變唐風，創爲宋調。

滄浪首先就這一點指責蘇黃，云：「國初之詩，尙沿襲唐人，至東坡山谷，始自出己意以爲詩，唐人之風變矣！」（〈詩辯〉）不循古法，自出己意，都是詩壇的罪魁，其中山谷創立江西宗派，尤爲格調所不滿，因此王世貞評其「愈巧愈拙、愈新愈陳、愈近愈遠」（《巵言》卷四）。胡應麟則兼及永叔、介甫，云宋初西崑體「雖時有宋氣，而多近唐人。永叔介甫始欲迅掃前流，自開堂奧，至坡老涪翁，乃大壞不復可理。」「介甫創撰新奇，唐人格調始一大變，蘇黃繼起，古法蕩然。」（《詩藪·外編》五）從文學發展史看來，北宋諸子破壞體制，自立門戶，爲後人樹立壞的榜樣，宋詩所以不像唐詩，他們要負最大的責任，因此格調派給予嚴重的譴責。

滄浪又從「矯健」一點批評蘇黃：「盛唐諸公之詩如顏魯公書，筆力雄壯，氣象渾厚，而坡谷之詩如米元章之字，雖筆力雄健，終有子路未事夫子時氣象。」（〈答吳景仙書〉）李西涯雖愛賞東坡才學，亦評其傷於快直，少委曲沉著之意，而且東坡時常「出入規格」，不免「體格漸粗」，這點在講死法的頑固派看來尤其不可原諒。

除了「矯健」之外，格調亦不喜東坡淺易詼諧的一面。他們指出東坡與樂天的淵源：

> 王世貞云：「詩自正之外，如昔人所稱廣大教化主者，於長慶得一人曰白樂天，於元豐得一人曰蘇子瞻，於南宋得一人曰陸務觀，爲其情事景物之悉備也。然蘇之與白，塵矣！陸之與蘇，亦劫矣！（《巵言》卷四）

胡應麟《詩藪》云：「『青山在屋上，流水在屋下，中有五畝園，花竹秀而野』。此樂天聲口也，而坡學之不已。又晚年劇喜陶，故蘇詩雖有俊語，而失之太平，由才具高取法近故也。」又曰：「蘇黃初亦學唐，但失之耳。眉山學劉白，得其輕淺，而不得其流暢，又時雜以論宗，塡以故實。脩水學老杜，得其拗澀，而不得其沉雄，又時參以名理，發以詼諧，宋唐體制，遂爾懸絕。」（〈外編〉五宋）

歸根究底，格調派認爲矯健、拗澀、說理、詼諧這些毛病都是未能摹擬十足的緣故。王世貞云：「子瞻多用事實，從老杜五言古排律中來，魯直用生拗句法，或拙或巧，從老杜歌行中來，……但所謂差之毫釐，謬以千里耳。」（《卮言》卷四）蘇黃的錯處在於學杜而不似杜，學陶又不似陶，「路頭一差」，便導致宋體日卑，雖然他們個人的才藻値得肯定，但格調派對他們不能「悟」出摹擬的道理，仍感到十分輕蔑；王世貞批評東坡說：

> 讀子瞻文，見才矣！然似不讀書者；讀子瞻詩，見學矣，然似絕無才者。懶倦欲睡時誦子瞻小文小詞，亦覺神王。

這段話的口氣是嘲諷的，態度是自大的；有些論文誤以爲是誇讚東坡的話，可能沒有弄清王世貞的本意。照格調派當行道地的觀念，作文就是要作高文典冊，要說理，要表現學問；作詩則要意象玲瓏，表現才情，不可流於議論。東坡不按照這個常理，不是以文入詩，便是在文中流露情趣，將詩文的特質混用一處，犯了格調派的大忌，所以王世貞嘲弄他用錯了「才」與「學」，詩文大作俱不足取，只有小文小詞，在「懶倦欲睡」時稍可賞玩罷了！東坡猶是小乘，至於黃魯直「不足小乘，直是外道耳，已墮傍生趣中」，更不足觀了（以上俱見《藝苑卮言》）！

蘇黃尚且「不悟」，有宋一代皆然，於是胡應麟承王世貞之餘唾，加意發揮，謂宋詩之弊在不懂摹擬：「蓋宋人之失，過於創撰，創撰之內，又失之太深。」（《詩藪・外編》六）「大抵宋諸君子以險瘦生澀爲杜，此一代認題差處，所謂七聖皆迷也。」（〈外編〉五宋中）他並舉例而言：

> 歐盛稱聖俞「焚香露蓮泣，聞磬清鷗邁」，蘇盛稱文潛「衆綠結夏帷，老紅駐春粧」，此等既非漢魏，又匪六朝。大率

宋人五言古知尊陶不知法陶，知尊杜不解習杜。(同上)

所謂「法陶」「習杜」即是摹擬，摹擬不像，便成了既非漢魏，又非六朝的劣詩，何仲默曾說：「宋人似蒼老而實粗鹵，元人似秀峻而實淺俗。」即謂宋元詩不得本色。胡應麟批宋代諸子，動輒謂「不脫宋氣」、「不離宋人面目」，李于鱗選《古今詩刪》更將宋詩一筆抹殺，不承認它的地位，格調派在力追盛唐之餘，對兩宋只有發出一代皆迷的感歎了！

值得注意的是在一片貶宋聲中，格調派獨獨垂青朱子。李西涯《懷麓堂詩話》云：「晦翁深於古詩，其效漢魏，至字字句句，平側高下，亦相依倣，命意託興，則得之三百篇爲多。……豈可以後世詩家者流例論哉？」胡應麟亦言宋人一代沾沾，自相煦沫，如入夜郎王國，惟朱元晦究心古學，切中肯棨，非一代所及（《詩藪・外編》五宋）。其所取者，唯在朱子學古，至尺尺寸寸，字句不離而已，可見格調之褒貶，全建立於摹擬之似與不似。

六、文學批評——元詩與明詩

格調派看待元明詩，也是以一貫「盛唐」的尺度來衡量。元詩的體格自宋詩而來，受了時代的影響，整體成績又不如宋，地位更加卑下，因此格調派根本不願承認它的地位；王世貞《藝苑巵言》曰：

元裕之好問有中州集，皆金人詩也。……其大旨不出蘇黃之外，要之直於宋而傷淺，質於元而少情。

元詩人元右丞好問、趙承旨孟頫、姚學士燧、劉學士因、馬中丞祖常、范應德機、楊員外仲弘、虞學士集、揭應奉徯斯，張句曲雨，楊提舉廉夫而已。趙稍清麗而傷於淺，虞頗健利，劉多傖語，而涉議論，爲時所歸。廉夫本師長吉，而才不稱，以斷案雜之，遂成千里。元文人自數子外，則有姚承旨樞、……，然要而言之，曰無文可也。(卷四)

王世貞批評宋詩「謬以千里」，最後仍勉強說一句：「宋詩亦不妨看。」對於元詩的總評，則直謂一代無文可也，足見他的立場與李攀龍抹殺宋元是一致的。胡應麟則具體的說：

> 自義山、牧之、用晦開用事議論之門，元人尤喜模倣，如『夜深正好看明月，又抱琵琶過別船』，……皆世所傳誦，晚唐尖巧餘習，深入膏肓。弘正前尚中此，嘉隆始洗削一空。(《詩藪・外編》六元)

他所謂「用事議論」的缺點，其實是自杜甫、晚唐、北宋以來「作詩如說話」的方式。也就是在格律的限制下，以比較自然的語氣，或類似散文的句子作詩，藉以調和不自然的格律。這個方式被認爲違反了詩的「本色」，與格調派講究高華整鍊、以堆砌爲能事的手法不相合；所以自杜甫以下，凡是照這方式創作的作品都遭到封殺。蘇黃固然不能免，元代的第一能手元遺山亦然；胡應麟《詩藪》中說元好問惟有〈塞上曲〉、〈梁園春〉幾首「差有唐味」，「然他作蹐駁，大半宋人」；又說：「元裕之他詩不習杜，獨五言絕學少陵，殊可笑！」他不知道唐人絕句有律體絕句和古體絕句之分，妄以古詩不可入律的法則去批評杜甫、批評元好問；學唐而不知唐，才是眞正可笑。大抵頑固的格調家批評標準很簡單，某詩某句有唐人風味則佳，某詩某句作宋元語則劣，在這標準下給元好問「體備格卑」的評語是必然的。

在明人方面，舉袁凱一例便能見出格調派涉於摹擬的深淺。袁凱是洪武年間人，長於摹擬、詠物，以「白燕詩」知名於時，有《海叟集》四卷。李東陽《懷麓堂詩話》曰：

> 林子羽（林鴻）鳴盛集專學唐，袁凱在野集專學杜。蓋皆極力摹擬；不但字面句法，并其題目亦效之，開卷驟視，宛若舊本，然細味之，求其流出肺腑，卓爾有立者，指不能一再屈也。(《續歷代詩話》，1644頁)

這是早期開明派格調家猶不以摹擬爲然的論見。

到李、何手中，李夢陽曰：「海叟師法子美，集中詩，白燕最下最傳，諸高者顧不傳。」何景明《大復集》曰：「我朝諸名家集，獨以海叟爲長。歌行近體法杜甫，古作不盡是，要其取法亦必自漢魏來者。」(見《列朝詩集小傳》及《明詩紀事》袁凱部分）袁凱於各體無不擇定高格，摹擬畢肖，他的做法完全符合李何的理念，因此李何推之爲明初詩人之冠，而無視於高啓、劉基這些大家的存在。這是中期格調派走向偏執的一大特徵。

到明末初時，格調的路線有了修正，王漁洋《香祖筆記》曰：「明初詩人共推高季迪（啓）爲冠，而大復獨以海叟爲冠，空同許爲知言。今讀其詩，古詩學魏晉，近體學杜，皆具體而微耳。遽躋之青邱生（高啓）之列，未免失倫。」他對袁凱的批評，不如早期李東陽那麼坦率，顯見清初格調派還沒有十分開放，但至少已不再標榜摹擬，轉而注重作家個人的成就了。陳田《明詩紀事》總評曰：「海叟詩骨老蒼，摹擬古人，無不逼肖，亦當時一作家。何大復標爲明初詩人之冠，過爲溢美，宜諸公之不取也。」他所說的是清人公認的持平之論，可見清初的空氣與明中葉已大不相同了。格調派對袁凱的評價，正好可以顯示他們早、中、晚三期轉變的幅度，以及開明派和偏執派之間的差異，是個很有趣的例子。不過要說明的是格調家雖有高下寬嚴的不同，但他們基本的思考模式和持正的立場是不變的。

第四章　有關格調的幾個問題

格調派的觀念自「當行本色」出發，形成摹擬論，又由摹擬論衍生出一套完整的文學批評，這套文學批評以精密的格調爲工具，機械化的裁定每一個作者，每一個時代，凡是不與高格同步者都遭到或多或少的抨擊。這種極端守舊的文學理論在中國絕無僅有；它有它形成的特殊背景，前面已經詳述；它的錯誤，正是後來性靈派攻擊的焦點，此處也不贅言；本章所要釐清的，是格調說當中幾個容易混淆的問題。

一、格調中的性情

「性情」一詞是個公用的詞彙，在文學中談性情，就好像在哲學界中談「道」一樣，每個人都可以用它，但每個人所指的意義不同。

格調派中，最早嚴滄浪談性情是這樣說的：

> 詩者，吟詠情性也。盛唐諸人惟在興趣，羚羊掛角無跡可求，故其妙處，透徹玲瓏，不可湊泊，如空中之音，相中之色，水中之月，鏡中之象，言有盡而意無窮。近代諸公乃作奇特解會，遂以文字爲詩，以才學爲詩，以議論爲詩，夫豈不工，終非古人之詩也。(〈詩辯〉)

他的方式是把「性情」當成一句開場白，說完之後，並沒有絲毫闡述。他主要的內容是談「興趣」；「興趣」是一種情調，一種氣氛，一種表現的手法，這是可以由外營造的，不一定要由內心生出情感；即使心中有情，也是寧靜、優美、單純的小境界，而不是普天下人共有的情感。

李東陽注重的「情」也是這類性質，《懷麓堂詩話》云：

> 長歌之哀，過於痛哭。歌發於樂也，而反過於哭，是詩之作也，七情具焉，豈獨樂之發哉？惟哀而甚於哭，則失其正矣！善用其情者無他，亦不失其正而已矣！
>
> 所謂比興者，皆託物寓情而爲之者也。蓋正言直述則易于窮盡，而難於感發，惟有所寓託，形容摹寫，反復諷詠，以俟人之自得。言有盡而意無窮，則神爽飛動，手舞足蹈而不自覺，此詩之所以貴情思而輕事實也。

這兩段話雖然委婉，但已明白地爲正格下了定義，所謂正，一方面指情感，一方面指表達方式。情感之所生，要溫柔敦厚，情感之表達，要婉轉含蓄，二者不失其正，這樣的情思才可貴。李東陽所說的是藝術的原理，但若將正格奉爲唯一的表達方式，則作者在情感和表現上都要受到某種程度的限制。

李夢陽的文學理論，很少談性情。〈駁何氏論文書〉曰：

> 高古者格，宛亮者調，沉著雄麗，清峻閒雅者，才之類也。而發於辭，辭之暢者，其氣也，中和者，氣之最也。夫然，又華之以色，永之以味，溢之以香，是以古之文者，一揮而眾善具也。

格調，是文學的形式；才氣，是作者的素質；香色，是玲瓏含蓄的神韻；這幾項文學條件中，並不包括「性情」。

何景明對性情的看法很特別，〈明月篇序〉云：

> 夫詩本性情之發者也，其切而易見者，莫如夫婦之間，是以三百篇首乎關雎，六義首乎風，而漢魏作者，義關君臣朋友，辭必託諸夫婦，以宣鬱而達情焉，其旨遠矣！由是觀之，子美之詩，博涉世故，出於夫婦者常少，致兼雅頌而風人之義或缺，此其調反在四子下焉。

他認爲寫古詩，必須摹仿古人表達情感的方式，古人生活單純，寫寫夫婦之間的小事也就夠了，今人情感思想趨於複雜，「博涉世故」，以之入詩，則不像古詩，所以寫漢魏古詩不能直抒己意，而必須將自己的情感「翻譯」成古人的情感，再用古人的語言表達出來，這便是何景明對「詩發乎性情」的看法。

至於王世貞則認爲：「下字欲妥，使事欲穩，四聲欲調，情實欲稱，彀率規矩定，而後取機于性靈。」〔註 1〕形式的困難全克服了，最後才考慮到性靈。在他的觀念中，以性靈爲詩只是眾多技巧中的一種罷了，並不是很重要的（《危言》）。胡應麟說：

> 王楊盧駱以詞勝，沈宋陳杜以格勝，高岑王孟以韻勝。詞勝而後有格，格勝而後有韻，自然之理也。（《詩藪》外編四唐下）

他所謂的自然之理，沒有一項是「性情」，他所推崇的作者也沒有一人是以「情勝」，可見在格調派的觀念裏，情感的作用微乎其微。

格調派是冷靜而專業的藝術家，他們最講究的是審音辨體的能力。嚴滄浪論詩，自詡能「析骨還父，析肉還母」，他做的是分析形式的工作；在他眼中，詩只有骨肉，何嘗有性情靈魂？李東陽《懷麓堂詩話》說：

> 詩必有具眼，亦必有具耳。眼主格，耳主聲，聞琴斷，知爲第幾絃，此具耳也。月下隔窗辨五色線，此具眼也。

聞琴斷而知第幾絃，這是調音師一般的專業能力，當格調家朗誦一首詩時，心理活動大概就像調音師差不多，這是極其理智冷靜的過程，要從中強尋出情感是很無謂的事。不論是藝術家或評論家，都有理性和感性兩種類型，二者各有所長，不因此而分優劣。

開明的格調家能承認「性情」的重要，也給予一部分發揮的空間。例如徐禎卿在《談藝錄》中，主張依上中下人的不同，「因情設格」，使神工哲匠與粗本弱質在不同的條件下創作〔註 2〕，這大概是格調派

〔註 1〕《弇州續稿》一八二書牘，〈與顏廷愉〉。
〔註 2〕《歷代詩話》492 頁。

中最精到、最具彈性的見解。然而不管他如何通達，終究脫不了「格式」和「等級」的觀念。格調派不會像性靈派那樣，將情感視爲文學的全部，在他們眼中，情感只是眾多要素中的一項而已，它必須和其他項目一樣，接受理智的管理和安排。

偏執的格調家是全然不考慮情感的;他認爲在沒有熟習古人聲口腔調之前，沒有伸展性情的資格；而且即使抒寫性情，也必需轉換成古人的性格，借用古人寫過的題材，以及古代的器具名物，製造出相同的情調，才算是「抒情」的正確方式。此外，情感的表現必需穩定，合於正常的規範，只能顯出共性，而不能表現個性。從這些限制看來，在偏執格調家手底下，性情活動的空間實在是非常狹隘的。

近來有些學術論文將格調派提到「性情」的句子舉列出來，做爲「格調不廢性情」的證據；這種認字面，不察其意的方法，不僅違反了事實，也使格調和性靈的爭執變成無的放矢、各說各話的局面，這豈是古人的眞意呢？

二、俚語民歌與戲曲

另一個容易混淆的問題，是格調派對俚語、民歌、戲曲的態度；有些人以爲格調派極端古板，一定反對這些民俗文學，有些人又見他們推崇古代的口語方言，便認定他們也重視民間眞詩，這兩種說法都有進一步解釋的必要。格調派眞正的態度是：不反對民間的材料，但要看怎麼用，這是他們一貫「當行本色」的觀念。胡應麟《詩藪》中對漢代雜言詩使用俚語，連稱妙絕；這並不表示他讚成以俚語入詩，而是喜歡那古腔古調，如果用時下的俚語入詩，準被責爲野狐外道。時下的俚語只能用來做民歌小調，不能入詩；李夢陽一意擬古，偶爾竟也教人唱瑣南枝，那是因爲民歌不妨俚易，律詩則須高華整鍊，歌謠歸歌謠，律詩歸律詩，不同的行當有不同的本色。格調派凡事不外求其「道地」，道地的東西就有起碼的地位。

這個觀念同樣適用於戲曲。郭紹虞先生《中國文學批評史》論及徐渭、湯顯祖時說道：「戲曲是當時的俗文學，又是新興的俗文學，所以對戲曲有特嗜的人，往往也即是反對復古的人。」〔註3〕言下之意，似乎認爲講復古的人一定都保守迂陋，看不起戲曲。另外周質平先生在《公安派的文學批評及其發展》一書中，批評公安派中找不出一個散曲作家，言論雖進步，創作方向卻比七子更保守〔註4〕。他隱隱然認爲戲曲應該是激進派必然的園地，公安派不涉足此中，便不符合大家的期待。

把戲曲創作的責任歸之於性靈派，是邏輯上的錯誤。戲曲只不過是文學中之一體，是格調與性靈角力的另一個場地。格調派不但從未輕視或排斥它，反藉著當行本色之說與聲律論成爲曲界的大宗。在性靈這一方，公安派雖不寫曲，但曲中另有徐渭、湯顯祖與之抗衡。所以戲曲界仍有格調、性靈之爭，他們爭的是老問題；格調派將元人視爲北曲的本色，當代傳奇視爲高格，嚴守格律，不肯逾越；性靈派則不甘受縛，一意想翻新突破；這情形與詩文是同步的。在一個全面性的大運動中，一家一派，或一種文體，一個專題，都是其中的環節之一，把眼界放大來看，就不會求備於一人了。

三、妙　悟

格調派自嚴羽以來便喜歡講「妙悟」，《滄浪詩話》說：

> 禪家者流，乘有大小，宗有南北，道有邪正。學者須從最上乘，具正法眼，悟第一義。若小乘禪、聲聞辟支果，皆非正也。論詩如論禪，漢魏晉與盛唐之詩，則第一義也，大歷以還之詩，則小乘禪也，已落第二義矣！晚唐之詩則聲聞辟支果也。學漢魏晉與盛唐詩者，臨濟下也，學大歷以還之詩者曹洞下也。大抵禪道惟在妙悟，詩道亦惟在妙悟；且孟襄陽學力下韓退之遠甚，而其詩獨出退之之上者，一味妙悟而已。惟悟乃爲當行，乃爲本色。

〔註3〕下卷第三篇，明代第四章第二款。
〔註4〕商務印書館七十五年版，第一章第7頁。

嚴羽借禪喻詩，看似空靈，其實意思很簡單；他只是借用禪家術語表達他的階級觀念，將詩依時代分出高下尊卑，和禪學眞正的精神毫不相干。他所謂的悟，只是「悟」出那種迷離惝恍之美作為第一義，「悟」出詩人的任務在追求那種情調，這和禪家發現眞我的大徹大悟截然不同。嚴羽提供的方法全是漸修，他要學者取歷代歷朝之詩，詳讀熟參，朝夕諷詠，最後的「透徹之悟」不外是學習盛唐諸公而已。這和禪家頓悟之後，呵佛罵祖，不立文字的做法大相逕庭。他批評宋人以文字、才學、說理、使事為詩，而不顧「興致」與「含蓄」；文字、才學、說理、使事，都是很具體的表現手法，興致一項卻很模糊，他自己也分析不出來，形容了半天，只好歸之為「妙悟」。嚴羽其實不懂禪的眞諦，在他心目中，禪是玄妙不可捉摸的東西，便將這種印象拿來比喻詩中某一種境界。自嚴羽以下，直到王漁洋，格調派中講神韻、講妙悟無不如此，他們口口聲聲說禪說悟，其實是以階級、偶像、摹擬的觀念論詩，目的不外是欲以清空的表象掩蓋板重執著的事實罷了。清人看穿了這一點，自錢謙益開始，馮班、翁方綱、趙執信等人發出許多犀利的批評；這是批評史上的大問題，此處暫不詳述，只想強調「悟」字人人可用，但悟出了什麼，悟到什麼程度，因人而異，我們看待前人的問題時，要避免墮入術語的迷障。

乙、中明的浪漫思潮

（正德——嘉靖）

當一種勢力過份擴張的時候，另一股反對的力量往往也在同時滋長著；陽明心學所以後來成爲推翻摹擬王國的力量，即是如此。雖然從文學史上看，浪漫思潮應當前有所承，然而受到黑暗期的影響，明代正統文學和前代發生很大的隔絕現象，尤其在格調派的籠罩下，性靈思想與魏晉唐宋隔絕更深；它是賴陽明心學的啓發才逐漸與前代接續起來的，因此論明代性靈說必須斷自陽明始。

附帶一提的是，一般談到王陽明，習慣上要追溯到陳獻章（白沙）；本文並不做如是觀。第一，陽明學說直承陸象山而來，他本人從不提及陳白沙。許多學者包括顧憲成、黃宗羲乃至近代容肇祖先生都感到疑惑（見容氏《明代思想史》第四章 81 頁），其實他的弟子王龍溪已替他做了說明。簡言之，白沙之學以自然爲宗，是從靜中養出端倪，與陽明頓悟後追求性命事功的實學並不相同（詳見《王龍溪全集》卷十〈復顏沖守書〉卷十六〈留別霓川漫語〉）。第二，驗之於文學理論，白沙論詩有神韻的傾向，並不是道地的性靈說。第三，白沙的時代（明宣宗宣德三年——孝宗弘治十三年，1428～1500 年）尚未出現前七子這樣強勢的格調派，自然沒有反摹擬的必要，而陽明一生與李夢陽同時，他反時代的思想實已包括反摹擬理論在內。

第一章　思想家的性靈說

一、王守仁

王守仁，字伯安，號陽明，餘姚人。生於明憲宗成化八年，卒於世宗嘉靖七年（1472～1528），年五十七歲。弘治十二年（1499 年）中進士，正德初（1506 年）以論救言官戴銑等忤劉瑾，杖闕下，謫龍場驛丞。瑾誅，移盧陵知縣，累擢右僉都御史，巡撫南贛，平大帽山諸賊，定宸濠之亂。世宗時，封新建伯，總督兩廣，又破斷藤峽賊。明代文臣用兵，未有如守仁者。卒謚文成。嘗築室陽明洞中，學者稱陽明先生。其學以良知良能爲主，謂格物致知當求諸心，不當求諸事物，故宋儒中特推重陸九淵，世稱姚江學派。陽明之文博大昌達，詩亦秀逸有致，即文學亦足以傳世，有《王文成公全書》。

陽明學說以理學爲主，直接談文論藝處甚少，論及時亦往往持反對之意。如《傳習錄》云：「欲德之盛，必於始學時去夫外好；如外好詩文，則精神日漸漏洩在詩文上去，凡百外好皆然。」將詩文視爲「外好」，論調似乎與一般道學家沒有什麼不同，可是一般道學之士往往沒有眞正進入文學的領域，僅從實用的眼光反對文學，而陽明卻是在辭章之學下過功夫的，他所反對的乃是籠罩一時的擬古詩文，也就是前七子的辭章之學。

據年譜記載，陽明十幾歲時便隨侍父親寄寓京師，幾年之間，「遍求考亭遺書讀之。一日，思先儒謂眾物必有表裡精麤，一草一木，皆涵至理；官署中多竹，即取竹格之，沉思其理不得，遂遇疾。先生自委聖賢有分，乃隨世就辭章之學」。當時李西涯主盟文壇，李夢陽也剛考中進士，陽明與西涯空同交往，刻意爲辭章，一時京師諸老皆謂爲天才。二十二歲下第後回到餘姚，還興致勃勃的結詩社於龍泉山寺，可見陽明也曾想活躍於詞壇之上。不過他沒有料到格調派本是程朱思想下衍生的文學理論，既然與朱子之理不能契合，跟格調論扞格是遲早的事。果然，他在二十六歲時開始感到辭章技藝不足以通至道；三十一歲時，見京中一班舊友專治詩古文辭，以才名相矜，因歎道:「吾焉能以有限精神爲無用之虛文也。」三十七歲龍場悟道以後，有得於心，遂不復措意工拙。到晚年更表達對功利辭章之學的厭棄。丙戌年（嘉靖五年）〈與鄒謙之書〉云：

> 後世大患，全是士夫以虛文相誑，略不知有誠心實意，流積成風。雖有忠信之質，亦且迷溺其間，不自知覺。(《全書・書錄》卷三〈寄鄒謙之書之三〉)
>
> 前書虛文相誑之說，獨以慨夫後儒之沒溺詞章，雕鏤文字，以希世盜名。雖賢知有所不免，而其流毒之深，非得根器力量如吾謙之者，莫能挽而回之也。……世之儒者，各就其一偏之見，而又飾之以比擬倣像之功，文之以章句假借之訓，其爲習熟既足以自信，而條目又足以自安，此其所以誑己誑人，終身沒溺而不悟焉耳。……若某之不肖，蓋亦嘗陷溺於其間者幾年，倀倀然既自以爲是矣，賴天之靈，偶有悟於良知之學，然後悔其向之所爲者，固包藏禍機，作僞於外，而心勞日絀者也。十餘年來，雖痛自洗剔創艾，而病根深痼，萌蘖時生，所幸良知在我，操得其要，譬猶舟之得舵，雖驚風巨浪，顛沛不無，尚猶得免於傾覆也。夫舊習之溺人，雖已覺悔悟，而其克治之功，尚且其難若此，又況溺又不悟，日益以深者，亦將何所抵極乎？(同上，〈寄鄒謙之書之四〉)

這是批評格調派最真誠敦厚也最沉痛的一篇文字。首先，他指出摹擬的觀念是一種具有籠罩性和傳染性的「流毒」。它使學術分不出邪正，文章分不出眞僞，學者只要用心不對，觀念錯誤，所有的努力都將化爲烏有，而且終身眩惑而不能辨正。毫釐之差，可致千里之謬，即使賢知之士也在所不免，這是俗學僞學可怕的地方。其次，他以自己親身的經驗，道出一般人摹擬的心理。一般人玩弄條文格套愈熟習，心理上愈自信；人多勢眾，舉世不以爲非，則愈有安全感；自信自安，誑己誑人，結果包藏禍機，作僞於外，成了詩中的鄉愿，難於點化。即使個人在漸修頓悟之後，突然靈光一現，心開目明，但是根深蒂固的濫套舊習已很難擺脫。破除積習成見，重新來過，必須付出極大的心力，遭受內部外界各種痛苦，所以凡是從舊說底下逃出來的人，回首前塵，常有被欺騙被耽誤的感覺。王陽明所說的現象，是以後性靈派諸家所共有的，他可說是自明代格調派中翻脫出來的第一人。

性靈即「心」

陽明龍場一悟是突發性的；當時在貴州西北萬山叢棘之中，中夜澄懷默坐，忽大悟格物致知之旨，寤寐中若有人語之者，「不覺呼躍，從者皆驚」(《全書·年譜》)。這一悟，悟出了「聖人之道，吾性具足」，人心高貴純善，聰明活潑，其氣足以頂天立地，其力足以運轉萬物；僅此一念，不僅推翻了拘執的程朱思想，也連帶地推翻了格調論。所謂「良知」之學，雖是講道德世界現實世界的做人之心，可是移轉到文學世界成爲作詩之心，便是一套完整的性靈詩論。所以「性靈」二字的意義在陽明手中就已發展得十分完備，它就是「良知」，就是「心」，「性靈說」其實就是「心說」。

陽明形容心的本體及性質約略如下：

> 虛靈不昧，眾理具而萬事出，心外無理，心外無事。
>
> 身之主宰便是心，心之所發便是意，意之本體便是知，意之所在便是物。
>
> 性是心之體，天是性之原，盡心即是盡性，惟天下至誠，爲能盡其性。

> 知是理之靈處，就其主宰處說，便謂之心，就其秉賦處說，便謂之性。孩提之童，無不知愛其親，無不知敬其兄，只是這個靈能不爲私欲遮隔，充拓得盡，便完完是他本體，便與天地合德。自聖人以下，不能無蔽，故須格物以致其知。
>
> 性一而已。仁義禮智，性之性也；聰明睿知，性之質也；喜怒哀樂，性之情也，私欲客氣，性之蔽也。質有清濁，故情有過不及而蔽有淺深也，私欲客氣，一病兩痛，非二物也。
>
> 心者，身之主也。而心之虛靈明覺，即所謂本然之良知也。其虛靈明覺之良知應感而動者，謂之意。有知而後有意，無知則無意矣。
>
> 蓋良知只是一箇天理自然明覺發見處，只是一箇眞誠惻怛，便是他本體。
>
> 身、心、意、知、物是一件。
>
> 良知只是一個，隨他發見流行處，當下具足，更無去來，不須假借。
>
> 良知即是天植靈根，自生生不息。但著了私累，把此根戕賊蔽塞，不得發生耳。
>
> 良知之發見流行，光明圓瑩，更無掛礙遮隔處，此所以謂之大知。才有執著意必，其知便小矣。(以上俱見《傳習錄》)

陽明論心的名詞包括「心」、「性」、「意」、「知」、「情」等等，這些術語分別代表心靈的種種活動，有時涵意十分相近，後來陽明拈出「良知」一詞統括全部，便不再細分。

性靈即是良知

良知的「知」與理智冷靜的「知識」「知解」之意思不同，它是指活潑熱情敏銳易感的赤子之心，具有眞誠惻怛的同情，洞察機微的智慧；仁義禮智，喜怒哀樂，寬裕溫柔，發強剛毅，美善無不兼具。平時寂然不動，遇事感而遂通，隨你去靜處體悟也好，隨你去事上磨鍊也好，良知擁有開發不盡的潛力。它流行爲氣，凝聚爲精，妙用爲神，語大天下莫能載，語小天下莫能破，此其所以爲「靈」也。良知不僅是個人軀殼的主宰，甚且是宇宙萬物的主宰，因爲沒有人心的知覺，天地神明都將失去意義。《傳習錄・下》云：

> 我的靈明，便是天地鬼神的主宰。天沒有我的靈明，誰去仰他高？地沒有我的靈明，誰去俯他深？鬼神沒有我的靈明，誰去辨他吉凶災祥？天地鬼神萬物離卻我的靈明，便沒有天地鬼神萬物了；我的靈明離卻天地鬼神萬物，亦沒有我的靈明。如此，便是一氣流通的，如何與他間隔得？

人生至此，眞是充滿莊嚴偉大。小至一花一葉，大至天神地祇，萬事萬物的意象，無不在吾心中。心的本質如此美好，作用如此奧妙，地位如此超拔，人生除了「盡性」，再無其他。——在文學世界中，這就是「表現理論」。

內容與形式合一

表現理論以心爲主，認爲不論是創造或欣賞，最重要的是內心直覺到一個情感飽和的意象。「情感與意象卒然相遇而忻合無間，這種遇合就是直覺，就是表現，也就是藝術」〔註1〕；至於思想情感和語言組織，是一貫的活動，同時進行，平行一致，不能分離獨立，也無須經過兩段式轉換的麻煩，所以內容與形式實爲一物。陽明講「心即理」，講「知行合一」，挪到文學中，正是此意。《傳習錄・上》云：

> 大學指箇眞知行與人看，說「如好好色，如惡惡臭」。見好色屬知，好好色屬引文行，只見那好色時已自好，不是見了後又立箇心去好；聞惡臭屬知，惡惡臭屬行，只聞那惡臭時已自惡了，不是聞了後別立箇心去惡。……知行如何分得開？此便是知行的本體，不曾有私意隔斷的。

〈與黃勉之書〉亦云：

> 人於尋常好惡，或亦有不眞切處，惟是好好色、惡惡臭，則是皆發於眞心，自求快足，曾無纖假者。大學是就人人好惡眞切易見處，……亦只是形容一誠字。(《全書・書錄》卷二)

〔註 1〕朱光潛《詩論》，頁 78。

直　覺

從這個例子看來，良知對美醜實具有「直覺的」、「本能的」好惡能力，不假思索，不須外求，在一瞬間完成快然自足的審美經驗。此時心無旁鶩，專心凝志，物我合一，往復交流，沒有功利之想，也不雜矯情之念，由知到行，由情感到文字，中間連成一氣，所有過程融爲一體，此之謂「誠」。

「誠」

誠者，眞實也，與僞相對。一元論者處處以「合一」的觀念看待事物，是因爲完整的個體，才有眞實的生命。例如物固有本末，但不當分本末爲兩物，「木之榦，謂之本，木之梢，謂之末；惟其一物也，是以謂之末本，若曰兩物，則既爲兩物矣，又何可以言本末乎」〔註2〕？一般二元論者用分析拆解的方法，將本末視爲二物，不過是爲了解說方便，或不得已補偏救弊之方，但只分不合，無形中便流失了生命的活動力，而將拆解之物視爲無生命的原素。無生命者即無意義，即爲「僞」；爲假人，爲假事，爲假言。所以陽明由「心」出發，尋出生命的源頭；一以貫之，是恢復生命的整體。心與理合一，知與行合一，便是誠，不能合一便是僞。〈贈林典卿歸省序〉云：

> 夫誠一而已矣！故不可復有所益，益之，是爲二，二則僞。故誠不可益，不可益，故至誠無息。(《全書‧文錄》卷三序)

作文惟誠

眞僞之辨是陽明學說的基本立場，以誠爲文自此成爲性靈理論的重心。陽明云：

> 凡作文惟務道其心中之實，達意而止，不必過求雕刻，所謂修辭立誠者也(〈與汪節夫書〉，〈書錄〉卷五)
>
> 凡作文字要隨我分限所及，若說得太過了，亦非修辭立誠矣。(《傳習錄》下)

〔註2〕《王陽明全書‧文錄》卷一〈大學問〉。

書院記文，整嚴精確，迥爾不群，皆是直寫胸中實見，一洗近儒影響雕飾之習，不徒作矣。(《全書·書錄》卷三，〈寄鄒謙之書之三〉)

義者，宜也，心得其宜之謂義。……君子之酬酢萬變，當行則行，當止則止，當生則生，當死則死，斟酌調停，無非是致其良知，以求自慊已。(《傳習錄》中)

創作立說，態度亦須誠

創作時直寫胸中眞心實意，斟酌行止，得其中和，固然是「修辭立誠」的道理，但在修辭之先，創作態度亦得仔細反省，去除心病。陽明學說全由內省，不重形跡，此心之外，更無防範，所以對用心命意的審察十分嚴格：

意與良知，當分別明白，凡應物起念處，皆謂之意。意則有是有非，能知得意之是與非者，則謂之良知。依得良知，則無有不是矣。所疑拘於體面，格於事勢等患，皆是致良知之心未能誠切專一。若能誠切專一，自無此也。(〈答魏師說〉,〈書錄〉卷三)

意之所發，有善有惡，凡浮氣、勝心、物欲、客氣、冥行、妄想，皆爲心病，必就其意念之所發而正之。《傳習錄·上》云:「克己須要掃除廓清，一毫不存方是。有一毫在，則眾惡相引而來。」爲文時必須心如明鏡，才能照物皆眞，若爲昏鏡，則事物皆僞，因此陽明對正心的功夫要求甚嚴。《傳習錄·下》記載門人行止一事可爲文學印證：

門人在座，有動止甚矜持者。先生曰:「人若矜持太過，終是有弊。」曰:「矜持太過，如何有弊？」曰:「人只有許多精神，若專在容貌上用功，則於中心照管不及者多矣！」有太直率者，先生曰:「如今講此學，卻外面全不檢束，又分心與事爲二矣！」

這段話用來形容格調派和後來的公安派最爲適當。格調派「矜持太過」「專在容貌上用功」，作出來的自是僞玉贗鼎，而公安派衝口直出，風華掃地，矯枉過正，流爲刻意，也算不得是以眞心爲文。照陽明的原意，人生所表現者當是誠正修齊後呈現的美質，並非偏頗受激後的私意，文學所表現的也應當是陶冶洗鍊的情感，而非生野粗糙的情緒。公安由於傳承關係，失去此意，可說是性靈派的遺憾，而陽明早在立論之初就說中「直率」的流弊，確實十分高明。

評選亦須存誠

誠之爲用大矣！不僅一己之創作要出之以誠，對古人著作也必須存著誠敬之心。陽明〈與顧惟賢書〉云：

> 承寄慈湖文集，客冗未能遍覯，來喻欲摘其尤粹者再圖翻刻，甚喜。但古人言論，自各有見，語脈牽連，互有發越，今欲就其中以己意刪節之，似亦甚有不易，莫若盡存，以俟具眼者自加分別（《全書·書錄》卷五）

這個主張對後來的性靈論者產生很大的影響。明代是選家風行的時代，如何選擇去取是文學批評上的問題，一般選者沒有尊重作者原創意的觀念，經常斷以己意，只選出某一種固定的類型。最常見的是只選注重體面的高文典冊，而不選流露個人情趣的嫵媚之作，結果作家的眞面目不能畢現，古人固然因此遭到扭曲，許多當代作者也因集子編選壞了而喪失應得的地位。陽明早在選風初起時就見到這一層，發出「盡存其眞心實見」的主張，其本心亦無非一個「誠」字，所以「誠意」可說是王學一切理論的基礎。陽明云：「若『誠意』之說，自是聖門教人用功第一義，但近世學者仍作第二義者，故稍與提掇緊要出來，非鄙人所能特倡也。」（《傳習錄》中〈答顧東橋書〉）

人心自有面貌，反對「齊一」專制

第一義並非死板的教條，而是必須活用的原理。良知之學將個人的地位提高，相對的也必須對別人的個性加以尊重，而非以一己認定的良知去統馭別人的良知。所以陽明說：「良知同，更不妨有異處。」「聖人何能拘得死格，……若拘定枝枝節節，都要高下大小一樣，便非造化妙手矣！」（《傳習錄》下）又〈答方叔賢書〉云：「譬之草木，其同者，生意也，其花實之疏密，枝葉之高下，亦欲盡比而同之，吾恐化工不如是之雕刻也。」(《全書·書錄》卷二）萬事萬物，面貌各自不同，這正是生命美好之處，如何能以機械的方式塞入死格，強使其同？在專制的時代裡，物格化的道德觀文藝觀無不欲將人塑造爲「標準規格」；陽明站在尊重人性的立場，鼓勵人發揮自己的特色，並包容他人的異處，反對「齊一」所造成的死寂蕭條，這一點爭自由平等的精神，對文藝界產生很大的作用。

剖析人情、反對類型

「致良知」並非懸空的冥想，而必須落實在人情事故上。陽明說：「除了人情事變，則無事矣！喜怒哀樂，非人情乎？自視聽言動以至富貴貧賤患難死生，皆事變也。事變亦只在人情裡。」(《傳習錄》上）換言之，文學並不僅是停在作家的空想裡，而必須借現實世界表現出來。外在環境的刺激和內心情感的交會，組合成千變萬化的人生世相，作家的良知一方面要如明鏡，無物不照，一方面也要隨感而應，在事上磨鍊，才站立得住。《傳習錄·下》云：「良知愈思愈精明。若不精思，漫然隨事應去，良知便粗了。」學問家不精思則無法獲得實學，文學家不精思亦無法寫出偉大的作品。精思的方法，陽明主張以「自驗」之法來體析人情，對人性做深刻的了解。他告訴問學者：「公且先去理會自己性情。須能盡人之性，然後能盡物之性。」(《傳習錄》上）他自己即曾以此法析出「沉默」有四僞八誠，共十二種不同的狀況（〈文錄〉卷二〈梁仲用默齋說〉)，又以最煩瑣醜陋的簿書訟獄爲例，云：

> 爾既有官司之事，便從官司的事上爲學，纔是眞格物。如問一詞訟，不可因其應對無狀，起箇怒心。不可因他言語圓轉，生箇喜心。不可惡其囑託，加意治之；不可因其請求，屈意從之；不可因自己事務煩冗，隨意苟且斷之；不可因旁人譖毀羅致，隨人意思處之。這許多意思皆私，只爾自知，須精細省察克治，惟恐此心有一毫偏倚，杜人是非，這便是格物致知。簿書訟獄之間，無非實學，若離了

事物，卻是著空。(《傳習錄》下)

從這些例子看來，陽明實是一位心理學家，他洞察人性，體貼入微，透過這層了解，他對世人產生深廣的同情，處處以悲天憫人的胸懷看待問題，而不以世俗的成見視之。他說蘇秦張儀「善揣模人情，無一些不中人肯綮，故其說不能窮」，這便是「窺得良知妙用處」。他二人只在現實世界用之不善，若用之得當，「後世事業文章，許多豪傑名家，只是學得儀秦故智」(《傳習錄》下)。

陽明這番見解對打破古典主義的「類型」說有很大的幫助。古典主義者不但摹仿古人創作的方法，還借用古人已經用過的題材和人物的性格，古人把一種角色性格寫成什麼樣，後人也必須寫成那樣，長久下來，人物都被定型，只有共性而沒有個性，只能說某種話，做某種舉動，沒有什麼變化。陽明注意到人類心理活動的細微複雜之處，不僅在角色的性格上對文學家做了提示，對題材的開發，人情事理的體驗，文學內容的深廣度都有所啓發，而這些都是封建時代流行古典主義時所缺乏的。

技巧論、與李夢陽牴牾處

至於形式技巧方面的問題，並非陽明所著意者。在他看來，一切形式都是為人心服務，應當受心的支配，隨著人性的需要與時遞變，而不該由活動的人性去遷就死的形式。《傳習錄・中》〈答顧東橋〉曾云：

> 夫良知之於節目時變，猶規矩尺度之於方圓長短也。節目時變之不可預定，猶方圓長短之不可勝窮也。故規矩誠立，則不可以欺方圓，而天下之方圓不可勝用矣。尺度誠陳，則不可以欺長短，而天下之長短不可勝用矣。良知誠致，則不可以欺節目時變，而天下之節目時變不可勝應矣！毫釐千里之謬，不於吾心良知一念之微而察之，亦將何所用其學乎？是不以規矩而欲定天下之方圓，不以尺度而欲盡天下之長短，吾見其乖張謬戾，日勞而無成也。

陽明所謂的「規矩尺度」，是指吾心之「良知」，良知之用，變化無窮，因此節目時變不可測定。而同時的李夢陽所謂的「圓規方矩」，是指「古法」，古法久成定則，不得不尺尺寸寸之。李夢陽〈駁何氏論文書〉云：

> 古之云，如倕如班，堂非不殊，户非同也，至其爲方也圓也，弗能舍規矩。何也？規矩者法也，僕之尺尺而寸寸之者，固法也。……阿房之巨，靈光之巋，……未必皆倕與班爲之也，乃其爲之也，大小鮮不中方圓也，何也？有必同者也。……古之文者，一揮而眾善具也，然其翕闢頓挫，尺尺而寸寸之，未始無法也，所謂圓規而方矩者也。(《李空同全集》卷六十一)

可見陽明之規矩，由心生之，由心用之，而空同之規矩，已盡於古人法式之中，二者觀念全然不同，格調與性靈的牴牾亦在此。今再舉學書一事以明之；空同云：

> 夫文與字一也，今人模臨古帖，即太似不嫌，反曰能書，何獨至於文而欲自立一門户耶？自立一門户，必如陶之不冶，冶之不匠，如孔之不墨，墨之不揚邪？此亦足以類推矣！（〈再與何氏書〉，《李空同全集》卷六十一）

而陽明〈年譜〉「弘治元年」下載：

> 先生嘗示學者曰：「吾始學書，對模古帖，止得字形。後舉筆不輕落紙，凝思靜慮，擬形於心，久之始通其法。既後讀明道先生書曰：吾作字甚敬，非是要字好。只此是學。既非要字好，又何學也？乃知古人隨時隨事只在心上學，此心精明，字好亦在其中矣！」後與學者論格物，多舉此爲證。(〈年譜〉卷一)

空同將臨摹畢肖視爲文藝的極致，類似一般程朱學者支離破碎、孜孜外求的功夫。陽明並不廢格物之理，亦無意破律壞度，只是認爲凡事當從心上用功，若不存誠敬，只從枝葉上學，是爲「倒做」。〈虞書〉云：「詩言志，歌永言，聲依永，律和聲。」志是聲律之本，是元聲之始，「何嘗求之於外」(《傳習錄》下）？形式原由內發，今從外求，反其道而行，不免勞而無功。何況粗知溫清定省之儀節，不可謂為知禮，粗知平仄對仗，亦不可謂為知詩。格調派注重形式，墨守成規，終致禁止創變，反對自立門戶。陽明一脈以良知為主，形隨意轉，因此主張演化創進，發展出時代及個人的特色。「唯物」與「唯心」之間，真有毫釐千里之別。

空同與陽明同年而生（1472），比陽明晚一年卒（1529）。這兩位完全同時的人物對時代都造成很大的影響，觀念持論卻截然不同。一般文學批評史上經常以李夢陽與何景明並論，比較二者的差異；事實上李、何的分別很小，真正與空同扞格者是王陽明。陽明批評功利辭章之學的文字很多，只是他明白俗學僞學都是庸俗文化下的產物，整個時代環境發生了問題，「雖賢知有所不免」，所以他從未提及李、何諸人的名號，也未與空同發生正面的衝突。不過他對七子「以艱深文其淺易」的為文方式還是頗有微詞的，〈與楊仕鳴書〉云：

> 詩文之習，儒者雖亦不廢，孔子所謂有德者必有言也，若著意安排組織，未有不起於勝心者。（〈書錄〉卷二）

〈答甘泉書〉云：

> 語意務為簡古，比之本文，反更深晦，讀者愈難尋求，此中不無亦有心病。莫若明白淺易其詞，略指路徑，使人自思得之，更覺意味深長也。（〈書錄〉卷二）

以「勝心」「心病」形容李何的作風，是委婉而中的之言，為反對雕琢之習而改求明白淺易之詞，也算是脫落形跡之餘，唯一對形式問題的一點要求了。

創作動機：1. 性情　2. 靈感

其實陽明文論的精彩處並非在形式末節上，而是在「創作動機」中一股原始的衝動。就情感來說，人有情感自然要發洩，歡樂必形諸笑，悲痛必形諸哭，倘若勉強壓抑住情感，就是打斷生機的流露，生機得到舒暢則快樂，抑鬱則痛苦，苦與樂都自生機而來。《傳習錄・下》記載：

問：「樂是心之本體，不知遇大故，於是哀哭時，此樂還在否？」先生曰：「須是大哭一番了方樂，不哭便不樂矣！雖哭，此心安處即是樂也，本體未嘗有動。」

此處所謂「樂」是指情感得到渲洩後的舒暢和樂，這才是心的本體，本體安則樂生，所以情感的渲洩是必要的。而「詩也者，志吾心之歌詠性情者也」，詩之用，無非道吾性情，故「求之吾心之歌詠性情而時發焉，所以尊詩也」〔註3〕。尊重詩歌，便是賦予它眞性情，這是「性靈」的基本意義。

此外，陽明認爲人心天生具有創造的本能，有創造、表現的欲望，這種與生俱來的創造力令人驚喜不迭，不僅不該壓抑它，還要「復得他完完全全」。《傳習錄·下》一段話形容得好：

良知是造化的精靈，這些精靈，生天生地，成鬼成帝，皆從此出，眞是無物與對。人若復得他完完全全，無少虧欠，自不覺手舞足蹈，不知天地間更有何樂可代。

陽明所謂「造化的精靈」，便是後來性靈諸家所強調的「機」、「趣」、「慧」、「神」，它指的是一種超乎平常、類似「靈感」的能力，也是「性靈」一詞的特殊意義。表現論者所以特別注意於此，是因爲藝術不能完全摹寫自然，必須對現實有所取捨，有所強調，要突破常識的限制，做更自由巧妙的安排；所謂「生天生地，成鬼成帝」，便是這種重組自然、點鐵成金的力量。此種力量不是具備於天才，便須待一時的靈感，所以陽明以「隨機導引，因事啓沃」之方〔註4〕，以待狂者。在漸修之外，復以頓悟激發作者的潛力，在個人主義之上，更矚目靈感的刺激與天才的養成。

童子「遊戲說」、「喜樂說」

創造的能力是人人所有的，只是在禮法森嚴的社會裡，在禁欲思想的控制下，很多人受到重重束縛，喪失了創造的本能，因此「造化

〔註3〕同上，卷四〈稽山書院尊經閣記〉。

〔註4〕〈寄李道夫書〉，《王陽明全書·書錄》卷一。

的精靈」就必須往童子遊戲的本性中求。〈羅履素詩集序〉云：

昔者夫子之取於詩也，非必其皆有聞於天下彰彰然明著者而後取之，滄浪之歌，採之孺子，萍實之謠，得諸兒童，夫固若是其寬博也。然至於今，其傳者不過數語而止，則亦豈必其多之貴哉？今詩文之傳，則誠富矣，使有刪述者而去取之，其合於道也能幾？（《全書・文錄》卷三）

孺子兒童之作，傳者雖少，而其創作天地何其寬廣，經生俗儒之作，千篇一律，看似整齊瀏亮，實則腐臭偪仄，以其無情感，無想像，缺乏活潑潑的生機。《傳習錄・中》云：

大抵童子之情，樂嬉遊而憚拘檢，如草木之始萌芽，舒暢之則條達，摧撓之則衰痿，今教童子必使其趨向鼓舞，中心喜悅，則其進自不能已。譬之時雨春風，霑被卉木，莫不萌動發越，自然日長月化；若冰霜剝落，則生意蕭索，日就枯槁矣！

這段文字強調童子的生機，含有喜悅的、遊戲的成分，此意為後來王艮喜樂說和李卓吾童心說的發端。

不過遊戲喜樂只是創作的初步，並非成熟的境界，人之性情仍必須經過禮樂詩書的潛移默化，因此陽明接著說：

故凡誘之詩歌者，非但發其志意而已，亦所以洩其跳號呼嘯於詠歌，宣其幽抑結滯於音節也；導之習禮者，非但肅其威儀而已，亦所以周旋揖讓而動蕩其血脈，拜其屈伸而固束其筋骸也；諷之讀書者，非但開其知覺而已，亦所以沉潛反覆而存其心，抑揚諷誦以宣其志也，凡此皆所以順導其志意，調理其性情，潛消其鄙吝，默化其麤頑，日使之漸於禮義而不苦其難，入於中和而不知其故，是蓋先王立教之微意也。

可見童子之性情，仍必須調理，志意仍有待順導，粗頑鄙吝仍必須去之，只不過不是鞭撻繩縛，而是順著人情，使禮法規範與良知合而為一，最後達到應付裕如的「灑落」境界。

「灑落」——最高境界

〈答舒國用書〉云：

> 君子之所謂灑落者，非曠蕩放逸、縱情肆意之謂也。乃其心體不累於欲，無入而不自得之謂耳。……其昭明靈覺之本體，無所虧蔽，無所牽擾，無所恐懼憂患，無所好樂忿懥，無所意必固我，無所歉餒愧怍，和融瑩徹，充塞流行，動容周旋而中禮，從心所欲而不踰，此眞灑落矣！（〈書錄〉卷二）

「灑落」是內心情操與形式規矩融和無間的最高境界。它不踰矩，反藉規矩形式表達內心的情意；從心所欲，若不經意，實則又與規矩無不彌合，毫無勉強做作的痕跡。陽明說：「常使精神力量有餘，則無厭苦之患，而有自得之美。」（《傳習錄》中）這便是作者游刃有餘的「灑落」風範，表現於作品之中，則爲「化工」。

詩文作品

至於陽明自己的詩文，則實踐他一貫「修辭立誠」「達意而已」的主張，不尚修飾，明白淺易，以接近說話的語氣爲之，這樣的作風深深地影響後來性靈派的學者，也開啓注重白話口語的先聲。不過，在當時摹擬的風尚下，流行的是故作神韻的盛唐詩風，生硬艱深的秦漢文法，陽明以宋人風格出之，不免遭到後來格調派的微詞。王世貞《藝苑巵言》卷五云：

> 王伯安如食哀家梨，吻咽快爽不可言，又如飛瀑布岩，一瀉千尺，無淵停沉冥之致。
>
> （本朝）文章之最達者，則無過宋文憲濂、楊文貞士奇、李文正東陽、王文成守仁。……王資本超逸，雖不能湛思，而緣筆起趣，殊自斐然。晚立門户，辭達爲宗，遂無可取，其源實出蘇氏耳。

格調派受嚴羽的影響，一向推崇迷離惝怳的「含蓄」之致，對於「一瀉千尺」的表現方式頗不贊成，批評陽明「不能湛思」「遂無可取」正可見出格調派堅持己見的態度，這是立場問題，不足多辯，倒是指出陽明之學源出蘇氏，頗具慧眼。陽明雖沒有提及東坡，但文學理念和作風無不與之相合，後來性靈諸家大力推崇蘇文，跟陽明有密切的關係。「晚立門戶，辭達爲宗」，也可見王陽明在文學界實具有形成一門戶的力量。

在詩作方面，陽明有兩種風格，居夷以前學唐，居夷以後類宋，這是從格調派籠罩下翻出來的現象。王元美批評他「法」與「道」兩失之〔註5〕，未免過苛，事實上陽明得道後的詩作，「俊爽之氣，往往涌出於行墨之間」〔註6〕，幽思逸致，絕不與俗作同。

此外陽明對詩的態度，亦容易遭致誤會，如《消塞詩話》云：「陽明先生無所不高明，無所不眞切，蓋代豪傑。然見門人留意詩文者，輒規之，猶是道學氣。」（卷三）其實詠歌是陽明生平之所好，晚年居越時，常將教旨製爲詩教，句中多用虛字、疊字、頂眞、複見，以便於口頭歌唱，詩歌中述理既明，淺白又如口訣，一時廣爲流傳〔註7〕，眞正實踐了喜悅和樂的詩教。他所愛好者，是明白達意，流露性情的眞詩，而非士子之間流行的辭章功利之學；在李何雄踞詞壇，不可一世的中明時期，讀書人無不望風披靡，競作僞詩文，陽明以過來人的經驗規勸之，是澈悟後的話，不是道學之見。

結　論

從以上的敘述，可以證明王陽明當是開啓明代性靈理論的導師。性靈二字是從「良知」轉化而來，性靈的意義皆備於良知之中，而性靈說的主張；如以眞心實見爲文、強調個人特色、保存作者眞貌、反對專制齊一、鼓勵創新、文學演化觀、重視內容、提倡白話、推崇宋學之意，皆自陽明發之。此外，性靈諸家通常有幾個特徵：第一、自格調派說的籠罩下逃脫出來。第二、具有摹擬和頓悟的經驗。第三、反對七子的立場一貫而堅定。第四、傾向爲上上人說法。這幾個條件

〔註5〕《列朝詩集小傳》丙集「王新建守仁」。
〔註6〕同上，牧齋語。
〔註7〕見崔完植《王陽明詩研究》，民73師大國研所博士論文。

陽明不僅具備，而且是明代的第一人。他的地位，相當於西方的康德。梁任公說：

> 泰東之姚江，泰西之康德，前後百餘年間桴鼓相應，若合符節。〔註 8〕

康德與陽明俱起於閉塞孤陋的社會環境中，道德日漸狹窄化、美學日漸公式化，他們一反常態，提出唯心的一元論，提倡個人主義，主觀創造、人性尊嚴、自由平等這些見解。康德和陽明的哲學思想本身就是哲學領域的浪漫運動，稍經移轉，便成為文藝領域中浪漫運動的理論基礎。當時文藝界正流行假古典主義矯揉造作的風格，文學被清規戒律束縛甚緊；唯心的主觀的個人主義解放了人性，浪漫文學開始反抗，要求表達方式的自由、情感和想像的自由、以及民間語言的運用。陽明說：「良知是造化的精靈。」康德說：「天才是替藝術定規則的一種才能。」〔註 9〕陽明說：「聖人何能拘得死格。」康德則強調「藝術的不可摹仿性」。陽明認為「樂是心的本體」，中心喜悅方是活潑潑的良知，康德則認為笑、詼諧、遊戲和藝術都是相通的，它們都標誌著活動的自由和生命的通暢〔註 10〕，陽明注重狂者的頓悟，康德則聲言「自己須有天才，才可向天才學習」。然而他們也都認為自由不該毫無拘束，規矩儀式還是必要的，否則心靈無所寄託，便會流於玄想，消失於無形。

陽明與康德如此相似，他們所引起的浪漫思潮也同樣壯觀，可是康德成為西方美學的大師，陽明至今在文學批評史上仍沒有什麼地位。大部分文學批評史提到道學家的文論，都以朱熹為大宗，少數也談及陳白沙，卻絕少見到正嘉時代的王陽明，彷彿李何諸人的光芒掩蓋了一切。這現象或許和傳統濃厚的「分行」觀念有關。黃宗羲云：

〔註 8〕《飲冰室文集》卷一「論私德」。
〔註 9〕朱光潛《西方美學史》下冊，頁 39。
〔註 10〕同上，頁 36。

正嘉而後，競起邪宗。……文勝理消，……即如陽明之文，韓歐不足多者，而謂文與道二，溝而出諸文苑。(《南雷文定・前集》卷七〈李杲堂先生墓誌銘〉)

文道分行的觀念推到極端處，就是只問名義，不顧實質，形成牢不可破的成見；何況在「文勝理消」的時代，理學家很難跨越到文藝領域中，佔有一席之地。《明史》將陽明之文溝而出之，是受到時代封閉性的影響，是沒有辦法的事，但近人編寫批評史卻不須要延襲陳舊的觀念，否則便見不出浪漫運動的理論基礎，性靈論者也將失其統緒。

二、王　畿

王畿，字汝中，號龍溪，浙江山陰人，明孝宗弘治十一年（1498）生，嘉靖十一年進士，歷官兵部武選司郎中。時宰夏言票旨詆爲僞學，以故仕宦不達。謝病歸後，致力於講學，足跡幾半天下，東南士夫受其沾溉者甚眾。神宗萬曆十一年（1583）卒，年八十六。有《龍溪全集》二十卷、《語錄》八卷傳世。

狂者與頓悟

龍溪爲王門高弟，與錢緒山（德洪）親炙陽明最久。緒山性情樸厚，其學從修持而來，對良知的體會在「靜」，態度傾向保守消極，爲學墨守師說，立朝堅忍不移，處處表現「有所不爲」的狷者作風〔註11〕，以此下開王學「守成」一路。而龍溪不同；他天性穎慧，生來具有一種狂者的性格。當正嘉年間，王陽明初倡理學之時，士人皆駭而不信，甚至欲共黜之，唯獨龍溪置若罔聞，首先前往受業，出而言所聞道，諸生始悟舊學之支離，而願從者日眾〔註12〕，可見龍溪自有一股不趨流俗的精神和帶動群眾的力量。其次，龍溪之學出於頓悟；嘉靖二年下第而歸，卒業於師門，「文成爲治靜室居之，踰年大悟，盡契師旨。故其言曰：『我是師門一唯參。』又曰：『致良知三字，及

〔註11〕《明儒學案》卷十一，〈員外錢緒山德洪〉。
〔註12〕〈王龍溪先生傳〉。

門者誰不聞，惟我信得。』」〔註 13〕透過頓悟一關，龍溪體會良知爲「靜而後動」、「本體即工夫」，認爲發師門之所未發，才是「盡契師旨」。〈答李克齋書〉云：

不肖賴天之靈，偶然得個悟入，故深信不移，以爲千古絕學，庶幾有在於此，不惜口業，每每與諸公一談，以儘交修之懷，非不自量也。若不是自己眞有個悟入處，雖盡將先師口吻言句，一字不差，一一抄騰與人說，衹成剩語，誑己誑人，罪過更大，以其無得於己也。(《龍溪王先生全集》卷九)

「高明」一路的取向

龍溪以其狂者的性格和頓悟的經驗，下開王門「高明」一路，與緒山一派不同。當時「師門來學者眾，文成不能偏指授，則屬龍溪與緒山分教之，而龍溪所興起爲多。文成論學，每提四句爲教法：『無善無惡心之體，有善有惡意之動，知善知惡是良知，爲善去惡是格物。』緒山謂此是師門定本，一毫不可更易，龍溪謂夫子立教，隨時謂之權法，未可執定，體用顯微，只是一機，心意知物，只是一事，若悟得心是無善無惡之心，意即是無善無惡之意，知即是無善無惡之知，物即是無善無惡之物」(〈王龍溪傳〉)。龍溪之見，簡稱四無，緒山之見，簡稱四有。二子以所見不同，因於天泉橋上請質於陽明，陽明曰：

吾教法原有此兩種。四無之說，爲上根人立教，四有之說，爲中根以下人立教，上根者悟得無善無惡心體，便從「無」處立根基，即本體便是工夫，頓悟之學也。中根以下者未悟本體，未免在有善有惡上立根基，須用爲善去惡工夫，以漸復其本體；及其成功，一也。吾人凡心未了，雖已得悟，仍當隨時漸修，不如此不足以超凡入聖。汝中須用德洪工夫，德洪須透汝中本體，二子之見，止可相取，不可相病，能互相取益，使吾教法上下皆通，始爲善學耳。(同上)

照陽明的理想，最好是龍溪、緒山互相取益，頓漸雙修，上下皆通，

〔註 13〕同上。

以達到「隨心所欲不逾矩」的完美境界；可是就陽明個人興趣而言，實是屬意狂者較多。《傳習錄・上》云：

> 我在南都以前，尚有些子鄉愿的意思在，我今信得這良知，眞是眞非，信手行去，更不著些覆藏，我今才做得箇狂者的胸次，使天下之人，都說我行不揜言也罷。

又在去世前一年於洪都時曰：

> 吾有向上一機，久未敢發，以待諸君自悟，近被王汝中拈出，亦是天機該發洩時。吾雖出山，汝中與四方同志相守洞中，究竟此件事，諸君裹糧往浙相與質之，當有證也。(〈王龍溪先生傳〉)

陽明這兩段話雖是說自己，卻也隱約說中豪傑之士的共同心理。在極端不近人情的社會中，舊學溺於典要，窒厥性靈，早已不能滿足上才的需要，如今王學一出，提倡簡易圓通之理，強調奇特罕見的狂者人格，對上才而言，實具有莫大的吸引力。龍溪云：「聖人之學，坦如大路，而後之儒者，妄開逕竇，紆曲外馳，反出二氏之下，宜乎高明之士厭此而趨彼也。」〔註 14〕陽明所謂「天機該發洩時」，便是這種高明之士積壓的渴望和整個時代的需要。在此情形下，以中下人爲教的緒山一派自亦不能厭足人心，而以頓悟之學盡契師旨的龍溪一派則不得不推爲王門眞傳。

王學的推廣

爲報答老師相知和推許的恩情，龍溪一心以光大師門爲念，憑著「一腔愛人熱心腸」〔註 15〕，他認定天下無不可與之人，所至接引，孜孜無倦色，「自兩都及吳楚浙閩，講堂林立，莫不以先生爲宗盟」〔註 16〕。龍溪年八十餘猶不廢出遊，轍跡所達，幾半天下〔註 17〕。他一生經歷弘治、正德、嘉靖、隆慶、萬曆五朝，活躍在東南半壁人文

〔註 14〕《龍溪語錄》卷二〈滁陽會語〉。
〔註 15〕〈王宗沐龍溪先生文集序〉。
〔註 16〕清莫晉〈重刻王龍溪先生全集序〉。
〔註 17〕《龍溪王先生全集》卷十五〈自訟長語示兒輩〉。

薈萃之區，接引人才無數，他曾說：

余平生不能爲文，然一生心精，皆在會語相從縉紳士大夫以及受業之英相與往復問答者，而吾師之微旨在焉。〔註18〕

王學到他手中，不僅走向高明一路，還得到很大的推廣；連帶地，性靈說也得到更明確更自由的指示。

本體論

龍溪的文學理論同樣建立在「良知」二字上。他說：

良知是性之靈體。〔註19〕

良知者，性之靈而物之則也。〔註20〕

良知者，人心之靈體，平旦虛明之氣也。〔註21〕

心最虛靈，虛謂大公，靈謂順應，良知者即此虛靈之發見。〔註22〕

良知如燈之明，聞見如燈光之照，光非從外而襲也。〔註23〕

由這幾例看來，「良知」與「性靈」實爲一物，而龍溪所謂的良知本質上與陽明差不多。不過龍溪特別強調良知「主宰」的地位，以及虛靈變化的特性。〈答趙尙莘書〉云：

令本心時時作得主宰。……須信本心自有天則，方爲主宰，須信種種嗜欲，皆是本心變化之方。(《全集》卷九)

本心與嗜欲之間，極易混淆，若不辨析清楚，難免自欺欺人，做不得自己的主宰。因此〈答王敬所書〉云：

夫意者，心之用。情者，性之倪。識者，知之辨。心本粹然，意則有善有惡。性本寂然，情則有眞有僞。知本渾然，識則有區有別。苟得其本，盎然出之，到處逢源，無所待於外。意根于心，是爲誠意；情歸于性，是爲至情；識變爲知，是

〔註18〕蕭良幹〈王龍溪先生全集序〉。
〔註19〕《龍溪王先生全集》卷九〈與魏水洲〉。
〔註20〕同上，卷十四〈松原晤語壽念菴羅文〉。
〔註21〕同上，卷十五〈冊後養眞收受後語〉。
〔註22〕同上，卷十五〈跋徐存齋師相教言〉。
〔註23〕同上，卷十六〈趙望雲別言〉。

爲默識。不揣其本，而惟末之求，縱滅意去情而離識，本末睽絕，祇益虛妄耳。皆瞞人且自瞞也。(《全集》卷九)

龍溪此意亦不外「無善無惡心體」之意。所謂「無善無惡」是指無世俗善惡的成見，純然以本心之至善發之應之。若凡事不先經本心之觀照，但隨一般爲善去惡之論視之，則易涉習染成見，隨人妍媸，無法自得。良知之本體既無善無惡，所得的自由便相當大，上下宇宙，周流運轉，其用不窮。龍溪續曰：

良知之虛體不變，而妙應隨緣。玄玄無轍，不可執尋；淨淨無瑕，不可污染；一念圓明，照徹千古；遇緣而生，若以爲有，而實未嘗生；緣畫而死，若以爲無，而實未嘗死；通晝夜，一死生，不墜有無二見，未嘗變也。惟其隨緣，易於憑物，時起時滅，若存若亡；以無爲有，則空裡生華，以有爲無，則水中撈月。臨期一念有差，便墮三塗惡道，皆緣應也。(同上)

以這樣的方式解釋良知，在思想界不免被指責爲近禪近老〔註24〕，可是在文學世界，佛老緣起緣滅、生死交感、鏡花水月等觀念，適足以提供文學家馳騁想像的空間，經營絕美動人的情境，其心之用，在無不在有，在虛不在實。龍溪〈答季彭山龍鏡書〉云：

夫良知之於萬物，猶目之於色，耳之於聲也。目惟無色，始能辨五色。耳惟無聲，始能辨五聲。良知惟無物，始能盡萬物之變。無中生有，不以迹求，是乃天職之自然，造化之靈體，故曰變動不居，周流六虛，不可爲典要，惟變所適，易即良知也。今疑此爲不足，而猶假聞見以爲學，是猶假色於目以爲視，假聲於耳以爲聽，如之何其可也！夫良知未嘗離聞見，而即以聞見爲知，則良知之用息。耳目未嘗離聲色，而即以聲色爲視聽，則耳目之用廢，差若毫釐，謬實千里，豈惟不足以主經綸而神變化，揜閉靈竅，壅塞聰明，將非徒無期而反害之也。(《全集》卷九)

〔註24〕如《明儒學案》卷十二〈郎中王龍谿先生畿〉。

正因爲支離末節無益反害，所以龍溪反對一切形式上的東西，包括聞見、聲色、規矩、格套。他說：

> 大抵吾人不欲眞做聖賢則已，自古入聖入賢，須有眞血脈絡，與形迹把捉，格套支持絕不同。吾人致知學問未嘗不照管形迹，循守格套，然必以形迹觀人，以格套律人，遺其自信之眞機，未免以毀譽爲是非，同異爲得失，未免有違心之行，徇義之名，所差不但毫釐間而已也。（《全集》卷九〈答胡石川〉）

又說：

> 良知時時做得主宰，不被境界所引奪，此方是眞悟入。（《全集》卷九〈答章介庵〉）
>
> 要做個千古眞豪傑，會須掀翻籮籠，掃空窠臼，徹內徹外，徹骨徹髓，潔潔淨淨，無些覆藏，無些陪奉，方有個宇泰收功之期。（《全集》卷九〈答李克齋〉）

由此看來，龍溪所謂的「良知」靈敏度與活動性都較陽明爲高，爭取自由的態度也更激烈大膽。陽明偶而還有「從俗」之說〔註25〕，而龍溪則「直心以動」、「自信自成」，於世間一切毀譽毫無所入。致良知的方向本來有二，一是反省內心的嗜欲意念，一是掃空外來的蔽障成見；然而由頓悟入者，本體即是工夫，「雖有欲念，一覺便化，不致爲累」〔註26〕，因此龍溪致力於「籮籠」、「窠臼」的破壞。這種態度用之於文學，便形成極端輕視技巧、不重形式的文學觀。

〈陽明先生年譜序〉云：

> 道一而已，學一而已，良知不由知識聞見而有，而知識聞見莫非良知之用。文辭者，道之華；才能者，道之幹，……皆所謂良知之用也。有舍有取，是內外精粗之見未忘，猶有二也。無聲無臭，散爲萬有，神奇臭腐，隨化屢遷，有無相乘之機，不可得而泥也。是故溺於文詞則爲陋矣！道

〔註25〕如《王陽明全書·書錄》卷一〈與胡伯忠書〉云：「事之無害於義者，從俗可也，君子豈輕於從俗，獨不以異俗爲心耳。」

〔註26〕《龍溪王先生全集》卷十四〈松原晤語壽念菴羅文〉。

> 心之所達，良知未嘗無文章也，役於才藝，則爲鄙矣！……良知未嘗無典要也，蓋得其要，則臭腐化爲神奇，不得其要，則神奇化爲臭腐，非天下之至一，何足以與於此！（《全集》卷十三）

良知是生命的本體，發而爲言語、政事、文學，一切「萬有」才能開花結果，表現神奇的生命。生命是一貫的整體，故從「本體即工夫」的觀點來看，內容思想就是技巧形式，二者是本根與枝葉的關係，爲「天下之至一」，不可分開來看。〈讀雲塢山人集序〉云：

> 夫君子之學，莫先辨志。未有志於根本而不達於枝葉者也，亦未有徒志於枝葉而能得其根本者也。今之所謂良知之學者，夫亦通其說而已，未嘗實致其良知也。名爲根本，而實未嘗忘於枝葉也。子而果欲實致其良知，非徒通其說而已，則當自其一念靈明者專志而求之，弗憚於非笑，弗眩於多岐，必也忘世情，忘嗜慾，并其詞章之念而忘之，而後道可幾耳。
>
> 良知者天地萬物之靈也，子而果能實致其良知，範圍曲成，將於是乎賴，而況於文詞之藝乎哉？……世之所謂頭巾者，皆泥於良知之迹，而未得其精、滯而未化者也。
>
> 苟欲致知而務文詞之工，是猶以隋珠而彈雀，亦末也已。（《全集》卷十三）

內容與形式本是一物，必須「忘」其分別，打通這一關，使精神由本體自然貫注到末稍，則花繁葉茂，不求工而自工，此謂之「化」，謂之「神奇」。若無生命情感之物，則如假花偶人，空華闒茸，人才腐朽，毫無價值可言，故溺於此道者爲「鄙」、爲「陋」、爲「頭巾」。

技巧論

由一元論出發的文學觀，對技巧和規矩的認定另有一套見解。第一，法必須由心而生，是變化靈動的活法，而非拘束湊泊的死法。龍溪云：

> 若從眞性流行，不涉安排，處處平鋪，方是天然眞規矩，

脫入些子方圓之○，尚是典要挨排，與變動周流之旨，尚隔幾層公案。(《全集》卷十七〈池陽漫語示丁惟寅〉)

纔有湊泊，便落格套；纔有意度，便屬知解。(卷九〈與陶念齋〉)

入聖入賢自有眞血脈絡，反身而求，萬物皆備，非意氣所能馳騁，非知解所能湊泊，非格套所能摹倣。(《全集》卷十二〈與宛陵會中諸友〉)

每個人都有自己獨立的良知，萬物皆備於我，不需要摹倣別人，亦非別人所能摹倣，此即爲活法。其次，活法是進化的，不僅具個人性，亦具時代性。〈歷代史纂左編序〉云：

治必有法。如方圓之於規矩，平直之於準繩，斷斷乎不可以無者也。何也？時有古今，而治乘之，治有因革，而法紀之，道則貫乎治，法變通以趨乎時者也。……嗟乎！書契之不能還於結繩，書契文繁，而不能還於簡也，時之趨也。(《全集》卷十三)

一切規矩制度，固不可無，但規矩制度，與時遞變，何能拘執不化！法由良知而生，心爲虛，法爲實，「虛始能運，實則不能運」。龍溪言：

先師嘗論運筆之法，運肘爲上，運腕次之，運指又次之。以虛爲用，虛始能運，實則不能運也。……昔之人因舞劍器悟運筆意，予因運筆悟學道之方，彼此所悟，大小不同，其爲用虛一也。(《全集》卷十五〈跋名賢遺墨漫語〉)

舉一「用實」之例爲言，龍溪云：

昔有關中人士，嘗持所作請證於陽明先師。先師謂曰，某篇似繫辭，某篇似周誥，某篇似檀弓，某篇絕似穀梁。其人甚喜；因諭之曰：「十歲童子作老人相，拄杖曳履，咳唾傴僂，非不儼然似也，而見者笑之，何者？以其非眞老人也。苟使童子飭衿肅履，拱立以介乎其間，人自竦然不敢以幼忽之，何者？以其眞童子也。」嘗以語荊川子，荊川深領之，謂可以爲作文者之法。(《全集》卷十三〈精選史記漢書序〉)

這個絕佳的比喻十分發人深醒，對後來的性靈論者啓示很大。陽明教人作文之法，是寧做眞童子，不做假老人；眞童子存誠履恭，亦足以令人愛而敬之，而假老人裝模做樣，只顧學其形跡，而忘自己之失眞，道貌岸然之餘，適足以令人發笑。由這個例子也可以見出當時關中之士的觀念全然拘執於死法，認定秦漢文的外型，摹擬酷似，引以爲榮，不問時代之推移，亦不問文是否由己出，只知「實」而不知「虛」，故不得運用之訣竅。龍溪又舉「用虛」之例爲言：

> 昔有求工畫者，眾皆吮墨伸紙，奔走以待用，一人獨解衣盤礴而坐，此眞工畫者也。夫知工畫者不在於吮墨伸紙，而在于解衣盤礴之人，則知夫子與點之意矣！
>
> 主于道者以無爲用，無所待而不足，入者爲主，出者爲奴，見使然也。惟見有小大，故有無之迹乘之，見之小者泥於有，見之大者超於無，斯固點之所以爲狂而異于三子者之撰也。(《全集》卷十四，〈贈梅宛溪擢山東憲副序〉)

吮墨伸紙者得畫之形，解衣盤坐者得畫之意。意者，精神意思之謂，當其凝聚融結之時，如雞覆卵，如龍養珠，如女子懷胎，不復知有其他〔註 27〕，何暇計較紙墨。紙上功夫有限，而心靈之用無窮，紙墨易得，而精神難求，故龍溪貴此賤彼。

輕視技巧另一層原因是爲狂者說法；〈私警錄後語〉云：

> 奕之譜，畫之粉本，皆國工之所不廢，然徒譜且粉本已也，而於臨枰展素之際，顧悠悠焉，則罔矣！……雖然，就譜與本而求備焉，寧無免於意見之爲累，而渣滓尚未盡融者乎？此雖不害其終爲國工也，而亦未免於入國工而未入神品者之小疵也。噫！點睛而龍飛，懸虎而犬蹶者，又何人哉？(《全集》卷十五)

可見龍溪所設定者是「神品」的高標準，並非以入於國工之流就能滿足。一般人尚未達到這個程度，不得不接受技巧的訓練，可是對名家高手而言，如何擺脫限制，達到出神入化的境界，才是他們最重要的一關。

〔註 27〕《龍溪語錄》卷二〈滁陽會語〉。

總之，在技巧論方面，龍溪在一般認定的法規上做了很大的破壞，但另一方面他也做了很多建設；他主張法必須由心生，由心用；心之用爲虛，法之用當活；一人有一人適用之法，一時有一時適用之法；不可拘泥，不可仿效。「活法」不能固定下來成爲眾人遵奉的法則，所以表面上見不出他建設的一面，而只見出破壞的一面，事實上，表現論者對「法」的討論不少，只是他所提供的是「觀念」而不是「條文」。

論文與論詩

性靈說發展到龍溪手中，出現了簡單的文論詩論和明確的宗主。

在文章方面，《龍溪全集》卷十三〈精選史記漢書序〉云：

> 嘗聞之，古文之與時文，其體裁相去若甚遠，而其間同異之機，不能以寸。要皆於虛明一竅發之，非明者莫能辨也。故曰師其意不師其辭，吾有取焉爾。讀者悟夫作者之意，而不失其用虛稽實、紆徐縱閉變化之態，時文猶古文也。不得其意而徒辭之狥，句句而研之，字字而校之，模擬摘實，如優人之學孫叔敖，適足以來明者之一噱而已。
>
> 夫子長法國語左傳，孟堅法史記，固也。然其爲文皆自爲機軸，而不相沿襲，殆師其意者非耶？子長之文博而肆，孟堅之文率而整。方之武事，子長如老將用兵，縱横蕩恣，若不可羈，而自中於律。孟堅則遊奇布置，不爽尺寸，而部勒雍容，密而不煩，制而不迫，有儒將之風焉，要之子長得其大，孟堅得其精，皆古絕藝也。

又卷十五〈北行訓語付應吉兒〉：

> 讀書作文之暇，時習靜坐，洗滌心源，使天機常活，有超然之興。舉業不出讀書作文兩事，此是日履課程。……作文時直寫胸中所得，務去陳言，不爲浮辭異説，自然有張本，有照應，有開闔變化，成章而達，不以一毫得失介於其中，方是善作文。
>
> 作文如是寫家書，句句道實事，自有條理。若替人寫書，

周羅浮泛，謂之綺語，於此知所用心。

積深而發自裕，心明而藝自精，臨文沛然，一瀉千里，所謂行乎所當行，止乎其所不得不止，乃分內勾當。

龍溪專談文章的論文只有這兩篇，其中表現出幾個觀點：

第一，他支持韓愈「師其意不師其辭」、「務去陳言」的理論，以及蘇軾「行乎所當行，止乎其所不得不止」的爲文態度者。韓與蘇，一爲中唐詩人，一爲北宋詩人，這些「非盛唐」的人物在明代中葉最爲格調派輕詆，而他們的文學理論正是後來性靈說的「原型」。龍溪在性靈說尚未倡大流行時，沒有明白指出韓蘇的名字，但這個意思卻是存在的。

第二，龍溪推崇《史記》、《漢書》之文，著眼點與七子截然不同，七子專看子長法《國語》、《左傳》、孟堅法《史記》的酷似之處，而龍溪荊川則視其「自爲機軸，不相延襲」處。不論是博而肆也好，率而整也好，主要在表現出個人的特色；順著特色善加發揮，或大或精，都可成爲古文之絕藝，二子之所以卓然成家，正在於「不似」。

第三，一般人即使尚未達到子長孟堅的程度，平常作文也必須直寫胸中所得，句句眞情實見，不落格套，新的方法自然就會從中產生出來。平日「洗滌心源，使天機常活，有超然之興」，便是創造力和靈敏度的培養，到時機成熟時，便可發揮很大的作用。

第四，龍溪主張「作文如寫家書」，要用類似說話的口氣作文，明白痛快，一瀉千里。這個主張一方面影響著晚明的「白話運動」，一方面則是對七子艱深晦澀的假秦漢文做一種反抗。龍溪自己入場屋作八股文，「直寫己見，不數數顧時式」〔註 28〕，平日之作，據他弟子王宗沐說：

龍溪先生非有意於文者也，其與論或有所著述，援筆直書，罔事思索，繁而不加裁，複而不爲厭，非世文章家軌則，要其發揮性眞，闡明心要，剔精透髓，透入玄微，其一段

〔註 28〕〈王龍溪先生傳〉。

精光，有必不可得而泯滅者也。(〈龍溪先生文集序〉)

這是王門學者對自己理論的實踐，也是性靈諸家爲文的基本態度。

第五，龍溪看待文章，並不分體裁，時文古文，視爲一物。不僅文章如此，詩詞、音樂、書畫、戲曲、小說、歷史無不如此。心學以一元論觀物，無物不由良知所出，就其同者而言，彼此間的道理都是互通的。格調好「分」，性靈派好「合」；所以格調講「文體」，而性靈只講「本體」，這是二者很大的不同。

再談詩的部分：

龍溪說：「夫言，心聲也，詩尤言之精也。」〔註29〕這是注意到詩比一般語言文字更「精」一些的特質，詩的地位顯然從教育的功能提昇到欣賞的功能了。不過正因詩爲言之精，就愈不可落入俗套。〈與朱金庭書〉云：

詩爲心聲，字爲心畫，心體超脫，詩與字即入神品。體格粘滯，詩與字即墮俗套，所謂只此是學，非可他求也。(《全集》卷十一)

詩評——推崇邵雍

在歷代詩人當中，龍溪特別推崇邵雍，而於杜甫則有微詞，〈擊壤集序〉云：

康節先生擊壤集鳴于世久矣，白沙以詩之聖屬諸少陵，而以康節爲別傳，蓋因其不限聲律，不沿愛惡，異乎少陵之工，爲詩家大成也。夫詩家言志，而志本于學。康節之學，洗滌心源，得諸靜養，窮天地始終之變，究古今治亂之原，以經世爲志，觀于物有以自得也。於是本諸性情而發之于詩。玩弄天地，闔闢古今，皇王帝伯之鋪張，雪月風花之品題，自謂名教之樂，異于人世之樂，況觀物之樂，又有萬萬者焉。死生榮辱，輾轉于前，曾未入乎胸中，雖曰吟詠性情，曾何累哉？其所自得者深矣！予觀晉魏唐宋諸家，如阮步兵、陶靖節、王右丞、韋蘇州、黃山谷、陳后

〔註29〕《全集》卷十三〈擊壤集序〉。

> 山諸人，述作相望，雖所養不同，要皆有得于靜中沖澹和平之趣，不以外物撓己，故其詩亦皆足以鳴世。竊怪少陵作詩，反以爲苦，異乎無名公之樂而無所累，又將奚取焉。說者謂詩之工，詩之衰也，其信然乎。(《全集》卷十三)

龍溪批評歷代詩人的只有這一篇文章，其中約略把邵雍、阮陶王韋黃陳、杜甫分成三級。跟王陽明比起來，這是很大的進步；陽明似乎謹守「文道分行」的觀念，從來沒有談及任何一位作家，性靈說在他手中，可以說只有理論，而無批評。發展到王龍溪時，雖然只有一篇序文，但是性靈派的批評標準已顯而易見了。

龍溪最心儀邵堯夫的原因，主要在堯夫詩「言志」與「學道」二妙並具，使性情與修養融合爲完美的詩品人格。其次在他的創作過程表現出一種「靜養自得」之美。從玩味人生宇宙，蘊釀意象，到形諸文字，整個過程輕鬆自然，毫不費力，這種消化外物干擾的力量，游刃有餘的風範，即陽明所謂的「灑落」。灑落有喜悅快樂的成分，並不痛苦刻意。阮陶王韋黃陳也能做到這一步，他們「不以外物撓己」，有「靜中沖澹和平之趣」，亦在杜甫之上。「外物」在內容上指看不破世情的煩惱痛苦，在形式上指聲律的限制牽絆，凡是爲這些因素所累，境界就差了，所以詩律最細、用心最苦的老杜，反而居諸子之下。

龍溪這套批評標準有幾個意義：

第一，他是極端重視內容思想而輕視形式，他對規矩法度的認定也與格調派不同。當他論文章時，說史遷「若不可羈，而自中於律」，班固「遊奇布置，不爽尺寸」，教人作文時說：「命題操筆，不爲俗套所泥，時出新意，能發難顯之辭，而亦不乖於度。」〔註30〕從這裡看來，龍溪所反對者應當是俗格濫套，而非尺寸律度。然而論詩時，詩的限制比文多，龍溪對詩的尺度卻更寬，堯夫詩「不限聲律，不沿愛惡」，本是詩家的大忌，龍溪卻毫不介意，可見他對「尺寸律度」的認定是非常主觀的。龍溪以良知爲詩的天則，格調派以聲律爲詩的天

〔註30〕《全集》卷十六〈漫語贈韓天敘分教安成〉。

則，二者所謂的規矩全然是兩回事。

第二，龍溪所定的高下，也和格調派正好相反。格調派在貶宋的觀念下，將不守規矩的邵堯夫視為「別傳」。別傳者非名教所能羈勒，不是外行，就是異端，龍溪卻取置於第一位，而李何奉為大成祖師的杜甫，則置於其下；這很明顯的是在與七子獨尊盛唐的批評相對抗。在龍溪看來，迷信「盛唐」的觀念根本就是牢籠，就是窠臼，必須掃空破除。他將阮陶王韋黃陳諸人並列，也含有打破盛唐界線的意思在。只論其人，不論形跡，也不受時代拘限；這是龍溪文學批評的宗旨。雖然他欣賞邵堯夫不乏思想家對思想家「私嗜」的成分，所見的杜甫也可能是李何摹擬冗濫後的杜甫；不過他闡幽發微的精神，不怵盛名的勇氣，以及大幅抑揚上下的魄力卻對後來性靈諸家造成很大的啓示和鼓舞。

欣賞與讀書

對「欣賞」一事而言，一向不重形式的性靈論者其審美過程是透過文字觀察作者的心靈。他們的審美對象其實常是作家本人，而非作品；作品只是一種媒介而已。這個意思首先由陽明發之，而後由龍溪帶入文藝的領域。陽明曾說：「凡觀古人言語，在以意逆志而得其大旨。」（《傳習錄》中）又說：

> 人心天理渾然，聖賢筆之書，如寫眞傳神，不過示人以形狀大略，使之因此而討其眞耳，其精神意氣，言笑動止，固有所不能傳也。後世著述，是又將聖人所畫摹倣謄寫，而妄自分析加增以逞其技，其失眞愈遠矣。（《傳習錄》上）

陽明承認聖賢之言笑動止，書固有所不能傳，但後人讀書欣賞之時，卻必須由形狀大略進而求精神意氣，才能存古人之眞，因此破除言詮的蔽障成了欣賞默悟中重要的一關。龍溪云：

> 道必待言而傳，夫子嘗以無言為警矣！言者所由以入於道之詮。凡待言而傳者皆下學也。學者之於言也，猶之暗者之於燭，跛者之於杖也。有觸發之意焉，有栽培之義焉，

有印正之義焉，而其機則存乎心。悟不得於心而泥於言，非善學者也。……得也者，非得之於言，得之於心也，契之於心，忘乎言者也。(《全集》卷十三〈重刻陽明先生文錄後序〉)

如果不本於心性讀書，「雖日誦六經之文，亦不免玩物喪志」〔註31〕，讀而不化，則謂之「食痞」〔註32〕。理想的讀書方式應當是：

讀書時口誦其言，心釋其義，得其精華而遺其麤穢，反身體究，默默與聖賢之言相符，如先得我心之同然，不爲言詮所滯，方爲善讀書。〔註33〕

觀其大意，「不屑屑於章句，而大旨大端，默若有所契悟」〔註34〕。在以心傳心，以心證心的過程中，意思精神超越了言語文字古今時空，周流往復，其用無窮，因此龍溪甚至說：「不學之學，暗合於道者也。」〔註35〕

將此經驗移之於文藝世界，則產生重德輕藝論。〈與莫廷韓書〉云：

右軍履歷卓然載在晉史，識見才望，係晉室安危者，三十餘年。觀其永和氣象，懷抱超然，齊彭殤，一得喪，蓋幾於道者。惟其精於墨妙，世人止以絕技稱之，掩其平生。陽明先師嘗戲言曰：「富人用金作酒器，嫌其太質，以五采點飾之，人但稱其爲采糊器皿，而忘其金體之貴」。右軍之謂也。(《全集》卷十二)

世人徒見技藝之眩目，而忘其本質之美，在陽明龍溪看來，不僅是本末倒置的欣賞方式，對藝術家而言，平生大德爲藝所掩，也是十分可惜的事，故特爲表出之。龍溪云：

德成而上，藝成而下，先正有云：志於道則志專，神翕德成而藝進。役役於藝，則志分神馳，而德亡藝亦不進，在

〔註31〕《全集》卷十四，〈贈邑博諸元岡遷荊王府教授序〉。

〔註32〕《全集》卷十五〈北行訓語付應吉兒〉。

〔註33〕同上。

〔註34〕《全集》卷十六〈漫語贈韓天敘分教安成〉。

〔註35〕《全集》卷十三，頁28。

豪傑當知所自審矣！（同上）

藝術家之藝，實來自於德，德成而藝進，德亡則藝不進，心之用在此。而欣賞者也必須透過形式探索作者的心靈意境，才能見其整體，得其眞貌；可見創作必須「用虛」，欣賞也必須「用虛」，此虛靈之心實在是龍溪理論中一以貫之的根本。

結　論

綜合以上所述，可知性靈說發展到龍溪手中，大大的往前跨進一步。龍溪與陽明不同的地方，在本體方面，陽明比較注重心在靜態中的本質，龍溪則在此之外更注重心活動的特性；陽明所謂的心如「鏡」，龍溪所謂的心如「燈」。龍溪認爲「寂者心之體，寂以照爲用，守其空知而遺照，是乖其用也」〔註 37〕，他不甘只守其空知，便專在「照」下功夫，因此心的活動力增強，熱情和靈敏的程度提高。爲了加大心靈變化的空間，龍溪反對一切形式格套，處處強調「虛」「無」的妙用。在這方面，他加入許多佛老的觀念，連字面都與陽明不大相同；陽明的文學理論以「誠」爲主，龍溪卻很少用到誠字，大多以「無善無惡」、「妙應隨緣」、「惟變所適」之類的詞彙表現心和文學的空靈性，這是王學由儒趨禪的痕跡。由儒趨禪不免引來衛道之士的抨擊，可是從文學的觀點看，虛悟之學卻使龍溪有更明晰的文學觀念。

他提昇了文學的地位，認爲言爲心聲，詩文又爲言之精者，所以文與道應當合而爲一，不再是附庸下的教化工具。龍溪有明確的詩論文論，反對摹擬，反對刻意求工，並從中建立批評的標準，指出具體的對象。他支持韓愈、蘇軾的見解，推崇宋代的邵雍，明明白白地反對詩必盛唐，跟格調派唱反調，這些是他比陽明關心文學而又不諱言的地方。他的弟子王宗沐說他「多所精詣，發文成所未發」〔註 38〕。黃宗羲亦云：「先生疏河導源，於文成之學，固多所發明也。」〔註 39〕

〔註 37〕《明儒學案》卷十一，〈員外錢緒山先生德洪〉。
〔註 38〕〈龍溪先生文集序〉。
〔註 39〕《明儒學案》卷十二〈郎中王龍溪先生畿〉。

以文學理論證之，的確是不錯的。

然而龍溪的理論專走「高明」一路，本身實具有相當的危險性，尤其在讀書人濫劣薄弱的基礎上，庸俗功利的低級文化隨時可能吞噬一個新的學說，此時該不該推廣狂者的虛悟之學，一直是個引起爭議的問題。錢德洪說最初陽明立說時，「懲末俗卑污，引接學者，多就高明一路，以救時弊。既後漸有流入空虛，爲脫落新奇之論，在金陵時，已心切憂焉。故居贛則教學者存天理，去人欲，克治實切，而征甯藩之後，專發致良知，宗旨則益明切簡易矣」〔註40〕！陽明自己也說：「吾有向上一機，久未敢發，以待諸君自悟。」可見陽明深知其弊，因而態度十分謹愼。即便如此，後來仍遭到黃梨洲的批評：「(先生)其爲廓然聖路無疑，特其急於明道，往往將向上一機，輕於指點，啓後學躐等之弊有之。」〔註41〕

陽明尙且如此，何況龍溪？據王宗沐序云，當時就有人表示反對：「夫子之言性與天道，不可得而聞，而先生每諄諄亟發之，言者益褻，聽者益玩，非所以立教。」黃宗羲亦云龍溪四無之說，「傳之海內，而學者不能無疑」〔註42〕，可見龍溪當時遭到很多的懷疑與阻力。其實龍溪未嘗不明白頓悟之學的缺失，「卑者或苦於未悟，高明者樂其頓便，而忘積累」〔註43〕，他自己早已說出來了，只是他有他的爲難處。第一是爲恐師門晚年宗說，若祕而不傳，後將復晦，則爲師門之罪人矣〔註44〕。其次是在舊學的禁錮下，學者馳求於外，久不知有心性之旨，實不忍有所靳以不宣，如果少數高明之士能藉此興起開悟，亦未嘗不收效甚宏。加上龍溪生性熱情，「其與人爲善之心，孜孜若渴，斃而後已」，其行事「不事掩覆，不事包藏，自信自成，於世間一切毀譽是非，毫無所入」(〈王宗沐序〉)，於是龍溪以無比的

〔註40〕《王陽明全書·書錄》卷五「與滁陽諸生并問答語」文後「德洪曰……」

〔註41〕《明儒學案》師說王陽明守仁。

〔註42〕同上，卷十二〈郎中王龍溪先生畿〉。

〔註43〕《龍溪語錄》卷二〈滁陽會語〉。

〔註44〕王龍溪傳。

熱情與自信，奔波於道塗，六十年來，跑遍東南半壁，接引士人無數。在個人和時代因素的影響下，王學與性靈說得到推廣風行，卻也因此走上了「偏勝」的路子。

龍溪直接影響的性靈派人物有唐荊川、王遵巖、徐文長、李卓吾等人。唐、王、徐諸子在嘉靖年間掀起第一波反擬古的浪漫運動，而李卓吾則在萬曆年間接引公安三袁，成功的引發了第二波浪漫思潮，在性靈派的傳承之中，龍溪扮演著承先啓後的重要角色。

第二章　文章家的性靈說——唐順之、歸有光

嘉靖初年，前七子相繼謝世，摹擬王國無人統馭，勢力逐漸消褪。此時，約在嘉靖二十五至三十九年間，一批受心學影響的士大夫自格調派的控制下掙脫出來，左提右挈，盡洗當時剽竊之習，李何文集幾乎遏而不行〔註 1〕。他們包括王愼中、唐順之、陳束、李開先、趙時春、任瀚、熊過、呂高等所謂「八才子」，以及晚出的茅坤、歸有光。這些人物「通經史，諳世務，往往爲通儒魁士，以實學有聞」〔註 2〕，因此在短短十餘年間，形成一個有力的浪漫運動。在這場運動中，唯一具有完整文學理論而爲其核心的人物，便是唐荊川。

一、唐順之

唐順之，字應德，號荊川，江蘇武進人。生於明武宗二年，卒於世宗嘉靖三十九年（1507～1560），五十四歲。嘉靖八年（1529）進士第一。倭寇蹂躪大江南北，以郎中視師浙江，親自泛海，屢破倭寇，擢左僉都御史，巡撫鳳陽，力疾渡焦山，至通州卒。崇禎中，追諡襄

〔註 1〕《列朝詩集小傳》丁集上「李少卿開先」。
〔註 2〕同上，「呂少卿高」。

文，學者或稱其郡望「毘陵」。

《明儒學案》卷廿六〈南中王門學案・唐荊川本傳〉云：

（先生）初喜空同詩文，篇篇成誦，下筆即刻畫之。王道思見而歎曰：「文章自有正法眼藏，奈何襲其皮毛哉？」自此幡然取道歐曾，得史遷之神理，久之，從廣大胸中隨地湧出，無意爲文而文自至。較之道思，尚是有意欲爲好文者也。其著述之大者爲五編：儒編、左編、右編、文編、稗編是也。先生之學，得之龍溪者爲多，故言於龍溪只少一拜，以天機爲宗，以無欲爲工夫，謂此心天機活物，自寂自感，不容人力，吾人唯順此天機而已。

頓　悟

荊川思想的轉變，最初受王道思的啓示，後來得自龍溪爲多，可是眞正使他精進的力量，是來自四十歲的一場大悟。他自言四十以前「本是欲工文字之人」〔註3〕，「馳騁於文詞技藝之域，而所恃以立身者，又不過強自努力於氣節行義之間，其於古人性命之學，蓋殊未之有見也」〔註4〕。那時他接受簡單的程朱教條，塡塞博雜的記誦之學，模仿七子虛假的詩文，習慣於庸俗文化中的一切活動，陷於「鬧擾套中」而不覺。自嘉靖十八年削籍罷歸後，隱居陽羨山中，讀書十餘載（《明史》本傳）。這段期間，臥病在床，筋骨枯槁，在「餘生無多」的心境下，反躬自省，豁然大悟。乃見古人學問宗旨，「只在性情上理會」〔註5〕，而以前苦心矻力學得的技藝，不過是勝心私欲下的「逐末之學」。於是荊川以壯士斷腕的精神，捐書燒筆，以四年的時間專力思索，不爲文字。他說：

大抵人窮則反本，霜降水涸，天根始見，於是大悔曩時孟浪，痛自磨刮，直欲掃去枝葉文飾，從根本上著力，久之亦漸覺有洒洒處。(《文集》卷五〈與項甌東郡守〉)。

〔註 3〕《荊川文集》卷七〈答茅鹿門知縣〉。
〔註 4〕同上，卷五，〈寄劉南坦〉。
〔註 5〕同上。

四十這一關，是荊川生命中的大事，經過這場「死中求活」的經驗，他在人品修養上達到很高的境界；在心學的成就直追龍溪，成爲南中王門學案中的一員；在文章的造詣一變爲洸洋紆折，而有大家之風（《明史》本傳）；他許多見解和這次頓悟有關，甚至他的思想體系也可以說是建立在頓悟前後這個點上的。

師　友

王愼中雖是接引荊川入道的人，可是成就不及他。愼中字道思，號遵巖，晉江人。明武宗正德四年生，世宗嘉靖三十八年卒（1509～1559），享年五十一。他比荊川小兩歲，早三年中進士（嘉靖五年，1526 年）。他是八才子中最先認識王龍溪，也是最先由秦漢文學改學唐宋文的人，他之所以列名八才子之首，可能是出於「聞道有先後」的關係。李開先《中麓閒居集》云：

> 遵巖在留都，與龍溪王畿講解王陽明遺說，參以己見。曩惟好古，漢以下著作無取焉，至是始發宋人書讀之，覺其味長，而曾、王、歐氏文尤可喜。眉山兄弟猶以爲過於豪而失之放。以此自信，乃取所爲文如漢人者焚之。唐荊川見之，以爲頭巾氣。遵巖言此大難事，君試舉筆自知之。未久唐亦變而隨之矣！嘗言：「吾之詩文不外古人，而有高出古人者，中麓止知敬服唐荊川，殊不知荊川特吾之緒餘也。」其大言如此。

遵巖十八歲中進士，二十八歲後悟而有得〔註 6〕，入道不可謂不早，但或許是少年意氣太盛的關係，他悟的層次淺，轉變的幅度小。在思想方面，他雖受王學的啓迪，但其中「參以己見」，混合了一部分舊學的觀念。在文章方面，他雖棄漢而學宋，可是於宋人中不取蘇氏的流暢豪放，而轉求曾、王的古奧，這點和大部分的性靈派人物不同。如果能以眞性情爲文，走古奧一路原本無可厚非，但遵巖盡焚舊作以

〔註 6〕《遵巖集》卷十五〈再上顧未齋書〉：「二十八歲以來，始盡取古聖賢經傳及有宋諸大儒之書，閉門掃几，伏而讀之，論文繹義，積以歲月，忽然有得。……」

後，新作又「一意師仿」〔註7〕，不免重蹈摹擬的覆轍，與空同一樣犯了「以艱深文其淺易」的毛病。此外，他的文學理論份量少，意思又不明確，在〈荊川文集序〉這麼重要的文章中，竟沒有表現什麼文學見解，率爾推之爲「江左自季札、言偃以後第一人」，這和七子抹殺好幾代作者的手法差不多，不僅使時人鬨然〔註8〕，荊川自己也頗爲不悅，去信糾之〔註9〕。遵巖的態度是矛盾的，先前大言荊川得其餘緒，後來又以虛譽加之，前者似乎不脫七子爭先好名的習氣，後者又有違心之嫌；從這些地方看來，他的悟入與王學所要求的「眞誠」「自得」尚隔一層。黃宗羲以王門弟子的眼光判定他「有意欲爲好文」，是很有見地的話。世以王、唐並稱，殊不知以性靈而論，唐可謂「正宗」，王可謂「別傳」。性靈思想如果悟得不夠透澈，學得不夠道地，往往將新舊觀念摻雜一處，形成奇怪的混合型態，如王遵巖者，可爲一例。

再從龍溪的觀點來看，王、唐二人同樣受學於龍溪，但龍溪顯然與荊川投契得多。在《龍溪集》中沒有與遵巖往來的信札，但卻時時

〔註 7〕《明史》卷二八七〈王愼中〉本傳：「愼中爲文，初主秦漢，謂東京下無可取。已悟歐曾之法，乃盡禁舊作，一意師倣。尤得力於曾鞏。順之不服，久亦變而從之。」

〔註 8〕《國史唯疑》：「擬人必於其倫。王道思序唐荊川集，謂江左自季札、言偃之後，惟唐一人；涉過譽，吳中鬨然。薛方山答王槐野書：吳如唐陸贄、宋范仲淹、鄒浩，非盡乏人，唐豈得偃然其上乎？唐亦有自嘲詩：力希顏氏何能望，竊比言游未敢安。爲王序發也。」引自陳田《明詩紀事》戊籤卷九王愼中。

〔註 9〕《唐荊川文集》卷六〈答王遵巖〉：「……至於求序於兄，僕與兄何等朋友也，其有所求，吾自求之，而何待於人爲之媒哉？以爲吾文苟有成，則當求兄，不成則不敢以累兄，知人之明也。及得兄序讀之，令人益增漸汗。吳下自古來文人正不少，以爲僕蓋過二千年吳下詞人而接札游之文統，既使兄爲私於所好，又若使僕與人爭名爭先然者，非兄之所以愛僕也。使兄今日爲僕作序，則亦宜道兄與僕昔以文相切磋，以才弱志騖幾成而罷之意，句句道卻實事，庶使兄爲不誣，而吾亦可以不愧耳。至於兄之雄文，則千百年自有定價，倘吾文稍進，乃敢爲兄作序，今且不欲羔袖於狐裘也。刻板事既已力止，兄序遂亦寶藏之，未敢示人也。」

提到荊川，動輒云「吾友荊川子」如何如何。荊川編《國琛集》、《歷代史纂左編》、《精選史記漢書》，都是龍溪爲他作的序，序中有他們共同的文學主張〔註10〕。此外最能見出他們交情的莫過於龍溪〈祭唐荊川墓文〉，其中說：

> 自辱交於兄，異形同心，往返離合者，餘二十年。時唱而和，或仆而興，情無拂戾，而動無拘牽。或逍遙而徜徉，或偃仰而留連，或蹈驚波，或涉危巔，或潛幽室，或訪名園，或試三山之屐，或泛五湖之船，或聯袂而並出，或枕肱而交眠。或兄爲文，予爲持筆；或予乘馬，兄爲執鞭，或橫經而析義，或觀象而窺躔；或時控弦，射以角藝；或時隱几，坐而談玄；或予有小悟，兄爲之證；或兄有孤憤，予爲之宣；或探罔象，示以攝生，或觀無始，托以逃禪；千古上下，六合內外，凡載籍之所紀，耳目之所經，心思之所及，神奇臭腐，無所不語，而靡所不研。朋友昆弟，情敬異施，惟予與兄，率意周旋。兄爲詩文，煒然名世，謂予可學，每啓其鑰而示之筌。兄本多能，予分守拙，謂予論學，頗有微長，得于宗教之傳，每予啓口，輒俛首而聽，凝神而思，若超乎象帝之先。嘗戲謂予，獨少北面四拜之禮。予何敢當，而兄之虛受，則橫渠之勇，不得專美于前。(《龍溪王先生全集》卷十九)

從龍溪這段文字，可以想見二人亦師亦友的情懷，在他們長達二十多年的交往中，心學正式由思想家移轉給文學家。

本色論

荊川對性靈說最大的貢獻在於「本色論」的建立。

「本色」一詞原是格調派的慣用語，格調所有的理論都是從「當行本色」這個觀念出發；他們將本色定爲各文體發展最盛時期的模樣；文章在秦漢，古詩在漢魏，律詩在盛唐，雜劇在元，傳奇在當時。爲求作品之道地，每一行有每一行的規矩，不許任意變化。他們將本

〔註10〕俱見《龍溪王先生集》卷十三。

色固定在「物」的身上，要人去遷就物，而荊川以心學的眼光把「本色」由物拉回「人」的身上；視本色爲作家個人的精神特色，核心一轉，所有的問題都不一樣了，技巧之工拙、法律之死活，作者的高下，皆在於「心」而不在於「物」，荊川以心轉法輪，建立了足以推翻一時豪傑的精妙之論。

《荊川文集》卷七〈答茅鹿門知縣〉曰：

> 鹿門所疑於我本是欲工文字之人，而不語人以求工文字者，此則有說。鹿門所見於吾者，殆故吾也，而未嘗見夫槁形灰心之吾乎！吾豈欺鹿門者哉。其不語人以求工文字者，非謂一切抹摋以文字絕不足爲也。蓋謂學者先務有源委本末之別耳。文莫猶人，躬行未得，此一段公案姑不敢論，只就文章家論之，雖其繩墨布置，奇正轉折，自有專門師法。至於中一段精神命脈骨髓，則非洗滌心源，獨立物表，具今古隻眼者，不足以與此。今有兩人，其一人心地超然，所謂具千古隻眼人也。即使未嘗操紙筆呻吟，學爲文章，但直攄胸臆，信手寫出，如寫家書，雖或疏鹵，然絕無煙火酸餡習氣，便是宇宙間一樣絕好文字。其一人猶然塵中人也，雖其專專學爲文章，其於所謂繩墨布置則盡是矣，然番來覆去，不過是這幾句婆子舌頭語。索其所謂眞精神與千古不可磨滅之見，絕無有也，則文雖工而不免爲下格。此文章本色也。即如以詩爲諭，陶彭澤未嘗較聲律，雕句文，但信手寫出，便是宇宙間第一等好詩。何則？其本色高也。自有詩以來，其較聲律雕句文，用心最苦而立說最嚴者，無如沈約。苦卻一生精力，使人讀其詩，秖見其綑縛齷齪，滿卷累牘，竟不曾道出一兩句好話。何則？其本色卑也。本色卑，文不能工也。而況非其本色者哉？且夫兩漢而下，文之不如古者，豈其所謂繩墨轉折之精之不盡如哉。秦漢以前，儒家者有儒家本色，至如老莊家有老莊本色，縱橫家有縱橫本色，名家墨家陰陽家皆有本色。雖其爲術也駁，而莫不皆有一段千古不可磨滅之見。

> 是以老家必不肯勦儒家之說，縱橫必不肯借墨家之談。各自其本色而鳴之爲言，其所言者其本色也。是以精先注焉，而其言遂不泯於世。唐宋而下，文人莫不語性命，談治道，滿紙炫然，一切自託於儒家，然非其涵養畜聚之素，非眞有一段千古不可磨滅之見，而影響勦說，蓋頭竊尾，如貧人借富人之衣，莊農作大賈之飾，極力裝做，醜態盡露，是以精光枵焉，而其言遂不久湮廢。然則秦漢而上，雖其老墨名法雜家之說而猶傳，今諸子之書是也。唐宋而下，雖其一切語性命談治道之說，而亦不傳。歐陽永叔所見唐四庫書目，百不存一焉者是也。後之文人欲以立言爲不朽計者，可以知所用心矣。然則吾之不語人以求工文字者，乃其語人以求工文字者也。

在這封長信中，荊川表達了幾個重要的理念：

第一：文章的本色，就是作者個人的本色，不固定在那一時代，也不固定在那一家。

第二：內容優於形式。陶淵明詩不是道地的漢魏古詩，但他人品高潔，獨出眾類，他的可貴正在於不似漢魏的「本色」而有自己的「本色」。沈約聲律最嚴，爲詩家奉爲圭臬，然而形式雖合格了。卻「不曾道出一兩句好話」，可見光靠聲律詞藻是不夠的。

第三：本色有高有卑，也有失去本色的情形，這個條件直接影響文字的工拙。所以文字的工拙不在雕章刻句，而在思想情感，在「心源」。

第四：完美的本色包括高貴的人格節操，和「千古不可磨滅」的識見。不論是情感的或理智的，綜合來說，它就是作者的眞精神、眞面目。

第五：本色卓然獨立，不求依傍。棄絕陳腔爛調，便不會翻來覆去，只是幾句「婆子舌頭語」；不勦襲成見舊說，便無「煙火酸餡習氣」。提倡本色就是發揮反摹擬的精神。

第六：對本色高的人而言，思想情感是文學的基本條件，只要信手寫出，直道胸臆就可以了。可是對本色低的人而言，這個標準又高高在此，除卻聲律對仗、繩墨佈置、奇正轉折之外，竟然「非獨立物表，具今古隻眼者不足以與此」，所謂「本色」「精光」，一方面如此簡易，一方面如此艱難，端視對象的悟性資質而定，所以性靈思想先天就具有爲上上人說法的傾向。

第七：本色論的表現方式在直接自胸中流出，眞實自然，毫不造作。爲求精光披露，在形式上容許瑕疵的存在，有時甚至將瑕疵視爲本色的一部分。荊川說但直出胸臆，雖或疏鹵，亦是絕好文字；又〈與洪方洲書〉中亦云：

> 近來覺得詩文一事，只是直寫胸臆。如諺語所謂開口見喉嚨者，使後人讀之，如眞見其面目，瑜瑕俱不容掩，所謂本色，此爲上乘文字。揚子雲閃縮譎怪，欲說不說，不說又說，此最下者。其心術亦略可知。眉山子極有見，不知韓子荊國何取焉。近來作家如吹畫壺。（小兒所吹泥鼓俗謂之畫壺）糊糊塗塗，不知何調。又如村屠割肉，一片皮毛，斯益下矣。（《文集》卷七）

輕視技巧末節本是王門學者一貫的立場，荊川進而提出包容瑕疵的見解，另有其積極意義：就作者而言君子之過，如日月之蝕，在表現精光卓見之餘，無意間流露的缺點適足以證明其磊落的胸襟。就讀者而言，容許瑕疵可以幫助作者專心於內涵，而不致浪費心血去鉤章棘句；何況瑕疵中往往有作者的眞性情，倔強中見其嫵媚，疏鹵中見其率眞，疵處即是佳處，這是性靈派美醜標準與世俗大異其趣的地方。自從荊川首發此說後，瑕疵論成爲性靈派在形式問題上最特殊的論點，這對格調派挑剔的完美主義和神韻派矯揉造作的風格都是一項突破。

「天機」

荊川教人直抒胸臆，表現本色，在當時是極大膽的言論，他所憑恃者即在人之初心。心源的探索有時並不容易，荊川自己便是從痛苦中頓悟出來，體驗到心的活動；這一節在〈答王遵巖書〉中說得最詳細：

> 近年來痛苦心切，死中求活，將四十年前伎倆頭頭放捨，四十年前意見種種抹摋，於清明中稍見得些影子。原是徹天徹地，靈明混成的東西。生時一物帶不來，此物卻原自帶來，死時一物帶不去，此物卻要完全還他去，然以爲有物則何睹何聞，以爲無物則參前倚衡，瞻前忽後，非胸中不掛世間一物，則不能見得此物，非心心念念，晝夜不捨，如養珠抱卵，下數十年無滲漏的工夫，則不能收攝此物，完養此物。自古宇宙間豪傑經多少人，而聞道者絕嘆其難也。好仁者無以尚之，此眞消息也。終日如愚，終日忘食，此眞工夫也。無以尚之，則有一物可尚，便不是此物矣。忘食則於閒事有不暇者矣。如愚則於才技有不使者矣。孔顏一生工夫所以完養收攝此寶藏也。(《荊川文集》卷六)

荊川所形容的物，就是前面陽明、龍溪的「良知」，也就是後來公安的「性靈」，至於他自己則稱之爲「天機」。〈與聶雙江司馬〉曰：

> 蓋嘗驗得此心天機活物，其寂與感，自寂自感，不容人力。吾與之寂，與之感，只自順此天機而已，不障此天機而已。障天機者莫如欲，若使欲根洗盡，則機不握而自運。所以爲感也，所以爲寂也，天機即天命也。天命者，天之所使也。故曰天命之謂性。立命在人，人只是立此天之所命者而已。白沙先生色色信他本來一語，最是形容天機好處。若欲求寂，便不寂矣，若有意于感，非眞感矣。聖人固以寂感對言，亦有以寂感分言者矣。易曰：復其見天地之心乎，關閉不行是寂也。是天地萬物之心也，則不消幫補一感字，而感在其中矣。又曰：觀其所感而天地萬物之情可見矣。是感也，是天地萬物之心也。則不消幫補一寂字，而寂在其中矣。(《荊川文集》卷六)

荊川所謂的「天機」，和陽明、龍溪所謂的「良知」實爲一物，但仔細分辨，思想家謂良知無善無惡，猶是在道德層面，荊川言天機自寂自感，有動有靜，則進入情感和創造的層面，這是文人之「心」與哲人之「心」稍有不同的地方。

天機是自然的活物，人對天地萬物的情感皆蘊於其中，只要不爲欲念所障，此美好之心自能隨外界的變化，觸物而感，應時而發，而爲「造化的精靈」。它是人人的自家寶藏，必須體悟它的存在，收攝完養之，進而充拓之。這一方面要靠自己治心的功夫，一方面要借助學問，一內一外，不可偏廢。

治心的工夫

荊川在治心方面十分嚴格，《文集》卷五〈答王南江提學〉曰：

> 人心存亡，不過天理人欲之消長。而理欲消長之幾，不過迷悟兩字。然非努力聚氣決死一戰，則必不能悟。或不知所戰，或戰而不力，則往往終其身而不悟。故佛家有認賊作子、與葛藤絆路之說，而兵家亦曰：名其爲賊，敵乃可滅。又曰：一日縱敵，數世之患。此佛家之可通於吾儒，而治戎之道可用以治心者也。

與人欲決一死戰，是一種「百磨百鍊」的工夫，要隨時細細照察，一毫不可放過，因爲「天機」與「塵機」易於混淆，「藝病」又往往自「心病」而生。《文集》卷五〈答戚南玄〉曰：

> 論語曰：據於德，游於藝。記曰：德成而上，藝成而下。德之與藝，說作一個，不得說作二個。不得才提起處，色色總在面前。才放下處，了了更無一物。自是人心本來之妙，而不容增減也。古人終日從事於琴瑟羽籥，操縵安弦，種種曲藝之間。既云終日從事矣，然特可謂之游，而不可謂之溺。今之人其於琴瑟羽籥，操縵安弦，種種曲藝，即便偶一爲之，則亦可謂之溺，而不可謂之游。何也？爲其有欣猒心也，爲其有好醜心也，爲其有爭長競短之心也。欣猒心，好醜心，長短心，此兄之所謂即是塵機也。然則塵機息盡，渾淪道心，亦願兄之無忽斯言也。

荊川認爲創作動機有「天機」與「塵機」之分，天機是人心本來之妙，而塵機則爲「心病」，由心病導致藝病，溺而不返，此藝之所以爲下也。故爲詩文時，亦必先將此心細細照察；〈與蔡白石郎中〉曰：

> 把筆作詩時，自覺淡然，一無喜心否？既有喜心，其於好醜贊毀種種勝心，能不薰然而動否？覺有動處，便能銷化否？抑亦有牽掣不便銷化否？其不把筆爲詩時，喜心勝心能不潛伏否？不止作詩一節，凡一切外馳習心能銷化否？不潛伏否細細照察，細細洗滌，一些不得瞞過，一些不得放過，乃是眞知痛痒。既眞知痛痒，既境界不論靜鬧，工夫不論頓漸，靜鬧一境界也，頓漸一工夫也。……收攝精神，併歸一路，漸即是頓。即此一路，接續不斷，頓即是漸，非二致也。
>
> 來書提出小心兩字，誠是學者對病靈藥，但如前所說細細照察，細細洗滌，使一些私見習氣不留下種子在心裡，便是小心矣！小心非矜持把捉之謂也，若以爲矜持把捉，便與鳶飛魚躍意思相妨矣！江左諸人任情恣肆，不顧名檢，謂之脫灑，聖賢胸中，一物不礙，亦是脫灑，在辨之而已。兄以爲脫灑與小心相妨耶？惟小心而後能洞見天理流行之實，惟洞見天理流行之實而後能脫灑，非二致也。(《文集》卷六)

荊川所列的「心病」，有勝心、喜心、外馳之習心、矜持把捉之心、任情恣肆之心；他說：「大率有意于爲寬，與有意於爲嚴，皆是中間有病根在。」〔註 11〕可見他所嚴格要求的是極眞實自然的本心，爲求此本心，他在「洗滌心源」時下了很細密的功夫，這是他理論中周全謹慎的地方。

學　問

其次，充拓天機之法亦賴學問。《荊川集》卷五〈與項甌東郡守〉曰：

> 夫弟所謂充拓者，亦非如由赤子之心擴而充之說。蓋赤子之心，本自充擴得去，本自能大，有一分不能充拓，皆是未盡此心之量耳。中庸曰：「致廣大而盡精微，極高明而道

〔註 11〕《荊川文集》卷六，〈答洪方洲主事〉。

中庸。」德性本自廣大、本自精微、本自高明、本自中庸，人惟爲私欲障隔，所以不能復然，故必須道問學以尊之耳。此千古學問之的也。

學問之道，本來是助人充拓此心的良藥，可是在庸俗文化的籠罩下，人欲橫流，僞學充斥，良藥亦化爲毒藥；欲以「道問學」來「尊德性」，勢必先認清學問的眞僞。荊川說：

惟聖賢與人同而與人異，故爲其道者皆可假託混帳，自誤誤人。(《文集》卷六〈與羅念菴脩撰〉)

善學者由之以多識蓄德，不善學者由之溺心而滅質。(《文集》卷十〈雜編序〉)

荊川自己從庸俗文化中遁逃出來，深知其傳染汨沒的可怕，爲了將人心學術拯救出來，他力倡「反躬務實」之學。他說：「有逐末之學，而後有反本之論。」〔註12〕「務實者，反躬之謂，而所以爲根本之慮也。」〔註13〕又〈寄黃士尚〉云：

自儒者不知反身之義，其高者則激昂於文章氣節之域，而其下者則遂沉酣濡首於蟻壇鼠腐之間。……弟近來深覺往時意氣用事，腳根不實之病，方欲洗滌心源，從獨知處著工夫。待其久而有得，則思與鄉里後進有志之士共講明焉。一洗其蟻羶鼠腐，爭勢競利之陋，而還其青天白日，不欲不爲之初心。(《文集》卷五)

荊川的思想基本上是反庸俗文化的思想，所謂反躬務實，就是返其無欲之初心，以縝密的工夫，發而爲身心合一切實可用的實學。他說：

縝密即是學問，縝密一有脫漏，即是學問脫漏，不當舍此即是學問也。(《文集》卷九〈答蔡可泉判官〉)

又說：

學問不極力振奮，則不能大有所擺脫。不能擺脫，則雖爲寡過，而病根習氣或有潛藏而未融化者耳。(卷六〈與沈石山僉事〉)

〔註12〕《荊川文集》卷十〈巽峰林侯口義序〉。

〔註13〕同上，卷五又時警菴爲提學。

狂者的精神

他的主張一面在「擺脫」，一面在「重建」；這兩樣都需要極大的智慧與毅力，非狂狷豪傑之士莫辦，因此荊川又鼓勵人揚棄拘束謹愿的性格，發揮狂者進取向上的精神。《文集》卷五〈與項甌東郡守書〉云：

> 故孔子不取謹愿之士，而取狂狷，爲有基也。狂者固不待言，至於謹愿之士與狷者，其不爲不善亦較相似，但狷者氣魄大，矯世獨行，更不畏人非笑，謹愿之士氣魄小，拘拘謭謭，多是畏人非笑，狷者必乎已，而謹愿者役於物，大不同耳。今人多以謹愿者爲狷，此亦問學不明之過也。

又〈與王體仁書〉云：

> 學問雖是人人本分事，然非豪傑不能志，非刻苦不能成。當世學者悠悠，只是說好看話，做好看事，過卻一生，到底終無結果。可時時將忘食忘寢舊案參對，便見得吾人今日工夫較古人疏密何如也。如雞抱卵，如龍養珠，仙家煉幻形者猶然，況人爲眞性命者乎！（《荊川文集》卷五）

只有狂狷之士才能矯世獨行，只有反躬之學才能掃除時弊，秉持這個信念，荊川一意致力於新學術的建立。他認爲健康的學術是「蓄德之資」；如果天機是芽苞中一點生命力，那麼學問便是廣大的土壤和養分，所有「千古不可磨滅之見」無非自此中產生，所以在治心之後，勢必治學，從優秀的學問中孕育出優秀的文學種子。

學術觀

荊川具有博大公正的學術觀。

在經學方面，他主張「即經而心」，心與經合而爲一，由心直接解讀經義，體會其中的精神意趣，而不滯於破碎支離的章句訓詁。以《詩經》爲言，荊川說：

> 孔子不云乎？興於詩，立於禮。夫詩之詠歌，禮之數度，豈非所謂器而詩禮之爲經也，豈非所謂古也哉。試嘗觀之，心之不能離乎經，猶經之不能離乎心也。自吾心之無所待，

而忽然有興，則詩之詠歌關雎猗那之篇，已隨吾心而森然形矣。是興固不能離乎詩矣。然自其讀詩而有得也，未嘗不恍神游乎關雎猗那之間，相與倡和乎虞廷周廟，而不知膚理血脈之融然以液也。則是學詩之時，固已興矣。非既學詩而後，反求所以興也。(卷十〈巽峰林侯口義序〉)

這套運用想像力、理解力的方式，在守舊的經學家眼中視之為外行的「文人之經」，在傳統經學中是不太有地位的，可荊川認為「善學者一之，不善學者二之」(同上)，經學之所以淪為支離記誦之學，便是皮毛與精神脫離的緣故，以心貫之，水乳交融，才能重見古人眞貌，這個舊學新讀的方法，是荊川學術觀中創造求新的一面。

在子學方面，他說儒家有儒家本色，老莊家有老莊家本色，名家、墨家、陰陽家、縱横家皆有本色，各家學術駁雜不一，然皆有一段千古不可磨滅之見，不肯勦襲假借，各自其本色而鳴之。可見他不拘守一家之言，讚成自由活潑的學術風氣。

他頓悟之後，重讀程朱之書，從中見出許多新意〔註 14〕，所以他不像那些偏激的王門學者，採取「逃儒歸佛」的態度。但是他也不讚成頑固的儒生將釋老歧視為異端，他說：「二氏專求之靜虛，縱不能無毫釐之差，其去聖學，要之較世俗為近。」〔註 15〕不論程朱或陸王，他反對的都是假借名義，失其本旨的小人之學，對於眞正的君子之學，他沒有門戶之見，都能包容接納，得其精華。這樣通達持正的學術思想是他正派而受人敬重的原因。

德藝論

經過縝密的治心工夫和深厚的學養，便是一個人的「本色」，也就是儒家所謂的「德」。「德」與藝對照，德代表形而上的「本」，藝代表形而下的「末」，荊川以此包括一切內容與形式間的關係，從而

〔註 14〕例如卷五〈答周約菴中丞〉：「近來每觀伊洛之著及六經之旨，覺有毫髮悟入，則終日欣然忘其居而形之陋之憊也。」

〔註 15〕《文集》卷十一，〈贈張方士序〉。

生出「德藝合一」之論。《文集》卷五〈答俞教諭書〉云：

> 古人雖以六德六藝分言，然德非虛器，其切實應用處即謂之藝。藝非麤跡，其精義致用處即謂之德。故古人終日從事於六藝之間，非特以實用之不可缺，而姑從事云耳。蓋即此而鼓舞凝聚其精神，堅忍操鍊其筋骨，沉潛縝密其心思，以類萬物而通神明，故曰：洒掃應對，精義入神，只是一理。藝之精處，即是心精，藝之麤處，即是心粗，非二致也。但古人於藝，以爲聚精會神、極深研幾之實，而今人於藝，則以爲溺心玩物，爭能好勝之具，此則古與今之不同，非所以爲藝與德之辨也。

荊川的德藝論原自龍溪而來，但他籠罩廣，發揮得比較透徹。他所謂的「藝」並非全然指藝文之事，還包括形聲訓詁、舉業詞章、六經子史、乃至洒掃應對，大概一切有形的視聽言動都包括在他「藝」的範圍內。德藝合一本是陽明思想中一元論的基本觀念，荊川以「藝」字代表形式，和他個人有關。荊川本是多才多藝之人，《明史》稱他「於學無所不窺，自天文、樂律、地理、兵法、弧矢、勾股、壬奇、禽乙，莫不究其原委」（本傳），或藉兵法以論學，或以奕棋以言文，縱橫貫通，來去自如，從「游於藝」的豐富經驗中體會出一以貫之的道理，以及「據於德」的重要。因此他主張以靈活之心、完美之德去駕馭現實，改善現實；德與藝合一，則事功不致流爲權計，技術不致流爲小道〔註 16〕，舉業不致流爲學究〔註 17〕，曲藝亦不致流而爲「溺」；這樣一來，無往而非學問，便完成了反躬務實的思想體系。

荊川所謂的「德」，是自天機流露的自然之德，並非如一般道學先生所謂的迂執造作之德。天機灑脫率易，既不同於「矜持把握」，也不是任情恣肆，更不是綑縛如土木偶人，而是鳶飛魚躍、活活潑潑的生機。以此生機爲文，儘可以無拘無束，爲其所謂狂者之文。《文集》卷五〈與兩湖書〉云：

〔註 16〕《文集》卷五，〈答周約菴中丞〉。
〔註 17〕《文集》卷五，〈答俞教諭書〉。

兄今之所謂狂者也，而豁豁磊磊，率情而言貌也，寧觸乎人而不肯違乎心貌也，寧野于文而不色乎莊，其直以肆，則亦古之所謂狂者也。是兄有可以一變至道之力，而又有狂以進道之資也。兄其能無意乎。然兄之意，必曰吾平生好適吾性而已矣。吾不能爲拘儒迂儒，若身縛體如尸如齋，言貌如土木人不得動搖云耳。夫古之所謂儒者，豈盡律以苦身縛體，如尸如齋，言貌如土木人，不得動搖而後可謂之爲學也哉？天機儘是圓活，性地儘是灑落。顧人情樂率易而惡拘束，然人知安恣睢者之爲率易矣，而不知見天機者之尤爲率易也。人知任佚宕者之爲無拘束矣，而不知造性地者之尤爲無拘束也。人之況亦或以其樂率易，苦拘束，而僕則以爲惟恐兄之不樂率易，不苦拘束也。如使果樂率易苦拘束也，則必眞求率易與無拘束之所在矣。眞求率易與無拘束之所在也，則舍天機性地，將何所求哉。

這便是隨心所欲不逾矩的最高境界。荊川頓悟之後，對文章的領悟正在於此，他繼續說：

僕自少亦頗不忍自埋沒，侵尋四十，更無長進。惟近來山中閒居，體念此心於日用間覺意味比舊來頗深長耳。以應酬之故，亦時不免於爲文，每一抽想，了了如見古人爲文之意。乃知千古作家別自有正法眼藏在。蓋其首尾節奏，天然之度，自不可差，而得意於筆墨徯徑之外。則惟神解者而後可以語此。近時文人説秦説漢，説班説馬，多是寱語耳。莊定山之論文曰，得乎心，應乎手。若輪扁之斲輪，不疾不徐。若伯樂之相馬，非牡非牝。庶足以形容其妙乎，顧自以精神短少，不欲更弊之於此，故不能窮其妙也。

所謂「正法眼藏」，便是金鐵盡鎔，毫無依傍的天機本色。〈與洪方書〉云：

蓋文章稍不自胸中流出，雖若不用別人，一字一句，只是別人字句，差處只是別人的差，是處只是別人的是也。若皆自胸中流出，則鑪錘在我，金鐵盡鎔，雖用他人字句，亦是自己字句，如四書中引書引詩之類是也。願兄且將理要文字權且放下，以待完養神明，將向來聞見，一切掃抹，胸中不留一字，以待自己眞見露出，則橫說堅說，更無依傍，亦更無走作也。(《文集》卷七)

創作時的精神狀態必須放鬆適意，胸中不留一字，忘卻所有的學問、技巧，讓天機自然流瀉，引導著筆墨，在不經意中，自能產生首尾節奏、天然之度，不須費力強求。這便是活法，便是「神明之變化」〔註18〕。〈董中峰侍郎文集序〉曰：

喉中以轉氣，管中以轉聲。氣有湮而復暢，聲有歇而復宣。闔之以助開，尾之以引首；此皆發於天機之自然，而凡爲樂者，莫不能然也。最善爲樂者，則不然。其妙常在於喉管之交，而其用常潛乎聲氣之表。氣轉於氣之未湮，是以湮暢百變而常若一氣；聲轉於聲之未歇，是以歇宣萬殊而常若一聲。使喉管聲氣融而爲一，而莫可以窺，蓋其機微矣。然而其聲與氣之必有所轉，而所謂開闔首尾之節，凡爲樂者，莫不皆然者，則不容異也。使不轉氣與聲，則何以爲樂？使其轉氣與聲而可以窺也，則樂何以爲神？有賤工者，見夫善爲樂者之若無所轉，而以爲果無所轉也，於是直其氣與聲而出之，戛戛然一往而不復，是擊腐木溼鼓之音也；言文者，何以異此？

漢以前之文，未嘗無法，而未嘗有法，法寓於無法之中，故其爲法也，密而不可窺。唐與近代之文，不能無法，而能毫釐不失乎法，以有法爲法，故其爲法也嚴而不可犯。密則疑於無所謂法，嚴則疑於有法而可窺，然而文之必有法，出乎自然而不可易者，則不容異也。且夫不能有法；而何以議於無法？有人焉見夫漢以前之文，疑於無法，而以爲果無法也，於是率然而出之，決裂以爲體，餖飣以爲詞，盡去自古以來開闔首尾經緯錯綜之法，而別爲一種臃腫佶澀浮蕩之文。其氣離而不屬，其聲離而不節，其意卑，其語澀，以爲秦與漢之文如是也，豈不猶腐木溼鼓之音，

〔註18〕《文集》卷十〈文編序〉。

> 而且詫曰：吾之樂合乎神。嗚呼！今之言秦與漢者紛紛是矣，知其果秦乎漢乎否也？（《文集》卷十）

這是性靈派中第一篇正式反對擬古的宣言。其中荊川提出文學的三種境界，一種是「發於天機之自然」，這是一般人都能做到的地步，也是性靈的基本意義。另一種是由天機上窺其神妙，得其造化之工的境界。這是性靈的積極意義。最下一種則是賤工鈍賊，妄自切割神品，胡亂拼湊，不得其法而自以爲有法。秦漢前的古文相當於神品化工，它無方可執，最爲難學；普通人欲窺其法，必須先從唐宋文中學得文從字順的起碼條件，在能夠充分傳情達意之後，再進而揣摩秦漢文的神理。秦漢文與唐宋文的「法」，雖有疏密寬嚴的不同，但都是活法，而非死法，活法自神情意態而生，絕非字摹句擬就能體會。格調派硬套上古老的詞彙、僵化的語調，堆砌爲文，沒有自己的情感思想，結果作成拘窘晦澀、僵硬臃腫的假秦漢文，眞是最粗笨的手法。

以荊川的德藝論而言，德與藝合一，才能「適情」；德與藝分而爲二，是爲「喪志」，像這類與德完全脫節的藝，是受到極端輕視的。《文集》卷五〈與田巨山提學〉曰：

> 僕竊謂遊藝之與玩物，適情之與喪志，差別只在毫芒間。如六藝皆古人養性而理心，自此便可上達天德。今人學射學書學數，則不過武弁之粗材，與胥吏之末技。是以戴記分爲德藝上下之說，而子夏亦譏其不能致遠，況又不在六藝之科者乎？且古之善畫不過如鄭虔王維輩，何足學也。況學之終身，有竟不能似其一水一石者乎？陳履常之詩曰：晚知書畫眞有益，卻悔歲月來日無多。僕嘗誦而笑之，以爲履常知書畫之有益，而爲益有甚于書畫者，履常不知也。履常自悔其歲月之不足以給書畫，而書畫祗足以縻費歲月者，履常不知也。吾輩年已長大，雖籠聚精神，早夜矻矻，從事于聖賢之後，尚懼枉卻此生。則雖詩文與記誦，便可一切罷去，況更有贅日剩力爲此舐筆和墨之事乎？然

> 僕聞之，畫家之説，亦不以舐筆和墨者之爲工，而必解衣盤薄之爲上。乃知畫家不貴能畫。正在能不畫耳。若此者所以凝神而不分其志也。

重德輕藝是荊川和龍溪一致的主張，不過荊川身受摹擬格套之害，厭棄形式技巧的心情比龍溪更強烈一些。他以文學家的立場說出了兩點內行話；第一，無德之藝不過是「武弁之粗材，胥吏之末技」，既沒有價值，也不值得留戀。第二，雕刻技倆，「與心爲鬥」〔註 19〕，令人分其志而不能凝神，具有誤導豪傑、使之不能致遠的可怕作用，因此荊川在深惡痛絕之餘，說出了如鄭虔、王維之輩亦不足學的話。這樣的言論看似偏激，但在了解他的創作歷程後，也就不足怪了。〈與劉寒泉通府書〉云：

> 僕少不學知，而溺志於文詞之習，加以非其才之所長，徒以耽於所好，而苦心矻力，窮日夜而強爲之，是以精神耗散而不能收，筋骨枯槁而不能補。積病成衰，年及四十，尪羸臥床，已成廢人，此皆諸公所共親見，所共垂憫者。僕平日傷生之事，頗能自節，獨坐文字之爲累耳。反之於心，既非畜德之資，求之於身，又非所以爲養生之地，是以深自愧悔。蓋絕筆不敢爲文者四年，於茲將以少緩餘生，爲天地間一枯木朽株而已。(《文集》卷六)

又〈答王遵巖書〉云：

> 近來自觀舊稿，支離叛道之言，篇篇有之。理既不當，文亦未工。赧然盡欲焚燒而後爲快。緣頗爲人抄錄，無可奈何，蓋以吾今日文字伎倆，須並卻三四年精力，專專幹此一事，自謂可望於古人閫域。今自度必無此閒精神可以了此也。既自知不了，則豈欲以不了者而信今傳後乎？亦愚矣。貴鄉洪子因信兄而過信我，遂亦以我爲可與斯文也。與安友謀刻之，而請序於兄。僕既而聞之，愧汗駭愕。蓋吾文未成吾自知之。且不欲此生爲言語文字人也。居常以刻文字爲無廉恥之一節，若使吾身後有閒人作此業障，則

〔註 19〕《文集》卷五，〈與薛方山郎中〉。

非吾敢知，至於自家子弟，則須有遺囑説破此意，不欲其作此業障也。(《文集》卷六)

這是發自肺腑的澈悟之言，並非泛泛謙詞。一個人有沒有成長進步，自己心裡明白，不待世俗的譭譽。荊川斷然絕筆焚稿，四年間不肯爲文，固然是洗滌心源，忠於藝術的表現，但另一面也可見出他爲俗學所誤的心情；半生廢棄，時不我予，愧悔中又有多少消沉寂寞，這使得他甚至不願以「文人」自居。〈答蔡可泉書〉云：

古文人雖其立腳淺淺，然各自有一段精光，不可磨滅，開口道得幾句千古說不出的說話，是以能與世長久。惟其精神亦盡于言語文字之間，而不暇乎其他，是以謂之文人。僕不能爲文，而能知文。每觀古人之文，退而自觀鄙文，未嘗不啞然笑也。半生簸弄筆舌，只是幾句老婆舌頭語，不知前人說了幾遍，有何新得可以闡理道而裨世教者哉。此皆肝膈之論，非苟爲謙讓以欺兄者。愛我如兄，如曹君，雖欲使吾文不朽，吾文其能不朽乎否也。(《文集》卷七)

荊川對「文人」的定義，是要有「一段精光」，要能「開口道得幾句千古說不出的說話」，這些在作品而言，是屬於「藝」的問題，在作者而言，是屬於「德」的問題；所以他在剝落浮華，洞見眞實之後，絕口不言文字之工，轉而求「蓄德之資」。他說：

大率讀書以治經明理爲先，次則諸史，可以備見古人經綸之跡，與自來成敗理亂之幾，次則載諸事務，可以應世之用者，此數者其根本枝葉相輳，皆爲有益之書，若但可以資文詞者，則其爲説固已末矣！況好文字與好詩亦正在胸中流出，有見者與人自別，正不資藉此零星簿子也。雖古之以詩文名家者，其説不過如此，況識其大者乎？(《文集》卷七〈與莫子良主事〉)

這樣的言論已經和理學家沒有什麼不同，可見荊川轉變的幅度不止是由格調趨向性靈，而且是由文學走了入了哲學。在浪漫藝術裡，當無限的心靈發現有限的物質不能完滿的表現它自己時，便會由物質世界退回到它本身，試圖從本身找出超越物質的表現方式，荊川棄文學道的局面是這樣形成的。他的好處是在「德」的方面能有積極、健康的建設；可是在「藝」的方面，放棄了文學家的權利，並不能眞正解決形式上的問題，由個人情緒引發的消極、逃避態度，多少帶有矯時或負氣的成分，這使得荊川的理論另外具有頹廢主義的傾向。關於這部分，在他的批評和創作中表現得比較明顯。

詩　論（批評與創作）

在文學批評方面，荊川和龍溪一樣，特別推崇宋代的邵雍。《文集》卷七〈跋自書康節詩送王龍溪後〉云：

> 玉臺翁云：子美詩之聖，堯夫更別傳，後來操翰者，二妙罕能兼。古今能知康節之詩者，玉臺翁一人而已。雖然所謂別傳者，則康節所自得，而少陵之詩法，康節未嘗不深入其奧也。康節可謂兼乎二妙者也。南江王子深于詩法者也，間以余言質於南江，南江曰：然，龍溪王子蓋有得乎別傳之意者，而亦未嘗不深於詩法也。索予章草余爲舉以擊壤集數首，龍溪蓋素以余論詩爲然者也。雖然，詩，心聲也，字，心畫也，字亦詩也，其亦有別傳乎？有草聖之法乎？而余兩無得也，龍溪亦何取乎？

同卷〈與王遵巖參政〉云：

> 近來有一僻見，以爲三代以下之文，未有如南豐，三代以下之詩，未有如康節者。然文莫如南豐，則兄知之矣。詩莫如康節，則雖兄亦且大笑。此非迂頭巾論道之說，蓋以爲詩思精妙，語奇格高，誠未見有如康節者。知康節詩者，莫如白沙翁。其言曰：子美詩之聖，堯夫更別傳，後來操翰者，二妙罕能兼。此猶是二影子之見，康節以鍛煉入平淡，亦可謂語不驚人死不休者矣。何待兼子美而後爲工哉？古今詩庶幾康節者，獨寒山、靖節二老翁耳。亦未見如康節之工也。兄如以此言爲癡迂，則吾近來事事癡迂，大率類此耳。

從這兩段資料看來，推崇邵雍原來是荊川首先發明的見解。他把邵雍置諸杜甫之上，具有很大的意義，他的主旨在標舉宋詩，貶抑唐詩；

提倡「平淡」，反對「鍛鍊」；一方做爲對格調派的反抗，一面是自己理想的伸張。在唯心論者的眼中，自然界的事物有低級到高級之分，其中物質的作用愈少，精神的作用愈多，美的程度也愈高。詩歌主要是表現情感或精神的東西，物質的成分必須削減到最低的程度；最好不用事物的形體，而用抽象的語言，起一種符號的作用，間接喚起心眼中的意象和觀念。這便是性靈派走向宋人說理詩的原因。邵雍「詩思精妙，語奇格高」，表現了很高的精神層次；而在技巧上，他自深奧的詩法中透悟出來，擺脫了形式的限制，看似不工，實爲天下之至工。因爲杜甫「語不驚人死不休」者，猶在言語聲律之間，而邵雍的驚人處在根本不受格律拘絆，卻又看不出絲毫刻意造作的痕跡。他自鍛鍊歸於平淡，這境界可以包括杜甫，杜甫卻不能包括他，因此當置爲第一。

其次，爲荊川推崇者爲蘇東坡。《文集》卷三〈讀東坡戲作二首〉曰：

其一：公詩句句寫胸臆，一滴水成大海翻，
　　　方皋牝牡無定相，曼倩滑稽有至言。
其二：掃除杜李芻狗語，出入鬼神傀儡門，
　　　異代或疑後身在，告終此地招其魂。

東坡詩直寫胸臆，變化萬狀，鬼神莫測，所表現激盪的情感和動態美，對古典主義端莊靜穆而狹窄的風格形成很大的衝擊。此外，東坡嬉笑怒罵，皆可入詩，這對正統派矜持的作風也是一項挑戰。正統派作詩，講究體面正派，對東方朔式的詼諧很難接受，總是嚴厲的斥之爲打油、胡鬧；荊川特別提到東坡滑稽的一面，顯示他將此視爲「本色」的一部分，毫不忌諱世俗的批評。提倡「滑稽」，是頹廢主義的特徵之一，它把自我提昇到絕對的地位，教人憑高俯視一切，偏激地、任性地鄙棄現實，在這一點上，荊川可說是公安派的濫觴。

荊川不僅愛東坡之詩，文章也走東坡明白暢達的路子。雖然他對王遵巖說「三代以下之文，未有如南豐」者，但此意其他地方未見提及，可能只是泛泛的附和之語。遵巖批評眉山之文豪而失之放，然而荊川的洸洋紆折實自此而來，在〈與洪方洲書〉中，他將東坡與揚雄對比，一個眞見面目，一個閃縮譎怪，以此斷定其人的本色心術和文字的高下，這點已足以說明他和蘇學的契合。〈讀東坡戲作〉詩題下自注：「東坡卒於武進顧塘橋，去余家數十步。」說明他接受蘇學的影響，和地緣多少有些關係；此外焦竑自言弱冠時于荊溪唐中丞處得子瞻易書二解（〈刻兩蘇經解序〉），可見荊川對蘇學的收搜和傳播是頗見用心的。

在邵雍、蘇軾之後，荊川又言及黃庭堅。《文集》卷七〈書黃山谷詩後〉曰：

> 黃豫章詩眞有憑虛欲仙之意，此人似一生未嘗食煙火食者。唐人蓋未見有到此者也，雖韋蘇州之高潔，亦須讓出一頭地耳。試具眼參之。吾若得一片靜地，非特斷葷，當須絕粒矣。蓋自覺與世味少緣矣，然非爲作詩計也。

荊川會喜歡山谷詩，在當時文學界是件很特別的事。黃山谷是格調、性靈雙方都不欣賞的人物；格調派最早就是爲反對江西末流而發，他們討厭山谷繼李、杜、韓、蘇之後過份的好奇尙硬，離唐詩平正圓美的標準愈來愈遠；然而格調派不自覺中又承襲江西末流的脫胎換骨法，演變爲摹擬剽竊。性靈派最反對摹擬，雖然它是支持奇縱求變的人物，但爲了這個原因，也捨棄了黃山谷，只推崇李、杜、韓、蘇。尤其是蘇東坡信筆直書，流爽暢達的表現方式，最贏得性靈論者的喜愛；黃詩自艱苦中來，艱澀古硬，對講求自然、直抒胸臆的性靈派而言並不太容易接受。荊川之所以喜歡山谷，可能跟他晚而學道的心情有關；山谷詩的好處是清新奇峭，風骨絕高，沒有淫靡柔弱的脂粉氣味，這點一向投合理學家的脾胃，山谷詩所以能風行一代和理學家的支持很有關係，許多理學家言詩都以黃詩爲正軌〔註20〕，由此看來，荊川稱讚黃詩不食煙火、有憑虛欲仙之意云云，多半是學道者的眼

〔註20〕劉大杰《中國文學發達史》第二十章669頁。

光，並非全然就詩論詩。

荊川推崇的邵雍、蘇軾和黃庭堅，全都是北宋人物，提倡宋詩的意圖十分明顯。他本人的創作路線也是如此；〈答皇甫百泉郎中〉云：

> 其爲詩也率意信口，不調不格，大率似以寒山擊壤爲宗，而欲摹效之而又不能摹效之然者，其於文也，大率所謂宋頭巾氣習，求一秦字漢語了不可得，凡此皆不爲好古之士所喜，而亦自笑其迂拙而無成也，追思向日請教於兄，詩必唐，文必秦與漢云云者，則已茫然如隔世事，亦自不省其爲何語矣。(《文集》卷六)

荊川在沒有頓悟之前，詩學初唐，風格清麗，律體精嚴〔註 21〕，在嘉靖初年，爲一時名手，可見他不是不能作美麗工整的詩，而是中年悟道之後，刻意不爲，以求眞質淳樸。他以寒山、擊壤爲宗，不拘格律，直道己見，揉合說理、詼諧、奇拗、險怪等多種風格；結果改絃易轍後的路線受到格調派猛烈的攻擊。王弇洲《藝苑巵言》批評他「竄入惡道」「爲詞林笑端」，陳臥子《明詩選》云其「馳騖功名，詭託講學，遂頹然自放」，陳田《明詩紀事》曰：「應德古文，自是明一代大家，詩學初唐，律體自有佳篇，厥後談兵講學，不復能唱渭城，潦倒頹放，弇洲、臥子之論具在，不必爲之諱也。」〔註 22〕格調派的批評並不全然是門戶之見，荊川後期的詩，即使性靈派的錢謙益在《列朝詩集小傳》中也無力替他回護。過於潦倒頹放的詩風，的確違背了美的本質，而成爲病態的、不健康的產物。

荊川論詩時特別表現出頹廢浪漫主義的色彩，和他棄文學道的心態有關。在他心目中，愈是不依賴形式的東西，地位愈高，愈是依賴形式的東西，地位愈低。所以哲理學問是他亟欲追求的，文章是用來表現自我的，詩則是他最想擺脫的。他的態度也因此有了分別；論學時沒有門戶之見，最爲通達持正。爲文時直抒胸臆，而不逾矩，成就

〔註 21〕胡應麟《詩藪》：「嘉靖初，……古詩沖澹，當首子潛，律體精嚴，必推應德。」

〔註 22〕以上俱見《明詩紀事》卷九，戊籤。

也很高。唯獨作詩時，放棄自己原有的立場，逃到理學家的陣營，故意用理學家的方法作詩，不守格律，險怪詼諧，表現出消極而任性的一面。從「持正」到「尚奇」，荊川顯然沒有將學術、文章和詩放在同等的地位去考量。

在學術方面，他能面對虛假庸俗的文化，找出癥結，一面擺脫，一面重建；以嚴密的治心工夫和健全的學術觀，建立眞正的學問，充實文學的內涵。可是在詩的方面，他逃避問題，而不去面對問題；只有擺脫，沒有重建。他唾棄假唐詩，逃到了宋詩的圈子，卻沒有想到該以眞唐詩來打倒假唐詩。他看不起那一幫假詩人，卻放棄自己眞詩人的條件，企圖用道學詩人來打倒假詩人。就像在批評方面，他只想到以邵雍的「平淡」壓過杜甫的「鍛鍊」，而沒有想要到以眞杜甫來推翻假杜甫。其實杜甫的長處不止在「鍛鍊」一事，他也有他的本色精光，只是被人剽竊過甚，一時眞面目難以畢現。荊川稱讚東坡能「掃除李杜芻狗語」，可見他也知道該打倒的是李杜之芻狗，而不是眞正的李杜。然而他還是刻意避開了七子的勢力範圍，沒有推崇唐代任何人物，僅推崇宋代邵、蘇、黃三家，說起來這些都是消極的策略。

再拿文章和詩比較；荊川重視文章的程度甚於詩。他的理論，論文的部分多，論詩的部分少；詩論要在批評和創作中才能見出來，所以理論和批評創作之間有部分脫節的現象。他所謂的「天機」「本色」，原則上應該包括理智和情感兩種活動，可是他強調的「千古不可磨滅之見」和「一段精光」云云，傾向理智的成分較多，而對於詩特別需要的情感意趣幾乎沒有提到。他以學問爲基礎，以直寫胸臆爲表現方式，這也比較適於文章，而不見得適用於詩。此外，「法」的寬嚴亦可見出荊川極端的一面；荊川和龍溪一樣，在文章中多少講一點活法，在限制嚴格的詩中反而不講法，似乎有意藉此表現抗爭叛逆的精神。荊川說秦漢之文，其法「密而不可窺」，唐與近代之文，其法「嚴而不可犯」，可見他心目中對法還是相當尊重的，所以他的文章洸洋紆折而不失法度，有大家氣象。可是他作詩時，往往連基本的規矩也不守；例如王弇洲所指摘的句子：「味爲補虛一試肉，事求如意屢生嗔。」「若過顏氏十四歲，便了王孫一裸身。」〔註 23〕眞是潦倒頹放，一派道人口吻了。

荊川對詩文的差別待遇並不是他個人的孤立現象，而是這一波浪漫運動中八才子共同的現象。八才子中，王愼中的文章「演迤詳瞻，蔚爲文宗」，可是作起詩來，「攙雜講學，信筆自放」，與荊川同樣成爲詞林之口實。趙時春爲文最爲有法〔註 24〕，作詩則卻「伸紙行墨，滾滾而出，伉浪自恣，不嫺格律」；李開先之詩也是「不循格律，詼諧調笑，信手放筆」〔註 25〕。他們共同的毛病是只尊重文章的本質，而不尊重詩的本質；只在文章中表現自己的「本色」，而不在詩中表現自己的「本色」。這批有學問實行的通儒魁士，到了詩國中，分別扮演起方外、小丑、乞丐、遊俠，漠視禮法，不受管束。這些姿態原本是對七子帝王將相的嘲弄與反抗，可是無形中也促使自己走上頹廢浪漫主義的路子。以這樣的態度，要瓦解摹擬王國的勢力，當然會遭到失敗了。

結　論

綜合以上的敘述，這次以荊川爲主的浪漫運動其重點如下：

第一，在理論建設方面；荊川是第一個將陽明心學轉化爲性靈說的人物。他運用心學的原理，以文學家的手眼，將「本色」由文體身上移到作者身上；一方面使理學家治心治學的工夫在文學世界裡有了主從與歸依，成爲文學理論的一部分；另一方面他建立了一套與格調派完全相反的理論架構。格調派把本色固定在文體發展最盛的時代，荊川將本色視爲作者眞精神的表現；格調派認爲「文人」的工作就是要盡力維持文體的原貌，荊川則認爲「文人」的定義在表現自己的一段精光；格調派爲了不使作品變型，處處講尺尺寸寸的死法，荊川主

〔註 23〕同前。

〔註 24〕〈董中峰侍郎文集序〉：「晉江王道思、平涼趙景仁其文在一時文人中最爲有法。」《荊川文集》卷十。

〔註 25〕以上俱見《列朝詩集小傳》丁集上王、趙、李諸子本傳。

張作者有獨特的性格，講出神入化的活法；格調派把美醜的標準定在物體的外觀，荊川則認爲文字之「工拙」全在心源。本體、作者、法律、技巧，這些項目和用語經過重新詮釋，產生截然不同的精神和意義，從此奠定了性靈說的基礎。這是荊川最大的貢獻。

其次，他的貢獻在學術、文章。他有縝密的治心工夫，有健全的學術思想，這些「蓄德之資」發而爲文章，獲得普遍的肯定和敬重。八才子重新提倡北宋歐曾之文，一改詰屈聱牙而爲文從字順，以優異的成績將文章由假秦漢文的勢力下解放出來，一舉成功。即使後七子興起後極力排抑，也不能掩蓋他們的光芒。繼唐荊川、茅鹿門之後，性靈派在文章方面的批評家還有艾南英、錢謙益、黃宗羲等人，他們持續這個運動，掃空七子的迷霧，使唐宋式的散文得到正統的地位。所以從荊川、遵巖開始，性靈派在文章方面的努力實是繼唐代韓愈、宋代歐陽修之後的第三次古文運動。

這次唐宋散文得以成功，有它先天和後天的因素。散文在所有文體中，對形式的依賴最少，對內容的要求最高，與人生現實的距離也最近。這些特質正好適合性靈派文章家來發揮，又正好是格調派所拙於應付的；《四庫提要》云：

> 七子之學，得於詩者較深，得於文者頗淺，故其詩能自成家，而古文則鉤章棘句，剽襲秦漢之面貌，遂成僞體。（卷一七一「遵巖集」下）

愈是「無方可執」的文體，愈能夠早一步脫離格調派的掌握。加上這次運動中，荊川這批文章家能以健康踏實的態度面對它，以積極的浪漫主義建設它，於是文章便成爲性靈派最先攻下的江山。

第三，八才子有健康的一面，也有頹廢的一面。他們在文章的表現稱得上是積極的浪漫主義，在詩的表面則爲消極的浪漫主義，結果，文章成功了，詩失敗了。性靈詩論在剛萌芽時就走上消極的路子，約有以下幾個原因；第一，詩先天就是重形式的文體，它講音韻節奏，和自然的語言不同，「距離」實際的人生比較遠，經常使人以不太實用的態度去應付它；換言之，它造假的成分或機會比散文要高。性靈派講眞心、講直抒己意，到了詩中不是施展不開，就是沒有明顯的效果，一矯枉過正，便會走入宋人說理的路子，所以詩——尤其是律詩——一直是格調派牢牢控制的京畿王土，要從中掙脫出來特別困難。何況整個大環境對格調派的積習牽絆太深，在這些因素沒有消失之前，改革之事勿寧是令人絕望的，所以性靈詩家紛紛採取逃避的態度。正好，理學又深深吸引著他們，他們受理學的影響，過度的重德輕藝。以偏激矯時的心理，形成不周全的理論，又有感於技藝誤人，棄文學道，沒有進一步的修正或建設，於是在一推一送之間，註定晚明浪漫思潮走向頹廢的命運。說起來這是整個時代的問題，並不是荊川一人或八才子等人所能控制的。

二、歸有光

歸有光，字熙甫，崑山人。生於明武宗正德元年（1506），弱冠即盡通六經、三史、六大家之書，浸漬演迤，爲一代大儒。然自嘉靖十九年中舉後，八上春官不第；居於嘉定之安亭江上，讀書談道，四方來學者常數百人，尊稱爲震川先生而不名。嘉靖四十四年（1565）始舉進士，時年已六十。授長興令，用古教化爲治。隆慶初，以高拱等人之薦，爲南京太僕寺丞，隆慶五年卒於官（1571），六十六歲。

震川與荊川同時，而成名較晚。他在古文的地位比荊川高，但是文學理論比荊川少，又很零碎，因此引不起普遍的注意。不過，他有些論點可以補荊川之不足，並且在後來發生不小的影響。

文章家的思想大抵是相同的；荊川和震川都是以心學爲主體〔註26〕，融貫程朱〔註27〕，兼納釋老〔註28〕，在文學方面，主張學古宗經，進德修業，以自立自德的學養，發而爲文章，達到文道合一的要

〔註26〕見《歸震川別集》卷一〈應制論〉：「忠恕違道不遠」、「君子尊德性而道問學」二文。

〔註27〕《歸震川全集》卷十〈送王子敬之任建寧序〉。

〔註28〕同上，卷十一〈贈菩提寺坤上人序〉。

求。這是文章家一貫的立場。他們所不同的，是在「心」的活動方面，荊川比較傾向理智，而震川比較注重情感。

以「情」為中心的思想

「情」字在震川的思想中佔著很重要的地位，他說：

予以爲天下之禮，始於人情。人情所至，皆可以爲禮。（《全集》卷五〈書冢廬巢燕卷後〉）

情之所在，即禮也。（《全集》卷五〈題立嗣辨後〉）

風土習俗，夫豈盡同，其達乎人情一也。（《全集》卷九〈送吳別駕段侯之京序〉）

天下之治，恒係乎人情之達與不達。（《全集》卷十〈送福建按察司王知事序〉）

盡其情者，凡皆先王所以盡性命之理，順萬物之情，而使人得而爲之者也。（《全集》卷廿四〈張李翁墓碣〉）

聖人者，能盡乎天下之至情者也。（《別集》卷一〈泰伯至德〉）

由這些話看來，「情」可上達於聖人性命之理，下達於政治、風俗、禮儀，「情」的地位和作用，相當於通乎天道人事的「心」。換言之，此心由哲學性的「良知」，到荊川手中一變而爲理性的識見精光，到震川手中又一變而爲感性的天下至情，純文學的性質愈來愈高了，所以當震川以情說詩時，意義是非比尋常的。震川說：

夫誦詩三百而可以授之以政者，非徒以博物洽聞之故也。蓋涵濡於三百篇中，而其氣味與之相入，則和平之情見，而慈祥愷悌之政流矣！（《全集》卷九〈送王汝康會試序〉）

夫詩之道，豈易言哉！孔子論樂，必放鄭衛之聲。今世乃惟追章琢句，模擬剽竊，淫哇浮艷之爲工，而不知其所爲敝一生以爲之，徒爲孔子之所放而已。今先生（沈次谷）率口而言，多民俗歌謠憫時憂世之語，蓋大雅君子之所不廢者。文中子謂諸侯不貢詩，天子不採風，樂官不達雅，國史不明變，斯已久矣！詩可以不續乎？蓋三百篇之後，未嘗無詩也，不然，則古今人情無不同，而獨於詩有異乎？夫詩者，出於情而已矣！（《全集》卷二〈沈次谷先生詩序〉）

震川以情言詩，對古老的《詩經》能見出「詩」的情味，而不是食古不化的奉之爲「經」；對當時的歌謠能見出民間眞詩的可貴，而不以俚俗輕之。他只看詩中有沒有眞情，不問時代的先後。虛情假意的詩，正如鄭衛之聲，必須放而去之，而民間眞誠的歌謠，即使率口而言，地位價値亦與三百篇相等。這就是典型的性靈詩論。

「性靈」

〈馮會東墓誌銘〉曰：

> 詩人之作，匪以詞豪，性靈所出，其道亦高。(《全集》卷十五)

這裡震川正式提出了「性靈」一詞。他大概是明代浪漫思潮中最先以此言詩的人物。這個詞彙要到萬曆年間才流行起來，在嘉靖時代很少見，唐荊川奠定了性靈文學的理論架構，可是始終沒有提到「性靈」二字；震川自己雖不常用，但是以文章家的立場，能特別留意詩和情感，總是別出手眼的地方。有了固定的名稱，就表示心學已成功的跨入詩學，發揮著作用，這在性靈派的發展上當然是很重要的事情。

情與神

震川所謂的「性靈」，除了具有「情感」這一基本意義之外，還進一步具有「神」的意義。《全集》卷十五〈清夢軒記〉云：

> 嘗謂人心之靈，無所不至。雖列子所稱黃帝華胥之國，穆王化人之居，而心神之所變幻，亦嘗有之。顧莊周列禦寇之徒，厭世之混濁，洸洋自恣，以此爲蕉鹿蝴蝶之喻，欲爲鳥而戾於天，爲魚而沒於淵，其意亦可悲矣。人之生寐也，魂交也，夜之道也。覺也，形開也，晝之道也。易大傳曰：範圍天地之化而不過，曲成萬物而不遺，通乎晝夜之道而知，故神無方而易無體，夫唯通知乎晝夜之道，則死生夢寤之理一矣！……故虛明澄澈，而天地萬物，畢見於中，古之聖人，端冕凝旒，俯仰之間，而撫四海之外，……出乎其心之靈，自然而已，而何所作爲哉？

心神之變幻，上天入地，出入於死生夢寤之間，其創造與想像的潛力，不可計畫，何可綑縛之、滯塞之？於是震川又形成「適情適意」的人生觀與文學觀。他說：

> 昔孔子與其門人講道於沂水之濱，當春之時，相與鼓瑟而歌，悠然自適，天下之樂，無以易於此。夫使二三子言志，迺皆舍目前之近，而馳心於冠冕佩玉之間，曾點獨能當此時而道此景，致夫子喟然歎之，蓋以春者眾人之所同，而能知之者惟點也。（《全集》卷十五〈容春堂記〉）

孔子和曾點的境界，是王陽明所謂的「灑落」，是歸震川所謂的「自適」。它的基本條件是「眞」；像孔子可以仕則仕，可以止則止，又像陶淵明欲出則出，欲隱則隱，率然以眞性情出之，毫不造假，從適情適意中流露出喜悅快樂，才是人生之眞樂，所以震川教人安頓自己，貴於適意；〈送陸嗣孫之任武康序〉云：

> 夫人之所處，無問其所之，要以貴于能適其意。意苟適，則凡所措置，精神丰采，事無大小，必得所處。其或不然，而徒鬱鬱以居，何異羈騏驥而檻鳳凰也，其能有所爲乎？（《全集》卷十）

又說：

> 方物之生，各有所適，……適然，則幾於道矣！（《全集》卷三〈東隅說〉）

可見他不止要適人之情，還要適物之性，萬事萬物順著它的本性發展，便是自然之道，詩文不過是這自然之道的一部分而已。震川說：「性靈不通，於是乎文重。」「通其言語，達其情志，天下不可一日無文也。」文既爲天地之所生，故「發于其聲，聲之所出，而音韻自成」，此自然之法，皆人所能也〔註29〕，所以文者不過道事實〔註30〕，而詩者不過出於性情，君子自立自得，「不規摹世俗而獨出於胸臆」〔註31〕，便是天下至文。

〔註29〕《別集》卷一〈應制論〉：「王天下有三重」。
〔註30〕《全集》卷十三〈孫君六十壽序〉。
〔註31〕同上，卷二〈戴楚望集序與後詩集序〉。

在創作時要適自己之「情」，在欣賞時則要得對方之「神」。震川說：

> 余嘗謂觀書若畫工之有畫。耳目口鼻，大小肥瘠，無不似者，而人見之，不以爲似也，其必有得其形而不得其神者！余之讀書也，不敢謂得其神，乃有意于以神求之。（《全集》卷二〈尚書別解序〉）
>
> 夫典籍，天下之神物也。人日與之居，其性靈必有能自開發者，玉在山而草木潤，淵生珠而崖不枯。……古人雖亡，而其神者未嘗不存，今人雖去古之遠，而其神者未嘗不與之遇，此書之所以可貴也。（《全集》卷九〈送童子鳴序〉）

讀書要見出古人眞貌，必須遺其形而取其神，當古人之精神與自己之精神遇合無間時，性靈爲之開啓，意象貫通而獨立物表，以自己的精神面貌，卓然成家，這是震川性靈說中更高一層的意義。

文學批評

1. 陶淵明

以「適情」和「得神」的理論衡量歷代作者，震川最推崇的並不盡然是《史記》、《漢書》，而是陶淵明。他將自己的居室名之爲「陶菴」，並記曰：

> 余少好讀司馬子長書，見其感慨激烈，憤鬱不平之氣，勃勃不能自抑。以爲君子之處世，輕重之衡，常在於我，決不當以一時之所遭，而身與之遷徙上下。設不幸而處其窮，則所以平其心志，怡其性情者，亦必有其道，何至如閭巷小夫，一不快志，悲怨憔悴之意，動于眉皆之間哉？蓋孔子亟美顏淵，而貴子路之慍見，古之難其人久矣。已而觀陶子之集，則平淡沖和，瀟灑脫落，悠然勢分之外，非獨不困于窮，而直以窮爲娛。百世之下，諷詠其詞，融然塵渣俗垢，與之俱化。信乎古之善處窮者也。推陶子之道，可以進于孔氏之門，而世之論者徒以元熙易代之間謂爲大節，而不究其安命樂天之實。夫窮苦迫于外，飢寒憯于膚，

> 而情性不撓，則于晉宋間，眞如蚍蜉聚散耳。昔虞伯生慕陶，而並諸邵子之間，予不敢望于邵而獨喜陶也，予又今之窮者，扁其室曰陶菴云。（《全集》卷十七）

震川以評點《史記》知名於世，可是從這篇文章看來，他對陶的評價實在史遷之上。這個道理和龍溪、荊川置邵雍於杜甫之上是相同的。理學家和文章家的品味，通常將靜態的情感如恬淡灑落、悠然適意視爲第一，對動態的情感如激動、悲苦、鬱憤視爲其次。從他們學道的眼光看，陶淵明和邵雍的人品修養，超凡脫俗，達到人生最高境界，而司馬遷、杜甫即使變化萬狀，感人至深，仍不免在紅塵翻滾，擺脫不了人生的痛苦。雖然二者表現的都是眞實的情感，但修道的功力卻有高下之分。

靜態的性靈論者

這個主張是早期性靈派的特徵。理學家和文章家可以合稱爲「靜態的性靈論者」，他們因爲個人學道的關係，對靜態美有些偏嗜，又偶而以哲學的境界來衡量文學的境界，不免犯了「道即是美」的錯誤，而偏離了文學的本質。事實上偉大的文學絕離不開大千世界的種種人生世相，若以變化而論，司馬遷、杜甫可以包括陶淵明、邵雍，而陶淵明、邵雍不能包括司馬遷和杜甫，所以後來性靈派發展到眞正文學家手中時，所追求的就是動態的情感，而不是靜態的情感了。靜態的性靈論者以沉靜的情感爲尚，有時會和神韻派發生混淆，而同趨於狹小偏枯的格局，他們之間的不同是神韻派就文論文，講究格律字面和情調的經營，而靜態的性靈派是以文道合一的觀念，穿透形式，直接接觸作者的心靈。從震川的文學批評來看，他評陶詩說：

> 靖節之詩，類非晉宋雕繪者之所爲，而悠然之意，每見于言外。不獨一時之所適，而中無留滯，見天壤間物，何往而不自得。余嘗以爲悠然者，實與道俱，謂靖節不知道不可也。（《全集》卷十五〈悠然亭記〉）

震川的批評是將作者的人品與文章合而爲一，自己又與欣賞的對象合而爲一，中間一以貫之者，是悠然自適之道。以這個標準，在陶淵明之後，震川又愛唐之白居易和宋之蘇東坡。

2. 白與蘇

〈順德府通判廳記〉云：

> 獨愛樂天，襟懷夷曠能自適，觀其所爲詩，絕不類古遷謫者，有無聊不平之意。……（余）自謂識時知命，差不愧於樂天，因誦其語，以爲廳記，使樂天有知，亦以謂千載之下，迺有此同志者也。（《全集》卷十七）

震川所取於樂天者，仍在「自適」的標準，而這標準又是他自己的人生觀，心與心的契合，必然形成人品即文品的批評尺度。他對東坡的批評比較少，唯在〈雙鶴軒記〉稱「坡公以文字變幻，要不可測度」，全文流露著傾慕之意〔註 32〕，又〈與王子敬書〉中稱東坡易書二傳爲奇書，乞爲搜討〔註 33〕，可見他對蘇學頗爲留意，對東坡的欣賞也應當是全面投入的。

「格」的定義

在震川眼中，有其人才有其詩，人格即是風格，這是性靈派對「格」的認定。可是格調派不然，他將「格」放在物的身上，以時代分階級高下；所以王世貞在《藝苑巵言》中批評陶詩正以「清悠澹永」不得入漢魏之格，譏之爲「未粧嚴佛堦級語」（卷三），白居易不復盛唐風雅，而爲張打油、胡打鉸之作俑者（卷四），詩至白、蘇，皆不免爲塵爲劫（卷四）。結果，震川所推崇的陶、白、蘇三人，到了格調派階級中，都成了「次級」或「變型」的產物，這個觀點實與震川大相牴觸。尤其王世貞比震川足足小二十歲，當他嘉靖廿六年中進士時，震川已四十二歲，當他主盟文壇時，震川已步入晚年，以後生小輩而妄自詆諆前賢，難怪震川要抨擊他爲「妄庸巨子」了。《震川全集》卷二〈項思堯文集序〉曰：

〔註 32〕見《全集》卷十五。
〔註 33〕見《別集》卷七「小簡」。

> 蓋今世之所謂文者，難言矣！未始爲古人之學，而苟得一二妄庸人爲之巨子，爭附和之以詆誹前人。韓文公云：「李杜文章在，光燄萬丈長，不知群兒愚，那用故謗傷，蚍蜉撼大樹，可笑不自量。」文章至于宋元諸名家，其力足以追數千載之上而與之頡頏，而世直以蚍蜉撼之，可悲也，無乃一二妄庸人爲之巨子，以倡道之歟？

據錢牧齋云，此妄庸巨子即指王世貞。世貞聞而笑曰：「妄誠有之，庸則未敢聞命。」震川說：「唯庸故妄，未有妄而不庸者也。」〔註34〕又〈與沈敬甫書〉云：

> 近來頗好翦紙染采之花，遂不知復有樹上天生花也，偶見俗子論文，故及之。（《別集》卷七）
>
> 僕文何能爲古人，但今世相尚以琢句爲工，自謂欲追秦漢，然不過剽竊齊梁之餘，而海內宗之，翕然成風，可爲悼歎耳。區區里巷童子，強作解事者，此誠何足辨也。（同上，〈與沈敬甫十八首〉）

可見此老崛強不屈的性格。

狂者的精神

震川對格調派的抨擊要比荊川激烈一些，而且沒有那麼濃厚的棄文學道的心理。他支持狂狷之士的作風〔註35〕，愛好高明之士與陵轢之雄才〔註36〕，包容他們在禮法或格律上的瑕疵，他說：

> 人須當任性，何可強自抑遏，以求人道好！（《別集》卷七〈小簡與陳吉甫〉）

這份狂者的精神，使震川晚年與摹擬王國抗衡時顯得份外醒目，並且最後贏得對手的尊重。錢牧齋《列朝詩集小傳》說：

> 當是時，王弇州踵二李之後，主盟文壇，聲華烜赫，奔走四海。熙甫一老舉子，獨抱遺經于荒江虛市之間，樹牙頰相搘拄不少下。……弇州晚歲贊熙甫畫像曰：「千載有公，

〔註34〕見《列朝詩集小傳》丁集中「歸有光」本傳。

〔註35〕見《全集》卷二〈卓行錄序〉。

〔註36〕見《全集》卷二〈群居課試錄序〉，卷十六〈張氏女貞節記〉。

繼韓歐陽，余豈異趨，久而自傷。」識者謂先生之文，至是始論定，而弇州之遲暮自悔，爲不可及也。(丁集中本傳)

創作與影響

文章是歸震川最大的成就，也是他文學理論的驗證。他秉持「修辭立誠」的態度，以忠厚惻怛之情爲文，「不以浮詞諛人，不以綺語加物」，「靡不折衷於法度，歸本於端良」〔註37〕，使學問性情自然流露，達到完美優異的成績。對外掃除剽竊萎靡之病，對內完成眞正「復古」的任務，這是震川在性靈文學中的貢獻。清人徐乾學曰：

> 自南宋歷元以及於明之初年，其所稱大儒之文皆是也，然至其風格，蕭萎益頹，而爲老生學究之習，若是者，雖大儒不免也。負才思者，思有以易之而不得其說，則不難一切抹殺理學之緒言，反而求之秦漢以上，虛氣浮響，雜然並作，至欲遠駕古之作者，夫天下豈有離理而可以爲文者哉？故文之病而幾至於亡者，亦相習而相矯以然也。……故余謂文至太僕，始稱復古。(《震川集》序三)

清人董正位曰：

> 古來文章家代不乏人，要必以卓然絕出，能轉移風氣爲上。唐之中葉稱韓子，而與韓子同時者有柳子厚、李習之。宋時稱歐陽子，而先歐陽爲古文者有穆伯長、尹師魯輩。然言起八代之衰者，必曰昌黎；變楊劉之習者，必曰廬陵；則以其學之深、力之大也。明三百年，文章之派不一，嘉靖中，有唐荊川、王遵岩、歸震川三先生起而振之，而論者又必以震川爲最，豈非以其學之深、力之大歟？(《震川集》序二)

總體而言，震川在創作方面表現出文章家積極健康的優點，具有集大成的規模與氣象。在文學理論方面，他同大多數文章家一樣，注重紮實的學問與道德，但是他對詩多一些關懷。他注重情感，首先以性靈言詩，標舉白蘇，對後來的公安派很有提示的作用。他又在嘉定講學

〔註37〕《震川集》序五，〈從孫起先之序〉。

多年，對當地的讀書人影響很大，「嘉定之老生宿儒，多出熙甫之門」〔註38〕，流風所及，在晚明形成一支異於公安、竟陵的性靈詩派。他們是號稱「嘉定四君子」的程嘉燧、婁堅、李流芳、唐時升，以及錢謙益。他們的特色是把文章家紮實用功的健康面轉化到詩中，重新調和律度，陶冶性情，以清詞麗句扭轉公安竟陵的偏失。這是浪漫思潮由消極走向積極的關鍵，而震川便是啓動契機的人。錢謙益云：

> 余少壯汩沒俗學，中年從嘉定二三宿儒遊，郵傳（震川）先生之講論，幡然易轍，稍知向方，先生實導其前路。啓禎之交，海內望杞先生，如五緯在天，芒寒色正，其端亦自余發之。（《震川集》序四）

又稱《震川集》爲其一生師承之所在（〈凡例一〉），從牧齋的話中，可以知清初積極浪漫主義的種子，實由震川先播下的。

〔註38〕《列朝詩集小傳》丁集下「唐處士時升」。

第三章　戲曲家的性靈說——徐渭

戲曲是明代新興的俗文學，在這塊園地裏同樣也有著格調與性靈的爭執。有人以爲前七子只講「文必秦漢，詩必盛唐」，而不重視戲曲；其實不然，他們不僅重視戲曲，而且一樣講究「當行本色」。李空同曾謂《董西廂》直繼《離騷》；康海、王九思的北曲雜劇以格律見長，王世貞的《鳴鳳記》則爲傳奇辭賦化的代表；在前後七子的籠罩下，格調派成爲戲曲界強大的勢力。雜劇與傳奇各有「當行」的規矩，作者間好壞的差異也很懸殊，但大體而言，格調派的作風不外奉格律爲戲曲的第一生命，其次則輔之以冗長典雅的詞藻、駢儷的對白以及教忠教孝的內容。此時，第一個打破這些規律的劇作家，便是性靈派的徐渭。

學術思想與師友淵源

徐渭，字文清，更字文長，又字天池，自號青藤山人。生於明武宗正德十六年，卒於神宗萬曆二十一年（1521～1593），年七十三歲。他是浙江山陰人；浙江古稱越，陽明晚年居越，故越中王門弟子最多，他的老師季本（號彭山，會稽人），便是王陽明親炙的弟子，與王畿、張元忭俱屬浙中一派，在黃宗羲《明儒學案》有傳。徐文長於自著畸譜「紀師」一欄云：「余所師者凡十五位，……廿七八歲，始師事季先生，稍覺有進，前此過空二十年，悔無及矣。」可知季彭山是他最敬重的老師，此外「師類」還列有王龍溪、唐荊川；「紀恩」有張元汴父子、胡宗憲；「紀知」有季彭山、唐荊川、王遵巖等人；這幾位是他一生中重要的師友。從這淵源看來，徐渭應當算是王門第二代弟子，並且屬於浙中一派。不過他個性狂放不羈，後來又轉而學禪，這使他別具泰州學派的氣質與風格。他於自作墓誌銘云：

> 山陰徐渭者，少慕古文詞，及長益力，既而有慕於道，往從前長沙守季先生究王氏之旨，謂道類禪，又去扣於禪，久之，人稍許之，然文與道終兩無得也。賤而懶且直，故憚貴交似傲，與眾處不免袒裼似玩，人多病之，然傲與玩亦終兩不得其情也。(《徐文長全集》卷二七)

文道無得，是謙虛自嘲的話，由王學走向禪學才是他眞正的路數。他自言九歲已能習干祿文字，十餘年後，悔之，又志於「迂闊」的經史務博之學，四十五歲左右，方於佛老有所悟入，自言：

> 余讀旁書，自謂別有得於首楞嚴、莊周、列禦寇。若黃帝素問諸篇，儻假以歲月，更用繹紬，當盡斥諸註者繆戾，標其旨以示後人；而於素問一書尤自信而深奇。(同上)

又〈答錢刑部公書〉云：

> 僕之自疑，亦非疑佛法也，一悟直超於門下，則瞠乎其若後，至謂信心，豈便讓門下耶？下根之人，縛以習氣，不能勇猛精進，自所慚也。謂疑佛謗經，十年前事耳，今自信其決無也。……僕非畏犯世諱人也。(《徐文長逸稿》卷廿)

頓悟的經驗，是性靈論者的特徵，而近禪的思想和自信的精神則與泰州學派相同。所以後來袁中郎特別推崇他，在文學觀點的背後，實有哲學思想爲其基礎。中郎於萬曆年間刊刻《徐文長集》，並附有評點，從中可見出兩人的契合之處。〈贈禮師序〉云：

> 大約佛之精者，有學佛者所不知，而吾儒知之。吾儒之麤者，有吾儒自不能全，而學佛者反全之者。(卷二十)
>
> 中郎評曰：「論甚明確。」

〈奉師季先生書〉之二：

> 先儒若文公者，著釋速成，兼欲盡窺諸子百氏之奧，是以冰解理順之妙固多，而生吞活剝之弊亦有。……解書惟有虛者活者可以吾心體度而發明之。(卷十七)
>
> 中郎評曰：「至言。」

〈詩說序〉：

> 凡書之所載，有不可盡知者，不必正爲之解，其要在取於吾心之所通，以求適於用而已。……用吾心之所通，以求書之所未通，雖未盡釋也，辟諸癢者，指摩以爲搔，未爲不濟也。用吾心之所未通，以必求書之通，雖盡釋也，辟諸痺者，指搔以爲搔，未爲濟也。(卷二十)
>
> 中郎評曰：「文長諸文多精論，此篇尤其卓犖。」

所謂「取於吾心之所通，以求適於用」，是陽明心學的基本教義，文長進而主張用此通達靈活之心，融會儒釋道各種學問，表現出自由平等的學術觀；這與泰州一派講三教合一是相合的。加上他負氣倔強的性格、不拘禮教的狂者作風與之相類，所以在思想體系上說，徐渭雖沒有泰州之名，卻具有泰州派的傾向。

特殊的遭遇和性格

徐渭是個情感強烈、才華洋溢的人；可是他在考場上卻一直不得意。自二十爲諸生起，參加過八次鄉試，皆不第。三十六歲那年到少保胡宗憲幕府中掌書記，爲代作白鹿表。進呈後世宗大悅，益寵胡氏；胡氏亦以此對徐渭寵禮有加，時時推介於名公，徐渭便因此與唐荊川相識。陶望齡〈山人徐渭傳〉云：

> 時都御史武進唐公順之以古文負重名，胡公嘗袖出渭所代，謬之曰：「公謂予文若何？」唐公驚曰：「此文殆輩吾後。」又出他人文，唐公曰：「向固謂非公作，然其人誰耶？願一見之。」公乃呼渭偕飲，唐公深獎歎，與結驩而去。

這是兩人相識的經過。荊川比文長大十四歲，他和文長的老師季彭山也是朋友，在《荊川集》中還有爲彭山作的書序。他對文長頗多鼓勵，文長自言「唐先生順之之稱不容口，無問時古，無不嘖嘖，甚至有不可舉以自鳴者」（《逸稿・畸譜》）可知荊川對文長應當頗有影響。

在胡府中的日子是徐渭一生最得意的時期。胡宗憲不僅將他引薦給名流，還爲他打點科場功名之事，更重要的是胡氏擒賊用兵諸事皆與之密議，使文長所好的奇技兵法得以發揮，感受到眞正的信任和參預。此外，胡氏亦不以世俗禮節拘束之，平日文長「戴敝烏巾，衣白布澣衣」（同前），直闖入示，無所忌諱。胡有急事，召之不至，甚且「深夜開戟門以待之」，聞其大醉嚎囂不可致，反而稱賞其名士作風（同前）。在嚴刻的專制時代中，能如此包容他的狂放性格，而又眞心優禮之者，當世恐怕找不到第二人，胡宗憲眞可說是徐渭的明主與知己了。

嘉靖四十一年，胡宗憲被誣爲嚴嵩黨羽，坐罪遇害，文長因此痛苦發狂，作出一連串自毀的行爲。陶氏〈徐渭傳〉云：

> 及宗憲被逮，渭慮禍及，遂發狂。引巨錐剚耳，刺深數寸，流血幾殆。又以椎擊腎囊，碎之，不死。渭爲人猜而妒，妻死後有所娶，輒以嫌棄，至是又擊殺其後婦，遂坐法繫獄中，憤懣欲自決。

這些瘋狂的舉動，驚世駭俗，引起許多揣測。有人說他爲祟所憑，有人說他爲冤死之妻附身（《野獲編》），基本上大家都相信他是出於「懼禍」的心理。陶望齡是最早爲徐渭作傳的人，當時徐文長過世已久，資料不足，便順手採入一般人的看法，一筆帶過。殊不知此處雖小，對徐氏的人格卻有很大的誤解；後世各家敘其生平，大多以陶傳爲底本，沒有進一步的解釋。沈德符《野獲編》則說他發狂是科舉不公的關係：

> 戊午浙闈，胡囑按君急收之，徐故高才，即上第，亦其分內。按君搜之大喜，以授其所善令，令丹銳之。令故爲徐所輕，銜之方入骨，按君暫起，輒泚筆塗抹之。比取視，則鴻乢滿紙，幾不可辨矣！徐此後遂患狂易。（卷廿二）

這事只見出科場的恩怨和黑暗，與胡宗憲的禍事並不相干，以徐渭狂傲豪恣的個性看來，區區科舉功名，豈會放在心上，遑論懼禍怕事的心態！陶望齡與沈德符都不免以世俗的想法揣度他，所見與眞正的徐文長實隔一層。倒是張元汴之子張汝霖說出了文長的心事；張刻〈徐文長逸書序〉云：

> 當世廟時，人主好文，少保以白鹿進，其表故文長筆也。上覽之大悅，以是益寵少保，少保益以是愈益重文長矣。時上方崇禱，事急青祠，柄政者來聘，而文長知少保與有郤，不應。其後少保以緹騎收，文長恐連，遂佯狂，尋迺即眞。居常痛少保功而讒死，冤憤不已，而力不能報，往往形之詩篇。狂中畫雪壓梅竹，而題云：「雲間老檜與天齊，滕六寒威一手提，折竹折梅因底事，不留一葉與山谿。」其感慨激烈之意，悲於擊筑，痛於吞炭，而人徒云慮禍，故狂知之政未盡也。既以狂遭酈炎之獄，先恭力捄得出，出而益自放。間嘗入長安，苦不耐禮法，遂去走塞上，與射雕者競逐，與虜騎煙塵所出沒處縱觀以歸。歸則棲户不肯見一人，絕粒者十年許，挾一犬與居。人謂偃蹇玩世、狂奴故態如此，而不知其自別有得，難以世諦測也。……文長懷彌正平之奇，負孔北海之高，人盡知之，而其俠烈如豫讓，慷慨如漸離，人知之不盡也。

這番話最能說出事情的始末和文長的性情志節。匹夫無罪、懷璧其罪，對胡宗憲和徐渭而言，長於青詞的美才，正是那賈禍之璧；而「國士待我、國士報之」，既無力護主，以身相殉亦謀士之義；此即文長自毀身家的主要原因。這點按之於文長自作之墓誌，也是相符的。他說：

> ……至是忽自覓死。人曰渭文士且操潔，可無死。不知古文士以入幕操潔而死者眾矣！乃渭則自死，孰與人死之？渭爲人度於義，無所關時輒疏縱，不爲儒縛。一涉義所否，雖斷頭不可奪，故其死也，親莫制，友莫解焉。平生有過不肯掩，有不知，恥以爲知，斯言蓋不妄者。(《徐文長全集》卷廿七)

文長一生爲人行事純然以心度之，遇大義則「斷頭不可奪」，而在小節方面，卻「不爲儒縛」，受不得管束。他以獄事得張元汴之力甚多，出獄後便館於張家之旁，相處甚歡。然而張氏常以禮法規之，他不耐煩時便大叫：「吾殺人當死，頸一茹刃耳，今乃碎磔吾肉！」可見禮法對他而言，眞有碎磔之苦。他平日喜歡與市井之狎者閉門聚飲，對富貴中人則深惡之，拒不見面；有人伺機推門進來，他馬上以手擋住，應道：「某不在。」其倔強有如此。然而張元汴過世時，文長「白衣往弔，撫棺大慟，不告姓名而去，諸子追及之，哭而拜諸塗，小垂手撫之，不出一語，十年纔此一出耳。」（《列朝詩集小傳》丁集中、本傳）。《野獲編》卷廿二亦云張歿時，「徐已癃老，猶扶服哭奠，哀感路人，蓋生平知己，毫不以親疏分厚薄也」。張氏子孫於文長之深情高義特有所會，故於文長逝後三十年搜校其逸稿而刊刻之〔註1〕，所云自極爲中肯。

文學理論

1. 反格調派

文長在現實中既不爲禮法牢籠，在文學方面亦絕不受格調理論的束縛，虞淳熙〈徐文長集序〉云：

> 元美、于鱗，文苑之南面王也。文無二王，則元美獨矣！……李長鬚而修下，王短鬢而豐下，體貌無奇異，而囊括無遺士，所不能包者兩人，頎偉之徐文長、小銳之湯若士也。

《明史》卷二八八本傳云：

> 渭天才超逸，詩文絕出倫輩，……當嘉靖時，王李倡七子社，謝榛以布衣被擯，渭憤其以軒冕壓韋布，誓不入二人黨。

文長本具有平民化的豪俠之氣，對七子士大夫的作風當然看不慣。他厭惡官僚圈中庸俗虛假的「文化」，以及其中摹擬應酬的文字，因而有眞僞之論。

〔註1〕《徐文長逸稿》刻成於天啓三年（癸亥），西元1623年，距文長逝世（1593）正好三十年。

二、眞假之辨

〈贈成翁序〉云：

> 予惟天下之事，其在今日鮮不僞者也，而文爲甚。舉人之一身其以僞，而供五官百骸之奉者鮮不重者也，而文爲輕。何者，視必組繡五色，僞矣！聽必淫哇五聲，僞矣！食必脆濃五味，僞矣！推而至凡身之所取以奉者靡不然，否則且怫然逆，故曰重。至於文，則一以爲荃蹄，一以爲羔雉，故曰輕。然而文也者，將之以授於人也，從左佚而得之，亦必取趙孟而名之，故曰今天下事鮮不僞者，而文爲甚。夫眞者，僞之反也。故五味必淡，食斯眞矣；五聲必希，聽斯眞矣；五色不華，視斯眞矣；凡人能眞此三者，推而至於他，將未有不眞者。故眞也，則不搖，不搖則神凝，神凝則壽。……（《逸稿》卷十四）

他指出文學之所以爲僞，因爲它的功用已淪爲「筌蹄」與「羔雉」。作者以功利之意出發，以滿足感官視聽爲訴求，而不能發自內心。不發自內心，則不能感人，大家不當一回事，文藝便走上輕賤的路子。文學工作者要贏得尊重，必須先反省自己的創作動機，去僞存眞。因此，文長提出了「興」字。

三、「興」

「興」是文學創作的本源，它的意思類似荊川所說的「本色」，不過文長以古今對照的方式詮釋，加入了時代演進的觀念，這點是荊川所沒有提及的。《全集》卷十八〈論中四〉曰：

> 博而無所用者，則今之所云詞家之流者是也。夫詞，其始也，而貴於詞者，曰興也。故詞一也，古之字於詞者如彼，而人興，今之字於詞者如此，而人亦興，興一也，而字二耳。古字艱，艱生解，解生易，易生不古，不古者俗矣！古句彌難，難生解，解生多，多又生多，多生不古，不古生不勁矣！是時使然也，非可不然而故然之也；興不興，不係也。故夫詩也者，古康衢也，今漸而里也優唱也。古

> 墳也，今漸而里唱之所謂賓之白也，悉時然也，非不可而然而故然之也。故夫準文與詩也者，則墳與賓，康與里，何可同日語也！至興，則文固不若賓，康不勝里也。……今操此者不務此之興，而隱彼之不興，此何異奪裘葛以取溫涼，而取溫涼於獸皮也、木葉也，曰爲其爲古也，惑亦甚矣！

文長認爲文詞之始，在興，文詞之所貴，亦在興。「興」不外是人心情感自然眞實的流露。古人用古字句表達情感，今人用近代的文字表達情感，字句雖有古今之別，可是傳情達意的文學性是相同的。古人並非故做艱難，而是時代的關係，不得不然；他們用古字、寫古文，是眞實自然的事，文字體裁的演變也是眞實自然的事，今人爲什麼不領會這眞實自然的道理，而去刻意摹倣僵化的假文字呢？這就像放棄了今人的裘葛，而穿起古人的獸皮木葉，不是很愚昧可笑嗎？他又進一步具體的批評時人好用古代名稱的習氣：

> 舉一焉，今之爲詞而敘吏者，古銜如彼，則今銜必彼也，而敘地者，古名如彼，今名必彼也。其他靡不然，而乃忘其彼之古者，即我之今也，慕古而反其所以眞爲古者，則惑之甚也。(同上)

> 雖然之言也，殆爲詞取興於人心者設也。如詞而徒取興於人口者也，取興於人耳者也，取興於人目者也，而直求溫涼於獸與木也。而以爲古者，則亦莫敝於今矣！何者？悉襲也，悉勦也，一其奴而百其役也。其最下者又悉矇也，悉刖也，悉自雷也，悉求唐子而不出域也，悉青州之藥丸之子也。語之其所合者，則欣然，語之其所不合與不知者，不笑則訕且怒矣！而曰唐矣，語初盛則愕，矧其上耳；而曰漢矣，舍有味乎其言之輩，數語則涸，矧其上？……夫其弊也如是，則不博也，乃不知其俑也，俑於博也。

這段文字，犀利透徹，把時人的醜態形容得入木三分。歸納起來，文長所攻擊七子者，第一在昧於時代觀念，泥古不化，以致詩文皆爲殉葬之俑，毫無價値。第二在其文字之假，只興於口耳鼻目之間，而不興於心，心源既涸，天機不發，則一切無所不假。第三，在抨擊七子的態度，在上者專權霸道，奴役群眾，在下者盲目服從，不能自立，坐井觀天，所見益小，猶執此以笑人。有此三者，雖博亦無用，所以文長所謂的「興」純指眞情，不含道理知識的成分。

四、反對經史學問

〈奉師季先生書〉之三：

> 詩之興體，起句絕無意味，自樂府亦已然。樂府蓋取民俗之謠，正與古國風一類。今之南北東西雖殊方，而婦女兒童，耕夫舟子，塞曲征吟，市歌巷引，若所謂竹枝詞，無不皆然。此眞天機自動，觸物發聲，以啓下段欲寫之情；默會亦自有妙處，決不可以意義說者。（《全集》卷十七）

「興」是人心自然流露的創作力量，像民間歌謠一般，天機一動，觸物發聲，自自然然，近乎本能的就完成了。它傾訴的情感東西南北殊方而皆然，令人默會難以言喻，不待學問而成，故文長於〈南詞敘錄〉中云：

> 夫曲本於感發人心，歌之使奴童婦女皆喻，乃爲得體，經子之談，以之爲詩且不可，況此等乎？直以才情欠少，未免輳補成篇，吾意與其文而晦，曷若俗而鄙之易曉也。

他又推崇《琵琶記》「句句是本色語，無今人時文氣」，尤其食糠、嘗藥、築墳、寫眞諸作，「從人心流出」，將尋常俗語化入曲中，「點鐵成金，信是妙手」（同上）。爲了追求眞詩，文長特別傾向原始的、俚俗的民歌。從古代的國風到近代的曲子，它們全仗天生的聰明機趣來創造，不帶一點酸腐氣。這證明博雜的經史學問經常是創作的絆腳石，只有缺乏才情的人才依賴書袋來填塞篇幅，仰仗華詞來妝點門面。這個主張是荊川、震川所未發，而接近於李卓吾和公安派了。

文長又反對格調派「設格」的作法，預設某格而爲之，其文必假。〈肖甫詩序〉曰：

> 古人之詩本乎情，非設以爲之者也，是以有詩而無詩人。

迨於後世，則有詩人矣，乞詩之目，多至不可勝應，而詩之格亦多至不可勝品，然其詩類皆本無是情而設情以爲之。夫設情以爲之者，其趨在於干詩之名，干詩之名，其勢必至於襲詩之格而剿其華詞，審如是，則詩之實亡矣！是之謂有詩人而無詩。

其次，他也反對以議論說理爲詩，故接著說：

有窮理者起而捄之，以爲詞有限而理無窮，格之華詞有限而理之生議無窮也，於是其所爲詩悉出乎理而主乎議，……夫是兩詩家者均之爲俳。(《全集》卷二十)

不論是情語也好，議論也好，都必須出於己之所自得，如果沒有「眞」這個首要條件，堆砌華詞道理以炫人耳目，都不免爲博學之「俑」，華服之「俳」。他在有名的〈葉子肅詩序〉中，特別強調「自得」的眞實性：

五、自得與微疵

人有學爲鳥言者，其音則鳥也，而性則人也。鳥有學爲人者，其音則人也，而性則鳥也。此可以定人與鳥之衡者哉？今之爲詩者，何以異於是？不出於己之所自得，而徒竊於人之所嘗言，曰某篇是某體，某篇則否；某句似某人，某句則否，此雖極工逼肖，而已不免於鳥之爲人言矣！

若吾友子肅之詩則不然。其情坦以直，故語無晦；其情散以博，故語無拘；其情多喜而少憂，故語雖苦而能遣其情；好高而恥下，故語雖儉而實豐，蓋所謂出於己之所自得，而不竊於人之所嘗言也。就其所自得，以論其所自鳴，規其微疵，而約於至純，此則渭所獻於子肅者也。若曰某篇似某體，某句不似某人，是烏知子肅者哉？(《全集》卷二十)

這篇文章除了強調自得之外，另外提出的重要觀念是對於「微疵」的包容。子肅之詩有苦處、有儉處，在當時華麗瀏亮的風潮下自然與世俗標準不合，徐渭提醒欣賞者注意子肅的疵處是情感眞實流露的結果，整體看來是協調的、純粹的，看詩要看整體的生命，而不是斤斤計較一字一句的規格。這個論點，對格調派近乎挑剔的完美主義是一項突破，也是性靈派一貫的主張。

六、對「理」的看法

徐渭所謂的自得，並非全然指情感，也包括理性的性質。情和理都是心的活動，它屬於文學內容的部分。《徐文長逸稿》卷十四〈草玄堂稿序〉曰：

> 古者儒與詩一，是故談理則爲儒，諧聲則爲詩，今者儒與詩二，是故談理者未必諧聲，諧聲者未必得於理，蓋自漢魏以來，至於唐之初晚，而其軌自別於古儒之所謂詩矣。……曰：然則孰優乎？曰：理優。謂理可以兼詩，徒軌於詩者，未可以言理也，予爲是説久矣！

將「理」與「詩」對照而言，「理」應當指文學的內容，「詩」應當指文學的形式。徐渭感歎自漢以來，經生、詞人分爲二途，文學的生命亦裁爲兩截；不復有古詩渾然一體，令人默會之妙處。他理想中的詩是二者合而爲一的，如果不可兼得，則以理爲優先。不過他所謂的「理」並非一般陋儒的章句經義，而是漢魏之前的儒，「天籟自鳴」的自然之理。這個觀點和文章家並無二致，只是在份量上，荊川等人說得多些，文長說得少些，便顯得不那麼醒目。

七、技巧論——「神」與「眼」

將自然之理用於技藝，則善變能化，善變化則有神，有神則令觀者如「冷水澆背，陡然一驚」。這是文長出入於詩文，游藝於書畫後的經驗談。〈書劉子梅譜序〉曰：

> 自古詠梅詩以千百計，大率刻深而求似，多不足而約略，而不求似者多有餘；然則畫梅者得無亦似之乎？……不求似而有餘，則予所深取也。（《全集》卷七）

〈書季子微所藏摹本蘭序〉：

> 非特字也，世間諸有爲事，凡臨摹直寄興耳。銖而較，寸

而合，豈眞我面目哉？臨摹蘭亭本者多矣！然時時露己筆意者始稱高手。(《全集》卷廿一)

性靈論者處處以「眞」爲文學的首要條件。格調論者的原意亦未嘗不想存眞，問題是他們只想存物之眞，而非存我之眞。所謂「文必秦漢，詩必盛唐」，是想保住文體最盛時的本色，所謂「銖而較，寸而合」，也是想一毫不差地傳達物的眞貌；此其所以不得不守舊，不得不摹擬。而性靈論者不同，他所謂「眞」是眞實傳達心中美的形象，美的形象因人、因時、因地而不同，故絕不能求其工似，而必須善變而得其神。文長說：

神以目遇，不爽其信；神以筆遇，少虧其眞，此所以賤有跡而貴無形。(〈祝相士小象贊〉,《逸稿》卷十七)

凡物神者則善變。(〈又跋書卷尾〉,《全集》卷廿一)

動靜如生，悅性弄情，工而入逸，斯爲妙品。(〈與兩畫史書〉,《全集》卷十七)

他又進一步指出「神」具體的表現在「眼」。〈論中五〉曰：

何謂眼？如人身然，百體相率，似膚毛臣妾輩相似也，至眸子則豁然朗而異，突以警，故作者之精而旨者瞰是也。文貴眼，此也。故詩有詩眼，而禪句中有禪眼。……然而一開一闔，則又且無定立也，隨其所宜而適也。故凡作者長短不同，此同也；豐瘠不同，此同也；詩與文不同，此同也；自上古之文與詩，與今之優之唱而白之賓者不同，此同也。多此者添蛇足也；不及此者，斷雀足也；而昧此而妄作者，貂不足也；指畫并攫、摶泥而思飽其腹也，將以動眾焉而顧失其諛也。(《全集》卷十八)

然則所謂「眼」者，作者之精神旨意也。有之則長短開闔，無不變化如意，無之則尺尺寸寸，限於定格俗套；有之則驚心動魄，無處不活，無之則堆砌刻畫，字字皆假，故〈答許北口書〉曰：

公之選詩可謂一歸於正，復得其大矣。……試取所選者讀之，果能如冷水澆背，陡然一驚，便是興觀群怨之品，如其不然，便不是矣！

> 然有一種直展橫鋪，麤而似豪，質而似雅，可動俗眼，如頑塊大臠，入嘉筵則斥，在屠手則取者，不可不愼之也。《全集》卷十七）

有眼與無眼之間，差之毫釐，失之千里。世人徒以「字眼」格律爲去取，而不知眞精神在於心而不在於物，在於虛而不在於實，因此文長自言：「老夫看取世間遠近眞假，有許多種別。」〔註2〕此即對眞假的詮釋不執著、不著相之意。

批評與創作——詩宗中晚唐

在批評與創作方面，文長所推崇的是李杜韓蘇這一系列創變求奇的人物，他的作品也是朝著這方向發展。他與王龍溪有書信往來，有次龍溪似乎說他某詩「頸聯不整」，他在〈答龍溪師書〉中說：

> 古評云：詩至李杜昌黎子瞻而變始盡，乃無意不可發，無物不可詠，正此之謂也。彼以字眼繩者，所得蓋少矣！有意而不能發矣！（《全集》卷十七）

可見他對格律的觀念比龍溪還開放，他一意追求內容的拓展，意志的發揚，要上天下地，無所不包，對於字眼的繩縛，直欲粉碎之而後快，當然對律詩中最講究的頸聯不會放在眼裡，這和他在現實中反抗禮法的言行是相同，而這正是浪漫性格的表現。

文長所推崇的李杜韓蘇，在復古風潮中都是不受歡迎的人物。當時人只效法王孟式體面清秀的詩，對李杜避而不談，對韓蘇詆斥不已，而文長偏對晚唐怪麗奇險一派情有獨鍾。〈與季友書〉云：

> 韓愈、孟郊、盧仝、李賀詩近頗閱之，乃知李杜之外，復有如此奇種，眼界始稍寬闊。不知近日學王孟人，何故技倆如此狹小，在他面前說李杜不得，何況此四家耶？殊可怪歎！菽粟雖常嗜，不信有卻龍肝鳳髓都不理耶？（《全集》卷十七）

他將晚唐一派譬爲龍肝鳳髓，李杜之外的奇種，而王孟一派只是尋常之菽粟，眞是大異於世俗的見解。王孟詩在嚴滄浪和格調派的提倡

〔註2〕《徐文長全集》卷廿一，〈書石梁鴈宕圖後〉。

下，一直是盛唐「意象玲瓏」的典範，徐文長卻一語道破它格局狹小的缺點，在當時眞是言人所不敢言。清人所不滿於王漁洋者亦在此，沒想到此意早被文長說出了。後來袁中郎讀到這段文字，佩服的評說：「當時五子擅場，文長獨得如此，只是眼中無翳。」

文宗韓、蘇和歸有光

文長對韓愈之文也是非常喜好的，他將昌黎與大蘇並列，在文章中時時提及，例如〈書田生詩文後〉云：

> 田生之文，稍融會六經及先秦諸子諸史，尤契合者，蒙叟、賈長沙也。姑爲近格，乃兼并昌黎、大蘇，亦用其髓，棄其皮耳。師心橫從，不傍門户，故了無鑿痕可指。詩亦無不可模者，而亦無一模也。此語良不誑，以世無知者，故其語亢而自高，犯賢人之病，噫！無怪也。(《逸稿》卷十六)

所謂「用其髓，棄其皮」，即昌黎所謂「師其意不師其辭」。「師心橫從」「了無鑿痕」，即子瞻「當行則行，當止則止」之意。可知文長不僅推崇二子的作品，對其文學理論也是接受的。文長唯一不贊成的，是韓愈排佛的思想。他於〈贈禮師序〉云：

> 昌黎之文，余夙誦好之，至於其論道則稍疵，及攻佛又攻其麤者也。(《全集》卷二十)

這裡他又一語說中性靈派普遍對韓愈的看法。性靈的血脈是揉合儒釋道的禪學，不論是它派中的人物，或是它所推尊的人物，大多都與佛老有密切的關係。韓愈排佛之論和他們三教合一的思想相牴觸，可是韓愈實質上以創新爲主的文學理論又與性靈說相符，於是性靈論者只支持韓愈的文學主張，反對他排佛的言論。徐渭這個態度和後來錢牧齋之宗韓是一樣的。

對當代文學家，文長稱賞歸有光之文，譽爲「今之歐陽子」。此事不見集中，而載於牧齋《列朝詩集小傳》：

> 嘉靖末，山陰諸狀元大綬官翰學，置酒招待鄉人徐渭文長。入夜良久乃至，學士問曰：「何遲也？」文長曰：「頃避雨

士人家，見壁間懸歸有光文，今之歐陽子也。迴翔雒誦，不能舍去，是以遲耳。」學士命隸卷其軸以來，張燈快讀，相對歎賞，至於達旦。四明余翰編分試禮闈，學士爲具言熙甫之文，意度波瀾，所以然者。熙甫果得雋。熙甫重平生知己，每敘張文隱事，輒爲流涕，豈未有以文長此事聞於熙甫者乎？爲補書之於此。」（丁集中，「震川先生歸有光」）

這兩位大家在史上以反抗七子而知名，機緣湊巧，使文長得見熙甫之文，固然是性靈派中相契的美談，然而未能因此結識交往，也是中明浪漫運動間的一樁憾事。文長白眼看世人，一向少所許可，如果能與熙甫相識，此生當不寂寞。

體裁：一、和詩　二、艷體

除了評作者之外，文長復及於體裁問題。他特別提到「和詩」與「艷體」。

和詩之作，他推崇東坡的和陶詩。〈酈績溪和詩序〉云：

今之人和人之詩者，非欲以凌而壓之，則且求跂而及之。未必凌且壓、跂且及也，而勝心一起，所得少而所失者多矣！古之和詩，其多莫如蘇文忠公在惠州時和淵明之作。今味其詞，皆泛泛兮若鷗，悠悠兮若萍之適相遭，蓋不求以勝人，而求以自適其趣。而不知者誤較其工拙，是猶兩人本揖讓而未有爭也，而眩者曰：彼拳勝，此肘負，不亦可笑矣乎！（《逸稿》卷十四）

他認爲相和之作貴在自然，要自眞心流露。一起勝心，便有假意了。欣賞東坡和陶詩也必須有正確的心態，才能見出詞中悠悠之趣，若以己之勝心俗意去揣度古人，那麼也將失者多而得者少。文長的集中經常提到韓蘇兩人，可是正面批評東坡詩文的只有這段文字，篇幅雖短，但從字裡行間可見出東坡的地位很高。

在禁欲主義的社會中，文長不顧道學的禁忌，復提倡艷情之作。這一點，是思想家和文章家辦不到的。〈曲序〉云：

空同子稱董子崔張劇當直繼離騷。然則艷者固不妨於騷

> 也。噫！此豈能人人盡道之哉？(《徐文長全集》卷二十)

李空同以《董西廂》可直繼《離騷》，算是掌握了文學的立場，而未流於道學見解，這是他的高明處。不過推崇的原因是不是基於艷情的描寫，不得而知。在俗文學這一行裡，艷情之作本來就有比較大的空間，比較寬的尺度，這是它的「本色」，空同以戲曲的本色論《董西廂》，並不代表他處處都贊成艷體，如果用之於詩，他是不會答應的。而文長正是想將戲曲與詩同等視之，在詩中也提倡艷體；他建議許北口選詩曰：

> 鄙本盲於詩，偶去取無甚異同於公，……惟子安採蓮、長安等篇涉艷者，愚意在所必選。比之眞西山文章正宗，附李斯逐客書可也。(《全集》卷十七)

正統派論文學，多半逃不出「詩莊」、「詞媚」、「曲俗」的定見。他們將體裁與風格視爲一物，每種體裁只能有幾種固定的表現方式，不可逾越。詞曲既可容納嫵媚香艷之作，詩中就必須將此視爲禁忌，以合於士大夫的身份和體面。在道學的觀念下，當時《詩經》「淫風變雅」的部分是不讀也不考的，可知在正統派眼中詩根本不容許艷體存在。然而在性靈派看來，詩何必莊？詞何必媚？莊與媚原是個人的情感，與文體有什麼關係？詩道本廣大，何必使之狹小；何況艷情詩中也有許多極眞極美的作品。它或許不夠資格稱爲「正宗」或「別派」，但比照李斯〈諫逐客書〉的性質，附於正宗之後，擁有一席之地，也是應當的。性靈派並非專好艷詩，但因格調派斥之過甚，在這問題上的爭執便顯得很激烈。文長之後，譚元春在《古詩歸》中評選了許多情歌，錢牧齋則愛好李義山和西崑體，袁枚爲了沈德潛《唐詩別裁》不收艷體而大力爭之；許多性靈論者對這問題表現著關注和興趣。而徐渭大概是性靈派中最早注意到艷詩的人，尤其他所處的時代不如晚明或清初那麼開放，使這份特識更顯可貴。

創作：一、詩文　二、戲曲

文長的品味既傾向晚唐奇艷一路，他的詩文自與當時秦漢盛唐的體格不合，因此，正如其人一樣，得不到大多數人的了解和接受。陶望齡〈徐渭傳〉云：

> 渭爲諸生時，提學副史薛公應旂閱所試論，異之，置第一，判牘尾曰：「句句鬼語，李長吉之流也。」

後來徐渭科場試卷爲人彈擿遍紙，「人以是歎渭無命，而服薛公之知人」(同前)。科場出現弊端，本是極不公平的事，可是在當時保守「持正」的觀念中，「不入流」的人與詩遭到擯斥似乎是理所當然的。文長自己也提到與世人不合的情形。《全集》卷二十〈胡公文集序〉云：

> 渭讀昌黎與馮宿論文書，謂己所爲文，意中以爲好，則人必以爲惡，小稱意，人小怪之，大稱意，即人必大怪之。至於應事作俗下文字，下筆令人慚，小慚者人以爲小好，大慚者即必以爲大好。蓋始疑其言，其後渭頗學爲古文詞，亦輒稍應事，則見其書於手者，類不出於其心，蓋所謂人以爲好而己慚之者時有焉。

其實不僅韓愈如此，白居易也說過「時之所重，僕之所輕」的話(〈與元九書〉,《白氏長慶集》卷四十五)；藝術家的好惡往往與俗人相異，走創新求奇路線的作者尤其要受到更大的壓力，冒更大的風險，沒有幾分狂氣傲骨，怎撐得起這麼深的寂寞？文長不肯迎合時尚，「與其文而晦，不如俗而鄙」，與其爲造作之少女，不如爲自得之老婦，其詩風之轉變有如此。《全集》卷廿一〈書草玄堂稿後〉曰：

> 始女子之未嫁於婿家也，朱之粉之、倩之顰之，步之不敢越裾，語不敢見齒，不如是則以爲非女子之態也。迨數十年，長子孫而近嫗姥，於是黜朱粉、罷倩顰，橫步之所加，莫非問耕織於奴婢，橫口之所語，莫非呼雞豕於圈槽，甚至齲齒而笑，蓬首而搔，蓋回視向之所謂態者，眞赧然以爲粧綴取憐、矯眞飾僞之物，而娣姒者猶望其宛宛嬰嬰也，不亦可歎也哉！渭之學爲詩也，矜於昔而頹且放於今也，頗有類於是，其爲娣姒哂也多矣！今校鄘君之詩而恍然矣、肅然斂容焉！蓋眞得先我而老之娣姒矣！

他以女子之態來比喻作者的心境，十分新穎而具啓示性。格調派所訓練的詩人，正如傳統禮教下教導的女子，膽小拘謹、矯揉造作，爲了討好世俗，喪失了自己的個性。當年紀漸長，從束縛中掙脫出來，尋回自信，才感到做人的痛快。文長以這個例子說明自己「頹放」的詩風，頗能令人理解，八才子所以棄文學道，也大致是這樣的心情。不過女子的類型並非只有這兩種，在美與醜、眞與假之間，還有許多可協調斟酌的地方。老婦「齲齒而笑，蓬首而搔」，固然天眞可愛，但只有「興」而沒有「風雅」，終究不是美的正宗。文長爲反抗極端而逃到另一個極端，是偏激的作法，也是頹廢浪漫主義的特徵。

他的「頹放」，又和荊川有些不同。荊川學宋人，以說理議論入詩；文長學晚唐，走深奧奇艷一路；文章家所謂的「本色」「質樸」，往往傾向邵雍式的枯寂恬淡，戲曲家所謂的「本色」「質樸」，則傾向民歌式的俚俗粗鄙。在保守的社會裡，荊川等人的作風只是不見容於詩家，但多少還能得到道學家的尊重，而文長的作風，大概是文道雙方都會詆誹的。或許因爲這個關係，即使性靈派的後起之秀也不能認同他。《萬曆野獲編》卷廿三「徐文長」條下云：

> 文長自負高一世，少所許可，獨注意湯義仍，寄詩與定交，推重甚至。湯時猶在公車也，余後遇湯，問文長文價何似？湯亦稱賞而口多微辭。蓋義仍方欲掃空王李，又何有於文長。

虞淳熙〈徐文長集序〉則云：

> 徐自詭江淹，遺湯藻筆，意欲包湯，湯不應。徵余牘，余亦不應。囊空無士，而晚乃包郝肥之袁中郎，所謂桓譚者矣！（《青滕書屋文集》）

湯顯祖對徐渭的「微辭」不知何指，虞淳熙則比較明確的批評他自詭於江淹。江淹最善摹擬；「擬淵明似淵明，擬康樂似康樂，擬左思似左思，擬郭璞似郭璞」〔註 3〕，然而其自作不能盡心手之妙〔註 4〕。這樣的人物當然爲性靈派所反對，但湯、虞二子也不贊成徐渭激詭怪

〔註 3〕《滄浪詩話》。

〔註 4〕詩譜四：「江淹善覩古作，曲盡心手之妙，其自作乃不能爾，故君子貴自立，不可隨流俗也。」引自《百種詩話類編》177 頁。

異、矯枉過正的作風。他們晚於文長約三十年〔註5〕，是年輕一輩的作家；文長得不到他們的支持，獨自與王李之輩抗衡，因此逝後沒沒無聞，名不出於越。《列朝詩集小傳》曰：

> 文長譏評王李，迥絕時流。文長歿，王李之焰益熾，無過而問焉者。……

袁中郎〈徐文長傳〉：

> 文長既雅不與時調和，當時所謂騷壇盟主者，文長皆叱而怒之，故其名不出於越，悲夫！

徐渭的遭遇如此，對當時影響也並不是很大，他的地位和價值要等到數年以後袁中郎和陶望齡發揚表出之，才受到世人的注意。

徐文長的個性思想與李卓吾十分接近，又是同時代的人〔註6〕，兩人俱以反抗禮法、狂放不羈知名於當世，可惜文長中年放廢後，閉門不出，卓吾又在五十歲以後才活躍起來，機緣不巧，沒有相識。等到兩人去世以後，才由卓吾的弟子袁中郎來標舉文長。袁中郎形容他初次見到文長詩文時的情景說：

> 余一夕坐陶太史樓，隨意抽架上書，得闕編詩一帙，惡楮毛書，煙煤敗黑，微有字形。稍就燈間讀之，讀未數首，不覺驚躍，急呼周望，闕編何人作者？今邪？古邪？周望曰：「此余鄉徐文長先生書也。」兩人躍起，燈影下讀復叫，叫復讀，僮僕睡者皆驚起。蓋不佞生三十年，而始知海內有文長先生，噫！是何相識之晚也。〔註7〕

〔註5〕湯顯祖生於公元1550年，比徐渭晚廿九年。虞淳熙生年不詳，但知爲萬曆十一年進士（1583），卒於天啓元年（1621），年紀當湯氏差不多。

〔註6〕徐文長生於公元1521年，長李卓吾六歲，卓吾生於公元1527年。

〔註7〕《袁中郎文鈔·徐文長傳》。按：中郎自云生三十年始知海內有文長先生，故此年當在萬曆廿五年（1597）中郎三十歲時。距徐渭去世（萬曆廿一年，1593）不過四年。錢牧齋《列朝詩集小傳》徐渭本傳云文長歿後三十餘年楚人袁中郎得其殘稿云云，時間有誤，因爲中郎卒於萬曆三十八年（1610），距文長卒後只有十七年，牧齋恐怕誤用中郎語了。

一見契合如故，眞可說是遲來的緣份了。

文長的詩雖不見重於時人，但在戲曲方面卻早享盛名。他的《四聲猿》北雜劇在中國戲劇史上有著重要的地位。因爲雜劇經過金元大家的擅揚之後，後人已難於措手，故自明初以來，詞人依傍元曲，翻不出窠臼。嘉靖時，雜劇沒落，幾成絕學，此時文長所表現的便是極具魄力的創造性。在體製上，他將傳奇體例用於雜劇之中，捨棄不合時宜的宮調，融合南北曲的優點，創作改良式的「短劇」。在文字上，他摒除南人典麗的習氣，不刻意求雅，使俚俗與高華各按人物「本色」出之，因此句句圓熟，字字入情，「高華爽俊，穠麗奇律，無所不有」〔註 8〕。在音韻上，北曲難於南曲，法律音調，最爲嚴苦，文長字句平仄，不拘小節，可是另一面又自創高難度的技巧。明祁彪佳云：

> 邇來詞人依傍元曲，便誇勝場，文長一筆掃盡，直自我作祖，便覺元曲反落蹊徑。如收江南一詞，四十語藏江陽八十韻，是偈？是頌？能使天花飛墮。(《遠山堂劇品・妙品》)

清顧公燮云：

> 徐文長《四聲猿》膾炙人口久矣，……余最愛其翠鄉夢中之收江南一曲，句句短柱，一支有七百餘言，較之虞伯生之折桂令詞，其才何止十倍！且通首皆用平聲，更難下筆，才大如海，直足俯視玉茗也。(《消夏閑記》)

因此他的弟子王驥德說他：「以方古人，蓋眞曲子中縛不住者，則蘇長公其流哉！」(《曲律》卷四)

在內容方面，他要寫盡天下奇事，故不爲大多數劇本狹邪娼優、神仙道化等題材所囿。「狂鼓史」藉彌衡擊鼓罵曹的情節，暴露權臣的罪惡，傾吐自己胸中的不平：「玉禪師」指出僧侶禁欲主義的不近人情，以及縱慾破戒仍可以得道昇天，以此向清規戒律挑戰。「雌木蘭」與「女狀元」表現男女平等的思想，以花木蘭和黃崇嘏兩位奇女子的遭遇，說明女子一樣具有將相之才，人之尊卑，豈賴牝牡驪黃而

〔註 8〕王驥德《曲律》。

後定？爲了表現「踢弄乾坤，提大傀儡」的奇觀〔註9〕，文長投之以熱烈的情感和豐富的想像，「命想著筆，皆不從人間得」〔註10〕，「幻想」、「快議」和「卓句」充分表現出浪漫主義的色彩。湯顯祖見後語人曰：

> 《四聲猿》乃詞場飛將，輒爲之演唱數通。安得生致文長，自拔其舌！〔註11〕

清人陳棟〈北涇草堂曲論〉云：

> 明人曲自當以臨川（湯顯祖）、山陰（徐渭）爲上乘。……青藤（徐渭）音律間亦未諧，然其詞如怒龍挾雨，騰躍霄漢間，千古來不可無一，不能有二。

「不可無一，不可有二」，正是性靈派追求的境界，文長以其「獨鶻決雲，百鯨吸海」〔註12〕的魄力辦到了。這不僅是個人才華的展現，也說明性靈理論足以造就上才，締造非凡的佳績。

結　論

戲曲家的作風終究不同於文章家。在心靈的活動上，他必需由溫和理智走向激切熱情，由靜態的恬然自足走向動態的奇幻奔放。在理論方面，他由雜文學走向純文學，又由雅文學走向俗文學，所以強調民間眞詩的部分增多了，談學問書本的成分減少了，甚至出現反對博雜之學的論調。在批評方面，由宋人的平淡說理走向中晚唐的奇險瑰麗；在創作方面，他以進步的思想批判現實、嬉笑怒罵，無不成章。艷體或與情色相近，滑稽或與粗鄙雜陳，在名教所容許的尺度邊緣遊走，帶著大膽的、挑釁的姿態。這個特質和他傾向泰州一派的思想性格有些關係，所以文長可說是由中明過渡到晚明的人物。

「創作」成績高過文學理論，是初期浪漫思潮的特色。不止徐

〔註9〕《四聲猿》狂鼓史開場白外扮判官上。
〔註10〕周亮工〈賴古堂書畫跋〉。
〔註11〕錄自王思任〈批點玉茗堂《牡丹亭》敘〉。
〔註12〕祁彪佳《遠山堂劇品·妙品》。

文長如此，陽明、龍溪、荊川、震川都是如此。他們在思想、文章和戲曲方面分別有了不起的建樹，可是在「詩」的方面始終敵不過七子的勢力。因爲他們的理論多半稀少而零散，詩作又走頹放的路線，不能形成主導的力量。他們的主張一方面被自己的成就所掩蓋，一方面又遭到後七子的排抑；遇到的阻力很大。這次浪漫運動正好與前後七子同時，夾雜在摹擬剽竊的狂瀾中，一波未平，一波又起，使少數性靈的呼聲顯得十分無力。當時王陽明反時代的思想尚未普及，政治的鉗制尚未鬆動，性靈說缺乏足夠的社會基礎，不得不歸於消沉寂寞。等到泰州學派風行天下之後，性靈思想才一呼百應，獲致成功，初期的性靈論者也都要賴晚明人物的推崇，才能獲得世人的注意；徐渭由袁中郎所發掘，歸有光由錢謙益所標舉，唐王諸子則留待清初的黃宗羲，所以正嘉時代的浪漫思潮只是先鋒，萬曆以後的浪漫思潮才是主力。